Trans+

Strange & Mesmerizing

SM 20

小星星（2023 年新版）
Lilla stjärna

作者：約翰・傑維德・倫德維斯特 John Ajvide Lindqvist
譯者：郭寶蓮
責任編輯：林立文
封面設計：朱疋
電腦排版：張靜怡
法律顧問：董安丹律師、顧慕堯律師
出版：小異出版
台北市 105022 南京東路四段 25 號 11 樓
TEL：(02) 87123898　FAX：(02) 87123897
www.locuspublishing.com
發行：大塊文化出版股份有限公司
台北市 105022 南京東路四段 25 號 11 樓
讀者服務專線：0800-006689
TEL：(02) 87123898　FAX：(02) 87123897
郵撥帳號：18955675　戶名：大塊文化出版股份有限公司

總經銷：大和書報圖書股份有限公司
地址：新北市新莊區五工五路 2 號
TEL：(02) 89902588　FAX：(02) 22901658
二版一刷：2023 年 1 月
定價：新台幣 480 元

小星星

Lilla stjärna

John Ajvide Lindqvist
約翰・傑維德・倫德維斯特　著
郭寶蓮　譯

其實每個人都有別的稱呼

楔子

二〇〇七年六月二十六日，瑞典斯德哥爾摩，史坎森露天民俗博物館區裡的索列登公園。七點五十分。主持人帶領觀眾高唱〈我要再當鄉村女孩〉，把整個場子暖得熱烘烘。歌曲結束後，技術人員要父母把扛在肩上的孩子放下來，免得被攝影機的吊臂打到。

太陽就在舞臺後方，照得觀眾頭暈目眩。天空一片鬱藍，工作人員要聚集在圍欄四周的年輕人往後退一點，別推擠。再過五分鐘，全瑞典最大的音樂盛會就要開始，而且是現場直播，所以誰都不准受傷。

這就是歡樂綠洲。來到這裡柴米油鹽、生老病死全暫時拋到一邊。安全措施面面俱到，任何差池都不容發生，這場歡樂盛事絕對要順利舉行。

節目播送完畢之前，地面和座椅不准血跡斑斑，至於痛苦與驚恐哀號，無人能想像到，更不可能有屍體出現，一具躺在舞臺上，多具躺在舞臺下。這裡不容混亂。人山人海的場面，只容祥和及歡樂的氛圍。

管弦樂團奏起〈斯德哥爾摩在我心〉，觀眾齊聲唱和、高舉雙手、左右搖擺，手機相機也紛紛出籠，伸得高高，捕捉片刻歡樂。這樣萬眾一心的畫面真令人感動。然而，再過十五分鐘，一場精心策劃、分秒不差的行動將會讓這溫馨畫面支離破碎。

暫且跟著唱吧，反正要很久以後才會回到這裡——直到這趟旅程讓我們鬆懈了戒心，準備好接受難以置信的事，我們才能回到這兒。

所以，大家唱吧！一起歡唱！

透過美蘭湖對海洋的愛

淡水與鹹洋得以交融……

金髮女孩

媽媽說我還不會走路就會跳舞
她說，我早在會說話之前就能唱歌
——阿巴樂團（ＡＢＢＡ），〈謝謝你給我音樂〉（Thank you for the music）

1

一九九二年秋天，市民紛傳，今年森林裡的蕈菇多到採不完。據說是因為夏末那陣子天氣溫暖潮溼，使得地底的菌絲一夕爆長，冒出一顆顆雞油菌菇和猴頭菇。藍納特．希德斯壯姆將他那輛Volvo二四〇駛離大馬路，開上森林小徑，後座放著一只大籃子和兩個塑膠袋。有備無患。

車內音響裡的卡帶是暢銷曲合輯，長青歌手克里斯特爾．薛格任的歌聲從喇叭流瀉而出，洪亮又清晰：我要送妳一萬朵紅玫瑰……

藍納特不屑地咧嘴一笑，跟著唱和，模仿薛格任那聽起來很不自然的低沉顫音。太棒了，惟妙惟肖，說不定他唱得比薛格任還好，可是這又如何？他偏偏生不逢時，老是眼睜睜看著大好機會從眼前被奪走，要不就只能聽著背後某人伸出手，咻地一把抓走好運。等他轉身，好運、時機全都消逝無蹤。

不過，他有他的蕈菇。雞油菌菇，森林裡的黃金，他會有滿滿一大堆。回家後煮一些，剩下的放進冰箱。看來在扔掉聖誕樹之前，每天晚上都會有取之不盡的蕈菇可以搭配啤酒和吐司。之前下了好幾天的雨，這兩天終於放晴，陽光燦爛，令人心曠神怡。

藍納特對森林小徑瞭若指掌，他閉起眼，握著方向盤，陶醉在自己的歌聲中：一束美麗的萬朵玫瑰……

再次睜眼時，他發現前方小徑上有個黑色金屬，刺眼陽光反射其上。藍納特在最後一刻打偏方向盤，及時閃過，沒撞上。那是一輛車。藍納特想從後照鏡看車牌號碼，但它在碎石小徑上以至少八十公里的速度奔馳，車後揚起團團塵土。不過，藍納特很確定那是BMW，深色玻璃的黑色BMW。

他往前開了三百公尺，到他平常停車的地方，熄掉引擎，吐出長長一口氣。

搞什麼鬼呀？

憑空冒出一輛BMW，讓人匪夷所思。更罕見的是，這輛BMW還以八十公里的高速在碎石小徑上疾駛，衝出森林。藍納特激動亢奮。他親身經歷了一樁特殊事件。當這黑色事物迎面奔來，他不禁心臟加速，接著迅速收縮，彷彿預期承受致命一擊，隨後才舒展開來，再次規律跳動。這絕對是畢生難忘的經驗。

唯一讓他心煩的是沒辦法報警。若真得報警，他願意暫時放棄蕈菇、開車回家，巨細靡遺地透過電話對警方描述在速限三十公里的小徑上的這樁奇遇，然而，沒有車牌號碼，回家報警也只是白忙一場。

藍納特下車，拿起籃子和塑膠袋。短暫的激動亢奮被挫敗的情緒取代。他又輸了。那輛黑色BMW莫名其妙勝出。如果是一輛破舊的瑞典國產車紳寶，情況或許會不同，然而，那分明就是有錢傢伙才開得起的好車，車速還快到害他的擋風玻璃上沾滿揚起的塵土，而且幾乎被擠到路旁溝渠。照例，他走霉運。

他用力關上車門，腳步沉重地走進森林。樹蔭底下的潮溼地面有著一道道剛碾過的車胎痕跡，從劇烈攪動過的泥巴來看，有輛車在此處發動，再疾馳離開。想也知道就是那輛BMW。藍納特直盯著寬幅的車胎痕，彷彿它能提供什麼證據，或者冒出什麼新疑點，讓他更有理由報案。但他什麼都沒看出來，只能朝胎痕吐吐口水。

算了。

他大步走進森林，大口吸著林中各種氣味：溫暖的針葉、潮溼的苔蘚，以及埋在底下的……蕈菇氣味。要循著找到精確位置，或藉此判斷出蕈菇種類著實不可能，但潛藏在尋常森林氣味底下的那股淡淡飄香清楚讓他知道傳言屬實。這裡有茂密的蕈菇等著摘採。他的目光掃視地面，尋找異樣的顏色和形狀。他是摘蕈菇的高手，遠遠就能看出隱藏在矮樹叢和草地底下的雞油菌菇。一旦偵測到色調差異微乎其微的黃色系物體，他會立刻以獵鷹姿態彎腰摘採。

然而，這次他見到的是洋蘑菇，就在十公尺外，一顆白色鈕狀物突出地面。藍納特皺起眉。以前不曾在附近見過洋蘑菇。土質分明不適合啊。

他趨近一瞧，發現懷疑果然無誤。不是蘑菇，而是塑膠袋一角。藍納特嘆了口氣。就是有人這麼懶，不把大型垃圾載去廢料車，而是往森林亂丟。他曾見過有個傢伙從車窗扔出微波爐，那次他記下了車號，以書面方式檢舉。

他打算循著慣常路線搜尋蕈菇生長的區域，卻注意到那只塑膠袋動了一下。他頓住。袋子又動了動。應該是被風吹的，最好是這樣。可是這會兒林間一點風也沒有。

不妙。

袋子又動了一下，這次他還隱約聽見窸窣聲，雙腿不禁變得如千斤重。四周的森林冷漠闃寂，彷彿全世界只剩他一人，還有塑膠袋裡的不知名事物。藍納特的喉頭乾澀，嚥嚥口水，往前移動幾步。現在袋子又一動也不動。

回家吧，就當作沒看見。

他可不想親眼見到受病痛折磨的老狗等著被人賜死求解脫，結果沒死成，奄奄一息地縮在袋子；或者一群小貓的頭顱被砸碎，卻沒碎到一命嗚呼。他絕對不想牽扯上這種事。

因此，他之所以趨前查看那截突出地面的塑膠袋，絕非責任感或同情心使然，而是出於再尋常不過的慈悲和好奇心——或者無情和好奇心。他非搞清楚不可，否則那截晃動的白色袋角肯定會持續折磨他，直到他再回來查看究竟。

他的手才碰到塑膠袋一角整個人就往後跳開，快速摀住嘴巴——袋子裡有東西，被他一碰立刻有反應。摸起來像肌肉，或肌膚。而袋子四周的地面剛被破壞過。

墳墓。是一座小墳。

這念頭一起，諸多聯想隨即而來。忽然，藍納特領悟對他的手做出反應的是什麼：是另一隻手，非常小的手。藍納特緩緩靠近袋子，開始挖掘埋在土裡的部分。掩埋的人大概沒使用工具，粗手粗腳把泥土蓋在袋子上，所以不消多久（大概十秒），藍納特就把塑膠袋從洞裡拉出來了。

袋口綁得死緊，藍納特撕開袋子，好讓空氣進入——讓生命氣息得以灌入。終於，他把袋子撕出一個洞，看見藍色肌膚。一隻小腿，凹陷的胸腔。是個娃娃，小小的娃娃，約莫幾天或幾週大。她一動也不動，細薄嘴唇緊抿著，彷彿想反抗這邪惡的世界。藍納特親眼目睹這孩子的垂死掙扎。

他把耳朵貼近孩子的胸口，聽見若有似無的微弱心跳聲。他以食指和拇指捏住娃娃的鼻子，深吸一口氣，嘟起嘴，將空氣吹入那張小嘴裡。毋需再吸第二口，他就能再次將氣體吹入娃娃的小肺臟。空氣呼呼噴出，胸口依舊文風不動。

藍納特再吸一口氣，第二次吹氣時娃娃有了反應。小小的身軀一陣顫抖，咳出白沫，接著洪亮的哭聲劃破森林的死寂，時間重新滴答走起。

娃娃尖聲哭叫不停，藍納特不曾聽過這種哭聲。不是支離破碎，亦非牢騷抱怨，而是清晰純粹的單一音符，從被拋棄的身軀中嘶吼而出。藍納特耳力極佳，就算沒有音叉，他也聽得出這是E大調，如鐘聲般澄澈的E大調，讓樹葉微顫，讓樹上的鳥兒撲翅飛翔。

2

娃娃被藍納特那件挪威戶外服飾品牌 Helly Hansen 的鮮紅色毛衣裹著，躺在副駕駛座。藍納特坐在旁邊，雙手擱在方向盤，直瞅著她。他很平靜，整個身體彷彿掏空。澄澈清明。

七〇年代末，他用過一次古柯鹼，是個當紅的搖滾樂團給他的，他就用了。就那麼一次，之後再也沒用過──因為太神奇，太不可思議。

世人皆處於痛苦之中，或多或少。不是痛在肉體，就是痛在心裡。擦傷或疥癬總是在所難免。但古柯鹼能帶走這一切。他的身體成了絲絨製的容器，裡頭只裝水晶般澄澈的思緒。濛霧消散，人生曼妙。事後，藍納特領悟，他的人生課題就是努力重拾這種感覺。所以他克制自己，不再去碰古柯鹼。

此時他坐在這裡，雙手擱在方向盤上，再次經歷類似感受，但這次不是靠藥物輔助。他內心平靜，周遭的森林被秋色染得絢爛繽紛，而一個偉大的生命正屏息等待他的決定。藍納特的手緩緩伸向點火孔上的鑰匙。他的手，他有一雙五指俱全的手，可以隨心所欲移動！多麼神奇！真是奇蹟！他發動車子，駛向來時路。

他悠悠慢駛在馬路上，好幾輛車呼嘯而過。娃娃沒有搖籃，沒安全座椅，所以藍納特車開得戒慎恐懼，彷彿車上載了一碗滿到碗緣的瓊漿玉液。這孩子如此脆弱，彷彿稍有不慎就會消失。

十分鐘後車子駛入自家車道，他已汗流浹背。他熄火，四處張望，確定放眼所及沒有人影。抱起孩子後，他跑向屋子，到了前廊才發現門照例上了鎖。他敲敲門，兩聲，停住，再敲兩聲。一陣冷風吹過他溼答答的背，他把娃娃抱得更緊。十秒後，他聽見玄關傳來萊拉遲疑的腳步聲，還有她從門的窺探孔查看來者何人。接著，門打開，萊拉像是煞車一樣擋在門口。

「你幹麼又回來？你去那裡——」

藍納特從她身邊擠進去，步入廚房，門扉在身後重重關上，萊拉吼叫。「不准你穿鞋子進來！你瘋了呀，你不能穿鞋子進屋裡，藍納特！」

他站在廚房的中央，茫然失措。他只想進屋裡，進到安全的地方。而現在，他不知道下一步該怎麼辦。他把孩子放在餐桌上，隨即改變心意，抱起娃娃轉身，尋找靈感。

萊拉進入廚房，滿臉通紅。「進屋時要脫鞋，我才剛拖完地，你就——」

「閉嘴。」

萊拉闔上嘴巴，後退半步，藍納特稍微鬆開手，打開抱在胸前的毛衣，露出娃娃的腦袋和一綹金髮。萊拉再次張嘴，倒抽一口氣。

藍納特把襁褓中的孩子舉高，然後放下。「我在森林裡發現的，這個小寶寶。」

萊拉用舌頭頂頂上顎，發出輕微的嘖嘖聲，思索著該說些什麼。終於，她壓低聲音。「你做了什麼？」

「我什麼都沒做，我在森林發現她被埋在一個洞裡。」

「埋在洞裡？」

藍納特長話短說，交代了來龍去脈。萊拉靜靜聽著，雙手交疊，放在腹部，身體動也不動，只有頭左右搖晃。說到他給孩子做人工呼吸時藍納特打住。「妳可不可以別再搖頭了？看了很煩。」

萊拉的頭搖到一半停住，躊躇地往前一步，瞄向孩子，臉上帶著克制過的驚恐表情。娃娃的眼睛和嘴巴緊閉。萊拉捏捏她的臉頰。「該拿妳怎麼辦哪？」

3

傑瑞還小時，嬰兒用品沒那麼多，現在種類大幅增加，各式各樣，一應俱全。光是奶瓶就有單一奶頭、雙奶頭、小奶頭、大奶頭，奶瓶尺寸還分好幾種。藍納特隨便挑了三種不同的奶瓶，丟入購物推車。

尿布也一樣。傑瑞當初用的是可反覆清洗的棉紗尿布，但這家ＩＣＡ超市好像沒有這種東西。藍納特呆立在一整面牆的尿布前，看著那一包包的彩色塑膠包裝袋，宛如佛教徒站在禱告牆前。這樣的世界和他八竿子打不著，難怪他一頭霧水。

他差點就想隨便抓幾包，就和選購奶瓶一樣，但隨後發現不同年齡的寶寶適用不同尺寸的尿布。新生兒只有兩種可以選，藍納特挑了比較貴的那一種。至於奶粉，幸好只有一種。他把兩只紅色硬紙盒裝的奶粉放入推車。

還需要什麼嗎？他實在沒概念。

橡皮奶嘴？傑瑞有奶嘴，回家看看還能不能用，所以先不買，至少暫時沒那個需要。藍納特看見一隻長頸鹿玩具，或者該說長頸鹿的脖子和頭黏在一顆球上，不管怎麼前後左右、搖晃滾動，最後總會變成直立。他把它放進購物車。

每次將一樣物品放入推車，和其他物品並置，荒謬的感覺就隨之湧上。這些是嬰兒用品，給寶寶用的，一種會全身蠕動，放聲哭號，食物從一端進入，屎從另一端出來的生物。他在森林裡發現的生物……

那種遺世獨立的平靜感再次籠罩他。他的手鬆垂懸在身體兩側，視線找到那片會反射的圓頂天花板。他從反射影像中看見小小的人在走道之間移動，他從上帝角度觀看他們，他想靠近他們，對他們所有人說：他們被赦免了。過去他們對他所做的一切都無所謂了。

我原諒你們，我喜歡你們，我真的喜歡你們。

「對不起。」

霎時，他還以為真的有人回應他的赦免。他重回現實，看見一個凸眼睛的肥女人擠過他身邊，要去拿嬰兒食品。

他抓住推車的把手，左右張望。兩個老伯站在那裡直盯著他瞧。他不曉得自己處於這種與宇宙和解的痴呆狀態多久，應該不出幾秒鐘吧。然而這就足以引人側目了。

藍納特沉下臉，走向結帳處。他的掌心冒汗，忽然覺得自己走路的方式很不自然。太陽穴一下一下抽痛，憑空想像（或真的有）目光直盯著他的背。眾人竊竊私語討論他採購的商品，覺得他渾身上下都很可疑。

冷靜，放輕鬆。

面對這種感覺他有一套特殊的應對訣竅，畢竟這感覺確實有時會出現。訣竅就是假裝他是長青歌手克里斯特爾．薛格任。暢銷金唱片、電視節目、德國巡迴演出，一整套活動。大家之所以看他是因為他實在太出名。

藍納特挺直背脊，更謹慎地操縱手推車。距離結帳處只剩幾步，幻想就要結束。克里斯特爾駕到，當然毋需排隊。他對收銀小姐咧嘴微笑，適當且迷人地露出前面幾齒，把採購的物品一一放到輸送帶上。

他付了一張五百克朗，拿回零錢，把東西裝成兩袋，以自信從容的步伐穿越人群。將兩袋物品扔到後座，坐上駕駛座，關上車門，這時他才卸下面具，變回自己，再次鄙夷起克里斯特爾。

專屬我的天殺的藍色夏威夷。

◆

他在餐桌旁找到萊拉。娃娃就在她的懷中，裹在傑瑞以前的嬰兒毯裡。藍納特將兩袋物品放在廚房地板上。萊拉抬頭看他，那表情害得他的胃揪緊：嘴巴張得開開，眉毛揚得高高。驚愕且無助。在那段日子，這種表情或許有效，但現在不管用了。

他從袋子裡拿出奶粉，瞧都沒瞧萊拉一眼，問道：「怎麼了？」

「她沒聲音，」萊拉說：「這段時間半點聲音都沒有。」

藍納特拿鍋子盛水之後放在爐子上。「什麼意思？」

「就是我剛剛說的意思。照理說她應該會餓，又或者……我不曉得，總之，她應該發出一些聲音的。」

藍納特放下手中的量杓，傾身看著小寶寶。依舊是之前的專注表情，彷彿她躺在那兒傾聽什麼聲音。他伸手戳戳她的塌鼻，娃娃的嘴唇扭曲成不悅的樣子。

「你在幹麼？」萊拉問。藍納特回到爐子前，將奶粉倒入水裡，開始攪拌。萊拉提高音量。

「你以為她死了啊？」

「我沒以為什麼。」

「你以為我坐在這裡，手中抱著一個死掉的嬰兒，卻渾然不知她死了，你是不是這麼想的？」

藍納特用力攪拌牛奶，然後以手指測試溫度。熄火，隨手抓起一只奶瓶，任憑萊拉繼續在身後嘟囔。

「我真不敢相信，你老是這種德性。你以為只有你最懂，我告訴你，傑瑞還小的那幾年，你根本只是——」

藍納特把牛奶倒入奶瓶，鎖上橡皮奶頭後，朝萊拉走一步，賞她一巴掌。

「閉嘴，不准提到傑瑞。」

他把孩子從她手中抱起，坐在餐桌另一側的木椅上。他擱在毯子底下的手指交叉，暗自希望他拿對了奶頭。在這種關頭，他可不想選錯。

寶寶的嘴巴含住奶頭，開始急切地吸吮奶瓶裡的內容物。藍納特偷瞄萊拉一眼，她壓根兒沒注意他選對了，只是坐在那裡搓揉臉頰，淚水默默滑到頸頰交接處。接著，她起身，一跛一跛走入臥房，關上房門。

寶寶一直安安靜靜，連吸奶都不怎麼發出聲音。他只聽見她的嘴巴忙著吸奶瓶，靜靜以鼻子呼吸。奶瓶裡的內容物迅速減少，就在幾乎一乾二淨時，藍納特聽見臥房隱約傳來錫箔紙的窸窣。他不予理會。現在要想的事情太多了。

寶寶放開奶頭，發出啵一聲，然後睜開眼。有東西沿著藍納特的脊椎往上爬，讓他不寒而慄。這娃娃小臉蛋上那雙過大的湛藍眼瞳忽然擴張，藍納特覺得自己彷彿望著兩潭深淵。但那雙眸子一碰上光線立刻收縮，眼皮闔上。

藍納特一動也不動地呆坐了好久。娃娃剛剛在看他；她在看他。

4

萊拉走出臥房時，藍納特已經把寶寶放在餐桌的大毛巾上。他手忙腳亂地把尿布翻來翻去，想搞清楚該怎麼給寶寶穿上這玩意兒。萊拉把他手中的尿布抓過去，將他推開。「我來吧。」

她身上有巧克力和薄荷的氣味，但藍納特沒說什麼。他雙手扠腰，往後退一步，仔細看萊拉是怎麼處理前後兩大片和黏條。她的左頰紅通通，掛著數條鹹鹹的乾涸淚痕。

她曾是派對女孩，性感尤物，覬覦瑞典女星莉兒－貝柏絲靠著真假嗓音互換唱法贏得的閃亮寶座。有個樂評家還開玩笑稱她小莉兒。後來她和藍納特攜手合作，演藝事業從此急轉彎。這幾年她胖到九十七公斤，雙腿也有毛病，不過那張臉仍有派對女孩的神韻，只是得用力細瞧才能捕捉得到。

萊拉把尿布包緊，用那條有著藍色泰迪熊圖案的毯子裹住寶寶，再抓一條乾淨的浴巾鋪在偌大的野餐籃裡，做了一張小床，小心翼翼地把仍在熟睡的寶寶放進去。藍納特站在那兒看著整個過程。他很開心，一切都會很順利。

萊拉提起籃子，輕輕搖晃，當它是搖籃。打從臥房出來後她是第一次正眼瞧藍納特。「現在呢？」

「什麼意思？」

「現在該怎麼辦？我們要把她放在哪裡？」

藍納特從萊拉手中拿過野餐籃，走到客廳，放在扶手椅上，俯身看著寶寶，以食指輕撫她的臉頰。背後傳來萊拉的聲音。「你該不會是認真的吧？」

「為什麼不行？」

「這樣是違法的，你應該知道。」

藍納特轉身伸出一手，萊拉微微後退，但藍納特把掌心朝上，要她握住。她怯怯地往前靠近，彷彿對方伸出的手隨時會變成一條蛇。她把自己的手放在他手中，藍納特牽著她走入廚房，要她坐在餐桌旁，倒一杯咖啡給她。

萊拉戒慎恐懼地看著他也給自己倒一杯咖啡，坐到她的對面。「我沒生氣，」他說：「其實正好相反。」

萊拉點點頭，舉杯就脣。她的牙齒染上了剛剛在臥房偷吃的黏膩巧克力，但藍納特沒提醒她。嚥下熱飲時，她的雙頰晃了晃，模樣真難看，但他什麼也沒說，只說：「親愛的。」

萊拉瞇起眼睛，說：「什麼？」

「我沒把話說完，關於森林的那件事，就是我發現她的過程。」

萊拉把手放在餐桌上，兩手交疊。「那就說吧，親愛的。」

藍納特不理會她的譏諷語氣，自顧自的說下去：「她在唱歌，我把她從洞裡挖出來時，她在唱歌。」

「可是她現在幾乎沒發出半點聲音。」

「聽我說，我沒期望妳明白，因為妳沒有這種耳朵，可是……」

藍納特舉起手先發制人，擋下他知道會聽見的異議。若說有什麼能讓萊拉引以為傲，肯定是她的歌聲和精確無比的音準。但這不是重點。

「妳的聽力不像我那麼好，」藍納特說：「對，妳的歌聲比我好，音準比我強——這樣妳高興了吧？——可是，這不是我們要說的重點。我們談的是聽力。」

萊拉又乖乖聆聽。雖然他稱讚的方式讓人不敢苟同，可是她的天分已受到認可，這樣就夠了。所以，藍納特可以繼續往下說：「妳知道的，我的耳朵很厲害。我打開塑膠袋把她抱出來時……她在唱歌。一開始是E大調，接著是C大調，然後是A大調。她的哭聲不像音符，應該說像正弦波，完美無瑕。如果去測量她的A，音高一定剛好是標準的四百四十赫茲。」

「什麼意思？」

「就是我說的意思，沒別的。她在唱歌，而我從沒聽過那種聲音，完全沒走音，也不刺耳，就像聽到……天使在唱歌。我到現在仍聽得見。」

「你想說什麼，藍納特？」

「我想說的是不能把她送走。我辦不到。」

5

咖啡喝完，寶寶睡了。萊拉跛著腳在廚房裡走來走去，手中的杓子也在空中東揮西舞，彷彿要舀出什麼新論點。藍納特坐著，頭擱在手上，不想再聽。

「我們不可能照顧孩子。」萊拉說：「我們過這種生活怎麼可能照顧孩子？這種事情我不想再來一次：夜不成眠，被孩子綁架，沒自己的時間。我們好不容易才……」

杓子不再揮舞，而是遲疑地往旁邊放下。萊拉很不想這麼說，但她心想，或許這樣能打動藍納特，所以她還是說了。

「……我們好不容易才讓傑瑞離開這屋子，難道又要重來一次？況且，藍納特，原諒我這麼說，但我真的不認為別人會接受我們收養孩子。首先我們年紀太大……」

「萊拉。」

「而且我可以跟你保證，他們已經知道了傑瑞的事，這代表他們一定會問我們……」

藍納特往桌子大力一拍，杓子頓住不動，原本流瀉的話語也瞬間乾涸。

「不可能辦理收養，」藍納特說：「但我也不想放棄她。不會有人知道我們擁有她，所以，妳必須謹言慎行。」

萊拉手一鬆，杓子掉下，彈起一次後躺在兩人之間。萊拉看著藍納特，然後看看杓子，見他無意撿拾，她只好笨拙地蹲下，拾起後放在懷裡，彷彿它正是他們討論的孩子。

「你瘋了，藍納特，」她喃喃地說：「你徹底瘋了。」

藍納特聳聳肩，「反正就是這樣，妳得接受這個事實。」

萊拉張嘴後又閉上。她揮舞杓子，好似要驅散一群看不見的惡靈。就在她準備說出堵在喉頭的話時，傳來敲門聲。

藍納特倏地起身，把萊拉推開，走到客廳，提起野餐籃。裡頭的寶寶仍在睡覺。這敲門聲如此熟悉，他一聽就認出來。傑瑞恰好經過了。

藍納特提起籃子走向萊拉，食指豎起，在她鼻子正前方比劃。「一個字都不准說，聽見了嗎？不准洩漏半個字。」

萊拉睜得大大的眼睛微瞇起來，搖搖頭。藍納特抓起嬰兒用品，丟入原本裝清潔用品的櫥櫃裡，迅速走向地下室的階梯。他關上身後的門時，聽見萊拉拖著跛足走到玄關。他悄悄下樓，小心翼翼不讓籃子傾斜得太厲害。他可不想吵醒寶寶。藍納特走過鍋爐室和暖氣設備間，打開客房的門，也就是傑瑞的舊房間。

溼漉漉的寒氣席捲而來。傑瑞搬出去後，這裡不曾住過一個客人，唯一會造訪這房間的就是藍納特。他每隔半年下來開開門窗，讓它透透氣。寢具也隱約傳出溼霉味。

他把籃子放在床上，打開暖爐。熱水湧入管子，發出咕嚕聲響。他在暖爐前坐了一會兒，手放在暖爐上，確定爐子開始發熱。看來不需要清除裡頭的汙水。接著，他又拿了一條毯子裹住寶寶。那張小臉蛋依舊沉靜，他希望這代表她睡得很熟。他得克制自己才沒出手撫摸她的臉頰。

睡吧，小奇蹟，睡吧。

他不敢讓萊拉和傑瑞獨處，他對她沒信心，完全不相信她有辦法在傑瑞的窮追猛打下依舊守口如瓶。因為這分害怕，讓他決定關上客房的門，只盼寶寶不會醒來號啕大哭……或者唱起歌。他之前聽到的音符會毀掉一切。

傑瑞坐在餐桌前慢慢吃著三明治。萊拉坐在他對面，兩手絞擰個不停。傑瑞一見到藍納特立刻敬禮，說：「你好，隊長。」

藍納特走過去，關上敞開的冰箱門。餐桌上擱著不少食材，這是為了讓傑瑞做三明治時可以自己挑選配料。傑瑞咬下一口夾有肝醬、起司和醃漬小黃瓜的三明治，對著萊拉點點頭。「媽是怎麼了，整個人魂不守舍？」

藍納特不知該怎麼回答。傑瑞把溢流到肥腫僵硬的指頭上的醃黃瓜醬汁舔掉。曾幾何時，那一根根手指曾纖細有彈性，在吉他琴弦上輕巧移動時宛如鳥兒撲翅。

藍納特沒瞧傑瑞一眼，兀自說：「我們剛好有點忙。」

傑瑞咧嘴笑笑，又給自己做了另一個三明治。「忙什麼？你們兩個向來不忙的。」

藍納特面前有一管魚漿。傑瑞從塑膠管中間擠。藍納特示範正確的擠法，他把魚漿擠到頂端，然後把空管由下往上捲。藍納特感覺他的太陽穴附近開始微微發疼。

傑瑞大口吃掉三明治，往後靠在椅背上，雙手交叉、撐著後腦杓，環視整個廚房。「所以，你們有點忙。」

藍納特拿出皮夾，「是不是需要錢？」

傑瑞一副他之前完全沒這念頭的表情。他望向萊拉，好像發現了什麼，歪著頭。「媽，妳的臉頰怎麼了？他打妳？」

萊拉搖頭，但是很沒說服力，直接承認倒還乾脆些。傑瑞點點頭，搔搔鬍碴。藍納特起身，把打開的皮夾遞出去。頭兩側的灼熱痛點連在一起了，這串起的疼痛貫穿了他整顆頭顱。

坐在椅子上的傑瑞忽然稍微起身，靠向藍納特。出於本能，藍納特往後畏縮。接著，傑瑞以較平穩的節奏完成剩下的動作，在藍納特還沒時間做出反應前，把父親手裡的皮夾轉移到自己手上。

傑瑞一邊哼歌，一邊打開裝著紙鈔的皮夾層，拇指和食指抓起三張一百克朗的鈔票，然後將皮夾扔給藍納特，動作敏捷，仍有一絲孩提時的靈巧。他說：「你知道的，打人要付出代價。」他走向萊拉，摸摸她的頭髮，「這是我親愛的母親，你不能對她為所欲為。」

他的手擱在萊拉肩頭，握住她的手，捏緊，彷彿要讓父親看看什麼是真正的溫柔。她默默承受一切。藍納特注視著，覺得好想吐。他家怎麼會有這兩個怪物？兩個自艾自憐的肥胖生物像口香糖一樣緊黏著他，把他往下扯。到底是怎麼走到這一步的？

傑瑞把手縮回，朝著藍納特走一步，藍納特的身體本能往後縮。就算傑瑞高達一百公斤的身軀主要來自烤肉串而非運動健身，還是比藍納特強壯不少，而且知道怎麼控制身體，這點毋庸置疑。

「傑瑞。」

萊拉微弱的聲音恍若祈求。母親站到不聽話的兒子身邊，一根手指都沒舉起來，只是告訴他：寶貝，別這樣對待青蛙。傑瑞住手，說：「媽，妳說什麼？」

「不是你想的那樣。」

「所以是？」

傑瑞看著萊拉，萊拉卻在尋找藍納特的雙眼。他忿忿地迅速搖了一下頭，讓萊拉陷入左右兩難的處境。驚惶失措的她訴諸慣有的逃避路線——癱軟著身體、呆望著桌子，喃喃自語。「我全身痛，每個地方都不舒服。」

就算萊拉沒那個意思，但此舉的確發揮了藍納特期待的效果。傑瑞嘆了口氣，搖搖頭。他無法面對母親不停叨念關節僵硬、頸背因風溼而刺痛，還有早就沒服用的藥物造成的一堆足以編出一部醫學辭典的副作用。所以，傑瑞拖著龐大沉重的身軀離開廚房，衣服拂過流理臺上的那顆長頸鹿頭，藍納特嚇得心臟差點停止。他忘了藏這東西。

傑瑞走到玄關穿短靴，長頸鹿前後搖晃。藍納特往前稍微移動一些，好用身體擋住這玩具。傑瑞抬頭，露出訕笑。

「要跟我道別啊？很久沒這樣囉。」

「再會，傑瑞。」

「好好，你知道我還會回來的。」

傑瑞把身後的門用力關上，藍納特等了十秒鐘才迅速上前鎖門。他聽見傑瑞發動摩托車，引擎的聲音逐漸消失在遠方。他按摩一下太陽穴，揉揉雙眼，做個深呼吸，走回廚房。

萊拉還杵在原地，整個人癱坐在餐桌前，像個小女孩那樣揪著自己的上衣。一抹陽光從窗扉溜入，輕撫她的髮絲，頭髮霎時閃耀著金光。藍納特突如其來地升起溫柔的心情。他看見她的寂寞，他們的寂寞。

他靜靜走去坐在她對面，橫過桌面握起她的手。幾秒鐘過去。在被外力——也就是傑瑞——強行闖入後，這屋子終於恢復靜謐。他們曾經有過不一樣的時光，不一樣的生活。藍納特任自己沉浸在回憶裡片刻，想著一切大可不必像現在這樣。

萊拉試圖緩和這衝突的氛圍。「你在想什麼？」

「沒想什麼。我只是在想，我們……或許有機會。」

「有機會怎樣？」

「我不曉得。有機會……做些什麼吧。」

萊拉把手收回來，開始摩娑上衣的一顆鈕釦。「藍納特，不管你說什麼，我們還是不能留著那孩子。我要打電話給社會局，看看他們怎麼說，我們該怎麼做。」

藍納特雙手抱頭，以一般的音量說：「萊拉，妳敢碰電話我就殺了妳。」

萊拉的嘴脣抽搐。「你之前也這麼說過。」

「當時我是認真的，現在也不是開玩笑。當時如果妳……繼續那樣，我會做出現在要做的事。現在如果妳敢打電話，或者把這事告訴別人。我絕對會到地下室拿斧頭往妳的頭上砍，砍到妳斷氣。我不在乎後果，對我來說什麼都無所謂。」

這些話像顆顆珍珠一個字一個字滑出他的嘴。他非常平靜，神智清醒，句句由衷。這種感覺真是美妙，頭痛也瞬間消失，彷彿開關被人按掉。打開天窗說亮話，醜話撂在前頭，再也沒什麼好講的了。

日子可以重啟。確實有這種可能性。

6

藍納特和萊拉。

實在稱不上天作之合。

或許有人還記得一九六九年那張《夏日之雨》，它成功衝上瑞典暢銷排行榜的第五名，而且變成那種成本低廉、能在超市的合輯架上買到的專輯。

一九六五年，兩人在一起，也首次在音樂上合作，那時他們直接以「藍納特與萊拉」來稱呼自己，直到一九七二年才更改團名。他們還有兩首歌曲吊在排行榜的車尾，所以有機會登臺表演，但就是不曾大紅大紫。

後來，他們找了新的經紀人。這個經紀人比之前那個年輕二十歲，他給他們的第一個建議就是改團名。原本的團名聽起來就像偏僻落後地區的美國夫妻檔歌手透納夫婦，艾卡與蒂娜。現在大家的團名都取得很誇張，比如大衛．弟、愛睏人、鳥嘴、米克和迪克。這年頭要取團名，就要簡潔有力。

所以，從一九七二年後，「藍納特與萊拉」就被「另類黑馬」所取代。藍納特喜歡這個團名所影射的外來者意涵，還有那種從底層掙出頭的氣韻。但萊拉很不喜歡，認為這團名很蠢。因為，這代表他們的音樂和別人格格不入。畢竟，他們比較像琳德柏格姊妹（The Lindberg Sisters），而不像誰樂團（The Who），而且他們也沒打算在舞臺上砸吉他。

另類黑馬很適合藍納特，因為他想要有個全新開始。他寫的幾首歌都不見容於舊有的音樂類型，可說介於瑞典排行榜和英國BBC電臺的流行音樂排行榜之間。還有什麼比全新的團名更能清楚傳遞出這麼創新的音樂概念？像是抖掉身上那件稜織料的舊外套，他毫不留戀地甩開藍納特與萊拉，專心創作他們的第一張專輯。

一九七三年春天，專輯錄製完成，也開始製作發行。藍納特手裡拿著第一捲卡帶時，全身充滿前所未有的驕傲。這是第一張讓他曲曲滿意的專輯。

第一首歌是〈告訴我〉。這首歌曲巧妙地融合了瑞典典型的舞曲樂隊，以一支薩克斯風三個弦樂的方式，部分小節混合披頭四風格的小調，還揉和了民謠風的橋段，肯定會攻上瑞典排行榜。不過話說回來，當時的歌曲百花齊放，聽眾各有所好。

五月初，這首歌連同其他三首很有機會攻占隔週排行榜的歌曲——這三首歌分別來自Thorleifs、Streaplers和Tropicos——第一次在廣播節目中播放。同時曝光的還有另類黑馬。藍納特感動地流下兩行清淚，因為當他親耳聽到這首歌出現在廣播，他才明白這首歌有多棒。

兩天後，他和萊拉有場演出。主辦單位要求他們使用舊團名，因為觀眾比較熟悉這個名字。藍納特不反對，他剛好可以利用這場演出來告別往昔。星期天之後，他們就會開始唱新歌，這些歌曲具有多重含意。

所以，他們把當時七歲的傑瑞託給萊拉的父母照顧，開著巡迴演出用的巴士前往埃斯基通納的公園。這不是什麼大型演出，表演者除了他們兩個，就是Tropicos和當地的樂團柏特-戈朗思。

他們以前和Tropicos一起演出過兩次，所以認識主唱羅藍德和樂團裡的其他小夥子。他們拍拍藍納特的背，紛紛稱讚他「幹得好」，因為他們對瑞典前二十名暢銷金曲瞭若指掌。至於藍納特，他強迫自己對Tropicos的最新歌曲〈沒有你的夏天〉擠出一些正面評論，即便這首歌聽起來跟其他歌曲沒什麼不同。他們連自己風格的作品都沒有。

整晚活動非常順利，藍納特與萊拉負責壓軸，因此，可說他們比Tropicos更勝一籌。他們不負眾望，把氣氛帶到最高潮，而且萊拉唱得比平常好，或許因為她知道這是他們以舊團名登臺的告別演出。藍納特告訴觀眾，他們不會再表演這些歌曲，所以，當萊拉如泣如訴地唱出〈夏日之雨〉的最後幾個音符，讓這場演出畫下句點，觀眾感動得熱淚盈眶，掌聲雷動。

藍納特原本想在表演的尾聲告訴觀眾，日後他們會以另類黑馬的團名重新出發，請大家「別忘了週日準時收聽」，但在如雷的掌聲中提起這種事未免顯得小家子氣。所以，他決定讓萊拉幽靜地唱完這首告別曲。

演出完畢後大夥兒暢飲啤酒，開了個小派對。藍納特跟柏特－戈朗思裡的吉他手戈朗聊天，他的音樂志向也很遠大，不甘受限於暢銷排行榜。他非常欣賞藍納特能把聽眾喜愛的舞曲樂團風格做出巧妙的融合，套句他說的話「呈現出更歐洲大陸的元素」。他相信這條路深具開創性，所以兩人舉杯，敬藍納特的前途一片光明。

下一輪酒藍納特想請客，但一時找不到錢包。他要戈朗等他一下，迅速奔回化妝間找。他的內心雀躍不已，畢竟能被聊得投機的人稱讚，實在令人開心，尤其戈朗是個非常優秀的吉他手，想當然耳，很有可能……

藍納特打開門，就在那瞬間，他的人生急轉彎：萊拉在他的眼前，和他面對著面，半趴在桌上，手指張開。羅藍德站在她身後，褲子褪到腳踝，仰頭面朝天花板，好像正在痙攣。

藍納特顯然在關鍵瞬間打擾了他們。萊拉一見到他，本能地整個人撲到桌上，好似想關上門。這時羅藍德被迫離開她體內，哀叫了一聲。他抓住自己的陽具，卻克制不住射了精，呈弧狀噴出，落在化妝鏡上。藍納特看著那黏稠的液體往下滑，落在一罐防晒品上。應該是羅藍德的吧。

他看著萊拉。她塗有豔紅蔻丹的手指仍抓著桌子，幾綹髮絲黏在臉頰上。接著，他望向羅藍德，羅藍德看起來好……累，一副只想躺下來睡一覺的樣子。他的手仍抓著硬挺的陽具，那話兒比藍納特的大很多，大非常多。

即使關上了門，藍納特的腦海仍浮現出羅藍德的陽具。它跟著他走過通道，走到外頭的停車場，還跟著他上了車。他啟動雨刷，好似想藉由這東西抹去那個畫面，但它還是闖入腦海，到處搗亂。它實在太巨大了。

他從未見過別人勃起的陽具。他原本以為自己的還算可以，但現在他知道並非這麼回事。他試圖想像那種感覺，被一根像那樣的……棒子戳入體內。真難想像那會讓人愉快，可是在萊拉的表情由享受變成驚恐之前的短短幾秒內，她的臉上分明寫著愉悅。他從未在她那張臉上見過這種表情，他沒有足以撩撥起這種情緒的工具。

雨刷摩擦著乾玻璃，發出刺耳的聲音。藍納特關掉雨刷。陽具消失，取而代之的是萊拉的臉。好美。天殺的好美，而且可人。但也因為性亢奮而扭曲得好醜陋。他感覺自己快被撕成兩半。他想發動車子，駛向某處，拿著一瓶威士忌躺在溝渠裡，然後死去。但他沒這麼做，他只是坐在原地，雙手抱著肚子，前後搖晃，像隻小狗嗚嗚啜泣。

十分鐘後，旁邊副駕駛座的車門開啟，萊拉坐了進來，頭髮已梳理整齊。兩人就這麼並肩坐著，不發一語。藍納特繼續前後搖晃，但不再抽噎。片刻後，萊拉開口。「你不打我嗎？」

藍納特搖搖頭，嘴裡迸出嗚咽。萊拉一手放在他的膝蓋上。「拜託，你可不可以賞我兩巴掌？沒關係的。」

這是個尋常的週三夜晚，大家陸續離開停車場。外出作樂的人開開心心地晃過去，有人見到萊拉在車裡，揮手跟她打招呼。她揮手回應。藍納特怒瞪著她放在他膝蓋上的手，然後用力推開。

「以前發生過嗎？」

「什麼意思？你是說和羅藍德嗎？」

感覺就像一塊冰冷的鐘乳石從藍納特的胸口和喉嚨間脫落，往下翻滾，通過他身體中央，砸碎在他胃上。因為她的那種語氣。

「還有別人？」

萊拉雙手交疊，放在大腿上，不發一語，看著車外一位年紀和她相仿的女人，穿著過高的高跟鞋搖搖晃晃走過去。她嘆了口氣。「你不想打我嗎？」

藍納特發動汽車。

接下來的三天真難熬。他們冷戰，各忙各的。藍納特在花園處理雜務，萊拉去跑步。傑瑞一下找爸爸，一下找媽媽，還說了一些笑話，試圖讓氣氛更輕鬆，但得到的回應只有苦笑。

萊拉透過慢跑來讓身材苗條輕盈，「為了你和觀眾著想」，她曾這麼說。表演的隔天，藍納特在花園把戶外家具刷上油漆，萊拉穿著藍色的連帽外套走過他身邊。他放下油漆刷，視線跟著她移動。她的外套和褲子緊到不像話，一頭紮成馬尾的金色長髮隨著在小徑上加快速度而上下跳動。

他很清楚，知道她要去和情人幽會。在某處的樹叢裡有個男人正等著她。不用多久，他們就會見面，會像兔子一樣在野地交媾。又或者，其實她只是喜歡穿著緊身衣跑步，好讓男人對她行注目禮——或者兩者皆是。她要吸引他們的目光，然後跑進他們家裡，讓他們操她，一個接一個。

藍納特把沾了油漆的刷子往庭園桌用力一摜，濺得到處都是油漆。往前往後，往前往後，進進出出，進進出出。那畫面在他的眼前鮮活生動，他感到肺部受到擠壓，無法呼吸。他快瘋了。這種說法不免老套，但此刻他真的有這種感受。他的意識駐足在陰暗房間的門檻前，被人遺忘的房裡一片靜謐，就在角落……一只小音樂盒播放著〈友誼萬歲〉（Auld Lang Syne）這首歌。他想坐在黑暗裡，一遍又一遍轉動音樂盒的旋鈕，直到沉沉睡去，永不醒來。

然而，他繼續漆桌子，漆完桌子改漆椅子，漆完椅子時萊拉終於返家。剛剛騎過那些大屌，讓她雙頰酡紅，汗溼涔涔。她伸展拉筋，他偷偷瞄向她的慢跑服，尋找潮溼或乾涸的汗漬。若他真的想看，它們就在那兒，清清楚楚，但他其實不想見到，所以把視線轉移到那截半腐爛的露臺階梯，決定做個新臺階。

週日，上週的流行歌曲排行榜將在今天揭曉。

藍納特早上醒來就開始緊張。幾天前那件事讓他的五臟六腑彷彿撕裂，現在換種情緒也好。還好起床後他鎮定多了，也能以平常心看待，否則搞不好會膽怯。就在今天，另類黑馬將成為注目焦點，所以照理說，他和萊拉應該要坐在那裡，握著對方的手，等著十一點鐘週排行榜揭曉。

然而，這種景象再也不可能發生，所以他轉而去拆露臺的舊階梯，用鐵橇又撬又扯。十點五十五分，萊拉走出屋子，手裡拿著電池式的小型收音機，坐在他旁邊的桌前。

這是那次事件後兩人首次坐得這麼近——撇開從埃斯基通納開車回家，兩人不發一語坐在車內的情景。傑瑞去參加朋友的生日派對，所以沒機會打擾他們。藍納特繼續幹活，萊拉坐在那兒看他，雙手擱在膝蓋上。他們聽見收音機傳出熟悉的片頭音樂，一滴汗珠從藍納特的胳肢窩一路滑到腰臀。

「希望可以順利。」萊拉說。

「嗯。」藍納特咕噥，用力敲打鏽得厲害的鐵釘，試圖用鐵橇把它們拔出來。

「那首歌很棒，」萊拉說：「或許我沒好好告訴過你，我真的認為那首歌很棒。」

「喔。」藍納特說。

他內心激動難抑。萊拉的稱讚對他來說終究意義非凡。他不曉得兩人將來會怎麼走下去，但至少他們能並肩坐在這裡，等待他們的歌曲。這一刻非常重要。

收音機傳出兩首歌，主持人播報完歌曲名稱後開始揭曉排行榜。第十名、第九名、八、七、六。拉斯・柏格哈根、胡特乃尼・辛格等等。老面孔。這些歌曲藍納特聽過好幾十遍。接著來了，他聽見主持人肯特・斐尼爾說：「本週的第五名是新上榜的……」

藍納特屏息，樹上的鳥兒也安靜下來，花朵上的蜜蜂停住不動，等待著。

「〈沒有你的夏天〉，Tropicos！」

普普通通的四個音符，聽起來就跟其他歌曲沒兩樣。萊拉說：「真可惜！」但藍納特沒聽見。他呆望著腐爛的木板，感覺內在有個東西枯皺壞死，就和那塊腐爛的木板一樣。在他之外的某處，有人正在唱歌：

陽光和暖意對我有何意義
當我知道這個夏天沒有你

羅藍德。唱歌的人是羅藍德。Tropicos。第五名。新上榜歌曲的最高名次，正持續往上攀升。至於另類黑馬，啥都沒有。沒登上排行榜。沒有嶄新的開始，只是一頭往下墜。

沒有你，這個夏天沒有你……

這世界還沒準備好，他只能接受這個事實。一股幾乎讓身體麻痺的平靜感湧上。藍納特望著萊拉，她正閉著眼，聆聽羅藍德的歌聲，嘴角泛起一抹微笑。

她一邊聽著他的歌聲，一邊想著他的陽具。

萊拉睜開眼，緊張地眨了眨。太遲，他看見了。他感覺自己的手猛然一抽，手中的鐵橇畫出一道大弧，落在萊拉的膝蓋上。她倒抽一口氣，張嘴哀號。

那動作就這麼自然，沒有他能控制的餘地，所以他大可原諒自己，寬恕上千次都行。但情況有變。就在萊拉發出痛苦驚愕的尖叫時，藍納特起身，再次舉起鐵橇。這次，他很清楚自己在做什麼；這次，他瞄準了目標。

他把鐵橇扁平的那端砸在同一個膝蓋上，卯足全力。某種富含水分的東西破碎，發出嘎吱聲。藍納特放下鐵橇，萊拉的脛骨開始淌下鮮血，她臉上的血色一點一滴消失。她試圖站起來，但那隻腿癱軟無力。她倒地，舉起雙手保護自己，以有氣無力的聲音說：「拜託，拜託，別這樣，不要……」

藍納特看著她血淋淋的膝蓋，肌膚底下積了好多血，但皮開肉綻的傷口只有涓涓細流。他把鐵橇轉了半圈，再往下砸，以尖銳的那一端瞄準目標。

這次很順利。膝蓋像水球一樣爆開了，膝蓋骨裂成碎片，往一側飛濺，血瀑噴湧而出，濺得藍納特的兩腿紅成一片，也濺在花園桌和剛被拆除的露臺階梯上。

萊拉停止尖叫，昏厥過去。這樣也好，否則藍納特很可能接著瞄準另一隻膝蓋。其實他很清楚自己在做什麼。他要終結萊拉的跑步習慣，讓她無法再保持苗條。什麼「為了觀眾和你」，以及在樹叢裡等待的那些男人。

為了確保萬無一失，藍納特應該連她的另一隻膝蓋一併砸爛，然而，當他站在那裡，俯視妻子無生命跡象的軀體，以及那個軟骨裸露、骨頭碎裂、鮮血淋漓的膝蓋，他心想，這樣應該夠了。結果將會證明他一點也沒錯。

7

地下室裡的房間暖和起來，溫度宜人，但溼氣依舊凝滯，靠近地面層的窗戶凝了一層水氣。娃娃仍躺在籃子裡，一雙大眼望著天花板。藍納特把毯子拉開，將她抱起來。她沒發出半點聲響，沒有任何反應。

他把長頸鹿放在她的面前，前後移動，她的目光追隨玩具數秒，接著繼續凝視正前方。她應該沒瞎，藍納特在她的耳邊用力彈手指，她蹙了一下額頭，也沒聾。但怪的是，她自我封閉起來。

她到底怎麼了？

他發現這娃娃的年齡好像比他原本以為的更大，或許有兩個月吧。兩個月內所經歷的事情，的確有可能讓人為了求生發展出保命策略。或許這娃娃的策略就是讓自己變得隱形。不被看見、不被聽見，不做任何要求。

不過這策略顯然沒用，否則她不會被遺棄在森林裡。若非藍納特剛好經過，她很可能就這樣靜靜地躺在那兒死去。他輕輕抱著她，凝視她那深邃的眼眸，跟她說話。

「現在安全了，小東西，妳不必害怕，我會照顧妳，小東西。當我聽見妳唱歌，我感覺到……希望。妳的歌聲讓我有了希望。妳知道嗎？小東西，我做了壞事，我很懊悔，好希望沒做過那些事。可是我因為習慣了，還是繼續做，結果落得這種下場。妳可不可以為我唱首歌呢？小東西？妳可不可以像之前那樣唱歌給我聽？」

藍納特清清喉嚨，唱起A大調。音符迴盪在光禿的水泥牆間，他聽見自己的五音不全。然而，光有紙筆不一定能畫出腦海裡的圖像，除非有天賦，唱歌這種事也一樣，他就是無法精準地唱出腦袋裡的曲調。不過，雖不中亦不遠矣吧。

娃娃張開嘴巴，藍納特把聲音定在那個音符，讓嘴型呼應她的嘴，對著她唱出不完美的音調，同時凝視著她的眼睛。被他抱著的她開始顫抖。不，不是顫抖，是顫動。這時房內的聲音有了變化，他的音符聽起來並不一樣。他喘不過氣，而且一頭霧水，直到他的音符開始褪去——但在完全消失之前他才明白發生了什麼事：娃娃以低八度的A大調跟他相應和。可是這麼小的娃兒不可能發出這麼低的音啊？這實在讓人心驚。娃娃用她的身體做為音箱，像隻貓咪舒服得嗚嗚叫，發出的純粹音符所在音域對她來說應該是不可能的。

藍納特靜默，娃娃也跟著安靜，身體停止顫動。他抱緊她，熱淚盈眶，親吻她的臉頰，在她的耳畔低語。「我差點以為這全是我幻想出來的，小東西，現在我知道是真的。妳餓不餓？」

他再次把她抱到眼前，但從她那張臉實在看不出她有任何需求。他小心翼翼地捏捏她胸口，實在搞不懂她怎能發出那麼低沉的音。最有可能的解釋是她像是嗚嗚叫的貓咪，把身體當音箱。可是貓咪不會發出正弦波的音。

妳是天上掉下來的禮物，是老天爺賜給我的禮物。

藍納特檢查娃娃的尿布，把她放回籃子裡，以毯子將她裹好，然後走到儲藏室，翻出傑瑞以前的嬰兒床。

8

藍納特帶寶寶回家之後那幾天，萊拉一直等著敲門聲、電話聲、穿著制服的人硬闖入屋子質問他們，把她強押進牢房，搞不好是精神病院那種貼有海綿軟墊、防止犯人撞牆的牢房。

一星期後，她開始放鬆。偶爾電話響起，她會小心翼翼地接起，彷彿很怕另一端的東西，然而時間一久，她開始相信沒人會來追問寶寶的事情。

藍納特幾乎整天待在地下室。雖然萊拉挺高興，這樣一來他就沒精力踱步發脾氣，但這種氛圍還是讓她飽受折磨。她常會意識到寶寶的存在，不停想著藍納特正在做什麼。他向來不喜歡孩子的。

即使爬樓梯會讓膝蓋很痛——這幾個年頭下來，那隻膝蓋裡頭的鐵製零件數目已經超過器官組織——她還是偶爾下樓查看寶寶的狀況。藍納特會禮貌性地讓她進房，但肢體語言明顯表示她打擾到他們了。

她不可以說話。當她坐在房間內的椅子準備開口，藍納特就會立刻把食指放在脣上，要她閉嘴。他說，不能讓這孩子「被叨念得支離破碎」，像以前發生過那樣。

有時，一打開通往地下室的門，她就會聽到音符和音階。每次她都會愣在原地，震驚不已。藍納特的男高音混合著另一種更高亢、澄澈如水、清脆如玻璃的聲音。寶寶。她從未聽過這種聲音，也沒聽誰描述過這樣的聲音。

然而，她還是聽見了，終究聽見了。

他們面對的是一個孩子。這個孩子不該躺在地下室，她生命中唯一的刺激來源，不該是音階練習。

身為作曲家的藍納特仍有很多工作要處理，有時得進錄音間盯著藝人錄製歌曲。孩子由他們照顧的第十天，這種狀況就出現了。

藍納特原本覺得偶爾去一下斯德哥爾摩，暫時重回他該全天候浸淫的世界其實挺有趣，然而這次他很不想去。

「你去吧，」萊拉說：「我會幫你照顧寶寶。」

「我相信妳會照顧她，問題是怎麼個照顧法。」

藍納特在廚房踱來踱去，皮衣掛在手臂上。這件皮衣是專為這種公務行程才穿，大概是某種盔甲的作用。總之，他得讓自己看起來剽悍，而皮衣正能發揮這種效用。

「什麼意思？」

「妳會說話，不停地說。我很了解妳。」

「我不會說。」

「不說話那妳會幹麼？」

萊拉把藍納特手臂上的皮衣拿起來，抓著肩頭舉高，好讓他穿上。「我會給她餵奶，換尿布，確定她好好的。」

藍納特離去後，萊拉在屋子裡張羅一些小事，因為她想確定他沒忘了什麼又返家。二十分鐘後，她打開地下室的門，走下階梯。

娃娃就躺在傑瑞的嬰兒床上，望著由色彩鮮豔的塑膠動物組合成的懸吊式玩具。她好蒼白、好瘦小，奄奄一息。臉頰不紅潤，雙手也沒有尋找或探索著什麼。

「可憐的小東西，」萊拉說：「妳很無聊是不是？」她抱起小娃娃，瘸著腿走到儲藏室，在最下層的架子找到那箱冬衣。她拿出傑瑞的第一件雪衣，幫孩子穿上時鼻頭酸了起來。接著再戴上有耳蓋的毛帽就裝備齊全了。

「我們穿好了唷，可憐的小東西，現在看看妳，美不美啊？」

走到地下室的階梯頂部，打開門時，她哭了出來。在她懷裡的襁褓小娃讓過往的回憶湧上心頭。藍納特愛怎麼說就怎麼說吧。總之，她很愛傑瑞，她喜歡有個孩子讓她照顧、讓她保護。一個無法靠自己活下去的人。或許，這種動機不對，也不夠成熟，但她會竭盡所能，去做該做的事。

她打開門，踏上最後一段水泥階梯，深深吸入冷冽的秋天氣息。娃娃皺起臉，張開嘴，彷彿要品嘗清新的空氣。她的呼吸好像比平常深沉。萊拉慢慢往前跨出幾步，望向草坪另一端。

鎮定，萊拉。妳這根本是瘋了。

花園十分隱蔽，但就算有人瞥見寶寶，或者聽到哭聲，那又有什麼關係？反正這孩子又不是綁架來的，也不是舉國上下尋找的失蹤兒。她看過報紙，沒有寶寶失蹤的消息。就算她——萊拉・希德斯壯姆——懷裡抱著嬰兒在花園裡走來走去，大家也會很自然想出合理的解釋，不會衝向最近的電話報案。

萊拉一次跨出一步，慢慢走到花園最遠角落的紫丁香棚架裡，坐在長椅上，把孩子放在膝蓋。這個秋天溫煦溼暖，所以紫丁香的葉子甚至還沒捲曲，更遑論掉落。萊拉坐在圓弧狀的綠棚裡，開始放鬆。

她抱著娃娃在花園裡較隱蔽的地方散步，帶她看香草園、醋栗叢，以及成熟纍纍、等著讓人摘取的黃蘋果。她們在那裡待得越久，娃娃的表情就變得越生動，臉頰也開始出現健康的粉紅色光澤。

下起毛毛雨，她們進屋。萊拉泡了一瓶奶，坐到扶手椅，把寶寶放在大腿上。這孩子幾分鐘內就咕嚕咕嚕灌完牛奶，在萊拉的懷裡睡著。

萊拉抱著她在屋裡繞了一會兒，就為了享受這種純粹的喜悅，有個溫暖放鬆的孩子躺在她懷裡。然後電話鈴響，萊拉本能地把寶寶摟得更緊。她看著電話，它卻沒望向她，它無法看她。她的手鬆開了些，電話又響起。

她被鈴聲吵得很緊張，瘸著腿走到地下室的門，下樓回娃娃的房間，廚房裡的電話仍響個不停，直到她把孩子放在嬰兒床上，長頸鹿擺在她旁邊，鈴聲才停止。萊拉等了一會兒，看著躺在嬰兒車裡的娃娃。即使睡著，娃娃的表情依舊專注，或說警戒。萊拉真希望自己可以抹去這種表情。

好好睡吧，小星星。

電話又響起，響了七聲後她才跛著回廚房接起電話。是藍納特，他很不高興。

「妳究竟跑哪去了？」

「我在地下室。」

「下面那裡也聽得到電話，不是嗎？」

「我正在給她餵奶。」

藍納特沉默，看來這樣回答是對的。再次開口時，他的聲音輕柔了些。「她喝了嗎？」

「當然喝了，一整瓶全喝完了。」

「喝完後有睡覺嗎？」

「有，立刻睡著了。」

萊拉坐在椅子上，閉上眼睛。這樣的對話再尋常不過，男人和女人談論寶寶。這種事隨時、隨處都可見。她的身體變得出奇輕盈，彷彿在花園裡散步的那短暫片刻讓她瘦了二十公斤。

「所以沒事？」藍納特問。

「沒事，一切都很順利。」

萊拉聽見藍納特那端傳來門開啟的聲音，他以警覺的口吻說：「好，很好，我還要再幾小時，這裡有點棘手。」

「沒問題。」萊拉說，嘴角泛起一絲微笑。「完全沒問題。」

9

那個秋天，藍納特很忙，每個禮拜至少要去斯德哥爾摩一次。就算在家，也幾乎整天待在鍵盤前。歐洲歌唱大賽成為黑馬的歌手麗姿．坎格，繼首張專輯的發行計畫後，準備出第二張專輯。唱片公司要藍納特把已經寫好的歌曲「整理一下」。

藍納特寫了新歌，並保留原先的爛歌裡一些還算動聽的樂句。唱片公司允許他把歌曲做更動，這點讓跟唱片公司簽了合約的他勉強可以接受原創作品受到他們蹂躪。他很清楚自己在蹚什麼渾水。第一次跟唱片公司開會，他們就放了一首他整個夏天不想聽到都難的歌曲。

城裡的夏天，一九九〇。
你是否記得我？

某個中階主管關掉數位錄音機，說：「我們在想的就是能和這種歌詞搭配的曲風。」藍納特笑了笑，點點頭，腦海浮現一片沙漠，沙漠裡有骷髏伸出手，高聲喊救命。

◆

倘若沒有和娃娃相處的時光可增添期盼，這個秋天肯定很難捱。每次把她抱在膝上，聽她以水晶般澄澈的聲音跟著他練習音階，他就覺得自己碰觸到了某種更宏偉的東西。這東西不僅大過他在鍵盤上的可憐手指，甚至超越生命本身。

音樂。她就是音樂，真正的音樂。

藍納特向來相信人人皆有音樂天分，這種天賦與生俱來，只可惜大家幼年時被強餵了垃圾，糟蹋了天賦。被騙上鉤之後，大家以為音樂只能這樣，聽起來就該像這種垃圾。若有機會聽到不是垃圾的音樂，他們會想，這音樂很特別，接著轉到另一個頻道。

這娃娃就是活生生的例子，證明他所言不假。當然，寶寶通常無法表達出他們內在那不受汙染的純淨音樂，但這個娃娃就是可以。他不願相信這純粹出於偶然，他認為這一定蘊含特殊意義。

還有另一件事讓這個秋天稍微不那麼難捱。萊拉似乎開心多了，之前好長一段時間，她總是悶悶不樂。最近，他偶爾還會聽見她在屋裡走動時哼著歌曲。當然，多半是流行老歌，不過他真的聽見了她的歌聲。這時，他多半坐在鍵盤前，努力把某首三和弦的曲子加以美化，插入令人驚愕的小調和弦，而這差事讓他覺得自己彷彿在幫豬披上晚禮服。

然而，每朵烏雲的邊緣都是閃亮的。

有天晚上，藍納特在鍋爐室裡添上當天的最後一次燃料，走往娃娃房間，準備安撫她睡覺。這時，他聽見她的房裡傳出聲音。他在半掩的門邊駐足聆聽，聽見躺在嬰兒床裡的娃娃發出非常、非常微弱的聲音……她在哼歌。藍納特站在那兒聽，半晌後聽出熟悉的曲調，但想不起是哪首歌。僅有片段歌詞閃過他腦海。

眼睛……雀躍……寂寞……

藍納特不敢相信自己耳朵聽到什麼，想否認卻也否認不了。這娃娃真的躺在那裡哼出了九〇年代西洋老歌〈夜裡的陌生人〉（Strangers in the Night）。藍納特打開門、走進去。哼唱戛然而止。

他抱起娃娃，凝視著她那雙深不可測的眼眸。這雙眼睛總是望著他身後遠方的某一點，從未和他四目相接，於是他恍然大悟。剛剛聽到的不是〈夜裡的陌生人〉，而是〈一千零一夜〉（Tusen och en natt），由拉斯．朗達（Lasse Löndahl）以蜜糖般的嗓音翻唱的瑞典版。這是萊拉最愛的一首歌。

就這麼發生了。

藍納特壓根兒沒想過一個嬰孩竟能記住旋律，而且還精準地將它唱出來，簡直不可思議。這娃娃突破了許多他原本習以為常的音樂界限，然而……

就這麼發生了。

垃圾音樂就是有這種驚人的能力，到處都能留下痕跡，不管你怎麼努力封鎖、築起重重防護，垃圾音樂總有辦法穿透缺口，從你忘記填滿的縫隙滲入，攻城略地，占地稱王。

藍納特把娃娃放在蓆子上，她稚拙地揮動手腳，撞開萊拉擺在旁邊的彩色積木。藍納特清清喉嚨，開始輕聲唱起瑞典民謠。「喔！維美嵐，妳是如此美麗……」娃娃完全沒注意到他，她繼續揮打積木，直到所有積木都滾到手不能及的地方。

10

今年是暖冬，所以一直到將近十二月底，萊拉還能帶著寶寶到戶外遠足。一月初，冷鋒忽然來襲，夾帶風雪，然而，她之所以無法趁著藍納特離家時把寶寶帶到戶外，主要是因為雪，而非天凍地寒。她不想在雪地上留下足跡。

藍納特強烈禁止她和娃娃有任何接觸，除非逼不得已，她不准在寶寶面前說話、唱歌，或者發出任何聲音。這孩子必須住在寂靜的大泡泡裡，只能在藍納特的指導下練唱。萊拉很清楚他有何計畫，認為他根本瘋了，不過至少她可以提供這孩子一小片正常的綠洲，所以也就任由他去。

某個下午，她坐在一旁看著寶寶玩耍——或者隨你怎麼稱呼那個舉止。總之，娃娃正在學著抓東西，她可以坐在原地好幾小時，抓起同一塊鮮豔的積木，扔掉，抓起，再扔掉。

萊拉曾經從儲藏室拿了一個柔軟的動物玩具給她。那是一隻小狐狸，會隨著音樂唱歌、擺動身體。「狐狸佛萊迪來了，聞啊聞、聞啊聞……能讓他聞氣味的這個東西是什麼呢？」

娃娃絲毫不感興趣，完全不管佛萊迪是什麼。即使萊拉用小狐狸的鼻子去推她的大腿，寶寶也只會繼續抓住積木，將它舉到視線水平的位置，看著，然後扔掉，小心翼翼看著它掉落、滾開。若積木落到她伸手所不及的地方，她就會等著萊拉將積木拿回來給她，然後繼續舉高、丟下。

隔天，藍納特把自己關在工作室裡，萊拉打電話給泰利耶市的托兒中心。

「你好，我有個問題，是關於我的……孩子，她大概六個月大，她有些舉動讓我很納悶。」

「她的精確年紀？」

萊拉咳了一下，說：「五個月又三週。我覺得，當我們想跟她玩，或者進行類似的互動，她似乎都沒反應。她不看我們，只會……不停拿起一塊積木，然後丟掉。她只會做這種動作。這樣正常嗎？」

「妳是說她沒反應。那如果妳碰觸她，或者想引起她的注意，她會有什麼反應？」

「什麼反應都沒有。她只會……該怎麼說呢……她只對無生命的東西有興趣，只對物體感興趣。」

「唔，透過電話很難判斷，不過，我建議妳把她帶來，讓我們親自看看。妳來過我們這裡嗎？」

「沒有。」

「那妳去過哪裡的托兒中心嗎？」

萊拉的腦袋忽然一片空白，只能脫口說出浮上腦海的第一個地方。「斯科福德。」

「嗯，如果把她的身分證字號給我們，我們或許可以看看——」

萊拉猛地掛上電話，彷彿手被燙傷。她坐下來，呆望著電話三十秒，才又拿起話筒。線路暢通的撥號音傳來。沒有人聲糾纏，她在心裡複習剛剛的對談，關鍵字是「不過」接下來的隱喻。

透過電話很難判斷，不過，我建議……

她的恐懼不是毫無根據。這個「不過」代表事情偏離常軌，此外，也代表托兒中心的職員說話謹慎，以免驚嚇到惴惴不安的家長。

藍納特從工作室現身時，萊拉試圖向他提起這問題。當然，她沒那個膽告訴他她打過電話，所以，她只能說這是根據自己粗略的觀察，但這種說法顯得毫無說服力。藍納特或許會同意寶寶很被動，但這有啥好抱怨的？

「難道妳希望她和傑瑞一樣？晚上躺在那裡號啕大哭，讓我們得起來五、六次？」

其實晚上起來五、六次的人並不是藍納特，但萊拉克制自己，不提細節，只說：「我只是希望能讓她做個詳細檢查。」

她看見他的下巴肌肉繃緊，她接近了危險區域。藍納特握緊雙手，彷彿不想做出什麼事來。

「萊拉，我最後一次警告妳，如果讓人發現我們擁有這個娃娃，他們一定會帶走她，所以妳想都別想，絕對不可能。況且，如果真像妳想的那樣，她有毛病，妳認為他們會怎麼做？給她藥？對她進行某種治療？妳到底想怎樣？」

最後一個問題其實不算問題，而是陳述，意思是：妳這個愚蠢的賤人。藍納特的雙手張開又握緊，萊拉沒再多說一句話。

不過，他說得對。她到底想怎樣？她要孩子接受什麼治療？或者吃藥？都不是。仔細一想，其實她想要的是某個知道他們在說什麼的人來看看寶寶，告訴她一切沒事。或說寶寶有問題，這種毛病叫作這個或那個，但他們對此束手無策。她想知道的只是這樣。

兩週後，藍納特進城替那張專輯做最後一次混音。雪融化，但溫度又降至零下，花園裡覆蓋著一層冰，這樣萊拉不會留下痕跡。

娃娃需要出去透透氣。

為了外出而幫娃娃穿衣的機會少之又少，此時萊拉忙著幫娃娃穿上衣服、褲子和雪衣，感覺和娃娃更親近了，而這種親密感只有在幫小娃兒穿衣服時才能感受到。她捲起小襪子，套上寶寶的小腳。這時她甚至允許自己出現這個念頭：我愛妳，小東西。

倒不是說在平日作息中她對寶寶無動於衷，而是因為這孩子對她的情緒毫無回應，頂多只會伸出小手指，摸索萊拉的臉，但那種摸索和她摸索其他東西一樣：有條不紊。有一種實驗性，彷彿想了解這物體是怎麼運作。

或許就是這個原因，讓她在幫寶寶穿衣時產生一種兩人終於相互了解的感受。萊拉輕輕地將寶寶纖細的四肢套進雪衣，戴上手套，就像處理物體一樣對待娃娃，輕柔地對待該受保護的東西。

她將寶寶抱到門口，放在階梯上。娃娃的雙手高舉過頭，萊拉牽著她的雙手，讓她半走半拖地下階梯。這時，她們腳底下的薄冰被踩得嘎吱響。

花園覆滿薄冰和一團團冰凍的雪。萊拉小心翼翼牽著娃娃走向枝椏光禿的紫丁香棚架。「瞧見了嗎，小東西？這是冰。」

他們沒耗費精神給娃娃取名字，但確實討論過這事。娃娃不受洗，也不用和人接觸，似乎沒有取名的需要，因此，他們把這事擺著。有一次，萊拉聽見藍納特對娃娃說話時叫了她「小東西」，而這也就成了他們對她的稱呼。

她們在棚架裡的長椅坐了一會兒，萊拉拿小樹枝和乾燥的落葉給娃娃端詳，接著兩人散步一小段路。地面狀況讓寶寶不穩的雙腿走得更困難，寒氣也讓萊拉的膝蓋變得僵硬，所以她們只能拖著腳步，一次移動一點。

就在離屋子二十公尺左右，萊拉聽見引擎的聲音。這聲音她聽過太多次了，立刻認了出來。是傑瑞的摩托車。

她抱起孩子，踉蹌走向地下室。走了十公尺左右，膝蓋就一陣劇痛。她踩到一片滑冰，整個人往前摔。落地時，她設法扭到側邊，讓自己以肩膀著地，保護娃娃的頭部。她自己的頭猛然撞擊結冰的地面，眼前一片暗紅，娃娃從她懷裡滑出。

在一片紅色濛霧中，她聽見摩托車更加靠近，接著引擎熄火，支撐架放下，發出喀的一聲，腳步逐漸走來。紅色濛霧裡出現一片亮光，而且亮度漸強，終於，她再次看見雪、冰和娃娃的藍色毛帽，傑瑞的短靴進入她的視線範圍，然後停住。

「妳在幹麼啊媽？還有，這是誰啊？」

11

藍納特開車，準備回家，不如往常心情鬱悶。平常結束錄音室的工作，或者在斯德哥爾摩開完會後，他多多少少會帶著怒氣，但今天諸事順利。

在這張專輯錄製的最後階段加入了新的製作人。藍納特一見到這個穿著黃衣服的年輕小夥子悠哉悠哉地在錄音室踱來踱去，心就涼了半截。然而，出乎意料，這個新來的傢伙喜歡藍納特的東西，還說它是「新潮的摩城[1]之音」、「讓人讚嘆的復古風格」。他又額外挑選了兩首已錄製完成但沒收錄的歌曲。換句話說，現在藍納特是該專輯三首歌曲的作曲人，其中一首還被考慮當成主打歌。

所以，當藍納特回到家，看見傑瑞的摩托車停在門外，也只是小小嘆了口氣。他暫時披上防護斗篷。他是作曲家，這個身分壓過日常生活的試煉。

他和萊拉結縭二十五年，在這間屋子裡居住的時間也差不多這麼久。他一進屋，關上身後的門，脫掉鞋子，就立刻感覺到異狀。有什麼改變了屋內的氛圍，但他不曉得那是什麼。

他走進廚房，答案揭曉。萊拉坐在那兒，還有傑瑞，他的膝上坐著娃娃。藍納特站在廚房口，那件防護斗篷掉落到腳邊。萊拉以祈求的表情看著他，傑瑞假裝沒注意到他的存在，逕自撐著娃娃的胳肢窩將她舉得高高，發出「嘟嘟嘟」的聲音逗弄她。

「小心，」藍納特說：「她不是玩具。」

萊拉對傑瑞說了多少？藍納特向她揮手，「萊拉，過來。」同時腳跟一轉，準備走向工作室，在那兒，他們就可以不受打擾地交談。然而，萊拉沒跟過來。

他回到廚房，傑瑞說：「別發脾氣，爸，坐下。」

藍納特走向傑瑞，伸出手想接過孩子，但傑瑞沒遞給他。「我說坐下。」

「把她給我。」

「不，坐下。」

藍納特不敢相信會有這種事。「你這是抓人質當威脅嗎？」

傑瑞把臉頰貼在娃娃臉頰上，「拜託，這是我的小妹妹欸。是說我不能享受一下兄妹時光嗎？」

藍納特坐在椅子邊緣，隨時準備站起來——如果傑瑞有任何邪惡打算。好多年了，藍納特根本搞不懂傑瑞腦袋裡在想些什麼。他怕他，就像我們害怕所有難以預測的未知事物。

「傑瑞，」他說：「把她給我，我就給你五百克朗。」

傑瑞低頭看著地板，似乎在考慮這個提議。接著，他說：「你以為我會傷害她？你真的認為我會這麼做？」

以錢當作交換條件是錯誤之舉。如果傑瑞了解這娃娃對藍納特有多重要，情況只會更糟。所以，他轉而拿起報紙，假裝沉浸在美國剛對伊拉克發動的轟炸攻擊，連瞥都沒瞥孩子一眼。

過了一會兒，傑瑞說：「天殺的，她未免太安靜了。我是說，她連一點聲音都沒有。」

藍納特謹慎地摺好報紙，將手放在報紙上。「傑瑞，你到底想幹麼？」

1 摩城（Motown）是美國一家以靈魂音樂和黑人音樂為主的唱片公司，一九六〇年成立於底特律，因為該城市有汽車之城（Motor of Town）的稱號，所以取名為Motown（摩城），一九七一年遷至洛杉磯，一九九四年，被寶麗金唱片併購。

傑瑞起身，繼續抱著寶寶。「我沒想幹麼，倒是你，你打算繼續這樣多久？」他把娃娃遞向藍納特，但藍納特伸手要接時，他又縮手，轉而將她遞給萊拉。

藍納特的手指抽搐，但他克制自己。「什麼意思？」

「這樣藏著她啊。我的意思是，總會被人發現的，一定會有人閒言閒語。」

藍納特努力裝出事不關己的漠然語氣，說道：「我只是有件事不明白，你是怎麼發現我們有這個娃娃？」他瞥向萊拉，她的嘴巴閉得緊緊的。

傑瑞聳聳肩，說：「從地下室的窗戶看見的啊，我從窗戶看見她在那裡。不過，反正我之前就一直覺得有問題。」

藍納特沒繼續聽。不對勁，傑瑞怎麼會忽然去看地下室的窗戶？還有，從那扇窗戶真的可以看見嬰兒床嗎？

傑瑞的手在藍納特的面前揮一揮，「你聽到我說的話了嗎？」

「沒聽到。」

「電腦，我說我要一臺電腦。」

「要電腦做什麼？」

「你老是說我沒培養興趣，」傑瑞說：「瞧，我現在有興趣了。電腦，我要電腦，麥金塔的。」

果真是挾持勒索。即使傑瑞歸還了寶寶，他仍挾持寶寶來勒索父親。

「多少？」藍納特問：「一臺要多少錢？」

「我想要經典款的麥金塔。」傑瑞說：「差不多一萬克朗。」

「我能有什麼好處？」

傑瑞哼了一聲，往藍納特的肩膀捶一拳。「老爸，你知道我喜歡你哪一點嗎？你這個人上道，不囉唆，也不浪費時間。」傑瑞搓搓自己的頸背，想了一下，然後說：「保守祕密一年，或者六個月，差不多這樣。」

「然後呢？」

「然後再說啊。」

藍納特將臉埋入掌心，手肘撐在餐桌上。在傑瑞最糟糕的那幾年，藍納特有一度希望這個兒子死了算了，現在他又起了這個念頭。可是，這樣想又如何？他聽見旁邊傳來萊拉的聲音。

「嗯，我是覺得傑瑞有個興趣也好啦。」

藍納特的指甲戳入頭皮，說：「安靜，給我閉嘴。」然後他抬起頭，轉向傑瑞。「要不要我順便提供宅配服務算了？」

「好啊，很好，酷。多謝啦。」

藍納特氣得喉嚨緊縮，得十分費力才能擠出一絲聲音，「不客氣。」

傑瑞走到門口，萊拉起身，把孩子遞給藍納特，但看都沒看他，直接走向傑瑞，低下頭小聲地說：「傑瑞，我可不可以跟你一起走？」

傑瑞皺眉，看看萊拉，再看看藍納特，然後好像頓悟了什麼似的說：「媽的，我是不了解你們之間發生什麼事，這麼說吧，」他轉向藍納特，「如果你敢碰媽一根寒毛……你就準備永遠忘了那小孩，懂嗎？」

現在，藍納特不僅喉嚨緊縮，全身每寸肌肉都扭結，變成繩索，繃得死緊，緊到開始顫抖。傑瑞朝他跨出一步，「我不是真的要問你是否聽懂。總之你別碰我媽。只要她身上有個瘀青，那就沒什麼好談的。懂嗎？」

藍納特費了好大力氣才有辦法上下點頭，僵硬地動了動。他懷中的寶寶不安地扭來扭去，傑瑞撫摸娃娃的臉頰，逗弄她，「嘟、嘟、嘟。」

他離開，萊拉沒跟著他走。

12

傑瑞的名字取自五〇年代美國著名搖滾音樂人傑瑞．李．路易士（Jerry Lee Lewis）。有那麼幾年，傑瑞好像也會走上音樂之路，但希望他不會像傑瑞．李那樣命運多舛。在藍納特的指導之下，五歲的傑瑞開始練習吉他，到了七歲，他就能輕鬆彈出基本和弦，還能創作簡單的旋律。

藍納特不認為自己是莫札特的父親，有個曠世奇才的兒子等著栽培，然而，若是經過他的嚴謹訓練，能讓傑瑞有機會成為優秀的音樂家，這也夠令人欣慰了。

接著，發生了〈告訴我〉這首歌未能進榜的事件。

萊拉不曾說出她的膝蓋是被藍納特打爛，只說自己跌到，撞到尖銳的岩石。即使眾人百般施壓要她說真話，她也從未改變這個說法。她住院十天，經歷一連串手術。

出院返家後，家裡的氣氛就永遠變了。藍納特不曾懊悔自己的所作所為，反而把萊拉當成次等人類看待，開始毆打她。次數不多也不少，只有當他覺得她跨越了次等人類的階級，他才會動手。萊拉有兩條路走：離開，或者忍耐。

數年過去，既然萊拉沒主動做出決定，日子也就這麼過下去。慢慢地，新肌膚生長，覆蓋在她身體上，最後，她成了藍納特認為她該有的樣子：一個半人，一頭母獸。

傑瑞繼續練習吉他，雖然沒顯著進步，但他努力不懈，一次進步一點點。在這個氣氛冰冷的家裡，他成了經常處於驚嚇狀態、瘦成皮包骨的內向小孩。中學之後他被霸凌，次數不多也不少，剛好足以讓他知道他的極限，讓他乖乖留在邊界裡。

剛滿十二歲，他發現了英國著名搖滾樂手大衛·鮑伊，或者更精確地來說，他發現的是《齊基·星塵與火星蜘蛛樂隊的崛起與隕落》（*The Rise and Fall of Ziggy Stardust and the Spiders from Mars*）這張專輯。如果說他播放這張專輯的頻率多到唱針都磨損了唱片溝鑿，那麼，〈星人〉（Starman）這首歌更是被播放到唱片足以磨出一個洞。

他不完全了解歌詞，但可以感受到那種氛圍和感覺。整張專輯帶給他很大的慰藉。他也想這麼相信：在世上某處有人等著他，而那個人能讓一切變得美好。不是上帝，而是具有超級能力的星人。

班上同學的荷爾蒙開始旺盛分泌，霸凌情況也日益加劇。在女孩面前羞辱傑瑞成了其他小夥子常玩的遊戲，而傑瑞因此變得更退縮，更守著他唯一的祕密：他會彈吉他。

〈太空怪談〉（Space Oddity）取代〈星人〉成為他最愛的歌曲。他了解裡頭每句歌詞的意義，而且完全認同歌詞裡提到的湯姆少校。這位少校決定切斷和地球所有生物的聯繫，飄浮在無垠的外太空。

一切有可能會不同。想到毫不起眼的事件卻足以改變我們的人生方向，著實教人心驚。那天藍納特若沒忘了皮夾，Tropicos 若沒在同一個週日跟他競爭排行榜的席次，諸如此類。同樣的命運也發生在傑瑞身上。

老師發現他會彈吉他，好不容易說服他在週五的歡樂時光在全班面前表演。傑瑞對〈太空怪談〉這首歌瞭若指掌，但從週一開始他還是努力練習，彈到手指發疼。

週四晚上，他自彈自唱，表演給藍納特和萊拉聽。即使他們不喜歡大衛・鮑伊，仍聽得目瞪口呆，陶醉失神。傑瑞彈出最後一個和弦時，兩人已感動得淚水在眼眶裡打轉。這麼多年來，這或許是最幸福的家庭時光。

那晚傑瑞輾轉難眠，滿腦子都是動人的幻想。這是他雪恥的機會，就跟和電影裡演的一樣。當他演奏，他將會脫離身體，從外界的角度耳聞目睹他的表演有多精采。或許比大衛・鮑伊本人更棒。他的同學想不承認他很棒都難。

時間到了，傑瑞從匣子中拿出吉他，內心非常平靜。不管同學怎麼看待這首歌，他要讓他們看看他有多厲害。他們或許會繼續霸凌他，但起碼他知道，他們會曉得他有才華。

他坐在教師桌旁的椅子，把吉他架上膝蓋，掃視全班：懷疑的表情，輕蔑的冷笑。他彈出第一個和弦，精準地奏出音符，同時唱出：

地控中心呼叫湯姆少校……

教室的擴音系統傳出劈里啪啦的爆裂聲音，接著開始廣播，傑瑞停止演唱。「午安，校長室廣播。想觀看英格馬·史坦馬克比賽的同學請立刻到大廳集合，再過五分鐘，他將開始第二回合的比賽。今天的課程就到此結束。瑞典，加油！」

二十二張椅子往後推開，刮磨和碰撞此起彼落。全班同時起身，衝到大廳觀賞瑞典高山滑雪英雄再次締造另一次勝利。三十秒內，教室空無一人，只剩下傑瑞和老師。老師嘆了口氣，說：「真可惜，傑瑞，不過下次還有機會，或許下週五，如何？」

傑瑞點點頭，而老師則奔出教室，加入大廳裡那些幫史坦馬克加油打氣的觀眾。他沒大叫、沒哭泣，也沒放火燒學校。他慢慢地站起來，把吉他放回匣內，徹底放棄。

如果高山滑雪世界杯不是那天比賽，如果史坦馬克晚個五分鐘才出賽，如果校長的語氣沒那麼雀躍……

一切可能會不同。

◆

下週五傑瑞沒表演，也沒在任何一個週五表演。他再也提不起勁。他知道他的機會已從指間溜走。對了，史坦馬克照例贏了滑雪比賽。

傑瑞剩下的中學時光就在低級霸凌遊戲的惡夢中度過。他沒被欺負到拒絕上學，但他們也沒放過他，讓他可以安心待在學校。他就這樣撐完中學。

他不再彈吉他，成天埋首於描寫超級英雄的漫畫書、華麗搖滾樂和模型飛機。藍納特曾強迫他回歸音樂，但傑瑞強烈排斥，斷然拒絕。他把吉他塞進床底，讓它一直待在那兒。

九年級的最後一學期，生理特徵開始明顯，傑瑞的身體正在變化，短短幾個月內長高了五公分，每個部位似乎都在脹大。畢業後，他的身體全面膨脹，彷彿終於擺脫壓迫，開始伸展。

他必須大吃大喝才能跟得上宛如溫室植物般快速成長的身體，也因此，他經常造訪泰利耶市中心廣場那家披薩店，而他就是在那裡認識比他高兩屆的羅伊和艾維斯。而且不可思議的是，他們的名字都和音樂界的傳奇人物有關。羅伊跟七〇年代美國搖滾巨星羅伊·歐比森同名，而艾維斯則是巨星貓王的名字。或許這一點讓他們接納傑瑞成為一分子。艾維斯、羅伊和傑瑞。聽起來真是絕妙組合。

秋天，傑瑞開始上大學預校，接著主修技術專科。中學同學沒人和他念同一所學校，所以他可以重新開始。雖然他總是露出帶點羞怯的表情，可是他身材魁梧，人高馬大，大家最好別惹他。

十月，羅伊和艾維斯帶他見識他們的專業技能——去避暑小屋闖空門。同時吸納他成為旗下一員。他們會騎著電動機車去偏僻地區，找到門鎖簡陋的度假小屋，闖入後搜括財物，通常是園藝器具和家庭用品。羅伊負責拿贓物向斯德哥爾摩一個他認識的傢伙兜售，換取微薄的現金。

有時他們會找到酒。傑瑞很樂意在出擊成功後跟著他們暢飲慶祝。羅伊自己有個小房子，裡頭有電視和錄放影機，他們會在那裡不受干擾地盡情喝酒，看一些影片，比如《電鑽殺人狂》（*The Driller Killer*）、《瘋狂殺手》（*Maniac*）和《我唾棄你的墳墓》（*I Spit On Your Grave*）。一開始那些血腥暴力的畫面讓傑瑞有點作嘔，但這種感覺很快就消失。

他腦袋沒壞，他一點都沒想去做電影裡的那種事，而且他認為這些電影所引發的激烈爭議很無聊。然而，它們的確捕捉到了他的感覺。習慣之後，見到電影裡那個皮臉殺手把女孩吊上鐵鉤，他也覺得沒什麼了，反倒有一種平靜的舒服感。不知為何，他開始覺得這樣做很對，就是應該這樣，生命和一切就該如此。

他九年級的成績差強人意，只能進入預校就讀。但現在，情況好很多。他的「課外活動」不僅沒造成負面影響，反而讓他更滿意他的生活。所以，回家功課或許一塌糊塗，但他在學校反而更專心，因為不必隨時提心吊膽。

他在預校第一年的成績比所有人預期得更好，藍納特和萊拉送他一臺電腦當獎賞。學校放假之後那幾個禮拜，他整個人都埋在這臺由 Sinclair 公司生產的八位元個人電腦 ZX81。整體來說，那段日子就像個甜美的小故事。

一切可能會不同。

七月初，他照常和羅伊及艾維斯在披薩店碰面。艾維斯有點興奮，他有個朋友的朋友去阿姆斯特丹，帶了一些上等的大麻回來，他讓艾維斯也嘗了一些。

嗯，你們得嘗嘗這東西。傍晚他們坐在當地小公園的一棵樹後方，笨手笨腳地捲菸草，輪流吸食。

傑瑞覺得棒透了。他聽說大麻會讓人感覺沉重遲鈍，可是他試了之後卻覺得直上雲霄，或許比平常更難移動，心卻輕舞飛揚！眼前的一切變得如此澄澈，他清楚知道什麼是什麼。

三人勾肩搭背，大步走向愛之角——大家習慣在傍晚聚集聊天的地方。他們所向無敵，他們是三劍客，他們是他媽的一整個搖滾樂史。

好像有派對，一群年齡和他們相仿的年輕人圍在營火四周，有人漫不經心彈著吉他。這三個搖滾客大搖大擺走入場子，引起一陣騷動！不是蓋的！大家乖乖挪出位置給他們。羅伊抓了一瓶酒，和哥兒們分享。

傑瑞的目光離不開吉他，這聲音喚醒了他內在的某種事物，他的手指開始在半空比畫，回想木質琴身、琴弦和銅條。他仍辦得到。吉他渴求他的手指來釋放隱藏其中的音符……

有人在說話。有個聲音輕叩他的意識、叫喚他的名字。他費力地讓自己脫離吉他那如魔似幻的力量，將頭朝聲音轉去。「什麼？」

兩公尺外是邁茲，人稱「愛引擎邁茲」，因為兩年前他開始騎著他那輛馬力超大的電動機車晃來晃去，車尾還改裝過，像美洲豹的尾巴翹得高高。有一次在淋浴間，他故意尿在傑瑞身上，此外還欺負過他好幾次。

邁茲傾身靠向他。「我在問你想不想彈啊肥豬。」

事情就這麼發生，迅雷不及掩耳。如果剛剛那一切是以慢速播放，那麼這事發生時就像有人按了快轉鍵。傑瑞還沒時間思考，他的手就從營火中抓起一根木頭，走向邁茲，把燃燒的那一頭砸向他的臉。

邁茲尖叫，整個人往後倒。傑瑞看著木頭冷卻尖銳的那一端，然後看看邁茲。他躺在地上，痛苦扭曲，手摀住臉。傑瑞的腦袋重新運作，思緒如水晶般透明，能看見真相：邁茲其實是吸血鬼，就是這麼簡單。

這代表他非得這麼做不可，他要以雙手握住熾紅的木棒，刺進邁茲的胸膛。火星飛舞，嘶嘶作響，等到艾維斯和羅伊抓住傑瑞，邁茲早已開始狂咳不已，像吸血鬼那樣。又或者，如他的吸血鬼身分會產生的反應。

十五秒內的一連串事件定調了傑瑞日後不算短的一段人生。在這段人生中，有警察、律師、社工人員和少年觀護機構。邁茲沒死，但一眼失明，肋骨碎了幾根，一葉肺片受到些微損傷。

然而，在大麻菸的劇烈影響下，傑瑞腦袋裡有些什麼歪曲了，而且拒絕回歸正常。在思慮變得澄澈的那一刻，他驀然了悟：他必須逃離可憎吸血鬼橫行的世界，這念頭在腦袋裡生根，拒絕消失，即使大麻菸的影響早已褪去。

他之前所見的事物裡的確隱含著真相。

在進行家庭治療的過程中，萊拉終於說出她的膝蓋是怎麼受傷。治療師認為這是很重要的突破，讓這家人有機會往前邁進。然而，對傑瑞來說，這只不過是證明了他早已知道的事實：這世界很邪惡，人類很邪惡，連嘗試都不具意義。

當所有調查和鑑定告一段落，傑瑞的課業已大幅落後。反正他也不想跟上學校進度。在他暫停和哥兒們廝混的那段期間，艾維斯取得駕照，替他們的生活開啟了更多新的可能性。

掙脫了循規蹈矩的枷鎖，傑瑞索性放手，不再裝出有志青年的形象。他們從避暑小屋搶到更大的房子，在落網之前甚至洗劫了兩家加油站。傑瑞在少年觀護所蹲了一年，然而這段日子反而強化了他原本的世界觀。

從觀護所出來後，他們重新聚集。在洗劫一戶人家時，有個老人剛好在家，他們索性把他痛打一頓。老人高聲辱罵他們，他們就連番踢打，直到他閉上嘴巴。這景象讓傑瑞良心不安了好半晌，可是罪惡感隨即消失，他變得越來越心狠手辣。

有一天他在刮鬍子，仔細端詳鏡中的自己。他測試著自己的感覺，發現他跨越一條重要的界限。如果有必要，他可以毫不眨眼地殺死一個人。這絕對是一大突破。

他的母親和父親照常囉唆一些屁話，他全當作耳邊風，他們不再希望他待在家裡，但他認為繼續住家裡很好。他喜歡有個房間當作洞穴之類的居所，讓他可以偶爾爬回去躲起來，即使他根本沒把他們的話當一回事。

傑瑞二十歲那年，艾維斯在泰利耶市飆車，速度快得和風箏一樣，結果在通往港口的下坡路段，雪佛蘭失控，他直接衝進水裡溺斃。從此之後一切都變了。

羅伊和傑瑞之間的感覺變了。他們按照習慣打劫了兩戶人家，還提到要去搶郵局，但從未真正動手。現在幹這種事不再好玩了，兩人漸行漸遠。傑瑞更常待在家裡，也因此更常聽見藍納特和萊拉的聲音。後來他們夫妻透過社會局幫他弄了一間公寓，於是他搬了出去。

他變賣了一些贓物，給自己買了輛摩托車，做過幾份聊勝於無的工作，但沒有一個撐過兩星期。不過這段期間，血腥暴力的錄影帶倒是收集了不少。

就是這樣。所以或許事情也不可能會不一樣。

13

藍納特發現娃娃之後的那個春天，發生了一件非常不尋常的事。有個工作機會送上門來給萊拉。一個自稱為ＤＤＴ的團體希望萊拉擔任一首舞曲的主唱人。一開始萊拉將這邀約當成玩笑，從某方面來看，她這麼想也沒錯。ＤＤＴ想把英國舞曲樂團ＫＬＦ那首膾炙人口的歌曲〈情有可原與古代〉（Justified and Ancient）變成瑞典版本，而萊拉要擔任美國女歌手泰咪．溫妮特（Tammy Wynette）在KLF這首歌中的角色，隨著濃濃的舞曲旋律哼唱幾個段落。

萊拉後來發現DDT曾找過莉兒-貝柏絲和著名女歌手希薇．瑪恩科維斯特（Siw Malmkvist），但她們都婉拒。或許在他們找上沒那麼有名的萊拉之前，早已接觸過其他曾位居瑞典流行歌曲排行榜的傳奇女歌手。

反正，她也沒名聲好壞，沒形象要顧，所以她答應，只要能讓她離開這屋子，什麼都好。

自從傑瑞發現娃娃，這個家的氣氛變得更糟。藍納特幾乎不和萊拉說話，但至少他不再毆打她了。傑瑞曾說，如果藍納特沒好好聽他的話，就「準備永遠忘了娃娃吧」。他這麼說時，並不清楚這代表什麼意思，不過這威脅顯然管用。傑瑞得到他要的電腦，而萊拉也能平安度日。

然而，屋裡的氣氛變得汙濁、窒悶，就像一條發霉的溼毯子，蓋住了所有東西。萊拉心想，訪客一踏入門內，只要嗅一嗅就會知道：裡頭有東西腐敗了，某種令人作嘔的東西。

然而沒有訪客，只有傑瑞，偶爾回家「看一看」。有時他會堅持要抱孩子，把娃娃放在膝蓋上下抖抖，發出「嘟，嘟」的聲音逗弄。這時藍納特只能站在一旁忍耐，氣得牙癢癢，緊握拳頭，等著傑瑞逗弄夠了，立刻把孩子抱回地下室。

萊拉或許對這孩子的封閉存在感同身受，所以有時非得到花園透透氣不可。因此，她非常高興有機會進斯德哥爾摩，假裝又變回歌手，即使只有片刻。

這首歌叫〈承載力：零〉，他們向萊拉解釋，她要唱的歌曲是故意仿諷KLF的胡言亂語，她聽不懂他們在說什麼。「我們在地底的水中行走，我們要放火燒掉髒話。鉛。支票。承載力零」之類的。

她的嗓音把這首歌詮釋得很好，製作人滿意極了，但萊拉搭公車回泰利耶市時她卻一路納悶自己到底唱了什麼。不過，反正這樣很有趣。全新的環境，大家都對她親切和善。這樣的開始很新奇。

四月，娃娃冒出第一顆牙。若非長牙，他們幾乎看不出她有任何成長跡象。她沒想爬行或學步，對於藏東西、躲貓貓或者偷窺的遊戲，她無動於衷。她不學大人，沒有動作，也不移動。唯一讓她有反應的是聲音，以音符或旋律呈現的聲音。

有時藍納特會在夜裡把她抱到花園，偶爾也會准許萊拉這麼做。她會把握這個機會壓低音量，盡可能跟娃娃說話，能說多少算多少。但娃娃毫無回應——半點聲音都沒發出來。

五月底，舞曲樂團DDT邀請萊拉主唱的〈承載力：零〉正式發行，但一開始市場上無聲無息。接著有了動靜，又接著，有其他動靜。到了六月，它擠入歌曲排行榜，還爬升到第七名。電話湧入，好多人想訪問萊拉。DDT所屬的唱片公司巨細靡遺地教導她對於歌詞該發表什麼樣的看法。她受訪時說的就是這些。

這些關注讓藍納特大為緊張，但其實他毋需擔心，因為幾個禮拜後就將乏人問津。然而，這首歌曲的成功還是引來了一通電話，有個經紀公司想請藍納特和萊拉表演幾場。藍納特決定先試一場看看，八月在泰利耶市。這是一個針對老車愛好人士所舉行的汽車展，不過也很適合闔家出遊或者喜愛賽車的小夥子聚集。

「那娃娃怎麼辦？」萊拉問。

「嗯，我們就在泰利耶市，她可以單獨在家幾小時，不會有事的。」

那是七月中的一個炎熱午後，他們坐在戶外喝咖啡。或許是因為突如其來的成功，或能夠自由外出走動，讓萊拉有勇氣開口。這簡單的問題已在她的腦海裡盤旋了好幾個月，現在終於能訴諸話語。

「藍納特，娃娃要怎麼辦？」

「什麼意思？」

「嗯，你總得想一想將來要怎麼辦。她會長大，很快就會走路，到時候要怎麼處理她？」

藍納特的雙眼彷彿被一層面紗遮住，他離她越來越遠，即使他明明還坐在桌前，手裡握著咖啡杯。

「她不屬於這個世界，」他說：「她不能受到傷害。」

「是不能，可是從現實角度來看該怎麼做呢？」

藍納特雙臂交叉，好似從遠遠的距離看著萊拉。

「我現在說的話不會再說第二遍，所以，妳聽清楚了：我們要把她關在屋裡，不讓她外出。我們要訓練她，讓她熟悉這種生活方式。她不會不開心，因為她永遠沒機會見到外頭世界。」

「為什麼要這麼做？藍納特？為什麼？」

藍納特以誇張的謹慎姿態拿起杯子、放到嘴邊，啜飲一口微溫的咖啡，然後將杯子放回碟子中，沒發出半點聲音。

「我不想再聽到這些問題。我現在回答妳，但以後不准再問，聽懂了嗎？」

萊拉點點頭。藍納特連語調都變了，彷彿有另一個他透過這個嘴巴說話。這個他是由更沉重的物質做成，核心堅硬扎實。那聲音有一種魔力，讓萊拉一動也不動地坐著，雙眼直盯著藍納特的嘴脣，專心聽他說話。

「因為她不是一個普通的孩子，她永遠都不會是平凡的小孩，或者平凡的人類。她是純白的，徹底純白，這世界只會將她摧毀，我清楚知道，因為我見過她的內在。別人或許認為把孩子封閉起來很不好，但對她來說這才是最好的。這點我很確定。她是純然的音樂，而這個世界是不和諧音。她一接觸這個世界，就會被汙染，立刻被淹沒。」

「所以這是為了她好？你確定？」

遙遠的藍納特消失了，現在他又回到桌邊，表情忽然變得脆弱猶豫，彷彿周遭的一切逐漸消失，一個獨自待在森林裡的孩子。萊拉想不起上次見到藍納特這種表情是什麼時候，這種感覺把她的心戳得好痛。

藍納特說：「這也是為了我好。如果她不見，我會活不下去。她是我人生的最後希望和機會。沒有她，我就什麼都沒有了。」

兩人坐著，相對無語。萊拉心頭的那根針不停扭戳。一隻麻雀停在桌面，啄食餅乾屑。日後，萊拉想起這情景，才明白他們其實站在了十字路口，而且做出了決定。在沉默中，這決定就與所有重大決定無異。

14

他的父母沒提到半句和演出有關的事，但傑瑞見到了海報。原本他打算去汽車展和幾個老友碰面，可是一知道藍納特和萊拉將會在那裡表演，他就改變了主意。他寧可找其他事情做。

演出預計兩點鐘開始。一點半，傑瑞跳上摩托車，駛向那間屋子。他估計了一下，他們得花整整半小時來測試音響，整理器材打包開車回家也要半小時，所以，這屋子有兩個小時完全屬於他。他猜想，他們一定沒把孩子帶在身邊。

前門不是問題，他可以不費吹灰之力用信用卡撬開門，不過還是攜帶了螺絲起子以防萬一。他花了十秒鐘就把老舊的門扣撬開，走入玄關，甚至沒脫靴子，直接啪啦啪啦走往地下室階梯，邊走還邊高分貝地發出逗弄聲，「嘟，嘟，嘟！」

走入原本屬於他的房間後他嚇了一跳。娃娃站在嬰兒床裡，雙手抓住欄杆，直直望著他。那眼神很恐怖，彷彿可以看穿所有事物。可是，她分明只是一個穿著紅色嬰兒服的寶寶，屁股還鼓著一大包尿布。照理說應該沒什麼好恐怖的才對啊。

傑瑞完全知道這孩子對他父親有何意義，她的重要性遠超過他足足四十倍。想來就讓人洩氣。他想不通，站在那兒直視他的小渾球到底有什麼特別？

傑瑞撐著寶寶的腋下抓起她，將她舉離嬰兒床。她全身軟綿綿地懸在半空，連腳都沒踢。傑瑞戳戳她的肚子，逗弄地說「嘟、嘟。」沒有笑容，連個眉頭也沒皺。傑瑞更用力戳她肚子，這次真的戳，還是沒反應，彷彿他不存在，彷彿他的一言一行沒留下任何痕跡。

妳喜歡來硬的是嗎，小渾球？

他把寶寶放在空床上，用力捏她的手臂。柔軟的肌膚遭到捏擠，他可以感覺到他手指底下的質地和肌理——還是啥都沒發生。他把手指移向大腿，那兩隻腿，這次捏下去的力道恐怕連七歲大的孩子都會哀叫連連，但娃娃只是直視著他，沒發出半點聲音。傑瑞受夠了，他媽的，他一定要讓她有反應。

他往寶寶的臉上一摑，賞她響亮的一巴掌。他一打，這顆小腦袋往旁邊一偏，臉頰開始發紅，但她還是吱都沒吱半聲。傑瑞的髮際冒出汗珠，一盞黑色的燈開始在胸膛上發亮。

好吧，或許這小渾球又聾又啞，或者有天殺的什麼毛病，但不管怎樣，她一定感覺得到痛吧？會痛得掉淚，擠眉皺臉或什麼的。傑瑞想到自己無法讓寶寶有反應就氣得不得了，他一定要讓她有反應。

他抱起寶寶，將她舉到離自己一臂之距的半空中，同時走離床邊一步。「如果我把妳丟到地上，妳應該天殺的會有感覺吧？」他把寶寶抱靠近自己，再對她說一次，好讓她明白。「妳聽見了嗎？我要把妳丟到地上了喔。」

他永遠沒機會知道自己是否真的會這麼做了。因為就在他說出最後一個字時，寶寶以爬蟲類般的飛快速度伸出手，抓住他的下脣，手指往內掐，指甲刮磨他的牙齦，然後用力一扯。

傑瑞痛得飆淚。不管他之前有何意圖，這一瞬間的痛楚讓他放開手，丟下了寶寶。她抓住他下脣的時間不到一秒，但足以讓她把脣微微撕離牙齦，鮮血流了他滿嘴。

寶寶掉在水泥地上，屁股先著地，躺在那裡，仰望傑瑞用雙手摀住嘴巴，嗚嗚哀號。床邊桌上有個大象形狀的杯子，象耳是杯把，傑瑞把杯蓋拿掉，往裡頭吐出血水。血、唾液和牛奶攙雜相混。他坐在那裡，往杯裡猛吐了好一會兒才捱過最痛的時刻。接著，他撕下一片紙巾，捲起來，塞進嘴脣底下，讓它像塞子一樣塞住傷口。

寶寶仍躺著，瞅著他。傑瑞蹲在她旁邊，說：「好，沒問題，現在我知道了。」

他抱起娃娃，小心翼翼離得遠遠，讓她的手碰不到他的臉，再輕手輕腳地放下她，讓她躺在嬰兒床裡。她好平靜，唯一異常之處就是左手指尖有一點血跡。

傑瑞坐在空床床沿，手肘撐在膝蓋，小心翼翼看著她。即使嘴脣疼痛不堪，他也忍不住綻開燦爛笑臉。他笑得好開心，忽然伸手抓住嬰兒床的欄杆，搖來晃去，把娃娃震個不停。

「幹，小妹妹，」他說：「小妹，真有妳的！」

寶寶沒回應，但事實擺在眼前，不容否認：他有妹妹，或者類似妹妹的人類。他喜歡這小渾球，她實在了不得，誰都欺負不了她。這小東西所向無敵，而且是他的妹妹。

傑瑞開心得想慶祝。他把屁股下的椅子往後挪，摩擦地板發出喀啦聲，然後起身去找一瓶威士忌和杯子，回到地下室，坐在床沿，將杯子倒成半滿，舉杯碰了嬰兒床的欄杆一下。

「乾杯，小妹！」

他牛飲一口。當酒精滲入紙巾、碰到傷口，他痛得臉皺在一起。傑瑞把紙塞子吐到地上，用更多威士忌消毒嘴巴漱淨。下巴靠在一手，端詳著那娃娃。

「妳知道妳叫什麼名字嗎？」他說：「泰瑞絲。就像德國著名左翼暴力恐怖組織『赤軍團』的首領巴德爾——麥恩霍夫那種角色。泰瑞絲。」如水晶澄澈，透明清晰，彷彿一說出這個名字就能聽到水晶般清亮的聲音。「泰瑞絲，這就對了。」

他把酒杯倒滿。寶寶拉著欄杆，把自己撐起來，先成坐姿、後成站姿。那模樣就跟他一進房間時見到的景象一樣。

「幹麼？」傑瑞問：「妳想喝啊？」

他拿起一件法蘭絨布料的衣服，一角放入杯裡，把浸溼的那一角遞給泰瑞絲。但她沒張開嘴巴。他把一角湊到她的脣邊，「古時候他們就是這麼做的，妳知道嗎？來，把嘴巴張開。」

泰瑞絲張開嘴巴，傑瑞把法蘭絨布的衣角塞入，娃娃吸吮，然後躺下。她吸著衣服，視線仍停留在傑瑞身上。

「乾杯。」他說，舉杯一飲而盡。

十分鐘內他又喝了一杯，於是開始躁動。他環顧房間，想找點事情做。忽然之間心血來潮，他想看看床底下，瞧瞧有啥驚喜等著他。

他雙膝跪地，拉出吉他匣，上面覆了一層灰，多年的潮溼冬季也讓鎖頭生鏽。然而它依舊在那兒。他打開匣子，拿出吉他，在手裡掂掂重量。

哇靠，真輕。

回想起他仍是吉他少年的那段時光，他記得吉他放在大腿感覺好巨大，而且他的手指還不太能搆到正確的位置。現在，手中的吉他猶如小玩具，他可以毫不費力地環抱琴頸。

他彈E弦——聽起來真糟。他試彈了一段和弦，旋轉弦鈕，調整E弦——這個步驟最為重要。這房間的音響效果真怪，拉起琴弦時，竟像發出兩個音符。他讓聲音褪去，把耳朵貼近音箱，共鳴聽起來更純粹。他再次拉弦，腦袋靠近音箱。他沒有藍納特那種具有絕對音感的耳力，只能靠另一個音來辨識出某一個音。不過錯不了，這聲共鳴聽起來比音符本身更清澈。

一定是溼氣造成某種損害。

他坐直，用手轉動弦鈕，並瞥見嬰兒床裡的泰瑞絲已站起來。他再拉E弦，這次，他發現那純粹的音符來自何處。

不，不，不。

出於好玩，他又調整E弦來配合泰瑞絲發出的音，然後換成B弦。當他把琴弦調整成她所發出的音，才聽見兩個音符之間的音程非常完美。他接著調整G弦，調音速度不曾這麼快過，就算借助調音工具，也不可能調得更好。

他就著酒瓶大口飲下威士忌，然後看看泰瑞絲。她仍站在嬰兒床裡，臉頰酡紅，面無表情。

「妳真不是蓋的是不是？那這個呢？妳聽聽看。」

他試試C，但不是音符，而是C和弦。接著是E和G。泰瑞絲發出清澈的嗓音一一回應。吉他的聲音一結束，她緊接著唱和，分不出哪兒是尾哪兒是頭。傑瑞讓和弦慢慢退去，而她的聲音延續了兩秒也跟著靜默。傑瑞又就著酒瓶牛飲一口，自顧自的點點頭。

「好，」他說：「讓我們開始搖滾吧。」

他腳踩節拍，彈出C弦，開始唱了起來。

地控中心呼叫湯姆少校……
地控中心呼叫湯姆少校……
吞下你的蛋白丸，戴上你的安全帽
地控中心呼叫湯姆少校……

旁邊的娃娃以純然無詞的音符跟著和聲。他改變和弦後一秒，她才跟著唱出新調。幸好。否則萬一她表現得知道這首歌，跟著他唱出來，他肯定會嚇死。幸好她沒有。他對著她彈吉他，呼應她的聲音，然後，他改唱大衛·鮑伊的另一首歌〈灰飛煙滅〉（Ashes to Ashes），好讓她聽到整個故事的來龍去脈。

……你最好別耍湯姆上校。

傑瑞和泰瑞絲一起反覆唱了最後幾句，整個人忽然從陶醉狀態中清醒。他環視房間，驚覺父母回家後將會見到一片狼藉。

他把威士忌放回原位，將沾有酒的法蘭絨衣物藏起，把血跡斑斑的紙塞收妥，杯子的內容物則倒入洗衣間的水槽。最後，把吉他放回匣內。現在房間看起來就跟他初抵時的景象一模一樣。

站在嬰兒床裡的泰瑞絲看著他。他傾身聞聞她的嘴巴：什麼味道都沒有。其實挺可惜的。如果藍納特和萊拉回家看見寶寶站在嬰兒床裡，身上散發出威雀純麥威士忌的氣味，一定會百思不得其解。

「好了，小妹，再會。」

他離開，十秒鐘後又回來拿吉他。

15

他們的演出沒有主辦人預期得那麼成功，不過也不算失敗。觀眾多數是穿著丹寧布外套的胖男人和濃妝豔抹的女人，個個年齡都與藍納特和萊拉相仿。至於專程為了〈承載力：零〉主唱人的盧山真面目而來的，只有一小群年輕人。這樣也好，因為他們並沒獲得授權，不能在表演時唱出這首歌的任何片段。

藍納特盡可能把合成器設定到最好，然而，觀眾的水準卻讓他們的懷舊暢銷曲，或者過往試圖唱紅的歌曲走味不少。想當然耳，〈夏日之雨〉人氣最高，甚至有四個穿著皮背心的醉漢站到舞臺前面，勾著肩，高聲跟著唱和，歌曲末了的掌聲之熱烈，差點讓演唱者來首安可曲，就差那麼一點點。

有幾名觀眾上前和他們聊天，有個男人挺著凸腹——T恤底下好像藏了什麼武器似的——還跟萊拉要簽名。他想簽在哪裡？當然是肚子。這種簽名方式蔚為風潮，除了他之外，也有五個男人要求在肚子上簽名。萊拉的簽字筆筆觸越簽越寬，這時藍納特則站在她的旁邊，擠出笑臉。後來有個乾癟害羞的小個頭男人走過來，說他很欣賞另類黑馬這個團的第一張也是唯一的專輯。總體來看，這場演出對藍納特來說非常愉快。

不，不能說演出成功，但藍納特和萊拉在整理纜線、麥克風，收拾合成器時還是頗為滿足。有人記得他們。雖然沒熱烈到足以讓他們重整旗鼓，好歹也有些許慰藉。

他們在外頭的時間比預定多了起碼半小時，所以藍納特開車的速度足以讓他的駕照吊銷——如果被測速照相拍到的話。停好車後，他連卸貨都來不及卸就直奔屋內，衝到地下室，想確定一切安然無恙。

寶寶一動也不動地躺在嬰兒床裡，呆望天花板。藍納特站在那裡看了她幾秒，等著她眨眼。見她的眼睛眨都不眨，他趕緊走過去，從欄杆縫隙抓起她的一隻手。寶寶皺起鼻子，藍納特放鬆地吁了一口氣，嘴脣貼在娃娃的小手上。這時，他發現指尖上有血跡。

他抱起娃娃，幫她換尿布，同時檢查她的身體，看看她是否抓傷了自己。他找不到傷痕，除了大腿上有些瘀青。他心想，她一定是咬傷了舌頭，或者正在長牙。

回到樓上時，電話鈴響。萊拉從客廳跛進廚房，但他比她早一步接起電話。

「我是藍納特。」

「嗨，是我，傑瑞。」

「喔？」

藍納特快速思索傑瑞打這通電話的目的，做出最壞打算。電話那頭沉默了幾秒鐘。他說：「有什麼事嗎？」

「沒事，只是打來看看你們到家沒。掰。」

電話掛斷了，藍納特手裡拿著話筒，站在原地，揚起眉頭。萊拉焦急地看著他。

「他想幹麼？」

藍納特將話筒放回原位，搖搖頭。「他只是要確認我們是否到家。真是稀奇。」

16

傑瑞半躺在沙發上，嘴裡抽著菸，看著兩個臉上塗泥巴的印第安人剖開一個男人的肚子，掏出內臟來享用。他按下遙控器的停止鍵，懶得快轉到他們將鉤子穿過女孩的乳房、將她吊起來的地方。他拖著腳步走到錄放影機前，拿出這捲帶子：《殘酷食人族》（*Cannibal Ferox*），放回書架上專門擺義大利食人族電影的那一區。

他拿出《食人帝國》（*Eat Alive*），然後又把它放回去，看看《食人族大屠殺》（*Cannibal Holocaust*）和《深河蠻族》（*Man from Deep River*）兩支影帶的封面，但就是沒什麼興致。這些影片每一支他都看過至少十遍，有些還超過二十。他瞥向其中最珍貴的收藏：《艾爾莎納粹女神》（*Ilsa the Nazi Goddess*）。這系列影片雖然收藏得不完整，但剛開始看的頭幾次至少都會讓他的胃部刺痛。可是這會兒，他同樣提不起勁。

他的內在出現一個大洞。他從冰箱拿出一瓶俄羅斯啤酒，利用水槽邊緣將瓶口撬開，往喉嚨裡倒了一大半，想看看是否有幫助。完全沒用。

他走到陽臺，又點燃一根菸，看著肩上披著毛巾的孩子成群走過去。他們去維傑玖游完泳，正要回家。肌膚晒得漆黑，開心雀躍，身材苗條，沒煩沒惱。傑瑞坐在凳子上嘆氣，深深吸了一口菸，想著他到底有何感受。

洞？真的是洞嗎？

不，他很熟悉那種感覺。宛若一個空盪的空間，得不停丟東西到裡面。食物、酒精、電影或者讓人興奮的東西，直到回聲消失。洞和空盪空間並不相同。後者有東西出現。恐懼。恐懼是白色的，就像球體，約莫手球大小，在他的身體裡滾來滾去，讓他全身不舒服。

他在家裡走來走去，最後停在吉他匣前，身體靠在玄關牆面。搞什麼，他幹麼帶吉他回來？他最不需要的就是回想起他媽的童年。他站在吉他前方，頭歪一邊，他聽到遠處傳來娃娃的聲音，彷彿從水管傳出的喃喃低語。泰瑞絲，澄澈透明，無懈可擊。

那時他簌簌顫抖，把吉他拿進客廳，放在摩托車上，一路顛簸載回家，這下肯定走音了。現在沒有泰瑞絲和她的嗓音陪伴，大概得花四倍的時間才能把音重新調好。調得差不多了，他試試C7和弦，想看看手指是否仍記得。果然記得。

他亂彈了一會兒。一開始食指無法按出封閉和弦[2]，但很快就上手。傑瑞搖擺上半身，毫不費力地彈出吉他之神艾瑞克·克萊普頓那首改編自雷鬼樂鼻祖巴布·馬利的〈我射殺警長〉（I Shot the Sheriff）的重複短樂句，接著隨性彈撥，同時喃喃哼唱。

時間流逝，他渾然不覺地坐在那兒彈出一連串自己都不認得的和弦，看著手指自動遊走在琴頸上，重複剛剛那一串聲音。真好聽。

不過，靠，這是哪首曲子啊？

再彈一次。這次放慢速度。他聽出來了，天哪，竟然同時有大衛·鮑伊和門樂團的味道欸。他捕捉到和弦背後的旋律，卻仍想不起是哪首歌曲。誰樂團？不是。把整首曲子又彈了幾次後，他接受這個事實：這首曲子之前不存在，這是他創作出來的。

他隨手在信封背面寫下一連串和弦，主歌、副歌。可是缺乏某種間奏。傑瑞哼著主歌，試了多次後終於找到可行的轉折，並在最後的副歌之前將這間奏稍加變化一下。不算完美，但他非創作出來不可，這是他可以掌握的東西。

傑瑞往後靠著沙發上，吁出長長一口氣。窗外天色已黑。他看著吉他，看著那個布滿潦草和弦，畫了好多叉的信封，搓搓頸背。

我這是在幹麼呢？

打從他拿出吉他起碼過了三小時。不，時間不只是移動，而是飛逝。他的頭皮因汗水變得黏膩，又紅又腫的左手指尖幾無知覺。他知道，很快就會沒事了，只要他繼續彈個幾天，皮膚就會變硬的。

17

藍納特婉拒了秋天的幾場表演，萊拉並不覺得可惜。那天在汽車展的舞臺上，她感覺自己笨手笨腳、反應遲鈍。雖然她挺喜歡受到矚目的感覺，但可沒想過全國巡迴演出，在醉漢的肥肚上簽名。然而，她有什麼夢想呢？她真的有夢想嗎？

藍納特替麗姿．坎格編曲的那張專輯賣得很不錯，所以他們可從瑞典音樂著作權協會獲得播放費用。此外，這幾年來藍納特參與的作品也都繼續支付權利金，因此，理論上他們夫妻可以坐在家裡蹺腳玩手指，等著錢自己滾進門。這些錢不僅能讓他們維持基本所需，還綽綽有餘。房屋貸款已

2　封閉和弦（Barre Chords），吉他的專有名詞，意思是食指同時按住兩條以上的琴弦。對初學者來說，這是要克服的挑戰之一。

經還清，沒有大筆開銷要支付。他們可以悠悠哉哉地過日子，直到幕垂燈滅。

萊拉很樂於這樣度過下半生，而藍納特雖不甘心，但也能接受這樣的未來，直到他在森林發現那個嬰兒。萊拉無法理解藍納特為何碰到寶寶就一頭熱，但就和許多事情一樣，在這件事上她也隨他去，因為這樣比較好過日子。

秋天和冬天，藍納特接到更多作曲邀約，麗姿．坎格的小爆紅掀起一波漣漪，連帶許多蓄勢待發的男女歌手莫不希望自己原本停滯的歌唱生涯也能投下類似的石子，出現一波波漣漪。一首歌，或者只是一段能讓人朗朗上口的副歌也行──你有什麼錦囊妙計嗎？藍納特？

藍納特把自己關在工作室，在琴鍵上叮叮咚咚敲出樂句，利用合成器加入誇張的元素，好讓音痴也能捕捉到他交給不同唱片公司的試聽帶所具有的潛力。

娃娃開始吃固體食物。萊拉通常用湯匙舀起罐裝嬰兒食品，一口口餵她。寶寶狼吞虎嚥，胃口出奇地好。然而，儘管吃得再多，她依舊瘦巴巴，以嬰兒的體型標準來看，甚至瘦得不正常。這點讓萊拉匪夷所思。畢竟娃娃幾乎沒運動。她真希望自己的新陳代謝能和寶寶一樣快。

隨著秋天的腳步慢慢前進，娃娃開始學走路，但還是半句話都不說，只有在屋子裡走動時，會發出具催眠效果的微弱嗡嗡聲──那是萊拉不曾聽聞的旋律。有時候，萊拉會坐在空床上看她看到睡著。

娃娃不知何時找到一截長約二十公分，上面打著四個結的繩子，拿到之後就不放手。她會把繩子拿起來咬，撫摸它，用臉頰磨蹭，就連睡覺時都要緊抓著。

幾週過去了，娃娃開始用她剛學會的步行能力在屋裡到處走，而那種走動方式讓萊拉不安，但她說不出原因。那像是娃娃在「搜尋」，只能這樣形容。

娃娃拿著那截繩子在屋裡走來走去，瞧瞧櫥櫃後方，拉開抽屜看看。關上抽屜後，去把她之前瞥都懶得瞥的可愛玩偶從籃子裡拿出來，視線探進籃子，然後回到書桌，又把抽屜打開，接著看看床底下，一路不停哼歌曲。

大體上來說這就是她整天的活動。有時，她會坐在地板上，撫摸繩結，一會兒後站起來，看看櫥櫃後面。萊拉餵她吃東西時，她的雙眼未曾看著萊拉，而是繼續掃視房間，彷彿不移動時也沒停止搜尋。

萊拉會坐在床上，視線跟著娃娃移動，這時會有一種寂靜的可怖聲音在她的內心低語。她會坐在那兒看著娃娃認真搜尋，看得越久，就越相信真有什麼東西可以找，而且娃娃隨時都會找到。她無法想像她找到的會是什麼，也納悶娃娃自己是否知道。

冬天的腳步好沉重，才不過午後，天色就已漆黑，雨珠咚咚打在地下室的窗戶上。早春來臨前的幾個禮拜，萊拉就放棄了，不再試圖對娃娃說話。藍納特的規矩這會兒自然而然地變成定律。娃娃不說話，只哼唱，就連有人說話她也繼續哼，一秒都沒停。萊拉試到最後發覺毫無意義，反正娃娃的哼唱也頗悅耳。

坐在娃娃的房間時，萊拉試著把房門打開。其實開不開都沒差。每次娃娃走到門邊就會打住，彷彿那兒有一道看不見的屏障阻隔，讓她無法走到地下室其他地方。

所以，不用顧孩子的萊拉可以找點事做，她決定重新拿起鉤針。她已在床上坐了一小時，幫娃娃鉤新毛帽，這時房內的氣氛起了變化。

萊拉放下鉤針，看見娃娃就站在門邊，趾間頂著門檻，望著地下室，然後一手伸出門外，彷彿想測試門的另一邊是否真有空間。她跨出一步，萊拉屏息，看著她跨出另一腳，腳跟頂著門檻的另一側，娃娃的頭從左邊轉向右。

哼唱聲停歇片刻，她好似猶豫不決。接著，歌聲丕變。那是全新的曲子、全新的音調。萊拉雙眼模糊，她發現自己哭了。淚眼朦朧中，她看見娃娃以極為緩慢的速度把一腳往後挪，另一腳也跟著後移，再次站到門檻內。她站在那兒幾秒鐘，一動也不動，哼唱的旋律再次改變，然後，她轉身走回房內，繼續以視線搜尋，彷彿什麼都沒發生。

妳有何夢想，萊拉？妳有夢想嗎？

有事情發生了，有東西開啟萊拉的內在，喚醒冬眠的她。她把手伸到櫥櫃背後的縫隙摸索，想看看那兒到底有什麼——但她什麼都沒看見。

萊拉收起打毛線的工具，跑出房間。

有那麼一會兒，她以為自己只是開車兜風，彷彿這事再正常不過。最近通常是藍納特負責掌方向盤，因為她的膝蓋不好。然而，她在這裡，中午時分在馬路中央，以一百一十公里的速度馳騁在蜿蜒的道路上，準備前往二十公里外的林布區。

直到拐入森林小徑，她才發現自己一路駛向何處。她把車停在停車場，熄掉引擎。進入森林的小徑就在停車場旁。

十八個月前，藍納特就是在這裡發現娃娃。萊拉下車，披著外套，隔絕寒冷的毛毛雨。天空一片陰霾。雖然才正午時分，林間的天色卻已陰暗。她怯怯地跨出兩步，克制想吶喊的衝動。她是為何而喊？她想尋找什麼？她在尋找一個地方，找到後就能豁然開朗。

藍納特的描述不夠精準，但就萊拉所知，應該是靠近小徑。她緩緩走過一叢叢溼潤的小草，踩過滿地的腐敗落葉，尋找異常之處。寒風細雨在樹幹間呼咻嘯鳴，可怖氛圍讓她發怵。她的眼角餘光瞥見白色的東西一閃而過，一截斷裂的枝椏突出於松樹樹幹，上面掛了殘破的塑膠袋。

萊拉的目光搜尋地面。離松樹兩公尺的地面上有個凹洞，幾片落葉和殘枝被吹到裡面。萊拉將掛在枝椏上的塑膠袋拿下來，走到凹洞旁，小心翼翼往下蹲，直到一屁股坐下。她把落葉和殘枝撥開。

凹洞四周依舊有土壤挖鑿過的痕跡。萊拉捏緊手中的塑膠袋，鬆開，再次捏緊。她看看袋子：什麼都沒有，不過是一只空的白色塑膠袋。她感受手中的那種空虛。真的什麼都沒有。

娃娃就是來自這裡，她就是躺在裡面，在這個塑膠袋裡，在這個凹洞中。沒有其他小徑通往這兒，而且從這裡也去不了其他地方。一切就是從這裡開始。

妳有什麼夢想，萊拉？

她坐在那裡很久，手在凹洞裡來回，彷彿要搜尋殘餘的溫度。接著，她整個人一癱，垂下頭，任憑冰冷的雨珠滴落頸背。她撫摸潮溼的泥土，喃喃地說：

18

「幫我，小東西，幫我。」

每隔幾個星期，傑瑞會回家一趟，他也注意到泰瑞絲的舉止頗異常，但他從不為此憂煩。在他看來，妹妹這種不停搜尋的行為彷彿在找出口，一個有別於房門的出口——現在可以這麼說，她開始懂得利用房門來探索地下室的其他部分——洞口。但他比誰都清楚，這間屋子裡不存在這種東西，可是他任憑她繼續摸索，因為他們兄妹還有別的事要幹。

兄妹一起合唱大衛·鮑伊的歌曲之後一個多月，他曾演奏自己的歌曲給她聽，並彈出他在紙上潦草寫下的一連串和弦。他原本覺得這首歌帶有龐皮樂團風格的英式搖滾，但泰瑞絲加入旋律後，整首歌變得比較像瑞典民謠和傷感的鄉村歌曲的混合體。沒有金錢、沒有愛情，無處可去。

冬天時他收回威脅，承諾不會把娃娃的事情洩漏出去，條件是他要偶爾跟寶寶獨處。只創作了兩首新歌，他就迫不及待要拿出來獻藝。他會把自己和泰瑞絲關在房內，在窗戶掛上毯子，不讓藍納特偷窺，然後兄妹倆開始幹活兒。

每次，他的歌曲被泰瑞絲的嗓音詮釋後就會變得更加黑暗，沒有一次例外。或許「黑暗」這種形容不恰當，應該說更嚴肅。總之，傑瑞發現，他的歌曲被泰瑞絲唱出來竟會變得異常好聽，若由他坐在那裡哼唱，聽起來就不怎麼樣。

他創作這些歌曲其實沒什麼特殊目的，純粹只是想讓自己感覺更愉快。每次坐下，對著泰瑞絲彈出第一個和弦 Emaj7——這是兄妹倆的小儀式——她就會立刻以清澈的嗓音回應他。這歌聲彷彿能將他內在的什麼東西瀉光倒盡。

完成這小儀式後，他們就會開始即興彈唱，讓泰瑞絲把他不怎樣的創意升華成真正的音樂，在這幾分鐘內，他會神遊他處——一個更美好的所在。或許還真有洞口，真有出路。即使只有那麼片刻。

19

萊拉知道一定有盡頭。

那天從藍納特發現娃娃的森林回家之後，萊拉就開始搜尋。她先從存放舊唱片的衣櫥找起，把所有唱片翻找過一遍，接著尋找更衣間。接下來幾天，家裡每個裝著舊物的箱子和抽屜都被她打開過，然後，她開始尋找屋裡所有隱祕角落和縫隙。

能找的地方都找過後，她從頭再來一遍。搞不好第一次太粗心了，遺漏了什麼。

偶爾會冒出某個早被遺忘的老玩具，或者某次度假帶回來的紀念品。那次她呆站了好久，凝視著一個在西班牙馬洛卡島買的木偶男人。在男人的帽子上按一下，他的嘴巴就會吐出一根菸。之前她壓根兒忘了它的存在。發現時她試圖說服自己，就是這個。

但她知道這是自欺欺人，她要找的東西根本不存在。然而她還是繼續找。搜尋的空檔，她會到地下室，坐看寶寶和她一樣四處搜尋。萊拉感覺自己正瀕臨崩潰邊緣，隨時都可能聽到腦袋裡冒出微弱的喀啦聲，陷入真正的瘋狂狀態。

情況很嚴重，她甚至開始期待那天到來——就是她發瘋的那天。這樣一來，她就毋需為自己的行為負責。她會和娃娃一樣，有一張床、一個房間，指定時間就送上的食物。除此之外沒有別的。

然而，疲憊比瘋狂更早降臨。她開始成天坐在客廳的扶手椅上，什麼都不做，不再有精力搜尋、玩填字遊戲，就連思考的力氣也沒了。有時候藍納特會走過來罵她，但她幾乎是充耳不聞。她麻痹沒感覺，只隱約覺得丟臉，自己竟變成這副德性。

有一天，藍納特去斯德哥爾摩，她在扶手椅上坐了兩小時，期間真的聽到了腦袋裡出現喀啦聲。薄膜迸開，一切乍然清晰，她下定決心，坐挺起來，睜開雙眼。

她沒找過車庫。從來沒找過。所以，現在她要進去車庫，打開櫃子或者拉開抽屜，第一眼見到的應該就是那玩意兒。不管那是什麼，總之一定是她一直在尋找的東西。她下定決心。

她迅速走過花園，那種急切和興奮的感覺好幾個月來不曾有過。車庫門大開——因為藍納特將車子開了出去——彷彿要迎接她。太陽高掛在七月的蒼白天空，陽光傾瀉而下。萊拉把門開得更大，走入陰暗的車庫裡。

長椅上放著一些和汽車有關的工具和零件，底下的櫃子有三格抽屜。萊拉站在櫃前，一隻手慢慢撫過三格抽屜，好似益智遊戲節目的主持人在詢問幸運贏家想要選擇哪一個祕密大獎。會是什麼呢？馬爾地夫假期？或者一百公斤的咖啡？

萊拉在腦海裡喃喃念著「城門城門雞蛋糕……」最後手指停在中間那格，將它拉出來。再清楚不過，裡頭只有一樣東西。一條全新的尼龍繩，十公尺長。萊拉拿出繩子，雙手掂量。好，現在她知道該怎麼做了。感覺就是要這樣，她整個人鬆了一大口氣。

接下來幾天她彷彿一直處於興奮狀態，例行的家務雜事變得有趣，或者起碼變得有意義，因為她知道這是她最後一次做這些事。她看娃娃徒勞無功地找來找去，真替她難過。因為萊拉自己的尋找已經結束。

她的腿不會再痛了，不會因笨拙的身軀而感到困窘，也毋需面對那種老覺得自己很差勁的折磨。這些都會結束。很快結束。

藍納特發現她舉止異常，變得比較溫柔，幾乎可說和善。他反常地忍耐她，但歸根究柢，他仍和以前一樣：忍耐。現在，每件事她都看得清清楚楚。如果不需要再拖著她到處走，藍納特應該會如釋重負吧。沒人會因為她離開而哭泣。所以，做就對了。

但這就是問題所在。她不怕死，可笑的是她不敢吊死自己——因為這會痛，也因為這種死法很醜。

不過，話說回來，其實她並不真的需要繩子，繩子只是一種暗示。重點是結果才對。想了一下後，她決定了該怎麼做，剩下的只有等待適當機會。

◆

大約一個月後，時機出現。八月初下了整個禮拜的大雨，接著放晴好幾天，提供森林裡的牛肝菌絕佳的茁壯環境。藍納特去採菌菇，這次是騎單車去。

萊拉開玩笑說，這次他摘採回家的東西一定會很有趣吧。藍納特跨上單車時，她忽然傾身親吻他的臉頰，向他道別，把他搞得一頭霧水，轉彎之前還回頭瞥了她一眼。她對他揮揮手。接著，她進屋，去拿吸塵器的管子。

她極為平靜地拔出吸塵器的管子，找了一捲封箱膠帶。胸口因期待而刺痛。她感受到的情緒就只有這個。

她懶得和娃娃道別。若有誰完全不在乎她是生是死，必定就是這孩子。她們相處的時間不算少，但從沒有過真正的接觸。娃娃活在自己的世界，沒有空間容納其他人。

傑瑞呢？唉，沒錯，傑瑞一定會難過，而且她無法想像他和藍納特的關係會產生何種變化，不過反正她不在乎。為了好好過自己的日子，她已練就冷漠無情的工夫，而這可是花了她好一段時間才辦到。

她關上車庫的門，從裡頭反鎖，然後打開日光燈。她一直想換成柔和一點的燈泡，可是這事也由不得她作主。

吸塵器的管子跟車子的排氣管剛好吻合，完全不需要膠帶。她把管子繞過車身，牢固地夾在半敞的後車窗上。然後，她坐進駕駛座，關上車門。

好，就這樣。

汽車鑰匙串在史努比圖案的塑膠鑰匙圈上。沒人可親吻道別的她吻了這隻小狗的鼻子，跟它說再見，然後將鑰匙插入點火孔一轉。汽車發動。

音響也啟動了。她忘了車子一發動音響就會跟著開，怎樣都關不了。所以，當廢氣從車窗湧入，車內的空氣變得悶熱汙濁之際，她也被迫聽著喜劇脫口秀藝人說著韋斯特羅斯市一家酒吧內發生的超級好笑事件。萊拉閉上眼睛，也努力關起耳朵。

大約一分鐘左右，她就開始昏沉，還有點想吐。她的眼皮比平常重上一百倍，而且處於控制不了身體、無法睜開眼睛的狀態。一切都按照她的預期，她漸漸昏迷。模模糊糊中，她聽見脫口秀藝人說完故事。他結束故事的方式清楚地讓觀眾知道該放聲大笑。接著換唱片。萊拉就要在流行歌曲中死去了。無所謂。她聽見整齊的小喇叭節奏，鼓號樂隊的勝利音符，接著是她認得的嗓音：

哈囉，斯德哥爾摩男孩，這是人好好的安妮老姨婆……

茱麗亞．凱薩。她以抖擻的聲音唱著〈來自美國的安妮〉，這首歌是她在八十二高齡所唱紅的暢銷曲。

我留下我的愛，離開媽媽，我離鄉背井

航向美利堅之土

萊拉知道接下來會發生什麼事：她的身體會開始繃緊，眼皮顫動，咬緊牙根聽著茱麗亞．凱薩使盡全身力氣、以能夠震動揚聲器的力道高聲唱出「偉哉美利堅合眾國」。

萊拉強迫自己睜開眼睛。車內瀰漫有毒煙霧，她的肌肉裡全是鉛毒。收音機裡的茱麗亞．凱薩繼續以老嫗罕見的洪亮嗓音高唱。

萊拉咳嗽，設法動動手臂，揉揉眼睛。胃裡一團東西正往上擠到喉頭。

在幹什麼？她到底在幹什麼？

茱麗亞．凱薩，八十二歲，站在麥克風前充滿感情地唱著這首毫無意義的歌曲。天哪。萊拉在電視上看過她。一頭波浪灰髮，老態龍鍾，高聲唱著她的可笑歌曲時雙手還誇張地揮來揮去。

夠了。萊拉費力地把麻痺的左手移動到門把上，將門打開，側身滾下車，落在車庫地面，然後爬向車庫門，眼前的地面左搖右擺。若不是這音樂極其普通的節奏驅使她的求生意志，她很可能早就掛了。

偉哉美利堅合眾國！

她忘了這首歌曲的主歌有多少段。不管怎樣，她得在歌曲結束前離開車庫。搞不好這是最後一段了。然而，就在她抽搐著手指，倉皇去摸門的鑰匙時，茱麗亞·凱薩可憐她，又唱了一遍。

瑞典有好多東西，不管在過去的黃金歲月或者今天
這來自美利堅之土。

萊拉成功轉動鑰匙，壓下門把，跌入外頭的夏日之中。她躺在車庫前的水泥地，睜大眼睛看著天空，在一陣陣湧現的作嘔感中，她看見檸檬樹的綠葉飄揚，背景是一片藍天，還有朵朵如棉的白雲悠悠飄過。

她聽見急促的沙沙聲響，見到一隻松鼠蹦蹦跳跳跑下樹幹，停駐，聆聽車庫傳出的音樂，然後消失在樹木另一側，這時歌聲漸歇。

對，老瑞典有其獨特之處
它當然不只是尚可

萊拉利用勉強擠出的一絲力氣，以腳推上車庫門，把脫口秀藝人的趣聞軼事關在車庫內，然後躺在地上呼吸，用力喘氣。

十分鐘後，她終於能坐起來；又過了十分鐘，她才進車庫熄掉引擎，把管子拔出排氣管，將所有車門打開。她走回屋內，身後拖著一條管子，好似一尾溫馴的蛇。這時她想到一件事。

她誤解了那個跡象。她不該尋找的不是音樂，音樂反而是她最該追求的目標。

當初她第一個搜尋的地方是放置唱片的櫥櫃。她的直覺告訴她，第一個要找的地方是那裡。她清楚記得在所有的單曲唱片和一九七八年的收藏品當中，她見到了〈來自美國的安妮〉這首歌。

當時她沒多想，但現在她開始思忖。

儘管日子難捱，總能找到慰藉，某種永遠不會讓她失望的東西。這東西就在她身邊，只是她看不見。音樂、歌曲、唱片，茱麗亞．凱薩的歌曲本身沒帶給她什麼啟示，但她的表演令她震撼。這道理很簡單：永不放棄。

萊拉把管子扔進裝清潔用品的儲櫃裡，走到衣櫥，尋找爵士老歌手沙凡．塞瑞森的那首〈你是四月的春風〉。她要聽這首歌，接著聽其他首。

20

接近十月末，藍納特開始越來越難忍受。排行榜上的流行歌曲或古典音樂並不會讓他反感，不過拜託，好歹也來點折衷的吧！從早到晚，不是希薇・瑪恩科維斯特、拉斯・朗達，就是莫娜・威斯曼。

如果萊拉能多少展現一點對音樂的鑑別力，比方說好好聽幾首作曲家彼得・西莫爾斯翠德的優秀作品，那還好一點，可是她不聽。她想聽什麼就放什麼，在家裡大量收藏的唱片中看到什麼就拿起來聽。這一小時或許是能讓人鬆一口氣的瑞典民謠大師梭羅史坦・柏格曼，下一個小時立刻出現托瓦・卡森，笨拙地翻唱德國的流行歌曲。藍納特原本坐在廚房，悠閒地陶醉在〈昨晚我做了個怪夢〉，忽然被迫進入〈跳到我的愛〉的魔音。

而他之所以能克制自己，沒有手一揮破窗而入，衝向那該死的留聲機，全都因為一件事：萊拉很快樂。打從很久以前，藍納特就沒阻止萊拉快樂，然而，他也很久沒有足夠的精力或愛來讓她開心。現在，她總算可以自得其樂。

這不是那種雀躍興奮的快樂，而是靈性上能持續下去的微笑。這種心情代表她會在聽音樂的空檔準備一頓豐盛的餐點或者整理家務。所以，他只能咬著牙，忍受女星安妮塔・林德布隆在一天內第三次深吸氣，鬼吼出「這就是人生」。這樣還算值得。

除了咬牙忍耐，藍納特也開始花更多時間在地下室。在那裡，瑞典流行歌曲的砰砰節奏好比遙遠某處衛兵換班的音樂。娃娃的音樂教育應該涵蓋得更廣才是，所以藍納特拿了一臺可攜式CD播放器播放古典音樂給她聽。

他播放的第一首是他個人的最愛：貝多芬專為小提琴和鋼琴寫的F大調〈春天奏鳴曲〉。他決定先從鋼琴和小提琴奏鳴曲開始，接著放弦樂四重奏，最後是交響樂。這麼說吧，一次一種樂器。娃娃聽到這種高層次的音樂流露的反應讓藍納特久久難忘。當藍納特按下播放鍵，她站在嬰兒床裡，如同往常吸吮著那截打著四個繩結的繩子。

迷人的小提琴主旋律及柔和的鋼琴伴奏揭開第一樂章，娃娃聽得出神。小提琴與鋼琴的角色互換，主旋律的鋼琴如春天小溪潺潺流轉，娃娃開始搖擺身體，帶著半狂喜半憂懼的表情注視前方。四十秒後，她皺起眉頭，彷彿預測到即將出現的音樂。小提琴音調漸升，呼應鋼琴的驟降，接著琴弓粗魯一拉，以收畫龍點睛之效。這時，娃娃的臉一皺，搖搖頭，手指緊抓著嬰兒床的欄杆。樂曲再次緩和，小提琴的聲音變柔，但娃娃聆聽時帶著狐疑表情，彷彿意識到在平靜表象底下潛藏著更爆烈的元素。小提琴開始激烈拉奏，背景的鋼琴也跟著激昂，在嬰兒床裡的娃娃前後猛烈搖晃，臉部扭曲，一副很痛苦的樣子。

藍納特從椅子上跳起來，關掉播放器。

「怎麼了？小東西？」

娃娃沒看他，反正她也從未注視過他。她把目光鎖定在播放器上，抓著欄杆猛搖晃。藍納特從沒見過有人對音樂出現這種反應，彷彿她身體裡的神經被小提琴一下一下拉扯，或者被鐵鎚敲擊。音樂「直接」觸動到她。

藍納特換成較柔和的大提琴奏鳴曲，娃娃的情緒和緩了一些。即使節奏變快她也沒變得激動。音樂進行到一小段的A大調慢板時，娃娃第一次跟著旋律哼唱起來。

◆

實驗了幾天後，結果很明顯：慢板對娃娃最有吸引力。快板的樂章會讓她焦慮，而詼諧曲會讓她沮喪。藍納特把CD重新整編過，好讓娃娃聽到的全是慢板樂章。他會坐在床上看著她，聽她把自己的嗓音當成第三種樂器，跟著奏鳴曲哼唱。

一開始他好開心，彷彿置身音樂最核心和最源頭。然而他一上樓，卻發現自己置身在最難聽的瑞典流行歌曲裡。不過沒關係，他的身心處於和諧狀態。

然而，好景不常。

過了數星期，音樂從貝多芬變成舒伯特，再換成莫札特。藍納特坐在他的音樂避風港中，呆望著手指。手指不對勁。他曾想把娃娃抱起來，感覺一下她的重量和溫度，但他抱不起來，只好又把她放回嬰兒床裡。

音樂播放時他不能讓她待在地板上。因為她會爬到CD播放器前，暴力地檢查它。小拳頭敲打擴音器，或者試圖把整個播放器抱起來搖晃，看看能否掉出些什麼。

一開始藍納特以為她這種行為代表不喜歡該音樂，後來有一次，他索性放手，任她成功破壞播放器，這時他才明白她想幹麼：她在尋找音樂，想看看音樂從哪裡出來。她也想進去機器裡面，看看是什麼東西發出音樂聲。既然沒法對她解釋這種事情，他乾脆放棄那臺舊的，直接買一臺新的，並且不讓她有機會碰它。

把娃娃放回嬰兒床後，藍納特在房間裡走來走去，端詳自己的手指。它們看起來蒼白發亮，很像鋼琴鍵。他把手指放在隱形的鍵盤上，假裝在演奏揚聲器傳出的莫札特奏鳴曲。不。他失去的不是彈奏樂器的感覺，畢竟他彈得夠頻繁。他張開手掌，然後闔上。這雙手感覺起來竟出奇地空虛。某種感覺消失，它們需要做點什麼。

他離開房間，進入地下室，打開工作檯上方的電燈。牆面鉤子上整齊掛著各種工具，架子上的小隔層也井然有序地擺放著螺絲起子、鐵釘和配件。他從來就不是那種善於幹雜活的男人，可是他就是喜歡工具。工具本身非常可靠，每一種都有特定功用，就像延伸的人類手臂。藍納特拿起電鑽，放在手上掂一掂：感覺真好。他按下電鑽上的開關，沒反應，沒電了。他找出充電器，放入電池。拿起一、兩根鑿子，接著摸摸鐵鎚。

來做點什麼吧？

萊拉做了包心菜肉捲，屋內祥和靜謐。用餐完畢，藍納特整理碗盤，一一放入洗碗機，以淡淡的語氣隨口問道：「我在想，我們是不是需要些什麼東西？我能親手做的？」

「比如什麼？」

「我不曉得，所以才問妳。」

「你所謂的『做』是什麼意思？」

「就是做啊，動手做。把木板釘在一塊兒，讓它們變成某種東西的意思。」

「目的是什麼？」

藍納特嘆了口氣，用水沖掉碟子裡的殘餘物，放進洗碗機。幹麼多此一問？他將清潔劑放入洗碗機的小格內，用力關上洗碗機的門，使出的力氣分明多過所需。

萊拉一手托著下巴，視線循著他的舉止移動。他拿起抹布開始擦餐桌時，她說：「鞋架。」

藍納特的手原本在餐桌油布上繞圈抹拭，一聽見她的話手立刻停住，望向玄關地面。家裡不過四雙鞋，兩人各有一雙室外鞋和木屐。至於長筒橡膠靴則放在地下室。

「嗯，」他說：「我可以做鞋架。」

「這樣就能連橡膠靴一起放。」萊拉說。

「對，好主意。」

他看著萊拉。這幾個月來她瘦了好幾公斤，他揣測，這應該和家裡不再到處巧克力包裝紙有關。現在她不再透過吃東西來尋求心理慰藉。而且有那麼一剎那，藍納特覺得萊拉好美。一定是油布反射的光線從某個角度照亮了她側臉。他的手和她的臉相距不到半尺，他看見自己的手緩緩離開桌面，撫摸她的臉頰。

接著他抓起抹布，用力擦拭油布上那片乾掉的越橘醬，力道之猛，甚至讓油布左右晃動。他清洗抹布，掛上水龍頭。「那就鞋架。」

接下來幾週，藍納特做了一個鞋架、兩個毛巾架和一個鑰匙櫃。若想不出需要做什麼，他就做鳥屋。

有時他站在那兒，四周瀰漫著剛鋸下來的木材氣味，傾聽娃娃房間傳出的舒伯特四重奏，心裡就會好滿足。一步一步，一切都走在正軌上。他生命裡的那些銳利粗硬的邊緣都被一級和二級砂紙磨得圓滑，現在他可以撫過生命紋路，手指不會再插進小刺。

他戴上耳罩、啟動線鋸，切出下一個鳥屋的門和窗。這個鳥屋代表他們的家。工作挺棘手，需要高度專注力。五分鐘後他脫掉耳罩。額頭上冒出一顆顆汗珠。

震耳欲聾的線鋸聲之後的靜謐好舒服，可是太安靜了吧？他沒聽見娃娃的房間傳出音樂，也沒有哼唱的聲音。他放下工具，走去看個究竟。

娃娃已爬出嬰兒床。她一定是趁著他在鋸木、什麼都聽不見時，跑到他的身後拿了鐵鎚，回到房間開始敲播放器。又敲又擰之後，她成功弄開了兩個揚聲器的外層，撕開振膜。這會兒正坐在地上用指甲去刮，想把裡頭的電線挖出來，還一邊搖頭。

他走過去，想把她手中破碎的零件拿開，但她拒絕放手，繼續搖晃，還張口去咬。

「給我。」他說：「妳會被這些東西割傷。」

娃娃瞇起雙眼看著他，以極度清晰的聲調說：「音樂。」

藍納特震驚到忘了繼續和娃娃拔河，只能呆望著她。這是他第一次聽見她說話。他低下頭問：「妳說什麼？」

「音樂。」娃娃回答，一邊敲打地上的振膜，一邊發出介於咆哮和低吠之間的聲音。

藍納特跪在她的旁邊，說：「音樂不在這裡。」

娃娃停止敲擊，看著他——不，「注視」著他。凝視他的眼睛幾秒鐘。藍納特深受鼓舞，試著進一步解釋。

「音樂無所不在，」他說：「在妳的裡面，我的裡面。在我們唱歌時，彈奏樂器時。」他指著受損的CD播放器。「那只是機器。」

他忘了當初下定決心不和娃娃說話。不過無所謂了，因為萊拉和傑瑞早就和她說過話，所以他打的算盤已經沒用。他又指著播放器。「妳明白嗎？這是機器，是讓音樂發出聲音的東西。」

他拿出裡頭的CD，舒伯特的第二號弦樂四重奏——拿索斯唱片公司出廠的廉價版本。他用食指穿過CD中央的洞，將光碟高舉在她眼前。「音樂被壓在這東西上面。」

娃娃對他的話沒反應，只是睜大雙眼看著CD，頭歪向一邊，皺著鼻子。藍納特把CD轉個面，想弄清楚她看到了什麼，結果他看到的是自己。

想當然耳。

就他記憶所及，娃娃從未見過鏡子。他再次把CD閃亮的那面朝向她，說：「那是妳，小東西，那就是妳。」

娃娃直盯著他手中的光碟，彷彿中了什麼魔咒，失神地喃喃道：「小東西……」嘴角還淌下口水。她爬向傑瑞，視線繼續放在她自己的映像上。她伸手欲拿光碟，藍納特讓她拿。這時他才發現她已把那條打有繩結、被她撫摸、啃咬到幾乎爛掉的繩子丟了，就在她身後的地面上。現在她的眼裡只有CD。

藍納特抱起她，把她放回嬰兒床裡，她雙手仍緊抓著光碟，低頭看著銀亮的碟面，完全沉浸在自己的世界。不過，藍納特還是把頭靠在嬰兒床的欄杆上，對她說：「音樂不在那裡，小東西，在這裡。」他把手指放在她的心臟位置，接著指指太陽穴，「還有這裡。」

21

直到春天傑瑞才有空去探望父母，因為他在忙著做點小生意。這兩年他在泰利耶市的撞球間工作，現做現領，缺現金時就走進去。有天晚上，他在洗咖啡杯，有個認識很久的傢伙走進來。他是殷蓋瑪。兩人聊了一會兒，傑瑞說要讓他喝喝他們私藏的俄羅斯啤酒——這可是走私貨——殷蓋瑪揚起眉，問：「走私菸呢？你有嗎？」

傑瑞說他沒有，還說俄羅斯啤酒只提供給常客。他真難想像殷蓋瑪變成那種會跟條子打小報告的傢伙。

「不是，不是，我不是在套你的話。」殷蓋瑪以打火機打開啤酒。「正好相反。這樣吧，一條賣你八十克朗，有興趣嗎？」

「你說的是那種用稻草和舊報紙做成的波蘭劣等貨？」

「不是，不是，是萬寶路。老實說，我不知道東西是不是來自仿冒工廠，不過抽起來的味道一模一樣。來，試試看。」

殷蓋瑪拿出一包菸，傑瑞接過來看看，除了沒有註冊商標或圖案，看起來就和一般香菸沒兩樣。他抽出一根，點燃。果然沒差。

殷蓋瑪最近靠開卡車維生，多半在波羅的海那一區的國家遊走，他在愛沙尼亞有人脈，如果不問東問西，輕易就能買到廉價的香菸。他環視一下撞球間，兩張檯子正忙著，另外有三個人坐在桌前抽菸。「一個月賣個五十條不是問題，替自己加點薪，開心一下吧。」

傑瑞考慮了一下。一條賣一百二十克朗，應該很好賣。這代表他一個月就多了兩千克朗。

「好，就這麼辦，」他說：「何時可以送來？」

殷蓋瑪咧嘴笑著說：「現在就有貨，在外頭的車裡。」

殷蓋瑪停在撞球間外頭的不是他的卡車，而是一輛普通的小型汽車。他四下環視後打開後行李廂。兩個黑色大塑膠袋占據了一半的空間。他打開袋口，讓傑瑞看看那五條束成一捆的走私菸。

「就照約定，五十條共四千克朗。」他說。

「可是你知道的，我沒有那麼多錢。」

「下次再給我。這些就當成你的創業資金。」

兩人把黑色大塑膠袋扛進堆滿垃圾的房間，握手，約定一個月後見。

那天晚上傑瑞就賣了八條，剩下的可以輕輕鬆鬆綁在摩托車後面，在夜色的掩護下順利載回家。以後他要叫殷蓋瑪直接送貨到家。

他把剩下的四十二條分成四堆，整齊擺在客廳角落，然後坐在扶手椅，雙手交疊放在肚皮上，看著它們發呆。你發了，他心想，一夕之間你成了生意人。為了表示自己認真地把這當成事業打拼，他把皮夾裡的錢全拿出來，將要給殷蓋瑪的六百四十克朗放進信封裡。

他坐在那裡，把剩下的三百二十克朗數得窸窣響。在撞球間，一次值班是六小時，一小時賺五十克朗。如果照這樣下去，他的時薪等於忽然多了一倍以上。

一百克朗，扣稅之後。稱得上是高階職位的薪水。主管之類的。

五十條菸全數銷光，隔月殷蓋瑪拿到錢，又載了一批貨到傑瑞家。傑瑞很想擴大營運規模，不過他知道必須謹慎行事，只能向他信任的人兜售。千萬不能貪，一貪心就會搞砸。

這種中間供應商的角色讓他贏得周遭一些人的些許尊敬，現在，就算不是上工時間，他也會去撞球間閒晃，那裡的人也比以前更樂意找他交談，他也因此有機會認識來自城裡的人。和泰瑞絲相處的滿足感不再那麼重要。

然而，三月初，他還是把吉他綁在摩托車上。這次他第一次踩離合器就成功發動。他認真考慮買輛新車，能以電動發動的那種。最近他手頭寬裕，很有機會入手。

房子依舊穩穩立在那兒，看起來就和四個月前他造訪時一模一樣。然而，有些什麼不同了。有那麼片刻，傑瑞說不出是哪裡不同，但當他坐在餐桌，和藍納特及萊拉一起喝咖啡，吃著盤子裡的餅乾，他忽然非常清楚哪裡不同。

他和父母坐在餐桌前一起喝咖啡、吃餅乾。

就這麼發生，感覺好自然，彷彿這是再正常不過。他們沒懷疑他的來訪目的，沒語帶批評，而且兩人也沒出現隨時爆發成譏諷攻訐的不滿怨懟。只有咖啡、自家烘焙的餅乾，以及愜意和樂的閒聊。傑瑞看看藍納特，再看看萊拉，他們兩人正喝著搭配法式甜點馬卡龍的咖啡。「你們兩個究竟是怎麼回事？」

萊拉看著他，「什麼意思？」

傑瑞對著餐桌揮動手臂。「老天，你們坐在這裡，簡直就像……該怎麼說？就像英國長壽電視劇《愛瑪鎮》（*Emmerdale*）裡的畫面：玫瑰處處開，家庭幸福又美滿。到底是怎麼回事？」

藍納特聳聳肩，「這有問題嗎？」

「沒有，沒問題，就是沒問題才天殺的讓人不寒而慄。你們是不是加入了什麼邪教之類的？」

傑瑞就是搞不懂。他囫圇吞了兩塊餅乾後說了聲「多謝」，下樓到地下室。

嬰兒床不見了，現在泰瑞絲睡在他以前的床上。她沒穿尿布，看來已經學會使用地下室裡的廁所。房內出現一個老爸做的櫃子，木製櫃門上有浮凸雕工。傑瑞看見櫃門後方有一臺ＣＤ播放器。泰瑞絲正站在中央，一動也不動，手裡拿著一張ＣＤ。

她長大了，變成一個漂亮的小姑娘，白金色鬈髮披散在臉龐四周，映襯出一雙湛藍的大眼睛，讓她看起來像個小天使。

傑瑞被她的模樣深深吸引，一時之間說不出半句話，只能呆坐在她面前。娃娃的雙眼直盯著他的嘴唇，大約十秒後，她跨前一步，用力打他的嘴，說：「說話話！」

傑瑞差點往後倒下，幸好及時靠著一隻手臂撐住，出於本能也伸手回摑泰瑞絲一掌，她踉蹌跌倒。「幹麼啦，妳這小混蛋。」

泰瑞絲站起來，走向床，爬上去。她坐在床上，背對著傑瑞，面向牆壁，開始哼唱。傑瑞摸摸嘴巴，沒流血。

「小妹，」他說：「我們別再這樣，好嗎？」

她的肩膀一縮，低下頭，好像覺得自己很丟臉。傑瑞心一軟，看著她背後。「好，算了，沒關係。」

他緩緩靠近她，這才發現她不是覺得丟臉。她低頭純粹只是要看自己在手中CD的倒影，傑瑞伸手欲拿CD。「讓我看看這是什麼。」

泰瑞絲用力抓住光碟不給他，還發出低嗥，但沒說出半個字。傑瑞哈哈笑，縮回手。「好、好，我不拿，我懂了。沒關係的，小妹。」

他靜靜坐在她身邊一會兒，看著她凝視自己的倒映。泰瑞絲終於又開口，但沒轉過頭。「說話話。」

「我有說話呀。妳想要我說什麼？對不起嗎？還是妳在氣我沒來找妳？是這樣嗎？好，對不起。」

「解瑞說話話，唱歌歌。」

傑瑞皺起眉頭，隨即恍然大悟。他拿出吉他，彈了一個C音。泰瑞絲轉過頭，看著他的手指又彈了一次C。她伸出手，用手上的CD重重打了他的手，然後發出一個音。

傑瑞得努力克制才沒打回去。他的右手背已出現一條紅色傷痕。泰瑞絲又唱了那個音，舉起CD準備再次攻擊。

「好、好。」傑瑞說：「冷靜，我彈給妳聽。」他彈出和弦 Emaj7，娃娃放下手中的CD。

「是我忘記了，對不起。」

傑瑞這陣子沒寫什麼新曲，所以他坐在那裡即興彈了一會兒，而泰瑞絲就著幾段和弦即興創作出旋律。可是這些曲子就和他事先費心創作的一樣動聽。

他用手壓住琴弦，環視房間，看著她貧乏的小小世界：CD播放器、床、一罐罐嬰兒食品。就這樣？她的日子就要這麼過嗎？

右手傳來一陣痛楚，驚擾了他的思考。泰瑞絲又打了他。

「解瑞說話話！」

傑瑞搓搓手背。「拜託，妳以為我是機器啊？」他敲敲吉他的音箱。「我要解瑞說話話它就會說話，可以嗎？」

泰瑞絲往前傾，輕撫琴頸，喃喃地說：「解瑞？解瑞？」然後把耳朵貼在琴弦上，霎時傑瑞還真以為吉他會回答。他也低下頭，靠向琴頸——但眼角餘光瞥見娃娃手上的CD正朝著他的臉頰揮來，他趕緊把頭轉開。光碟的邊緣打中吉他，木製琴身出現一小處凹痕。泰瑞絲睜大眼睛，高嚷著：「解瑞，可憐解瑞，」還眼眶噙淚地伸手去摸吉他，彷彿要安慰它似的。傑瑞站起來。

「聽著，小妹，我無意冒犯，不過，我真的要說：妳腦袋有問題，肯定有毛病。」

22

怎麼了？藍納特和萊拉究竟加入了什麼邪教組織？

其實他們加入的教派很尋常，只有用心經營婚姻的幸運夫妻才能加入，而且只能容下兩人。這個教派的格言是：我們只有彼此。藍納特說不上來他是怎麼達到這種心境，總之，那一天他站在微波爐前，加熱餡餅，同時等著萊拉從泰利耶市回來，看著盤子上的餡餅慢慢轉動，忽然發現他好想念萊拉，他好希望她趕快回來，這樣他們就能一起喝咖啡，吃熱熱的餡餅。這種感覺一定很棒。過度簡化之後聽起來真是陳腔濫調，可是，如果能簡簡單單表達清楚，何必複雜化？

藍納特開始懂得知足感恩。

他並非重新愛上萊拉，或者決定拋開過去、重新開始，這種事只會發生在雜誌裡。原因是他開始以不同的眼光來看待生活，不再咬牙切齒，不再忿恨自己無法心想事成，轉而珍惜眼前的一切。他身體健康，有一幢很不錯的房子，有一份他喜歡而且能帶給他成就感和名聲的工作，還有一個多年來始終陪在身邊，永遠把他放在第一順位的妻子。此外，有一個起碼沒吸毒的兒子。

除了這些，他還被上天挑選，成為地下室那個孩子的守護者。這個孩子是個怪胎，沒一處符合常人標準，而且還是一份頗重的責任，但光是扛責任本身就能賦予生命意義。

所以，整體來看，他的人生還不賴。或許稱不上歡樂篇章，生平記事也不足以讓訃聞框上金邊，但絕對令人滿意，沒得挑剔。相當不錯。

他還是不認為萊拉看起來很美，不過，有時在某種光線下……最近幾個月她瘦了至少十公斤。有幾次兩人躺在床上，準備就寢，她的身體和肌膚撩撥起他的情慾，於是兩人辦起房事。這讓他們產生更輕鬆的親密感，也因此他對她的看法大有改變，夫妻關係變得越來越好。

◆

娃娃五歲時，藍納特和萊拉慶祝結婚紀念日——對，兩人一起慶祝。佳餚配上美酒，美酒甚至延續到飯後。他們一邊翻相本，看老照片，一邊聆聽阿巴樂團的音樂。忽然，娃娃站在客廳中央。這是她第一次自己從地下室爬上來。她的雙眼不停掃視客廳，瞄到藍納特和萊拉時也沒稍停。她坐在壁爐邊的地板上，開始撫摸在那兒發現的一尊石製侏儒的腦袋。

藍納特和萊拉很開心，微醺的他們不加思索抱起娃娃，將她放在兩人之間的沙發上。娃娃沒放開石侏儒，而是把它緊緊夾在大腿間，以便空出手繼續撫摸。

〈你靈魂裡的空洞〉的旋律漸歇，〈謝謝你給我音樂〉的前奏繚繞在房內。

我一點都不特別，其實還有點乏味……

萊拉跟著唱，雖然她無法飆出女主唱艾格妮塔的那種高音，但聽起來頗悅耳。娃娃也加入，她憑著直覺抓住旋律，一聽到阿巴的歌聲之後緊接著唱出自己的聲音。

藍納特因淚水哽咽。唱到副歌時也忍不住加入：

感謝你的音樂，我高唱的歌曲，
感謝音樂帶來的喜悅……

三人高聲歌頌的音樂正是牽起他們感情的事物。他們在沙發上搖擺身體，娃娃也跟著。歌曲結束，揚聲器傳出破音聲響，藍納特和萊拉已熱淚盈眶。他們同時傾身親吻娃娃的頭頂，兩人差點相撞。

真是幸福的夜晚。

娃娃開始主動離開房間，雖然花了很長一段時間才學會這麼做，但她想探索世界的日子終究來臨。

除了音樂以外，她的其他發展相當遲緩。她訓練了很久才會自己上廁所，走起路來仍跌跌撞撞，就連進食習慣也仍和小寶寶一樣，拒絕吃嬰兒食品以外的任何東西。藍納特通常跑到離家很遠的購物中心大量採買罐裝嬰兒食品，因為他不想讓鄰居熟人起疑心。娃娃對於無生物物體的興趣遠大於活物。此外，她的語言發展也很遲緩。她似乎明白別人對她說的每句話，但開口時只會說出三、四個字的簡單句子，而且會把自己說成「小東西」。「小東西還要吃。」「小東西要那個。」「走開。」

但是歌詞除外。娃娃懂的辭彙很有限，可是若聽她坐在那裡唱出所聽過的歌曲——而且用極為標準的英語發音——你絕對會吃驚。「唱」這種說法或許不正確，應該說她在「複製」歌曲。藍納特夫妻結婚紀念日的隔天，娃娃在地下室裡晃來晃去，精準地複製出阿巴樂團女主唱艾格妮塔的唱法，而且幾乎記得每句歌詞。

那晚之後，藍納特就放寬了他的規定，准許萊拉和娃娃分享她的音樂口味。因此，現在CD播放器裡除了有舒伯特和貝多芬，還有流行歌曲創作者史提肯．安德森和彼得．西莫爾斯翠德的作品。

然而藍納特一直拒絕面對的問題終究還是浮上了檯面：他們不能讓娃娃出現在屋外，方法之一就是將她鎖在屋裡，但這並非真正的解決之道。他們該怎麼辦？

「藍納特。」兩天之後，當這對夫妻在花園吊掛另一個鳥屋，萊拉說道：「不能再這樣下去，我們得接受這個事實。」

一聽到萊拉的話，爬在階梯最上層的藍納特頓時失手，把正在掛的鳥屋掉到地上。他抱住樹，前額靠在樹幹，往下爬，坐在第三層橫梯上看著萊拉的眼睛。

「妳能想像這種日子嗎？」他說：「把她交出去，永遠見不到她？」

萊拉想了想，她努力去想像。想像生活裡沒有娃娃，地下室空空盪盪，沒有嬰兒食品，永遠聽不到娃娃的聲音。不，她不想要這樣。

「難道你不認為政府會准許我們收養她？我的意思是，不管怎樣，我們終究是她熟悉的人，他們一定會把這點考慮進去。」

「第一，我不敢保證他們會這麼明事理，第二……」他牽起萊拉的手，緊緊握住。「我的意思是，我們都知道的，不是嗎？娃娃不正常，她有問題，很嚴重的問題。他們一定會把她送進精神病院。在那個地方，他們不會像我們一樣欣賞她的特殊天賦，他們只會認為她……有缺陷。」

「那我們該怎麼辦？藍納特？她遲早會走出門外，到時候就很難關得住她。我們該怎麼辦才好？」

「我不知道，萊拉，我不知道。」

萊拉提到「門外」二字，讓藍納特有了靈感。問題其實很簡單：只要不讓娃娃跨出門外就成了。這間屋子很隱蔽，外人透過窗子看見她的機率微乎其微，而唯一會來訪的人只有傑瑞。然而，若娃娃跨出大門，她就會走到車道，然後往外走向馬路、進入樹林、進入城裡。走向外人，讓那些外人有機會驚動政府機構，將娃娃帶走。

藍納特想出了法子。他不曉得這點子是否行得通，但他只有這個對策。他沒和萊拉商量，逕自捏造了一個故事。故事編造好後，他說給娃娃聽。

故事是這樣的：這個世界被大人占滿——像藍納特、萊拉和傑瑞這樣的大人。以前也有小朋友，像娃娃、小東西這樣的小朋友。可是後來大人殺了所有的小朋友。

藍納特發覺娃娃不懂「殺」這個字，於是把它改成「吃光」。就和食物一樣。大人吃光了所有的小朋友。

說到這裡，娃娃做出了極為罕見的舉動：她發問。她的視線穩穩凝視著牆壁，問道：「為什麼？」

這個故事編造得不夠細膩，藍納特只得快速編個答案。他說，這是因為多數人的腦袋裡裝的是仇恨和飢餓，不過也有一些人的腦袋裡有愛，比如藍納特、萊拉和傑瑞。

娃娃細細品味這個她唱過很多次，卻不曾真正說出口的字：「愛」。

「對。」藍納特說：「腦袋裡有愛的人會想去愛小朋友，照顧小朋友，不會吃掉他們。」他繼續告訴她，他見過大人在花園裡偷偷摸摸，找小朋友來吃。如果娃娃跑出去，很可能一首歌還沒唱完，就被大人抓去吃掉。

娃娃焦慮地望向窗戶，藍納特摸摸她的背，要她安心。

「只要妳乖乖留在屋內，就不會有事，妳明白嗎？妳要待在家裡，不要站在窗邊往外望，而且絕對、絕對不能走出大門。妳懂嗎，小東西？」

娃娃爬到床的最角落，依舊焦慮地望著窗戶。藍納特開始懷疑他的故事是不是說得太栩栩如生。他雙手捧住她的光腳丫，以拇指撫挲。

「我們會保護妳的，小東西，不用害怕，妳不會有事。」

一會兒後，他踏出娃娃的房間，立刻原諒自己編出這麼可怕的故事。因為一方面他有必要這麼做，另一方面他的故事確實有幾分真實性。他相信外頭的世界會吃掉她，雖然不一定像他所編的故事那麼殘忍。

◆

然而，儘管藍納特有充分的理由原諒自己，他的故事還是對娃娃造成強烈影響。她不敢再離開房間，也堅持要把窗戶遮起來，免得大人透過窗戶看見她。有一天，萊拉進房，發現娃娃坐著，手裡拿著她從工具櫃找到的小摺刀，面向掛有毯子的窗戶，擺出威脅的姿勢。

萊拉不明白發生了什麼事，但從娃娃的隻字片語她多少拼湊出原委。最後，她逼問藍納特：他到底說了什麼？

藍納特把故事告訴她，但沒講最可怕的一些片段。萊拉聽完後答應不去糾正娃娃的世界觀。她不喜歡藍納特的做法，可是她也想不出更好的主意，只好讓娃娃繼續活在她的錯誤觀念裡。

其實藍納特自己也懷疑這招是否明智。小摺刀只是開始。藍納特把刀子鎖起來後，她又拿了鑿子、螺絲起子和鋸子。她把工具當成兵械排在床鋪四周，準備隨時迎戰闖入的大人。當藍納特試圖拿走它們，她發出撕心裂肺的尖叫。

所以他只好耍點小詐，一次一次把危險的工具換成較不危險的物品。鐵鎚換鋸子、銼刀換鑿子。這些物品不太適合當玩具，不過反正娃娃也從未傷到自己。當她坐在床上，她會把工具排在身周，當成某種神祕保護圈，或者某種咒語。

若她移動到地板，也會把工具帶著走，將它們整齊地排列在她周圍。它們變成她的新朋友，她會對它們唱歌，低語，還會輕輕拍著它們。當她躺在工具圈的裡面，聽CD播放器流瀉出來的莫札特慢板，會流露出前所未有的平靜神情，有時甚至就地睡著。有一次，藍納特將她抱到床上時沒把工具一起放上床，她醒來時放聲尖叫。那次之後，他絕不會忘記要連同工具一起移動。

隨著日子一天天過去，娃娃的恐懼和緩成焦慮，焦慮和緩成戒心，工具的數量也逐漸減少。有一天，藍納特忘了收電鑽，他進娃娃房間時見到她坐著，對著膝上的電鑽靜靜地說話。偶爾按下開關，讓電鑽發出嗡嗡聲回應，就這樣不停地和電鑽交談。

電鑽成了她的新寵，藍納特讓她留著，因為他可以藉機把其他工具收起來。此外，電鑽也讓她更敢到處走動，現在，她又敢進行小探險了。不過得隨身帶著電鑽才行。

藍納特每每看著她拿著武器，隨時準備發射，一副警長等著戴黑帽的傢伙騎馬進城的模樣，就忍俊不禁。甚至到該就寢時，她都緊緊抓著電鑽才安心入眠。

娃娃七歲時終於對電鑽的正常用途感興趣。她一天比一天更靠近站在工作檯前的藍納特。當他將她抱起來，放在長椅上，她不僅不抗拒，還會把電鑽抱在胸前，看他在做什麼。

他把剛做完的另一個人工巢箱拿給娃娃看。之前他在做這個巢箱時，她看得很專心，但當他把巢箱拿到她面前，她卻把頭撇開，一如往常。

藍納特拿起新電鑽——舊的已經送給娃娃了。出於好玩，他讓電鑽加速了兩次，假裝它想對她的電鑽說話。但她興趣缺缺。

電鑽夾頭上是十號尺寸的鑽頭，藍納特照例用這種鑽頭來為巢箱的製作過程畫下句點。「現在我們要開始鑽洞囉。鳥兒會從這個洞進出。啾啾！啾啾！是小鳥唷。」

娃娃看著藍納特鑽洞，直盯著洞口，彷彿在等著什麼。藍納特把她從長椅上抱下來，趴在他肩膀上的娃娃立刻又吼又叫，還拿著她的電鑽揮來揮去，他只好把她放回長椅。女孩靠近洞口，喃喃地說：「啾啾，啾啾」，繼續凝視著巢箱。

懊悔感沉重墜入藍納特心中，他決定破例一次。

隔天一大早，他把娃娃抱到玄關，打開大門時，她的眼睛睜得斗大，狂掙扎，想逃出他的懷抱，還吸足了氣準備放聲尖叫，藍納特在她叫出來前及時告訴她：「噓！噓！他們會聽見喔！」

娃娃的嘴巴立刻閉緊，瘦小的身體開始顫抖，藍納特小心翼翼地打開門，假裝偷偷探向花園。「安靜，」他說：「小心一點，不能發出聲音。」

他把娃娃帶出大門後隨即抱起她，以便讓她更靠近放置巢箱的那棵樹。她的身體緊繃，僵硬如冰。

這是五月的早晨，樹叢和樹木傳來陣陣鳥鳴。藍納特讓娃娃的頭靠近巢箱，這個巢箱就和他前一晚做的那個一模一樣。

她忽然張開嘴巴，整個人放鬆。一隻知更鳥冒出來，坐在洞口，身體迅速抽動，左右張望，一會兒後才飛走。娃娃的視線跟著鳥移動，口水淌到下巴。

藍納特不曉得她會怎麼詮釋剛剛見到的景象。她會以為鑽洞能讓鳥出現嗎？或者讓鳥消失？或者其實她非常清楚這一切？

他把她放到地上，說：「鳥兒住在這裡，牠們到處飛——」

但他還沒說完，她就奔回屋內，把身後的門用力關上。

23

二〇〇〇年二月，貪婪的魔爪終於伸向傑瑞，而罪魁禍首就是蘋果電腦。和處理器供應商摩托羅拉的初期紛爭解決後，蘋果終於準備推出處理器 500Mhz 的麥金塔個人電腦 Power Mac G4，預定售價三萬克朗。到目前為止，傑瑞的經濟狀況還不賴。他有錢買，一年前剛聽到消息時他就開始存錢了。

然而，那款電影院等級的螢幕可成了問題。蘋果在發表新的G4時，也同時推出號稱有史以來最佳解析度和最酷設計的二十二吋平面螢幕，而這個螢幕的售價也在三萬克朗左右。

忽然間，傑瑞那臺破爛的 iMac 看起來就像來自石器時代。他利用這臺電腦上的錄音軟體 Cubase 4 來寫歌，但速度實在太慢。他想升級到 4.1，想擁有 500Mhz 的處理器，想在平面大螢幕上檢視他的作品。

他滿腦子都是G4。傑瑞開始想像桌面底下立著銀色的電腦底盤，桌面上是造型時髦、鑲著透明框的螢幕，有了它，彷彿人生就完美起來，不再有其他奢求。他渴望那臺電腦，就像教徒渴望救贖。一旦擁有它，一旦設置完成，他就能感受到平靜和聖潔，生命裡的所有汙痕都將被抹得一乾二淨。

然而，在達到這種至聖狀態前得先做點見不得人的買賣。他必須賣更多私菸。十二月，他向殷蓋瑪下訂的私菸量提高一倍，一月時共拿了一百五十條，轉賣出去的價錢每條比前一個月多十克朗。

不論常客多豪邁地吞雲吐霧，需求量還是跟不上傑瑞的供給。加上撞球間的老闆麥特已經發現傑瑞私下賣菸，所以現在他只能在家裡出貨。他請常客幫忙介紹熟人，告訴他們傑瑞家有便宜的香菸可買。

常客準時出現，沒多久他們的熟人也來臨。到了二月，除了原來存的三萬克朗，傑瑞又攢了一萬兩千克朗，還向殷蓋瑪下了一批大訂單。

一個星期後，有人到撞球間找他。這傢伙的年齡與他相仿，頭理得光光的，皮衣底下露出的部落圖騰式刺青往上蜿蜒到頸部。他進來後就倚靠在吧檯上，盯著傑瑞的眼睛，對他說：立刻停手。

傑瑞裝傻，說他不懂對方對撞球間有何不滿，還說他不是老闆。所以，如果要他關店，得先和麥特談過。這傢伙笑都沒笑，只是說他已經事先警告過傑瑞，如果他繼續下去，只會把事情搞得很難看。

傑瑞看著這傢伙離開，雙手微微顫抖，但他並不害怕。他聽說泰利耶市的監獄裡有一群犯人組成幫派，自稱 Bröderna Djup，意思是深度男孩。這原本是一個男子樂團的名字，被拿來當成幫派名稱實在蠢得可以，所以傑瑞才不把這威脅當回事。況且，沒有證據顯示這傢伙真的隸屬任何幫派組織，搞不好他和傑瑞一樣，是個單幹戶，只不過比傑瑞稍微凶狠一點。

他繼續賣他的菸，不過比以前更加小心。有人敲門時，他會先透過門上的窺視孔確定訪客後才開門，絕不准有靠打類固醇來長肌肉的光頭佬跑出來，擋在他和他的電影院級螢幕之間。這可是他魂縈夢繫的寶物。

就在上次叫的貨只剩五十條時，他的生命再次被拋往另一個方向。三月初的某天晚上，門鈴響起，傑瑞從網頁製作的手冊中抬起頭（這網頁下載得有夠慢），走去門邊，從窺視孔往外看。

站在門外的是朋友的朋友，他不知道名字，但對方曾向他買過兩次菸。他打開門，近距離看見對方臉上的表情，立刻知道事情不妙。這男人從身後拿出一根鐵製的長鞋拔，傑瑞見狀，立刻關上門，儘管他不明白鞋拔能構成什麼威脅。但是太遲了，鞋拔已經伸入剛剛打開的門縫，現在門關不上了。

接著，他聽見樓梯傳來腳步聲，幾秒鐘後，他們出現。拿著鞋拔的男人壓低聲音說：「抱歉，我別無選擇。」然後退開。

來者共有三人：一個是去撞球間警告他的那個傢伙，另外兩個乍看之下和他很像。同樣的光頭，同樣的皮夾克。

他們拿走幾袋菸，還逼傑瑞說出他把錢放在哪裡，把錢拿走。接著他們押著傑瑞，冷靜客氣地要他下樓，進入那輛等著的汽車。傑瑞嚇得失神，甚至沒想到要尖叫，被他們抓住的他呈現半癱軟狀態，但還是注意到這是一輛 Volvo 七四〇。典型鄉巴佬才開的車。然而，他發現車尾有個拖桿，所以這輛車出現在這裡的理由非常明顯。

他們把傑瑞載到洛瑪爾游泳池旁的碎礫空地，泳池招牌的下方寫著一行字：「全瑞典第二長的划水道」。他們把他推下車，在他的腳綁上鐐銬，拿了一條鐵鍊將鐐銬固定在車尾的拖桿上。

他們把車內音響裡的深度男孩歌曲〈我們住在鄉村〉放到最大聲，傑瑞嚇得大便失禁。去撞球間的那個傢伙聞到氣味，皺起鼻子，指著傑瑞沾了屎的屁股說：「我想，這代表你已經懂了。」他對著渺無人煙的漆黑停車場揮手繞圈。「肥豬，我之前就警告過你。我們現在要兜兜風，碎石地面上大概會出現鮮血和大便，不過，往好處想，這下子你一定會瘦個幾公斤。」

車內傳出深度男孩的哀嚎和呼嚕，他們正在模仿各種動物的叫聲。歌詞裡提到他們變賣所有家產後要買各種動物。傑瑞低聲哭求，「拜託，拜託，不要這樣，不管你們要什麼我都給你們。」

男人冷笑。「比如什麼？你已經一無所有，我們剛剛把你的東西都拿走了。」

傑瑞嚇得快要嘔吐，他努力讓話語出現在嘴邊，準備告訴他們他保證會把所有的錢、所有的……總之都給他們。然而，他還沒機會開口，那傢伙就用膠帶封住他的嘴。「可不能吵到鄰居，對不對？」然後他上車，發動引擎。傑瑞被淹沒在廢氣濃霧中。

他被拖行在碎石路面上，衣服撕裂，背部暴露在尖銳石頭上。他掉入黑洞中，想著他的皮膚、肌肉一寸寸脫離身體，最後只剩下骨頭蹭著地面，發出刺耳摩擦聲。他想昏死，想早點解脫，他想……

他甚至沒注意到車子停了，距離發車處約有十公尺。他們三人下車，站在他的周圍，對著他撒尿，然後把他從拖桿上解開。他從耳中聽見一個聲音說：「下次就會是全套的，了嗎？」

車門用力關上，汽車揚長而去，輪胎捲起碎石，噴得他滿臉都是。他躺在那兒，仰望冬天的夜空和燦星。他的背灼痛不已，透過鼻子呼吸，不規律且沉重。

過了十分鐘他才有辦法起身。他撕開嘴巴上的膠帶，腳仍被銬在一起，渾身散發屎尿味。他拖著雙腳，有時用跳的，朝向燈光和公寓林立的街廓。他跌了跤，臉頰被銳利的石頭劃傷，但他幾乎毫無知覺。他的內心有些什麼永遠破損，無可補救。

24

傑瑞一個月不見人影，萊拉開始著急。之前也曾幾個月沒他的消息，不過通常每半個月母子就會講講電話。這次傑瑞沒打來，而萊拉打去也沒人接。

若不是最近在忙的事情占用她太多時間和心思，或許她會撥冗去了解究竟是怎麼回事，甚至違逆禁忌，出門去探訪傑瑞。

最近她忙著教女孩認字。

她依舊無法想像未來會是什麼樣子。女孩現在八歲，很快就要九歲。當她越來越大，情況會怎樣呢？當她步入青春期，當她變成少女，當她……長大成人？領養老津貼的她和藍納特將跟著一個不曾踏出門外的成熟婦女待在地下室？

這些事情令人不忍想像，所以萊拉只好過一天算一天。基於補償心理，她開始幻想這女孩是一個要被驅逐出境的難民，所以他們才要藏著她。她在當地的報紙上讀過類似的故事，而這種想像恰好符合藍納特對女孩說過的那個可怕故事。外頭的世界對女孩充滿敵意，想要追捕她，如果她暴露行蹤，就會被送走，或許還會被殺掉。就像那個逃避納粹追殺，而在阿姆斯特丹的小公寓裡躲了兩年的十三歲女孩安妮．法蘭克。這麼一想，萊拉就舒服多了。

女孩不願意開口，因此萊拉很難教她認字母，要她反覆模仿萊拉發出的音更難。一開始完全不可能。當萊拉在紙上寫出「A」，並大聲念出這個字母時，女孩看都不看那張紙，死不發出聲音。

萊拉試試別的字母，用盡各種方式來書寫或者說明，比如在紙上畫出女孩認得的物品，在旁邊大大寫上該物品的名稱，然後大聲念出來。但不管怎樣做，娃娃就是無動於衷，只會坐在那兒玩她的電鑽，或者把鐵釘一根一根排得筆直，對萊拉視而不見。

後來萊拉想出解決辦法，並氣自己之前太蠢，竟然沒想到。想當然耳，她應該把字母唱出來，這樣一來女孩就會模仿她。萊拉把寫有字母的紙張舉高，在女孩的面前晃動，讓她不得不看到，然後唱出「A」的音，彷彿是字母本身會唱歌。迅速放下紙張時，萊拉看見女孩真的看了那張紙，雖然她隨即把視線移開。萊拉就以這種方式教導女孩其他母音。

花了好幾個星期練習，女孩終於開始把字母的符號跟發音連結在一起。當萊拉把寫有「U」的紙張舉在女孩的面前，她會沉默片刻，等著相對應的音符出現，若沒等到，她會自己哼唱出清楚的音，「嗚——」

藍納特再次進入工作室「閉關」工作，但他會聽萊拉聊女孩的學習進度，並給予鼓勵和建議。比方說，萊拉提到不知該如何教子音，他就建議她利用女孩已經知道的歌詞，把歌詞裡某些字跳過，讓女孩自己唱出那些字。

萊拉決定利用拉斯·朗達唱的瑞典版〈夜裡的陌生人〉，因為拉斯唱歌時通常會拉長母音，但子音的部分仍清楚，所以唱這首歌時很容易唱出每一個字。

Tusen och en natt, låg jag allena（一千零一夜，我獨自臥躺）
Drömmande och matt（孤單，做夢）

萊拉從母音「en」開始唱，拉長這個音的時候，把寫有字母的紙張高舉在女孩的面前。她一遍又一遍地唱，每次唱的時候都在某些地方忽然停住，然後在紙上迅速地寫字。重複很多次之後，女孩終於能唱出同樣的音。

夏天的腳步接近，萊拉舉起寫有「tusen」或「natt」的紙張時，女孩已經能唱出寫在上面的字。

萊拉不停打電話，一通又一通，最後甚至親自走一趟傑瑞的住處，費力爬上階梯，按了門鈴。沒人應門，但萊拉探窺郵箱孔，發現地板上沒有郵件或廣告傳單。顯然傑瑞仍住在這裡。她對著郵箱孔大喊，屋內沒回應。

六月初的某一天，他忽然出現在露臺階梯上。萊拉幾乎認不得他。被她邀請入屋、坐在餐桌前的幾乎是個陌生人。藍納特從工作室走出來，見到他時也有同樣的反應，甚至差點問他是哪位。

從冬天開始，萊拉透過飲食控制瘦了十公斤左右，而傑瑞在更短的時間內瘦了將近三十公斤，但眼袋肥厚，鬢角還出現幾綹灰髮。右臉頰有一道新癒合的嚴重傷疤。原本不可一世的自信神情已不復見，現在的他看起來反而和藍納特很像。

一家三口沉默地坐著。半晌後，萊拉問道：「你怎麼了，寶貝？」

傑瑞的嘴角閃過一抹昔日的訕笑。「問得真好呀。先這麼說吧，我現在在領殘障津貼。」

「殘障津貼？可是你身體健康，而且才三十三歲！」

傑瑞聳聳肩，「我讓社福人員相信我有資格領。」

「你怎麼說服他們？」

「就說我無法工作，說我完蛋了，說我無法面對人群。」

萊拉將手伸到桌面另一頭，撫摸傑瑞的手臂，但他把手抽開。她便說：「為什麼，寶貝？」

傑瑞抓抓短髭底下那道蒼白的傷疤，看著她的眼睛。「因為我恨他們，因為我無法看見他們，因為我害怕他們。這樣可以嗎？」

傑瑞起身，萊拉試圖拉住他，但他將她甩開。他拿起擱在玄關的吉他，走到地下室。

25

這感覺就像返家省親。他一聞到熟悉的木頭、菸味、肥皂味和地下室常見的氣味，立刻陷入童年回憶中。他覺得自己像個空殼，所以滿懷感激地吸納這種感官知覺，因為這氣味讓他終究擁有了一些什麼。

他以為只要跟藍納特和萊拉在一起情況就會變好，然而，事實上，他甚至不忍心看到他們。每張臉孔背後都有另一張臉，每句話語背後都潛藏黑暗的動機。對，他有偏執妄想症，他甚至有一紙證據可以證明。

女孩在昏暗的房間裡等他。她挺直背，雙手垂在身體兩側，一手拿著電鑽。傑瑞坐在床上，打開吉他匣。

「嗨，小妹，妳想我嗎？」

女孩沒回答。傑瑞稍微放鬆了一些，他彈奏Emaj7和弦，女孩抓住音符。幾個和弦和一組即興的模進練習[3]之後，女孩唱出旋律。傑瑞嘆出長長一口氣。女孩站在CD播放器旁的陰暗角落，他只能看見她的身形輪廓。

「天殺的，小妹，」他說：「起碼讓我們相處一會兒吧。」

他放下吉他，走去窗邊，準備將窗毯拉開。才掀開一角，女孩就用電鑽砸他的大腿，尖叫說：「不要！」

傑瑞放開窗毯，讓它落下，然後猛地往後退。「妳在幹麼——」

他打住。女孩蜷縮在角落，把電鑽擋在身前，驚恐地望著窗戶。傑瑞蹲在她的面前。「怎麼了？天哪，妳比我還不正常。妳會怕窗戶啊？」

「大人，」女孩說：「外頭危險，要吃掉小東西。」

「妳在說什麼啊？外頭有大人要吃掉妳？」

「對。」

傑瑞點點頭，「妳說得沒錯，小妹。這種態度很正確，真希望我早一點明白這道理。不過，為

3 模進練習（sequence）是指以音階為基礎的排列組合練習，也就是用類似的結構來創作出數個不同的樂句，類似文章寫作中的「對仗」或「排比」。比方說貝多芬的〈命運交響曲〉中的著名樂句「登登登等～登登登等～～」。

什麼他們要吃掉妳？」

「腦袋裡有恨。」

傑瑞不曉得這裡發生過什麼事。之前他一直很納悶藍納特和萊拉到底是怎麼讓女孩一直待在屋內，看來他們終於想出對策了。

「那我呢？為什麼我沒要吃掉妳？」

「腦袋裡有愛。」

「愛……妳是說我愛妳？」

女孩沒回答。戶外花園有人走動，身影閃過地下室的牆壁，可能是藍納特或萊拉。女孩跳起來，蜷縮成一團。傑瑞把窗毯再次掛好，她才放鬆，並且說：「彈。唱。」

他們即興彈唱了一會兒。傑瑞彈奏小調歌曲，女孩以她清晰流暢的嗓音把它們唱得如泣如訴，讓這些歌曲從簡單的旋律變成對生命與人類的哀嘆。整整十五分鐘，傑瑞不再感到畏懼。若非逐漸增強的手指力道彈斷了一根弦，他很可能會繼續彈奏下去。

汗流浹背的他把吉他放回匣內，關上，喀的一聲上鎖。「妳知道嗎？」他說，但沒看著泰瑞絲。「不管天殺的妳變得多瘋，妳說得沒錯，如果要說我愛誰，那人一定是妳。」

26

那天之後，傑瑞更常造訪。萊拉納悶，兒子不知怎地似乎不再討厭她和藍納特，不過看到他跟女孩相處後整個人心情變好，她也頗感安慰。每次從地下室上來，他臉上的陰霾總會消散一些。

萊拉繼續教導女孩讀書習字。現在，她可以辨認和歌曲無關的字，大寫跟小寫都行，不過發音方式卻是音樂式的怪腔怪調。現在，該是進行下一步的時候：教女孩自己製造字母。寫字。

結果這是一個更難解的迷津。女孩可以握筆，但打死就是不跟著寫出萊拉寫在板子上的字。若萊拉試圖握著她的手教她寫，她就會低嗥或者吼出從傑瑞那兒學到的咒罵話語。聽她尖聲叫嚷「天殺的！」「該死的！」其實還挺有趣——如果她的語氣不帶攻擊，也不在萊拉握住她的手時揮拳打人。萊拉放棄這種方式。

後來她試著教女孩用蠟筆寫字，接著又讓女孩拿她最近著迷的鐵釘來塗寫，但這兩種方式都行不通。時序入冬，通往地下室的十九道階梯越來越艱辛，而她的腿也變得更疼痛。她無法跟女孩真正接觸，而藍納特也提供不出什麼有用的建議。

女孩的新嗜好是把鐵釘釘在木板上。她會不停地釘，直到密集的鐵釘把整片木板擠裂。聖誕節的腳步接近，藍納特教女孩用鐵鎚敲堅果，取出裡頭的果仁，而這也成了女孩迷戀的事情之一。

這種敲堅果的遊戲也敲開了契機。有天下午，萊拉看著女孩坐在地上專注嚴肅地敲擊砧板上的堅果。她的手臂上下揮動，精準判斷後才敲擊，不停重複這單調的動作。叩、叩、叩。

萊拉靈光一閃，反正試試看也無妨。她在儲藏室的櫃子裡找到藍納特那臺老舊的可攜式打字機，將它拿到地下室，放在砧板旁的地板上。女孩從各個角度打量它半晌，然後舉起鐵鎚準備砸下去，幸好萊拉及時奪下。

即使這是個好點子，萊拉還是花了將近一年才見到成果。打字機上的每一個鍵都是一個要克服的障礙，不過女孩十歲時終於搞懂每個鍵所代表的符號所對應的發音。她終於開始將簡單的字組合在一起。

傑瑞的造訪通常會讓她的學習成效退步。他一來，女孩就會退縮，不想練習，但萊拉很有耐心，也不對藍納特提起這事。如果女孩能帶給傑瑞一絲快樂，學習退步也是值得。

況且，萊拉實在不曉得她幹麼這麼做。難不成女孩能從讀寫中獲得樂趣？難不成她有機會融入這個以讀寫技能為必要條件的社會？

有時萊拉會厭倦這項艱難、乏味、漫長的任務，這時候她就會放唱片，碧碧·瓊斯或莫娜·威斯曼，和女孩一起唱一會兒歌。這種親密同心的感覺讓她有力量繼續撐下去。

27

傑瑞不喜歡外出，所以幾乎都透過網路跟外界聯繫。他的殘障津貼不夠支付食物、房租和網路費用，幸好二〇〇一年秋天他偶然發現一個名為撲克派對的網站。牌技尚可的傑瑞開始謹慎下注，輸贏參半。

拜電視節目和報章雜誌報導之賜，六個月後該網站的賭客大幅增加。那些牌技不怎麼樣的人一上牌桌，傑瑞就有機會小賺一筆。數目不多，不過相較於寥寥無幾的政府津貼，這筆額外的收入不無小補。

有天晚上他在牌局上遇見一個叫生意人的傢伙，他打起牌來就跟白痴一樣。傑瑞心想，這傢伙一定是故意裝的，好讓日後的賭金可以逐漸提高，然而，他還是跟他玩下去。兩個小時以後，傑瑞看穿他的伎倆，清楚知道這傢伙何時在虛張聲勢，何時是認真下注。這時，傑瑞已贏了一百多克朗。

下一局時傑瑞押三條十。隨著賭金逐漸提高，傑瑞繼續加碼，最後，只剩下他和生意人，賭金總額九百克朗。傑瑞心想，這傢伙說他有葫蘆很可能只是虛張聲勢，不過另一方面，他也知道自己很可能是生意人準備坑殺的對象，想到這裡，他的心就往下沉。雖然如此，傑瑞還是不收手。

他把最後的三百克朗押下去。見到生意人不蓋牌，準備攤牌，他的心彷彿被絕望的冰手給掐住。三個禮拜後殘障津貼才會發下來，萬一這把輸了，傑瑞就等著喝西北風了。

對方亮出牌時，傑瑞一時之間不明白自己看到了什麼。他的腦袋短路，雙眼游移在翻開的牌和生意人手中的牌之間。這白痴分明只有一對三嘛！

直到錢叮噹進入他的戶頭，他才確定自己沒搞錯。那白痴拿著一對數字那麼低的牌在那裡虛張聲勢，還笨到攤牌！傑瑞從生意人手中贏了五千克朗。

那晚他就此收手，沒繼續玩。這場賭局讓他體悟到一點：網路上有很多撲克白痴出沒。口袋滿滿的白痴。他只要找到這些人，跟他們同桌就成了。

傑瑞開始有計畫地瀏覽每個與撲克有關的網站、部落格和論壇，收集資訊。兩星期後，對於在網路上出沒的賭客——起碼瑞典的——他已瞭若指掌。沒錯，多數人上賭桌或者在討論板裡會使用化名或暱稱，不過有些人就是忍不住要使用真的，即使是在和金錢有關的議題。

傑瑞發揮他的天分，開始在一些論壇出沒，尋找那些有本事輕鬆發財的人。股票經紀人和科技新貴。他甚至會去看《Dagens Industri》，這份刊物可說是瑞典版的《金融時報》。其中有一個討論版是專門給住在瑞典富裕之城丹德呂德的豪宅主人，不過他發現這個討論版派不上用場。他甚至一頁頁翻閱裝潢設計和零售業主的名錄，也沒找到可下手的對象。不過，阿比西尼亞貓的主人——這是時下最流行的昂貴貓種——可就是真正的金礦。

其實，他在找的是那些提起在網路上打撲克的人。比方說，有一個人剛獲得一筆意外之財，進論壇詢問與他新買的阿比西尼亞貓有關的事。這人的貓很可愛，但把他在瑞典居家品牌 Svenst Tenn 購買的設計師窗簾給扯壞了，他該怎麼辦？這時，貓咪的主人和另一個貓主聊天時，可能不經意就會提到撲克牌。

這就是關鍵：不經意提起。那些暴發戶認為，「不經意」提起他們花多少錢買了一瓶酒或一套西裝，或者即使牌技很爛，「前一晚他們還是在網路上和人打撲克牌，輸了三萬克朗。」哈哈哈，不過別擔心，他們坐擁十二萬股的ＩＢＭ股票。不多，大概值十億。

這類的話語，不經意地提起。

這任務執行起來耗時又乏味。傑瑞經常找到了完美人選，卻不曾看見他出現在撲克網站上。這人要不是不再玩線上撲克，就是使用不同的化名。

不過他還是整理了一份名單。總有一天會見到上頭的某個有錢人或者稍有錢的人出現在牌桌上。到時候他就會加入賭局。

他這種行徑的背後沒什麼了不起的理念。傑瑞壓根兒不認為自己在行俠仗義。相反地，有時他甚至以尋常賭客為下手目標。畢竟，海削有錢人的機會少之又少，所以他也會收集一般賭客、賭鬼和窮人的資料。重點是他們的牌技都很爛。

老實說，把那些生活困頓的人的錢贏到自己的口袋裡，反而帶給傑瑞更大的滿足感。他在露營車主的論壇上找到一個名為火之輪的傢伙，他說他沒錢買露營車的冰箱——可以去哪裡買二手的呢？在其他的討論脈絡中，這傢伙提到他的撲克牌打得很爛。後來火之輪出現在撲克派對的網站，傑瑞設法贏了他四千克朗後，竟有一種強烈且真實的惡毒快感。沒有冰箱了，你這個笨蛋。你就坐在滾燙的露營地，看著食物腐爛吧。

他對人的恐懼和人際上的挫敗既沒改善，也沒惡化，但藐視的感覺逐漸增加，收入也提高不少。他蒐集資訊、線上打牌一年多以後，每個月通常可以贏個八千到一萬克朗。而國稅局還沒想到應該察訪一下他戶頭多的這些錢。

他坐在泰利耶市的小公寓裡，把虛擬手指深入國際的金錢河流中。一天玩上五、六小時，不管贏或輸，他都不貪心。對他來說輸贏無所謂，最重要的是那種擁有一點能耐，光是坐著就能揮動鞭子，咻咻鞭打世界各地白痴的痛快感。他狠狠地痛打他們，幾乎可以聽見他們哀號，有時甚至油然而生一種類似幸福的感覺。

28

女孩長到十二歲左右，變得很冷漠，什麼都觸動不了她。日復一日，她坐在床上，呆望著牆，什麼都不做。不唱歌、不說話、幾乎動都不動。她只會以湯匙舀嬰兒食品來吃，這仍是她唯一的食物。

這種狀況持續這麼久，真讓人擔憂。藍納特和萊拉開始認真討論起是否該放棄她，讓專業人員來照顧她。開車把她載到沒人認識他們的地方，把她留在醫院裡，然後一聲不響地把車開走。可是不管她的死活逕自離去，這種事情未免太殘忍、太可怕，他們做不來。因此，他們只好等待。

畢竟，這幾年來情況一直很順利。女孩已經學會用打字機，能寫出完整的字和句子。她花了很多時間把一份過期的當地報紙上的每個字打出來。報導、評論、連環漫畫裡的文字，甚至電視節目表。她花了幾乎四個月，把整份報紙的字打在六十張A４的紙頁上。

就在這項任務快結束時，發生了一件事。萊拉是第一個發現跡象的人。那天早晨她到地下室，看見女孩直盯著洗衣機。她關上洗衣機的門，然後探頭進烘衣機裡查看，接著又看看洗衣籃。

「妳在找什麼？」萊拉問，但女孩照例不理她。

另一天，萊拉靜靜站在工作間的門邊，看著女孩打開抽屜，探進櫃子，就像她小時候那樣，也像萊拉曾有過的舉動。

女孩有一頭美麗的金色鬈髮，看著這麼美麗的女孩在地下室走來走去——彷彿局促牢籠裡的一隻天鵝——不停尋找某種不存在的東西，真讓人惶惶不安。陰暗沉鬱的地下室，又一個裝滿乏味工具的抽屜被打開，發出匡啷聲響，而她的一頭金髮披散在肩膀上。

萊拉用拐杖敲敲門框——現在她得靠拐杖才下得了樓——女孩立刻停止搜尋，走回房間，坐在床上。萊拉坐在她的身旁。

「小東西，妳想要什麼？」

女孩沒回答。

大約一個禮拜後，有天晚上萊拉必須到地下室的儲藏室拿手套。她站在女孩的房門口，看著她睡覺。她的頭髮披散在枕頭上，雙手直條條放在兩側，看起來就像一具非常美麗的屍體。萊拉看得發怵。

接著萊拉看見打字機。裡頭有一張空白的紙，在地下室的燈光映照下，紙張微微發亮。不，不是空白，上面有字。確認女孩確實睡著後，萊拉走進房間，小心翼翼地抽出那張紙。

女孩的書寫能力似乎退步了。上面只有一行字，沒有任何標點符號，不過這是萊拉第一次見到女孩寫出自己的句子。

愛哪裡愛怎樣顏色感覺如何在哪裡

萊拉反覆讀了好幾次，然後目光瞥到床上。女孩睜著一雙微微發亮的眼睛，躺在那裡看著萊拉。萊拉坐在床沿，手裡拿著那張紙。

她說：「原來妳在尋找愛，小東西？」

女孩又閉上眼，沒回話。

29

十月中有天早晨，藍納特在車庫給汽車換上冬用輪胎，萊拉坐在客廳，心情沉重，煩躁不安。她播放莉兒-貝柏絲的歌曲，想讓自己開心點，但徒勞無功。

心頭有一團糾結的焦慮感，彷彿是一種警告。她拿著拐杖在客廳走來走去，但怎樣就是揮不去那種感覺。彷彿有事情就要發生，某種她應該知道的事情。忽然，她想到，這應該與女孩有關。她跛腳下樓，途中越發相信自己想的沒錯。這可憐的棄嬰已經踩上從冷漠到人生最後分隔線（亦即死亡）的階梯。

她覺得自己必須加快腳步，或許還來得及。

她沒把拐杖穩穩放到樓梯的第五階，就將身體重心靠上去，拐杖立刻滑開。她的頭先著地，撞到牆壁與階梯的交界處，她聽到——而不是感覺到——頸背斷裂的聲音。

◆

腳步聲。她聽見腳步聲，來來回回，踮起腳尖的輕盈步伐。她的背部劇痛，有如燃燒的藍色火焰，而且頭部轉不了，連手指都沒了知覺。她睜開眼睛，女孩就站在旁邊。

「小東西，」萊拉喘著氣說：「小東西，幫我，我想我……找到了。」

女孩凝視她的眼睛，打量她，再凝視她的眼睛。女孩不曾瞅著她的眼睛這麼久。她俯身，看得更專注，彷彿想在萊拉的眼睛裡面或眼睛後方尋找什麼東西。女孩的雙眼像兩潭深藍色的井水，淹沒了萊拉，在那一刻，痛楚消失。

茫然失措當中，萊拉想著：她可以治癒我，她可以讓我康復，她是天使。

萊拉張開顫抖的雙唇，「我在這裡，幫我。」

女孩站挺身子，說：「看不到，看不到。」

萊拉的眼尾餘光瞥見一個原本不在那裡的物體：鐵鎚。女孩手裡握著鐵鎚。萊拉想尖叫，但發出的只有啜泣。

「不，」她喃喃道，「妳要做什麼妳要做——」

「安靜，」女孩說：「打開看。」

接著，她把鐵鎚砸向萊拉的太陽穴。一次、兩次、三次。萊拉不再有任何感覺，她的視覺消失，什麼都看不見。然而聽覺似乎在屋內飄蕩，她聽見女孩不悅地咕噥，腳步聲漸漸遠去。

萊拉對於發生的事不再有任何想法，她飄浮在真空狀態，只有聽覺像是一條細線繫住她的生命跡象，但那條細線已瀕臨斷裂邊緣。

女孩放了什麼東西在地上，她聽見噹的一聲響。她用聽力猜測那是鐵釘，大概有五根吧。接著，她感覺到什麼，一種尖銳的東西碰觸她的肌膚。有人深吸一口氣。她的聽覺最後接收到的是粗糙的金屬鏗鏘聲，以及喀啦的爆裂聲。在尖銳的鐵釘底下，她的頭顱裂開。

開顱的過程在靜默中持續進行。

一小時後，藍納特到地下室。連尖叫的時間都沒有。

30

從某方面來說，那天傑瑞很走運，他不經意地給自己製造了不在場證明。若非那天傑瑞在家待膩，改到保齡球館待了幾小時，接下來警方的大規模調查很可能會把目標鎖定他。

在保齡球館他誰都不認識，所以坐在桌邊喝了幾杯咖啡，吃了兩塊三明治，看報紙，偶爾分心看看那些遜咖努力打出全倒或者設法在第二次時補中。之後，他去了合作論壇商店，在影音區晃了半小時，買了幾片ＤＶＤ，然後習慣性地去廉價超市買了幾罐義大利餃和速食麵。之後，心血來潮去了寢具賣場，晃了一會兒後，買了一個新枕頭。

就算事先計畫也不可能安排得這麼好。他那一整天的行蹤都有人證或物證：保齡球館的員工、賣場的結帳人員、還有列印出來的購物收據。不過，這也成了警方懷疑他的唯一理由：對傑瑞這種習慣整天宅在家的人來說，他的不在場證明未免太過滴水不漏。不過，他們可不能基於這理由逮捕他。

他回家後喝了一罐啤酒，然後打電話給藍納特和萊拉。沒人接，不過這點可以事後透過電話公司來查證。這通電話讓他整個下午的不在場證明又延長了半小時。這時，那天早上就死亡的父母屍體已經冰冷，他根本沒機會當兇手。

然後，他臨時起意，發揮最後一次的天才舉動。他跳上摩托車，去探訪妹妹。令人起疑的一點是，如果死亡是發生在他有不在場證明的那段期間，那麼他應當知道身體溫度所代表的意義，他應該知道他必須盡速報案。

想當然耳，當傑瑞在黑暗中騎車去父母家，他心裡沒想那麼多——他根本什麼都沒想，因為騎車兜風的感覺實在太棒，身體的移動取代了腦袋裡那些不停流轉的思緒。

他直接把摩托車騎到露臺階梯前，這時他留意到廚房的燈沒亮，不過，地下室的窗毯後方倒是露出微光。他走上階梯，敲門。沒人應。他試試把手，發現門沒鎖。

「哈囉？」他一邊走進玄關一邊大喊。還是沒人回。「有人在家嗎？」

他把皮衣掛在藍納特自己做的衣帽架上——在他看來，這架子實在有點滑稽——然後在屋裡繞了一圈。他想不通。除了多年前他和泰瑞絲一起唱大衛．鮑伊那一次，他不認為父母又會把她獨自留在家裡。

難道他們帶著她外出？

可是車庫的門關著，這代表車子還在裡面。他沒再多想，直接打開地下室樓梯的燈。他停步聆聽，手還留在電燈開關上。門開著，他聽見底下傳出某種馬達聲。他把門推開。

走到第五個階梯時，他癱在樓梯上，這時他的腦袋還無法吸收雙眼所見景象。他的氣管收縮，幾乎無法呼吸。

藍納特和萊拉，或者該說從衣服來看應該是藍納特和萊拉的兩個東西，並排躺在樓梯底部。地面全是血，血泊裡散落著各種工具。鐵鎚、鋸子和鑿子。

他們的頭顱是一團糊狀，散落在地板的頭殼碎片仍黏著或長或短的一撮撮頭髮，還有腦漿之類的東西一團團黏在牆壁上。藍納特肩部以上只剩下一節脊椎連接著殘存的一小部分顱骨，其他的頭顱成了碎片糊物，分布在地面和牆壁上。

泰瑞絲跪在萊拉頭顱殘跡旁的血泊裡，萊拉剩下的頭顱部位比藍納特的稍多一些，手裡拿著她的電鑽。電鑽的電池差不多已耗盡，鑽頭幾乎轉不動。她用殘存的一點點電力，忙著在萊拉的耳後鑽洞。萊拉耳垂上的小珍珠耳環隨著電鑽鑽入骨頭而震動。泰瑞絲費力拉扯，改變電鑽的方向，終於將卡在骨頭的電鑽拉出來。接著她抹去眼睛上的血，伸手拿鋸子。

缺氧的傑瑞快要昏厥，他費力地喘著氣。泰瑞絲循著喘氣聲轉頭，看著他的腳。傑瑞出奇地冷靜，即使雙眼所見可怖駭人，他卻不害怕。這景象猶如圖畫，誰看了都會留下這樣的印象：我見到的情景好可怕。

在他的內心深處，他早就料到會有這樣或者類似的後果，以可怕悲慘的方式終結一切。而現在真的發生了，即使慘絕人寰到極致，起碼真的發生了。什麼都增添不了它的驚駭程度。世界就是這樣，這不是什麼新鮮事，即便細節讓人怵目驚心。

「泰瑞絲，」他說，聲音平穩，幾乎毫無顫抖。「小妹，妳到底幹了什麼？妳為什麼要這麼做？」

泰瑞絲放下鋸子，雙眼從萊拉游移到藍納特，再看看散落在她四周的頭顱碎片。

「愛，」她說：「沒在頭裡。」

另一個女孩

珍貴脆弱的東西
需要特別呵護
天哪，我們對妳做了什麼？

——英國電子樂團 Depeche Mode，〈珍貴〉（Precious）

1

她誕生於一九九二年十一月八日，是烏斯瑞德這家生產中心最後一個接生的寶寶。這家生產中心正準備搬到利恩斯塔的中心區域，上上下下已經開始打包整理。現在，只剩下一名助產士和一個受訓生負責值班。

幸好生產過程很順利。瑪麗亞・斯文生於下午兩點四十二分推入產房，一小時又二十分鐘後，寶寶誕生。父親葛藍・斯文生照例在外頭等候。前兩個孩子出生時他就這麼做，這次也一樣等在外頭。他邊等邊翻閱了幾期女性雜誌。

四點之後助產士走出來，恭喜他有一個很健康漂亮的女兒。葛藍丟開剛剛在讀的那篇關於養兔子的文章，進去看老婆。

他走進產房時犯了一個錯誤，就是左右張望。一些沾有血跡的敷布被扔在鐵盤裡，葛藍忽然作嘔，趕緊把頭撇開。消毒水和體液交混的氣味害他反胃，所以他才不曾進去陪產。

他力圖鎮定後，走過去親吻太太汗涔涔的額頭。一團皺巴巴又紅通通的寶寶躺在媽媽胸口。真難想像這樣一團生物會變成一個人。他的手指輕撫著寶寶溼潤的頭部，他知道大家期望他這麼做。

「都還好嗎？」他問。

「嗯，」瑪麗亞說：「不過傷口應該要縫合一下。」

葛藍點點頭，望向窗外。天色幾乎全暗了，溼漉雪片輕輕拍打著窗玻璃。他現在有三個孩子，兩男一女。他知道瑪麗亞一直想要女兒，不過對他來說，男孩女孩都行。所以，生女孩是最好的結果。他的視線循著窗玻璃上淌流的液體往下移動。

一個生命於焉開始。

一個孩子在今天誕生，他的孩子。現在，他只企求多一點點幸福。有時他會跟上帝懇求：讓我更有能力去感受幸福。但他的禱告很少受到應允。

然而，就在幾分鐘前，這房間內發生了奇蹟。他知道，但他無法感受。液體淌流到窗戶底部，葛藍轉身背對妻子，微笑。他感受到的是一種隱約的滿足感，一種鬆了一口氣的感覺。完成了。就這次來說，結束了。

「那就叫泰芮莎囉。」他說：「妳很開心吧？」

瑪麗亞點點頭，「嗯，泰芮莎。」

其實很久以前就取好名字了。如果是男孩，叫多瑪士；若是女孩，就叫泰芮莎。好名字，給人信賴感。艾維德、歐洛夫和泰芮莎。三個小寶貝。他輕撫瑪麗亞的臉頰，不知何故眼淚撲簌。因為孩子所誕生的溫暖明亮房間的窗戶上，有著一片片溼漉雪花的畫面嗎？因為有個他永遠不能參與的祕密？

護士進來縫傷口，他離開房間。

2

泰芮莎十四個月大時開始由保母照顧。蘿蘿照顧五個孩子，年紀最小的是泰芮莎。多方考慮之後，這是最省事的安排。送去給保母照顧後的第四天，瑪麗亞就能夠離開女兒，回烏斯瑞德的寵物店上全天班。

葛藍原本在公營酒類販賣店的烏斯瑞德分部工作，但該單位關閉後，他只得改到利恩斯塔的分部。調職前後最大的差異是，現在他每天上午和下午都得多花半小時通勤，所以幾乎無法去保母家接孩子。他很懷念接孩子回家的感覺。

不過，他和公司商量，設法一個禮拜一天提早下班——他選定週三——這樣起碼能去接泰芮莎。雖然是瑪麗亞想生女孩，不過這個娃娃似乎跟爸爸比較親，而他也不得不承認他對她有一份特殊的情感。

男孩就是男孩，活蹦亂跳，相較之下泰芮莎就安靜多了，感覺上也更難捉摸，而這正是葛藍喜歡的個性。三個孩子當中就屬她最像他。她開口的第一個字就是「爹地」，第二個字是「不要」——堅決的「不要！」

要不要這個？不要！

要不要我幫妳……不要！

爹地可以跟妳借蠟筆嗎？不要！

要拿東西她會自己動手。東西想要給人時她會自己遞過去，她很少受別人的問題或期望所影響。葛藍很喜歡她這樣，年紀雖小卻很有主見。

有時在工作當中，他得克制住自己，才不會衝口說出最近老是聽到的「不要」。

「葛藍，可以麻煩你幫我拿啤酒架嗎？」

「不要！」

……當然，他沒有說，不過他真希望能這麼說。

現在艾維德五歲，歐洛夫七歲，他們對小妹妹不怎麼有興趣，倒是懂得忍讓。泰芮莎平常不吵鬧，除非有人硬要她去做她不想做的事。這時候她就會拚命說「不要！」「不要！」偶爾則演變成發脾氣耍賴。她的忍耐有限度，一旦被逼得超過那極限，鬧起脾氣就會一發不可收拾。

她最喜歡的柔軟型玩具是他們在科爾馬登買的綠色小蛇，她把它取名為棒棒。泰芮莎十八個月時，有一天艾維德捉弄她，不停拉扯棒棒的尾巴，想把它從她的手中搶過來。

泰芮莎死命抓住蛇的頭，說：「艾維，不要！」但艾維德繼續拉。泰芮莎使盡力氣抗拒，最後往前跌倒，手裡還抓著蛇的頭，尖叫著說：「艾維，不要！」艾維德用力一拉，把玩具蛇從泰芮莎的手中拉出來，她躺在地上，氣得發抖。

艾維德拿著玩具蛇在她的面前揮舞，見她甚至沒想伸手抓，就沒了興致，把蛇丟還給她。她把玩具蛇抱在懷中，語帶哽咽，喃喃地說：「棒棒……」

到目前為止，這事件落幕得還算順利。艾維德把妹妹拋到腦後，開始忙著在床底下翻找他那桶樂高玩具。年紀小小的泰芮莎卻很會記仇，她搖搖晃晃地走到床邊的架子上，拿起一個內有天使的玻璃雪球。

泰芮莎走近艾維德，等他坐起身。她手中的雪球晃動，天使的四周颳起一陣大風雪，她把雪球狠狠砸向哥哥的頭。玻璃雪球破裂，割傷了泰芮莎的手和艾維德的太陽穴。瑪麗亞聽到尖叫聲，衝進房間，看見艾維德躺在有水有血，還有塑膠碎片的一攤裡面，跟著泰芮莎一起尖叫。而她的手流了很多血。

艾維德對這件事的扼要說明如下：「我拿了她的蛇，她就打我的頭。」至於這兩件事中間那起碼一分鐘的過程，他省略沒談。或許他忘了，或許他看不出那有何重要性。

3

泰芮莎四歲了，在她的心目中，爹地最重要。她並沒刻意疏遠媽媽瑪麗亞，只是不管大小事，她總是習慣去找葛藍。至於那兩個男孩，情況正好相反。比如載他們去踢足球的人是瑪麗亞。這種安排自然而然，不是商量討論後的結果。

瑪麗亞不是想要做這個，就是做那個，而葛藍喜歡靜靜地坐著，任泰芮莎在一旁畫畫或者捏黏土。她開口問問題，他就回答。她希望有人幫忙，他就幫她。淡淡定定，不手忙腳亂。

她最喜歡的活動就是用塑膠珠子串成項鍊。葛藍把利恩斯塔所有玩具店裡的塑膠珠子全數掃空，想像得到的任何形狀或顏色都不放過，他甚至要店員到儲藏室把下架的一盒盒珠子全挖出來。泰芮莎有一整架的塑膠小罐，起碼六十個，裡頭裝著各種珠子，依照只有她能懂的分類方式加以收納整理。有時她會改變分類方式，花好幾天重新收納。

珠子通常用彩色毛線或釣魚線串在一起，經過爹地的耐心指導，她甚至學會自己打結。串珠子的作業流程連續不中斷，唯一的麻煩是不知該如何處置成品。

珠子送給瑪麗亞的父母，葛藍的爸媽也給了。親朋好友，能發的都發了。每個人都有一條，或者兩條。而唯一真正拿來戴的只有葛藍的父親。大概是為了故意惹惱葛藍的母親。

不過，泰芮莎一天至少做三條項鍊，依照這種量，大概需要超級大家族才能消化完串珠。葛藍在泰芮莎的床頭上釘了很多圖釘，好讓她掛項鍊，現在，整面牆幾乎都掛滿了。

十月中的一個週三下午，葛藍照例去保母家接女兒。回家後她如同往常拿出珠子和線繩，在餐桌上串珠子，葛藍坐在她的對面，閱讀平常會看的晚報。泰芮莎非常專心地在一條釣魚線的尾端打結，免得珠子掉出去，然後在小罐裡挑選她要的珠子，開始串。

葛藍讀完歐洲聯盟對於瑞典政府壟斷酒業之決議的報導，發現除了建造哈蘭札斯隧道所造成的不幸事件外，沒有別的新聞好看，所以他放下報紙，看著女兒。她似乎決定好要做出一條有紅色、黃色和藍色的項鍊。她讓手指變成小鉗子，熟練地一次拿起一顆，將它們穿過線。她鼻子呼吸的聲音清晰可聞。

「寶貝？」

「嗯？」

「妳可不可以用珠子做點其他東西，不要老是做項鍊？因為妳已經有很多項鍊了。」

「我還要更多項鍊。」

「為什麼？」

泰芮莎猛地停止，指間掐著一顆鮮黃的珠子。她對葛藍蹙起眉，說：「因為我要收集項鍊。」她繼續迎視他的目光，彷彿要挑釁他，看他敢不敢追問下去。他閃躲的視線往下看著攤開的報紙，出現在眼前的是一張不倫不類的湖水照。汙染，死魚。當地的汙染已到了令人髮指的地步。

「爹地？」泰芮莎瞇起眼睛，端詳黃色珠子。「為什麼東西會存在？」

「什麼意思？」

泰芮莎的眉頭蹙得更緊，彷彿很痛苦。她以鼻子用力吸吐，每次一專注就會這樣。最後，她開口說：「如果珠珠不存在，我就不會握著它。」

「對。」

「那如果我不存在，就沒人握著這個珠珠。」

「對。」

葛藍坐在那裡，彷彿被催眠，直盯著女兒手指間掐住的鮮黃色珠子。窗外灰色的十月天空消失，只有鮮黃的珠子存在，葛藍覺得有東西壓著他的耳膜，就像沉到泳池底部一樣。

泰芮莎搖搖頭，「為什麼會這樣？」她的視線瞥到桌上的小罐子和罐裡色彩繽紛的內容物。「我的意思是，這些珠珠很可能不存在，這樣一來就沒人用它們來做項鍊。」

「可是珠子真的存在，妳也真的存在，事實就是這樣。」

泰芮莎把黃色珠子放回罐裡，雙臂交叉，緊緊抱在胸前，繼續看著眼前的繽紛彩珠。葛藍輕聲問道：「妳和保母蘿蘿聊過這些嗎？」

泰芮莎搖搖頭。

「那妳怎麼會想到？」

泰芮莎沒回答，但以一種只能說是盛怒的表情看著她的串珠。葛藍把下巴靠在手上，好讓視線水平與她齊高，並將身體往前傾，「其實有一個人還沒有項鍊，妳知道是誰嗎？」

泰芮莎沒反應，但葛藍還是告訴她答案。「就是我。我還沒有項鍊。」

泰芮莎低下頭，鼻尖對著地板，抽噎地說：「如果你要的話，可以全給你。」

葛藍從椅子上起身，「可是，寶貝……」

他跪在女兒的椅子旁，她投入他的懷裡，額頭靠在他的鎖骨，開始哭泣。葛藍撫摸她的頭，說：「沒事……」但泰芮莎繼續哭。

葛藍說：「妳可不可以幫我做一條項鍊？我要黃色的，全部都是黃的。」她以額頭撞他的鎖骨——力道大到兩人都發疼——然後繼續哭泣。

4

泰芮莎年尾生，所以入學時還沒滿七歲。上小學前她就看得懂簡單的書，也會加法和減法，所以學校功課對她來說不成問題。第一次家長會談時，葛藍和瑪麗亞聽到老師直誇女兒，說她勤勉向學，科科都很認真。

就算體育或美勞等科目也難不倒她，她輕而易舉就能聽得懂老師的指示，動作技巧幾近純熟，人際關係也沒問題，不曾與任何人發生衝突。

老師闔上學生檔案，「所以，整體來看，我認為她的情況非常好。泰芮莎是個……很嚴肅的小女孩。」

葛藍伸手拿外套，開始穿上，但瑪麗亞發現老師最後一句話的語氣不太對，趕緊追問細節。什麼意思？嚴肅？

老師笑笑，彷彿想避重就輕地帶過去。「這麼說吧，以老師的立場來看，她實在是不可多得的好學生，不過……她不玩耍。」

「妳的意思是……她不和其他孩子玩？」

「不，不是。每次分組，她都可以和別人合作，不過，該怎麼說呢……她不喜歡運用想像力。不喜歡玩，不會編故事。就像我說的，她……很嚴肅。非常嚴肅。」

這是許久以前葛藍就接受的事實，但現在被瑪麗亞視為警訊。由於瑪麗亞本身很外向，所以很難接受自己的女兒是個嚴肅的孤狼。對瑪麗亞來說，一人獨處不是性格傾向或者出於自由意志的選擇，而是代表失敗。她有很多執念，其中最重要的一項就是：「人類生來就該群居。」

葛藍不打算和她唱反調，尤其他知道理論上她說得沒錯。在工作上，他是個誠懇認真、備受信賴的員工，不過他也很希望和同事的相處能帶給他更大的樂趣。

賣酒這份工作非常適合他。顧客拿著某種酒的序號標籤進門，寒暄幾句後直接拿取他們要買的酒。如果沒有太多人在等，或許多聊個三十秒。當葛藍穿起綠色襯衫和背心，看起來專業能幹，彬彬有禮，對於店內的酒類瞭若指掌，深具服務精神。他每天會見到很多人，但個個都是點到為止——這樣的人際關係很適合他。

而瑪麗亞正好相反，她對顧客熱絡殷勤，基本上每天回家都有一籮筐顧客告訴她的故事可以轉述給家人，有些貓狗主人甚至成了她的好友。她一天到晚受邀去參加他們的派對、婚宴，次數頻繁到她應接不暇。

每次公司舉辦派對形式的品酒會的前幾天，葛藍就會開始緊張痛苦。若非他對品酒有專業上的興趣，比方說，很想一嘗來自朗格多克地區的新酒，他大概會婉拒這種品酒盛會。對他來說，釀酒廠若直接把酒寄來給他品嘗，或許還更好一些。

因此，這對夫妻對於家長會那天得到的訊息有南轅北轍的詮釋。葛藍很高興泰芮莎在學校一切很順利，瑪麗亞卻擔心泰芮莎適應不良。

她每天追問泰芮莎下課時間做些什麼，跟誰玩，和誰說話，問到葛藍開始希望泰芮莎撒謊，捏造一些朋友和遊戲來滿足瑪麗亞。不過，泰芮莎的本性就是不會憑空捏造。

艾維德和歐洛夫的身邊隨時都有朋友，其中一些朋友有弟弟或妹妹。瑪麗亞偶爾會打電話給他們的爸媽，請他們讓小的跟著哥哥到她家，以便和泰芮莎作伴。在葛藍眼中，泰芮莎總能扮演好小主人的角色，會拿自己的東西給客人看，提議玩遊戲，設法強迫他們按照她的標準做出反應。

看著女兒勇於承擔責任，去面對不是她造成的情況，他的內心好驕傲，但眼見情況演變至此，他也痛苦得揪心不已。泰芮莎一絲不苟地安排遊戲、解釋規則，不理會其他孩子正焦急地東張西望，想要上廁所。一個小孩拉了拉哥哥的衣袖，說要回家。就這樣，這場聯誼默默結束。

春天，葛藍高升為店經理，魯道夫退休，提議由葛藍來擔任這個要職。原則上，他本來就負責選酒和採購等事宜，只不過現在多了負責接洽供應商的工作。

他必須去拜訪他們，做起來還挺得心應手。後來有人告訴他，他之所以能接這個職位，是因為他的酒類知識很豐富，不過高層對他的管理能力有所保留。這點他充分了解。

從現實的觀點來看，接下這職位代表每個月多了一萬兩千克朗，但責任加重，工作時間也變長，所以週三沒辦法再提早下班。他和瑪麗亞大膽地向銀行貸款，整修廚房，而且買下了夫妻生平的第一輛新車。

葛藍三月接下這個職位，但到了五月他就開始希望自己能鞠躬下臺。然而一旦升官，就得下很大的決心才能重返平淡。葛藍沒有這種決心。他咬著牙，繼續擔任這個要職，更加認真打拼。他大膽引進更多種類的利樂包酒飲，結果很成功，銷量大幅成長。

六月有個週末，他在會議中心帶領團隊研習，回家時累得一口氣睡了十四小時。

他很難過陪伴泰芮莎的時間變少了，但即使回家累得半死，他還是盡量找時間和兒女相處。他總覺得有什麼消失了，但就是沒力氣去搞懂該怎麼把那東西找回來。

自從哥哥對樂高積木沒興趣後，泰芮莎就把它們接收過來。瑪麗亞留著所有的說明書，泰芮莎花了很多時間，一邊聽著瑞典名演員艾倫．艾德沃念小熊維尼的故事，一邊把積木組合成不同的樣子。

有時葛藍會進她的房間，坐在扶手椅上看著她，聽著一塊塊積木組合起來的清脆喀喀聲，還有艾倫．艾德沃那輕柔磁性的嗓音。這時，父女的親密感會持續一會兒，直到他睡著。

5

泰芮莎小學二年級的那個十月，學校要舉行變裝派對，慶祝萬聖節。到時會有嘶嘶作響的氣泡飲料，以及各式餅乾糖果，還會選出最佳變裝。瑪麗亞全然忘了這事，直到當天下午五點返家，見到紙條上寫著派對六點開始。

葛藍忙著在公司清點庫存，很晚才會回家。瑪麗亞發揮全身上下的積極決心，要泰芮莎坐在廚房的餐椅上，不停地追問她想要什麼造型。

「我什麼都不想要。」泰芮莎回答。

「我是說變裝派對，」瑪麗亞說：「妳想打扮成怎樣？」

「我不想打扮。」

「可是家裡有很多種變裝，妳想穿成什麼就可以穿成什麼——鬼啊或者怪物，隨便妳。」

泰芮莎搖搖頭，起身準備回房間。瑪麗亞擋在她的面前，要她坐好。

「寶貝，其他同學都會打扮，妳該不會想成為唯一沒打扮的人吧？」

「我就是不想打扮。」

瑪麗亞揉揉太陽穴。不是因為她覺得女兒很難搞，而是因為她覺得這太扯。她完全無法理解怎麼會有人不打扮就去參加變裝派對。不過，她克制自我，做出她不怎麼做的事情：問別人問題。

「好，那麼妳可以告訴我嗎？為什麼妳不想打扮？」

「我就是不想。」

「為什麼？妳可以像別人一樣打扮成妳想要的造型啊。」

「我不想像別人一樣。」

「可是這是變裝派對欸，如果妳不打扮，就不能參加。」

「那就不參加。」

泰芮莎的態度再清楚不過，但對瑪麗亞來說，這簡直不可思議，她完全無法接受。如果讓泰芮莎隨心所欲、特立獨行，她遲早會變成怪胎。泰芮莎還太小，無法預見自己行為帶來的後果，所以身為父母的瑪麗亞決定將這視為教養的責任。

「好。」瑪麗亞說：「妳聽好，妳要去參加派對，妳要打扮，這件事沒得商量，我只想知道一件事：妳想打扮成什麼造型？」

泰芮莎看著媽媽的雙眼，說：「香蕉。」

如果瑪麗亞有幽默感，大概會被女兒這分明挑釁的答案搞得哈哈大笑，然後找來手邊所有黃色東西替她打扮。然而，瑪麗亞沒那種幽默感，所以她繃著臉，點點頭說：「好，既然妳要這種態度，那我就替妳決定。在這裡等著。」

據說人的某些個性遺傳自父母，若是如此，那麼泰芮莎一板一眼的個性可說來自母親。在衣櫥裡有個大盒子上寫著「奇裝異服」，因為艾維德和歐洛夫都不反對做各種造型打扮，事實上他們還挺喜歡的。幾分鐘後，瑪麗亞回到廚房，拿著一個紅黑色的面具，黑色披風，和一對塑膠做的獠牙。

「妳就打扮成吸血鬼。」她說：「妳知道什麼是吸血鬼嗎？」

泰芮莎點點頭，瑪麗亞將這動作視為同意。

晚上八點葛藍回到家，瑪麗亞要他去派對上接泰芮莎，他如機械人般在玄關木然轉身，走回車旁。這個禮拜忙到幾乎要了他的命。他駛向學校時，感覺世界就像以平面布景搭建的舞臺。體育館傳出砰砰砰的音樂聲，幾個穿著特殊服裝的孩子負責守在門口。葛藍眨眨眼，揉揉眼睛。他辦不到，他就是沒力氣走進那個擠滿興奮身體和好心家長、躍動不停的洞穴中。他想轉身回家，但他知道不可以。他費了好大力氣才把靈魂注入雙腳，讓它們從歪斜頹垮的狀態中振作起來，走向入口，對那些熱心籌辦這場地獄派對的家長微笑點頭。

陰暗的空間裡閃爍著五顏六色的燈光。地上散落糖果和爆米花。打扮成怪獸的小娃兒追逐嬉戲，瑞典喜劇音樂人馬酷利歐正唱著那首要去山上喝酒兼「炒飯」的歌。葛藍瞇眼望著昏暗的空間，想盡速找到女兒，帶她回家。

他走了一圈才發現女兒坐在牆邊的椅子上，她的眼睛四周塗了一圈厚厚的黑眼影，嘴巴異常腫脹，嘴角畫出淌下的血漬，雙手擱在膝蓋。

「嗨，寶貝，我們回家吧？」

泰芮莎抬起頭，她那雙黑了一圈的眼睛閃爍發亮。她起身，葛藍伸出手，但她沒去牽，只是跟在他的後頭走向車子。

關上車門後真讓人鬆了一口氣。嘈雜的聲音被阻絕在外，現在只剩父女倆。他望著坐在副駕駛座、直視前方的泰芮莎，問她：「玩得愉快嗎？」

泰芮莎沒回答。他發動車子，駛出學校的停車場，開上道路時，他問：「妳有沒有吃糖果？」

泰芮莎咕噥著。

「妳說什麼？」

泰芮莎又咕噥了一些話，葛藍轉頭看她。「妳嘴巴裡有什麼？」

泰芮莎張開雙唇、露出獠牙。葛藍打從脊椎竄起一陣寒顫，霎時覺得她看起來好可怕。他說：「寶貝，我想妳可以把那東西拿出來了，這樣我才聽得清楚妳在說什麼。」

泰芮莎拿下獠牙，把它們握在手中，仍不說話。葛藍又試著問她。

「妳有沒有拿到糖果？」泰芮莎點點頭，葛藍脫力的思緒只能想到這個問題：「好吃嗎？」

「我沒吃。」

「為什麼？」

泰芮莎伸出手中的獠牙，葛藍的胸口彷彿被刀刺中，一股哀傷越來越濃，重重壓著他的肋骨。

「寶貝，妳可以把它們拿下來呀，這樣就能吃糖果了。」

泰芮莎搖搖頭，什麼都沒說，直到車子停在家門前的車道。葛藍熄火，父女坐在黑暗中，這時她才開口。「我告訴過媽媽我不想去。我告訴過她。」

6

斯文生一家人的新房原本坐落在一片農地上，挖墾之後改成住宅區。一小排針葉樹和落葉樹將這間屋子與鄰居相隔開來。樹木之間有兩塊大石頭——或者該說岩石——相靠並置，使得底部形成一個十公尺見方的洞穴。秋天泰芮莎就滿十歲，她把越來越多的閒暇時間花在這個洞穴裡。

九月末有一天，泰芮莎坐在她的祕密基地，把收藏的繽紛落葉一片片展示出來，忽然感到入口有東西擋住光線，一個年齡相仿的男孩站在那裡。

「嗨。」男孩說。

「嗨。」泰芮莎說，抬頭瞥了他一眼，又把視線移回到她的落葉。男孩站在原地，不發一語，泰芮莎真希望他走開。男孩穿著藍色襯衫、釦子一路扣到脖子，看起來和一般人不一樣。泰芮莎努力專心在落葉上，但有人站在那裡瞅著，讓她很難專心。

「妳幾歲？」男孩問。

「再過一個月和一個禮拜就滿十歲。」泰芮莎說。

「我的十歲生日在兩個禮拜以前。」男孩說：「所以我比妳大七個禮拜。」

泰芮莎聳聳肩。男生就愛吹噓，不過她也忽然覺得專注整理落葉的舉動顯得很幼稚。她把落葉撥成一堆，準備離開，但男孩站在那裡擋住出口，讓她走不了。他左右張望，然後以相當憂鬱的語氣說：「我住在這裡。」

「喔？哪裡？」

男孩對著樹木另一側的那間房子點點頭。「那裡，我們昨天搬來。我想這是我們的花園，不過可以給妳使用。」

「我想不是你說了算。」

男孩看著地面，深吸一口氣，又吐出長長一口氣，搖搖頭，「對，不是我能決定。」

泰芮莎不懂他是個什麼樣的男孩。一開始，他好像很臭屁，但現在他站在那裡，一副有人要打他的模樣。「你叫什麼名字？」她問。

「喬漢斯。」

泰芮莎心想，這是個挺安全的名字，不像米基或肯尼，會讓人有特定的聯想。她起身，喬漢斯退到一旁，好讓她走出洞穴。兩人面對面站著，喬漢斯用腳趾繞圈撥弄落葉。他穿著一雙看起來很新的運動鞋。泰芮莎說：「你不問我叫什麼名字嗎？」

「妳叫什麼名字？」

「泰芮莎。我也住在這裡——那兒，」她指著自己的家。喬漢斯看著那間房子，繼續用腳戳落葉。泰芮莎想回家，但怪的是她又覺得自己應該在這裡看著他。他身上那件衣服讓她覺得不舒服。她問：「我們要不要找點事情做？」

喬漢斯點點頭，但沒做出任何提議，所以泰芮莎繼續說：「那我們要做什麼？你通常玩些什麼？」

喬漢斯聳聳肩，「沒玩什麼。」

「你喜歡桌遊嗎？」

「喜歡。」

「你會玩跳棋嗎？」

「會，我很厲害。」

「多厲害？」

「幾乎每次都贏。」

「我也是。跟我爸玩的時候我都贏。」

「我通常跟我媽玩，我也都贏。」

泰芮莎進屋拿棋子。她回來時看見喬漢斯已爬進洞穴中，坐在裡面等她。她不喜歡他坐在那裡，畢竟這是她的祕密基地。不過她想起爸爸曾說，其實這些岩石屬於鄰居的財產，就和喬漢斯說的一樣，所以她不能趕他走，不過她可以要他挪動一下位置。

「這是我的地方。」她說。

「那我要坐在哪兒？」

泰芮莎指著洞穴尾端的牆壁。「那裡。」

喬漢斯起身後，泰芮莎才發現他剛剛坐在她的那堆落葉上。他還用雙手捧起那堆落葉，把它們放到泰芮莎指定要他坐的地方，接著將它們撥攏，拍一拍，才坐下去。泰芮莎仍在氣他逕自跑進她的洞穴，所以故意嘲笑他，「你怕把褲子弄髒啊？」

「對。」

這麼坦白，她因此消了怒氣，她想不出還能說什麼，只好把棋盤放在地上，坐在喬漢斯的對面。兩人沉默地拿起塑膠棋子，逐一放在棋盤上。喬漢斯說：「妳先，因為妳的年紀比我小。」

泰芮莎的耳尖一陣紅熱，氣急敗壞地說：「你先，因為這是我的跳棋。」

喬漢斯搖搖頭，「妳先，因為妳是女生。」

現在，泰芮莎的耳朵就像著火一般，她準備起身、掉頭走人，可是隨即想到，這麼一來就得把跳棋留在這裡，所以她改變主意，對他說：「你先，因為你比我笨很多！」

喬漢斯嘴巴張得開開，呆望著她，然後做出讓人意想不到的事：他開始咯咯笑，泰芮莎怒目看著他。喬漢斯笑了半晌，忽然認真起來，開始下第一步棋。她實在拿他沒轍。

喬漢斯贏了第一盤，泰芮莎同意下一盤由她先走，畢竟上一盤是他先，因為他最後承認他比她笨。她又輸了。喬漢斯下跳棋的方式很怪，彷彿早已先想好了每一步。

她真的不想再玩了，可是喬漢斯說：「再一盤，只要一盤，贏了這盤就算全贏。」

他們再玩一次，這次泰芮莎贏，但她很明顯感覺到喬漢斯故意輸棋。天快黑了，泰芮莎把跳棋收好，說：「再見。」留喬漢斯獨自坐在洞穴裡。

7

幾個禮拜後兩人就形影不離。想當然耳，他們氣味相投，畢竟喬漢斯是個怪男孩，而泰芮莎的年紀已大到能從別人的觀點看自己，知道她也算怪人一個。她很努力融入班上同學，但就是沒辦法。她沒被霸凌，也沒被排擠，但就是無法成為他們的一分子。她不屬於那裡。她和其他同學一樣懂得所有的跳繩遊戲，膽子也大到盪鞦韆時敢盪得比其他女生高，但她就是無法和他們說話聊天。閒聊、行為舉止，不管哪方面，她就是沒辦法和他們一樣。如果硬要模仿，她就會全身僵硬，變得怪里怪氣。所以她乾脆放棄。

班上唯一想和她玩的人是咪咪，可是她通常穿著二手衣，頭髮不洗，看起來很不正常，因為她媽有毒癮。一開始泰芮莎客氣地拒絕她，但似乎沒用，後來只好對她不客氣。

喬漢斯的怪比起咪咪正常多了。他的外殼是不好的那種怪，可是把外殼掀開一點，就會露出裡頭比較好的那種怪。泰芮莎知道他在利恩斯塔的實驗性學校華德福念書，但只知道這樣，其他一概不知。他們從未聊過學校的事。泰芮莎班上的珍妮佛說，華德福的學生是瘋子，整天都在捏黏土。

喬漢斯和泰芮莎一樣，都喜歡學習新事物。他讀過很多書，多半是戰爭和鳥類方面的。有時兩人聊到某些事物，納悶某些主題，隔天見面時，喬漢斯就已經查好資料，備妥答案。他會告訴她，只有某些雌螞蟻會變成王后，其餘的多半是兵蟻或工蟻。

他們經常在樹叢間遊蕩，創造各種遊戲和比賽。看誰能把毬果扔得最準（喬漢斯），誰跑得最快（泰芮莎），或者誰可以說出最多第一個字母相同的動物名字（通常是喬漢斯）。但他們不玩需要發揮想像力，或者會弄髒喬漢斯衣服的遊戲。這代表他們有很多時間都在交談。

有一天下午，喬漢斯反常地沒出現，泰芮莎去他家按門鈴，來應門的是他媽媽。她很瘦小，滿臉驚慌，一雙大眼睛，但眼皮一直抽搐，彷彿想眨眼卻不能眨。泰芮莎問喬漢斯在不在，他母親說他大概很快就會回來，問泰芮莎要不要進屋裡等？

不用，她不會進去。從玄關望進屋裡，裡頭陰暗，飄散著一種乾淨整齊的氣味。這裡跟她的家截然不同，讓她感覺很不自在。她離去，坐在花園的矮牆上等待。

不到十分鐘，一輛發亮的黑色轎車駛入車道，幾乎沒發出半點噪音。車子停在距離泰芮莎幾公尺的地方，駕駛座門打開，有個穿西裝打領帶的人走出來。他個子不高，但肩膀寬闊，看起來像是卡通人物。他的面容清爽乾淨，簡直像是畫出來一樣。

這男人對泰芮莎微笑，露出兩排白牙，連那笑容看起來都像素描。他說：「妳可不可以別坐在牆上？」泰芮莎立刻跳下來。男人朝她走了幾步，伸出手說：「請問妳是……」

泰芮莎和他握手，發現他的手乾爽又溫暖。她說：「我叫泰芮莎。」接著忽然屈膝行禮，這種從未有過的舉動連她自已都嚇了一跳。不知為何，膝蓋就這麼彎了。男人握住她的手，說：「我猜妳一定是喬漢斯的朋友？」

泰芮莎偷覷了喬漢斯一眼，他已經下車，正站在引擎蓋旁，一副戒慎恐懼的模樣。她點點頭。男人放開她的手，說：「這樣啊，那我最好別耽擱妳的時間。你們去玩吧。」

男人轉身，走向屋子，泰芮莎和喬漢斯站在原地，一動也不動，彷彿化成了石頭。直到門關起喬漢斯才離開引擎蓋，走向泰芮莎。

「那是我爸。」他語帶歉意。「妳在這裡做什麼？」

「等你。」

「妳按了門鈴？」

「對。」

喬漢斯望向屋子，沉下臉。「妳不該這麼做的，我媽很……總之，以後別這樣。」

「好，我以後不這樣。」

喬漢斯縮著肩膀，嘆出長長一口氣。他偶爾會這樣，這舉動讓他看起來比實際年齡大上好幾歲。他說：「要不要找點事情做？」

基於某些原因，泰芮莎說出了接下來這些話。其實外頭很冷，所以這麼說再自然不過，只是她不曾這麼說。她說：「我們可以到我家。」

8

冬天時，如果沒在戶外碰面，他們多半約在泰芮莎家。哥哥艾維德和歐洛夫一開始會嘲弄她，嚷嚷著「親嘴，親嘴」、「妳男朋友呢？」不過他們很快就失去興致，因為泰芮莎和喬漢斯完全不理會他們的揶揄。

他們多半玩桌遊。大富翁、黑白棋、超級戰艦，以及快艇骰子。他們玩過兩次西洋棋，可是喬漢斯實在太厲害，跟他玩沒意思。只走十步泰芮莎就輸了。

「我只是知道該怎麼走。」喬漢斯謙虛地說：「因為爸爸教過我，其實我寧可玩別的。」

天氣好轉時，他們又會約在戶外，窩在洞穴裡消磨時光。喬漢斯開始看哈利波特，他把第一集借給泰芮莎。她不喜歡，她沒法相信這種故事。主角的際遇確實讓她有點難過，不過當故事發展到那輛會飛的摩托車和巨人騎士，她就不再往下讀。怎麼可能有這種事情嘛。

「這是捏造的，」喬漢斯說：「只是小說。」

「既然是捏造的，你幹麼讀？」

「因為這故事很酷。」

「我一點都不覺得酷。」

喬漢斯生氣了，開始把盒子裡兩人收集的石頭翻弄得亂七八糟。「那《魯賓遜飄流記》呢？這也是捏造的故事，妳還不是那麼喜歡。」

「它才不是捏造的。」

「它是！根本沒這回事，國家百科全書裡說沒這件事。」

又是國家百科全書。每次他們需要什麼證據，喬漢斯就會搬出國家百科全書。他說這一整套厚厚的書裡什麼都有，而泰芮莎開始懷疑是否真的有國家百科全書這東西。總之，她不曾親眼見過這套書。

「嗯，」泰芮莎說：「起碼漂流到荒島這種事很可能發生。至於貓頭鷹當信差，不可能。」

「為什麼不可能？妳沒聽過飛鴿傳書嗎？」

「還有會飛的摩托車？神奇的雨傘？難道你的百科全書裡也提過這些？」

喬漢斯雙臂交疊，緊緊貼著胸口，怒目注視地上。泰芮莎洋洋得意。通常是喬漢斯說得她啞口無言，但這會兒換她說得他無力反駁。她把裝著石頭的盒子拉向自己，開始一邊哼歌，一邊依照尺寸大小來排列。

一會兒後她聽見奇怪的聲音。像青蛙，或者喉中卡住東西時的聲音。她抬頭，看見喬漢斯的肩膀上下起伏。他在笑嗎？她正準備說出惡毒的話，卻發現他在哭。這一哭把她的惡言惡語給哭跑了。

他哭的方式很獨特，嘴巴發出機器般的「啊，啊，啊」，肩膀隨著聲音上下起伏。若非一顆顆淚珠撲簌滑下臉頰，他真會讓人以為他在假哭，哭得很慘。泰芮莎不知道該怎麼辦。她真希望能對喬漢斯說些好話，但她想不出該說什麼，只好站在那裡，看著他因她不明白的原因哭得傷心欲絕。

喬漢斯深吸一口氣，用外套的袖子抹抹臉，然後說：「我們可以假裝一下嗎？」

泰芮莎心一軟，如果這樣可以讓喬漢斯舒服一些，那當然要假裝啦。所以她問：「假裝怎樣？」

「假裝我們死了。」

「要怎麼假裝？」

「我們躺下來，假裝我們不存在，或者假裝這是葬禮。」

喬漢斯躺下來，手腳攤平，這會兒他似乎不在意衣服會弄髒。泰芮莎躺在他身邊，仰望著洞穴有稜有角的天花板。他們就這樣躺了一會兒。泰芮莎試圖讓腦袋放空，結果發現這不難做到。

喬漢斯終於開口，「現在我們死了。」

「對。」泰芮莎說。

「我們一起躺在墳墓裡，其他人都回家了。」

「如果我們死了，怎麼還會說話？」

「死人可以跟死人說話。」

「我不相信。」

「我們是假裝死掉。」

「好。」

泰芮莎仰望著灰色的岩石天花板，努力想像她在土裡——怎麼想就是不可能。接著她想像這個墳墓就像北歐維京人的墳墓，直接把石頭放在屍體上，這樣想像起來容易多了。她死了，躺在一堆石頭底下。感覺還挺不賴。

「我們死了。」喬漢斯說。

「對。」

「沒人會來敲門，沒人會要我們做這個做那個。」

「對。」

「所有人都會忘記我們。」

泰芮莎沉沉墜入密密麻麻的沉默氣泡。之前她擔心那條體育短褲不見，擔心漆黑的床底下是不是有什麼東西，但現在，她什麼都不擔心。原來死掉這麼簡單。她好平靜，差點睡著，這時她聽見喬漢斯的聲音彷彿從遠方飄來。

「泰芮莎？」

「嗯。」

「我們長大後結婚，好不好？」

「好啊，可是我在想，我們現在應該不能說話，因為我們死了。」

「對，等一下就可以說話。我們結婚，然後一起死掉，一起住在墳墓裡。」

「好，就這樣。」

9

秋天，泰芮莎升上五年級，老師要全班寫暑假生活報告。泰芮莎幾乎把可以寫的篇幅全用來描述全家去主題樂園「歡樂暑趣園」玩，雖然這趟旅程不過三天，而且她一點都不覺得好玩。她還提到她去游泳、騎單車、玩桌遊。其實，她幾乎整個暑假都在這些活動中度過，但篇幅只占了最後兩行，而且沒提到她是和喬漢斯一起做這些事。

當然，班上同學都知道她和喬漢斯是朋友，畢竟在這種小地方，難免蜚短流長。不過，有喬漢斯當朋友沒什麼好吹噓。他穿的短袖襯衫燙得筆挺，穿短褲時襪子一定拉到小腿肚。每次兩人在一起時遇見同年齡的，喬漢斯就會全身僵硬，笨手笨腳。在這種狀況下，就算他有一輛二十四段變速的單車，也無濟於事。

所以，她會避免提到喬漢斯。夏天和他見面時，她經常得忍受其他小孩的揶揄，更甭提藐視。因此，她可不想在暑假作文被念出來時聽見同學竊笑或嘔吐的聲音。

從一方面來看，你可以說泰芮莎的暑假記事很不忠實，但從另一方面來看，並非如此。她只不過沒提起那些可能不利於她的細節，只不過把必要的事實稍微改寫。

她知道在作文裡提到去主題樂園玩，描寫從滑水道最高處往下滑時的胃下墜感，是一件很正常的事，即使她根本沒去玩滑水道。另外，她也知道她可以抱怨小木屋很狹窄，但絕不能說她受夠了對任何事物都提不起勁的父親。

總之，這篇作文不算撒謊。這個暑假確實過得很不錯，她只是不想提起讓暑假愉快的真正原因。這篇作文句句屬實，只不過實際發生的狀況跟作文寫的不太一樣。

那年聖誕節，喬漢斯的聖誕禮物是 Playstation 2。這臺遊戲機一出現，改變了很多事。雖然沒明說，但兩人不約而同地在那年夏天放棄了洞穴——因為太幼稚。秋天來臨，他們開始尋找生活的新方向，新的相處方式。

與泰芮莎和喬漢斯有關的閒言閒語開始在小鎮流傳，泰芮莎的哥哥更找機會捉弄喬漢斯，這代表她家已經不再是他們的避風港。可是她不喜歡去他家，那裡的氣氛讓她很不舒服，幾乎可說害怕。

有一陣子兩人經常騎單車，在馬路上閒晃，探索破爛的穀倉和年代久遠的砂石場，或者去兩公里外的草原看羊吃草。有時會騎到烏斯瑞德，這時通常會以圖書館作為旅程終點。雖然烏斯瑞德這個地方不大，但圖書館很棒，各種藏書都有，還有隱祕的閱讀區和兩個棋盤。

隨著秋天的腳步離去，越來越快天黑，有一陣子他們一放學就騎著單車到圖書館，在棋盤上玩西洋棋——喬漢斯對這種棋沒那麼擅長——或者看書，小聲聊天。

若非喬漢斯的聖誕禮物是遊戲機，日子很可能就這樣過下去。到了春天，泰芮莎被迫更常到他家——如果她想和他一起打電玩。

閃閃發亮的黑色皮沙發和玻璃茶几。喬漢斯的媽媽會拿著果汁和餅乾悄悄進客廳。電視螢幕裡一個叫麥克斯·派恩的傢伙拿手槍把人殺光光。喬漢斯的手指在按鈕和操控桿上飛快移動。好冷，屋裡冷斃了。泰芮莎坐在喬漢斯身邊，看著他在紐約的地底世界裡遊走，得在身上披條毯子才能禦寒。

喬漢斯買了一款叫鐵拳4的遊戲，另外多買了一個手把，這樣就可以兩人對打。裡頭有日本小女孩和卡通怪獸。泰芮莎並非沒有電玩天分，她很清楚該怎麼打，有時還會贏，可是她通常玩一下就會覺得沒趣，喬漢斯卻能玩上好幾個小時。

喬漢斯的媽媽一發現泰芮莎準備離開就會衝出來，拿著手持式的真空吸塵器，在泰芮莎前腳還沒踏出大門前忙著吸餅乾屑。兩百公尺外就是泰芮莎的家，有時她會很想哭，但不會真的哭出來。

五月的某一天，下午四點鐘，泰芮莎站在自家花園，不曉得該做些什麼。她的單車就在正前方，靠在花園的圍牆上。左側是通往喬漢斯家的小徑，右側是通往大馬路的車道，後方是她家。前後左右都不是她想去的地方。

她站在草坪上，雙手垂在身側，對她來說，唯一有吸引力的方向是往上和往下：往下沉進泥土裡，或者往上飛到雲朵間。然而這兩條路她都走不了。她真希望自己是動物，是別人。希望她有能力假裝。

她站在那裡一動也不動，肯定有五分鐘之久。這時，腦海出現清晰念頭，而且念頭結晶變成話語。她一遍又一遍對自己重複這句話。

我無處可去。我無處可去。

她搖擺身體，雙手垂在身側，考慮往前倒，看看地面會不會裂開。她知道不會，所以沒真的往前倒下去，反而將身體轉向左，強迫雙腳移動。她步下小徑，不去喬漢斯家，而是走進洞穴裡坐下來。她看著粗糙的穴壁，努力回想她和喬漢斯在穴裡收藏各種東西的那段時光，越想越難過。

我無處可去。

這些話語拒絕離去，不停盤旋低迴，不讓她有其他思緒。她沉浸在這句話中，走回屋子，在玄關踢掉鞋子，回房間，關上門，拿出一本空白的筆記簿——這是十一歲時收到的生日禮物——在第一頁的上方寫下這句話：

我無處可去。

寫完後有更多話語浮現腦海，她也把這些話語寫下來。

無路可走。

她咬著筆，看著這些話語。她又能思考，於是開始尋找能符合這兩句話的句子。最後，她選擇這句：

然而非走不可。

她放下筆，默默地讀著寫下的句子，接著大聲念出來。

我無處可去。

無路可走。

然而非走不可。

聽起來很棒，簡直像一首詩。不知怎地，寫下來後一切就變得更容易了。彷彿這些心情不再和她有關，或者該說仍和她有關，但不再那麼糟。彷彿她站在那裡不知所措時，她的存在已超越當下那種狀態，具有更大的意義。

她翻閱筆記簿。這本簿子很可愛，封面是皮革，裡頭起碼有八十頁奶黃色的空白頁面。一想到這些頁面被填滿，寫了她的文字、她的句子，她的胃突然顫了一下。咬著筆桿片刻後，她寫下：

一定有其他人。

她帶著這個思緒繼續書寫，寫到該頁的最底部。她翻面，繼續寫。

10

五年級升六年級的那個夏天和以往不同。泰芮莎開始發育，胸部隆起，喬漢斯的胳肢窩也出現絨毛般的腋毛。現在騎車到遠一點的地方游泳，在彼此面前更衣時，他們開始覺得不自在。泰芮莎真討厭這樣。沒必要啊。

有一天，兩人躺在湖邊的岩石上晒太陽，泰芮莎雙手抱腿，將膝蓋頂到下巴，說：「喬漢斯，你有沒有愛上我？」

喬漢斯睜大眼睛望著她，彷彿她剛剛很嚴肅地問他是否來自土星。他語氣堅決地回答：「沒有！」

「很好，因為我也不愛你。既然這樣，我們的關係怎麼會這麼怪？」

泰芮莎很怕喬漢斯會敷衍她，說他不懂她的意思，沒想到他瞇起眼睛，專注地望著湖面，搖搖頭說：「我不曉得。」

泰芮莎看著他蒼白纖細的身軀。他的膝蓋和手肘醒目突兀，下巴尖尖，額頭高聳，一雙嘴脣豐滿秀氣。不，他不是她喜歡的類型。儘管她的想法不一定正確，但她就是認為那種毛髮旺盛、四肢發達的男生比較吸引她。

她問：「你想吻我嗎？」

「不是很想。」

「不過，你還是會吻我吧？」

喬漢斯轉頭看著她。他端詳她的臉，想辨識她是否在捉弄他，但沒能找到。「為什麼？」

泰芮莎聳聳肩，看著他那副柔軟圓潤的嘴脣，心頭一陣酥麻。她完全不愛他，但就是想知道那雙脣嘗起來的滋味。

喬漢斯靦腆一笑，隨她聳聳肩，身體往前傾，把嘴貼在她脣上。泰芮莎心頭的酥麻感越來越強烈。兩人的嘴脣乾爽溫暖，就像剛烘烤出來的麵包皮。接著，她感覺到他的舌頭竄入她的齒間，她猛然往後縮。

「你在幹什麼！」

他無法注視她的眼睛，雙頰又紅又燙。「是妳要接吻的。」

「對，可是不是那種吻啊。」

「可是接吻就是這樣啊。」

「談戀愛才會這樣，我們又沒談戀愛。」

喬漢斯縮成一團。泰芮莎發完飆後囁嚅道：「對不起。」她也開始臉紅，不過這主要是因為她發現自己很蠢。她原本想拍拍喬漢斯的肩膀安慰他，不過最後嬉鬧地往他打下去，說：「沒關係啦，算我不對，可以嗎？」

「是妳說要接吻的。」

「聽著，我們現在把這事忘掉，好嗎？」

蜷縮成一團的喬漢斯抬起頭，「什麼意思？」

「就這整件事啊，我們可不可以忘了它？」

其實喬漢斯明白她的意思，完全明白。就是男女之間的那種事。他說：「應該可以吧。」

泰芮莎賞他一個白眼。應該可以吧。哈，喬漢斯果然不是她喜歡的那一型——假使她真有偏愛的類型的話。她起身，往前跑兩步，縱身一躍，跳入湖水，把頭鑽入水面底下，感覺到——而非聽到喬漢斯跟著跳入水裡的水花噴濺。

十月，喬漢斯的爸爸不見了。有一天他回家，說他遇見了某個女人，已經很長一段時間，他想要開始新生活，還說撐了這麼久，他「終於決定要讓自己快樂一點」。他收拾了兩只皮箱，上車駛離、失去了音訊。

隔天，當喬漢斯和泰芮莎走路去看羊是否仍在，他這麼告訴她。喬漢斯走路時手深深插入口袋，說話時直視前方。他說完後泰芮莎問他：「很難受吧？」

喬漢斯停步，低頭看著鞋子。「如果他回來，才讓人難受。」他抬起頭，露出的笑容比冰淇淋廣告裡的男人的笑更不討喜。「他最好滾得遠遠，永遠別回來，這才天殺的算是稱心如意。」

泰芮莎嚇了一跳。喬漢斯很少出言咒罵，她甚至以為他不懂任何咒罵的字眼。而現在，他的話語竟然帶了這麼多咒罵的口吻。隨著思緒翻騰，他的嘴巴和眼睛也閃過一抹惡毒的神情。

羊還在，他們走上草原，手指撫挲著羊毛。喬漢斯對泰芮莎很冷淡，泰芮莎問話時，只以單字來回答她。

據說這一區最近出現狼蹤，泰芮莎撫著羊毛茸茸的身體，想像自己是一匹狼，擁有致命的肌肉，強壯有力的下顎。她所經之處，一片血泊，可愛的小羊倒臥在自己的內臟器官中。

牠們幹麼這樣？幹麼見到什麼都殺？

喬漢斯和泰芮莎各自沉浸在自己的思緒中。開口再會時，並未約好下次見面的時間。

泰芮莎回家後上網查與狼有關的資料。牠們會殺死其他動物，是因為這些獵物的奔逃反應啟動狼的獵殺本能。如果第一隻羊被殺死後其他羊都站著不動，就能逃過狼口。

她點入下一個連結，繼續閱讀。每個資訊都會引發新的疑問。兩個小時內，她對狼的了解遠超過其他動物。這種神祕的生物仍能存活在瑞典，實在令人驚嘆，雖然為數不多。牠們令人恐懼，但也帶給人希望。

11

聖誕假期結束，要返校上課的前一天，泰芮莎站在浴室的鏡子前。她真討厭自己的外貌。臉頰太圓，眼睛太小，鼻子還微微往上翹，看起來就像豬。

她真希望有人可以告訴她該怎麼做。要不要拔眉毛或塗黑眼線，或者該把頭髮染得更淡？如果有人保證哪種方式管用，她一定會去試。不過，她想她這種外表應該沒救了。無論怎麼做，只會讓自己變成一隻打扮過的豬，而不只是一隻豬，這樣一來情況會更糟。光用想像她就能聽見別人的奚落嘲笑。

然而最糟的事發生在這幾個月。她穿著燈籠短褲的腰部掛著一圈鬆垮白皙的肥肉。她變肥了。浴室體重計顯示五十八公斤，和九月相比多了四公斤，但這四公斤偏偏長在不該長的地方。

她的胸部大概是全班最大的，但她不僅沒像某些女孩穿著魔術胸罩和緊身上衣來展現洶湧的波濤，反而把它們壓得扁扁，隱藏起來。這對發育太好的乳房只讓她覺得自己更笨拙，更讓人作嘔。

泰芮莎看著鏡中自己的眼睛，做出決定。她不要坐在那裡自憐自艾，要做點什麼來改變現況。她在媽媽的保養用品中找到了臉刷，於是拿來刷自己的臉，直到皮膚發紅，然後用水沖洗、擦乾。臉頰上的油光成功消失片刻。

她找出連帽上衣、慢跑褲，穿上運動鞋。她要開始慢跑，一個禮拜至少四天。對，這運動很適合她。獨自跑在馬路上，折磨自己。她會變成狼，一匹孤狼，強壯又敏捷地跑過別人家。這匹狼會稀里呼嚕地把豬吃掉。

她從自家車道跑出去時，剛被臉刷狠狠磨過的臉頰依舊灼痛。跑了兩百公尺，冷空氣開始讓胸腔不舒服。她咬著牙，蹣跚前進。

又跑了兩百公尺，她胸口痛到想停步，但這時聽見身後傳來電動機車的引擎軋軋聲，所以她強迫自己繼續跑。她可不想讓別人發現她半途而廢。

電動機車趕上了她。上面坐著八年級生史戴分，他的身後坐著珍妮，她和泰芮莎同班。珍妮從早到晚把史戴分說的話掛在嘴邊，唯恐別人不曉得他們有多麼臭味相投。

史戴分放慢車速，慢慢地騎在泰芮莎身邊。

「跑快一點！快一點！」他大喊。

泰芮莎擠出微笑，以相同的速度繼續跑，但這速度慢到史戴分得放下雙腳來平衡機車，免得車子因缺乏動力而傾倒。她的胸口快爆炸了。

珍妮扯開嗓門，壓過機車的引擎聲，說：「屁股動啊！」說著說著，還傾身打了一下泰芮莎的臀部。機車重心不穩，開始搖晃，泰芮莎被逼得靠到路邊，結果踩到滑溜的結霜小草，只好順勢跑下溝渠，才沒跌跤。

機車加速，一溜煙兒騎走，珍妮的金髮飛揚，醒目得就像逃竄的小鹿臀部。泰芮莎站在溝渠中喘氣，手扠臀側。她覺得自己快死了，氣管收縮，肺部疼痛，而且好丟臉好丟臉，丟臉死了。

喘氣歇息了幾分鐘後，她往回走，進家門坐在玄關，脫掉運動鞋，葛藍正巧下樓。

「嗨，寶貝，妳在忙什麼？」

「沒什麼。」

「出去慢跑啊？」

「沒有。」

泰芮莎從他身邊走過去，進入廚房，從冰箱拿出三個肉桂捲放進微波爐。葛藍在廚房口徘徊，清喉嚨兩次，彷彿想讓自己鎮定些，再開口說：「最近好不好？」

泰芮莎望著在微波爐裡慢慢轉動的肉桂捲。「很好。」

「很好？我覺得妳看起來不好。」

「沒事，很好。」

泰芮莎給自己沖了一杯喔男孩牌的巧克力牛奶，微波爐叮的一響，她拿出肉桂捲，放在盤子上，端著食物從葛藍身邊走過去，將牛奶和盤子放在客廳茶几，打開電視。發現頻道正在放映的是大象的紀錄片。

葛藍走過來，坐在她身邊。他步下管理職，再次當個普通職員，所以黑眼圈慢慢消退，更有時間扮演父親的角色，問題是，這個家已沒人有興趣來找他。泰芮莎說不出發生了什麼，總之，從某個時間點開始，她不再跟父親聊重要的事。

不過爸爸終究是爸爸。父女倆就這麼坐在那裡吸收新知——大象表達情緒的方式和人類很類似、牠們每天要喝兩百公升的水、大象之間會發展出伴侶關係——泰芮莎吃著肉桂捲，喝著她的巧克力牛奶。感覺挺不賴。

她轉身，準備問父親最近好不好，藉此和他聊天，不料葛藍已經睡著。他嘴巴半開躺在那裡，呼吸時發出咯咯打呼聲。就在他的嘴角出現一滴唾液時，泰芮莎別過頭，把注意力轉回大象。

節目繼續說明，在亞洲許多地方大象是如何被當成劊子手和殺人機器。踩碎頭顱、用象鼻砸碎骨頭。人類的情緒。對，沒錯。

12

二月，路邊出現「售屋」牌子，箭頭指向喬漢斯的家。這陣子泰芮莎沒和他見面，所以見到牌子時非常驚訝。自從他爸離開，她就沒去過他家，現在見到了這牌子，她決定過去按門鈴。

喬漢斯來應門。見到她時，他整張臉亮了起來，迅速擁抱她。「泰芮莎！真高興見到妳！進來吧！」

才跨進玄關一步，她就看出屋內變化很大。原本以立正之姿排列在鞋架上的鞋子和靴子現在散落在屋內各處。當她脫掉外套，發現屋內的溫度比之前暖上好幾度。

喬漢斯的電玩凌亂地擱在客廳茶几上，旁邊還有半包薯片。他往沙發用力坐下去，把那半包薯片遞給泰芮莎。她拿了兩片，坐在扶手椅上。

喬漢斯朝電玩遊戲盒瞥了一眼，咧嘴微笑。「要不要玩鐵拳？純粹玩，不比賽。」

泰芮莎聳聳肩，喬漢斯滑下沙發，將遊戲卡匣塞入遊樂器。直到看見喬漢斯置身在變了樣的屋內，泰芮莎才發現他也變得不一樣了。他的衣服寬垮，舉止輕鬆，笑容也變得自然，彷彿不再承受壓力，不再覺得沒有事情值得微笑。他笑得好自然。

「你媽呢？」她問。

「去上西班牙語課吧，不然就是去跳舞，我不曉得。」

泰芮莎試著想像那種畫面，真教人難以置信。不過，若她需要證據，只消把目光落在那個手持式吸塵器上就可得見。以前喬漢斯的母親一天到晚拿著它吸髒汙，現在它卻擱在那裡，蒙著一層灰。

喬漢斯拋給她一個手把，她敏捷地透過螢幕操控角色，最後選擇穿著紅T恤的那隻熊。讓她驚訝的是，喬漢斯選擇的是李超狼，這個角色代表的正是型男典範。他以前都選茱莉亞·張，就是那個眼鏡從來不破的女人。

電視螢幕出現序幕，泰芮莎按下暫停鍵。

「喬漢斯，」她說：「你要搬家？」

喬漢斯將過長的頭髮往後捋。「對，我爸花光了錢，現在跑來要一半的房子。」

「什麼一半的房子？」

「如果我們母子想繼續住在這裡，就得跟我爸買，可是她沒錢。」

「那你們要住在哪裡？」

「哪知，大概住公寓吧。搬去烏斯瑞德。反正我就要升七年級了，所以……那妳呢？」

「我怎樣？」

「妳要在哪裡念中學？」

「烏斯瑞德吧，我猜。」

「太好了，這樣我們就能再見面，搞不好我們還會念同一班咧。」

「對……」

泰芮莎不想和喬漢斯同一班，他那種無所謂的吊兒郎當態度讓她很想哭。她真希望她可以去遠方，去一個沒人認識她、她可以重新來過的地方。沒錯，和喬漢斯一起重新來過。然而，現在說這些還太早，但也太遲。

「泰芮莎？」

「幹麼？」

「要不要玩？」

她壓下播放鍵，開始對打。熊笨重地進入場地，李超狼擺出招式。泰芮莎忽然覺得自己非贏不可，於是以罕見的激動情緒飛快壓下各種按鈕，試圖使出她記得的招式。

然而一切全是枉然。李超狼氣定神閒，一根瀏海都沒亂，就把熊打得落花流水。熊穿著紅T恤躺在地上，鼻子朝向天空。

泰芮莎臉頰發燙，好想放聲大喊。這種感覺太詭異了。在真實世界裡，熊會把型男撕成碎片，把他的頭咬掉，讓地面血跡斑斑。

13

喬漢斯五月中搬家。泰芮莎站在自家二樓的儲藏室，一邊嚼著塗有花生醬的脆餅，一邊看著最後一輛搬家貨車消失在車道上。一隻蒼蠅在窗玻璃上飛舞，泰芮莎嘴裡的粗粒花生醬頓時變得難以下嚥。觀察結束。媽媽在屋內某處呼喊泰芮莎，叫她去試穿畢業典禮當天要穿的衣服。

五月中穿起來合身的衣服到六月中就不太穿得下了。泰芮莎和六年級生站在最後方，張開嘴巴假裝唱著畢業典禮的傳統歌曲。她看著年幼的小朋友不耐等候，滿場跑來跑去，跳上跳下。夏天就要來臨。

同一週晚幾天是艾維德和歐洛夫學校的學年末集會，當天葛藍要工作，所以泰芮莎家就由媽媽瑪麗亞當代表，葛藍的爸媽英格麗和約翰也會連袂出席。會後，一家子來到足球場後方，在地上鋪毯子，坐下來野餐，彼此沒什麼交談。約翰的手指撫弄著仍戴在身上的塑膠珠鍊，英格麗拿出連鎖服飾店H&M的五百克朗禮券給泰芮莎。

氣候宜人，是結束學校課程的完美天氣。雲絮悠悠飄過如詩如畫的湛藍天空，孩童笑聲迴盪在溫煦的空氣中。盤坐在毯子上的泰芮莎發現自己真的很快樂。英格麗把手擱在孫女的膝蓋上，說：「想想看，前方有精采的夏天等著妳呢。」她誠心地回答奶奶：「是啊，一定會很棒。」

但她永遠無法明白隔天到底發生了什麼事。

她和喬漢斯在電話裡約好去他的新家玩。早上十點她走到屋前花園，心情輕鬆愉快。今天天氣也很棒，騎個四公里去烏斯瑞德應該很舒服。未來七十天暑假就像色彩繽紛的空盒子，等著由她填滿。

六個月前她獲贈一輛新單車，這是她十二歲的生日禮物。三段變速——正好是她想要的，更多變速她也沒興趣。她檢查輪胎，確定灌飽了氣，然後才跳上單車，騎上碎石小徑。

石礫被輪胎壓得嘎嘎響，微風輕拂過臉龐。在碎石小徑上騎了一公里後進入通往烏斯瑞德的大馬路。一隻鳥在附近的樹梢上啼叫，清晰的思緒浮上她的心頭：我是個孩子，正要展開暑假的第一天。我在一條美麗的碎石小徑騎單車。

她抬頭，看見小徑蜿蜒在田野間。她不再踩騎，任由單車一路滑下去。我是個孩子，我的暑假才剛開始……

情況有異。

一開始她以為是飄來的雨雲遮住了陽光，但天空清朗無雲，陽光正普照大地。可是她怎麼忽然覺得眼前延伸出去的碎礫小徑竟然消失在遠方的黑暗中？這條路她明明很熟悉。兩百公尺是平路，接著上坡，接著是一片有羊群的草原，接著是緩下坡，之後就是大馬路。然而，眼前的景致並非如此，她看見的是一條通往茫然未知的路徑，兩側是她不曾踏足過的一片廣袤空間。

她曾認為這世界是由很多不同的地方所組成，這些地方藉由道路來相通相接，而她的小星球就存在於這樣的空間中。以前彷彿在小溪裡悠游，現在卻忽然掉進大海中央，放眼所及不見陸地。她吸不到空氣，不得不抓緊單車把手，踩下煞車。她揉揉眼睛。

我的眼睛有問題，沒辦法看到正確的景物。

她下單車，轉頭望向來時路。小徑依舊蜿蜒，消失在一叢老樹的後方。她不再相信自家就在小徑尾端，她覺得身後的一切都已被抹除，或者正被抹除，前方的世界開始模糊。

恐懼攫住她的心，她是一個被拋到宇宙中的渺小人類，她茫然失措，一無所知。

夠了，妳在做什麼？

恐懼稍微褪去。或許她可以說服自己別胡思亂想。她試了，有點管用，但她就是甩不開身後一切被抹得一乾二淨的感覺。她跳上單車，騎回家。房子依舊矗立原地。

她打電話給喬漢斯，告訴他她的單車爆胎。剛剛那段經驗持續留在她的身體裡，令她越來越少離開自家花園，雖然她並不害怕走出門。

週六喬漢斯不請自來地騎著單車出現在她家。他穿著皺巴巴的及膝短褲，黃色T恤襯托出他的古銅色肌膚。兩人見面擁抱時，泰芮莎隱約害羞起來。

泰芮莎拿出脆餅和花生醬，聽他說話。之前他和他媽去了西班牙的馬約卡島，還有他媽最近認識了一個住在諾爾雪平市的傢伙，去找他度假，所以今天喬漢斯自由得和鳥一樣。他可以留在她家過夜嗎？

泰芮莎沒心理準備讓他來破壞她的日常作息，所以她推說必須問過爸媽。兩人隔著餐桌對坐，相識以來，她第一次不知道該對喬漢斯說什麼。他彷彿來自另一個世界，她家花園外的世界。

幸好歐洛夫及時進廚房給自己做三明治，化解這尷尬場面。沒多久，他和喬漢斯就熱烈地討論起線上電玩。趁著歐洛夫去廁所，喬漢斯問泰芮莎，「要不要去游泳？」

「我沒有泳衣。」

「嗯，我們可以像之前一樣裸泳啊。」

就算得花上她的最後一毛錢才能阻止以下狀況發生，泰芮莎也會毫不猶豫地把錢花下去：她整張臉開始紅燙，低頭看著地上。她聽見喬漢斯噗嗤一聲。

「唉唷，拜託，之前那件事不是解決了嗎？」

「對，可是……」

那個吻。泰芮莎以為喬漢斯不記得，但他顯然還記得，想到這裡，她就更困窘，真想鑽入地洞躲起來。為了有事做，她又拿出一片脆餅，以誇張的謹慎姿態用刀子把花生醬刮到餅乾最邊緣，發出嘈雜的刮抹聲。她咬了一口，爽脆的嘎吱震耳欲聾。喬漢斯看著她，她卻望向窗外。

歐洛夫從廁所回來，問喬漢斯要不要打電玩，喬漢斯瞥了泰芮莎一眼，她聳聳肩。他們坐在客廳的電腦前，泰芮莎看著他們輪流殺死怪獸和邪惡的巫師。

她一直沒找機會問爸媽是否可以讓喬漢斯留下來過夜。他和他們一起吃晚餐，席間他多半和艾維德和歐洛夫聊天。吃完飯他離開，跨上單車，泰芮莎跟在他的後面跟他說再見。

他按按單車鈴鐺，腳踩踏板往前騎，接著忽然停住，彷彿想起什麼事，將車迴轉，停在泰芮莎旁邊，雙腳踩在地面穩住單車。

「泰芮莎？」

「什麼事？」

「我們是朋友，對吧？雖然情況和之前不太一樣。」

「什麼意思？」

喬漢斯的腳在碎石地面畫圈圈，她記得他小時候就有這個習慣。

「嗯……我不知道啦，我的意思是，情況和以前不一樣了，可是我們依舊是朋友，對吧？」

「這是你的希望？」

喬漢斯皺了一下眉頭，思考這個問題，然後看著泰芮莎的眼睛，嚴肅地說：「對，這是我的希望。」

「那我們就是朋友。」

「可是，妳希望這樣嗎？」

「對，我希望這樣。」

喬漢斯點了好幾次的頭，然後咧出大大的笑臉，說：「那很好。」他傾身，親吻泰芮莎的臉頰，然後踩下踏板，沒轉身，揮揮手，消失在車道盡頭。

泰芮莎站在原地，雙手垂在身側，看著喬漢斯騎在碎石小徑上慢慢消失，接著她發現，連小徑也隱沒在同樣的濛霧中。她眼睜睜看著他在一分鐘內被濛霧吞沒，卻無計可施。

14

家庭成員通常各有各的小世界，但那年夏天他們更緊密地圍繞在泰芮莎身邊。起初她以為這是因為喬漢斯搬走了，他們怕她寂寞，或者因為沒有了喬漢斯，她會更意識到家人的存在。

不管原因為何，艾維德和歐洛夫會開始問她要不要一起打電玩。媽媽瑪麗亞要去逛街時會找她，爸爸葛藍也有空找她玩紙牌。她開始懷疑，他們偷偷開過家庭會議做出這項決議：大家要多陪泰芮莎，讓她開心。

一開始她欣然接受，和兩個哥哥一起打電玩、上網路，在廚房裡當媽媽的小幫手，和爸爸一起玩撲克牌吹牛、抓鬼牌，玩到兩人都把彼此的策略摸得一清二楚，得雙倍、三倍地唬弄對方，才能更勝一籌。

但兩個禮拜後，她開始覺得他們的苦心帶著勉強的意味，彷彿是夏令營的職員，而她只是短暫入營的學員。

有天早上她站在鏡子前，把兩頰往後拉緊，想看如果雙頰不那麼肥，看起來不那麼像中國人的肉餅臉，會變成什麼樣，結果她見到了預期以外的東西。她放開臉頰，端詳自己的臉。她有一頭褐髮，一雙濃密的褐眉。鼻子小巧，鼻頭還有點上翹，嘴唇細薄。家裡其他人也有褐髮和褐眼，但全是淡褐色，不像她的顏色那麼深。而且他們的嘴唇飽滿，鼻子比她的更細直。她看不出自己和他們有哪裡相像。

果然，她冒出了這念頭：我是領養的。

然而，這念頭沒讓她難過，反倒讓她豁然開朗。她不屬於他們，就是這麼簡單。內心有股聲音告訴她不是這樣。她見過舊報紙上她的誕生啟事，也見過她出生時受洗的照片。但另一股聲音告訴她：這些證據都是假的。她的心持續不懈地把這個新訊息怦怦怦打入血管裡，清楚明白地告訴她：妳不屬於這裡。

七月中，艾維德和歐洛夫要去足球營，瑪麗亞和葛藍把握機會預定了週末郵輪，準備帶泰芮莎一起度假。泰芮莎說她不想去，他們試圖說服她，但她總覺得在他們央求的話語底下有鬆了一口氣的意味。一定是因為想到有兩天可以不用看到領養的醜小孩，所以鬆口氣。她心想，他們是值得度這麼一趟假期，畢竟他們是好人，兩個都很好。她現在明白了，她不屬於他們。

他們離開前準備好現成的食物，瑪麗亞還寫了很多小紙條，說明各種情況要怎麼處理，雖然泰芮莎覺得根本沒這必要，但她還是讓媽媽繼續說下去。終於，他們上車。駛離時，還對站在露臺上的泰芮莎猛揮手。她進屋，關上身後的門。

悄無聲息。

還有闃寂。

她緩緩走過玄關。寂靜。

這不是她第一次獨自在家，但發現自己將獨處四十小時，寂靜的重量頓時變得不同。葛藍和瑪麗亞明天晚上才回來，這段期間整間屋子完全屬於泰芮莎，想到這裡，她既興奮又有點害怕。她可以為所欲為，不用擔心有人回家逮到她。

但她想不出要做什麼。此刻唯一想到或聽到的是寂靜。屋內任何一絲聲音都來自於她。她放輕腳步走過廚房，努力不發出半點聲響。

嗡嗡聲不斷。冰箱靜靜嗡鳴，撞擊廚房窗戶的蒼蠅歇斯底里地嗡嗡叫，泰芮莎停步看著牠們。應該有十隻，在窗格前飛舞，不停衝撞堅硬的玻璃，試圖找尋縫隙，找出口。其實泰芮莎只要拉起窗鉤、打開窗戶，牠們就能飛出去。

但現在，這些蒼蠅屬於她，就像屋裡的一切都屬於她一人。她交叉雙臂，抱在胸前，看著她的蒼蠅，然後坐在椅子上，繼續看，等待。偶爾會有一隻蒼蠅飛離窗戶，在屋內繞圈，但沒多久又返回窗前，衝撞玻璃。

冰箱抖了一下，停止嗡鳴。蒼蠅卻繼續叫。牠們成群聚集，再次進攻窗玻璃，發出微弱的碰撞聲。一隻蒼蠅忽然發出更高亢的音調，就像問了一個得不到答案的問題。然後，牠的嗡嗡聲再次融入集體之中，在泰芮莎的腦袋裡縈繞不去。

她坐在那裡，彷彿被椅子黏住，聽著冰箱和蒼蠅的嗡嗡叫，整個人陷入恍惚，就像電視亮白螢幕的嘶嘶會讓人一不小心就目不轉睛。她被清除，重新改造過。

她從椅子上猛然起身，走到浴室拿媽媽的髮膠噴霧，然後從廚房抽屜找了一盒火柴，小心翼翼地把窗簾拉離窗戶，往後摺疊，直到露出兩面乾淨透明的長方形玻璃，還有幾隻在附近飛繞的無助小蒼蠅。

她點燃火柴，放在髮膠噴霧罐的噴嘴前，壓下按鈕。圓錐狀的火焰噴向窗戶，一舉橫掃蒼蠅。她手指離開按鈕。四隻蒼蠅掉在窗臺上，翅膀被燒斷。她拉了一張椅子坐下，端詳牠們。

其中一隻掉了一翅，在原地旋轉，像個螺旋槳，轉啊轉地到了窗臺邊緣，掉落在地。泰芮莎一腳踩死牠。剩下的三隻中，有兩隻像笨拙的甲蟲在窗臺上走動，一隻躺著，腳朝上揮。泰芮莎用拇指壓住躺著的那隻，直到牠的腳不再動。另外兩隻也不放過，她拿起火柴壓死牠們。

再噴兩下，窗戶邊的蒼蠅就清潔溜溜了。她把窗簾歸位，將蒼蠅屍體掃進掌心，丟入垃圾桶，然後給自己做了個花生醬三明治。吃著三明治時，又冒出一隻蒼蠅飛撞玻璃。她不理會。

她內心很平靜，除了有一絲類似暈眩的微微羞愧感。她挺喜歡這種感覺，讓她有東西可以依附。

她把髮膠噴霧放回原位，瞥見媽媽的化妝品，一一拿起來試用。眼睛塗上睫毛膏和黑眼線，兩頰的斑點抹上遮瑕膏，嘴唇來點粉紅色唇膏。至於腮紅，她不曉得該怎麼用，所以最後拿噴霧將頭髮撐高，結束這場裝扮。

看起來真可怕。原本可以直接改善肌膚狀況的遮瑕膏因為濃度不對，反而讓她的蒼白肌膚出現一塊塊黑色。整張臉有如醜人多作怪，真是畫虎不成反類犬了。她趕緊脫掉衣服，進浴室沖澡，拿肥皂往臉上擦拭好幾遍。

她把蓮蓬頭壓在陰部，感覺頗舒服，並試著用食指搓揉陰戶，但什麼感覺也沒有。她看過幾次《慾望城市》，知道女人可以自慰，但她沒感覺，或許她用錯了方法。

她蹲下，雙手抱著頭，讓溫水沖刷過她的背。她試著哭泣，但只擠出幾滴乾巴巴的淚。她開始幻想自己好可憐，就在快成功時，又覺得自己演夠了，於是起身調整電熱水器，讓水變冰冷。她任憑冷水澆淋，直到臉發凍，皮膚起雞皮疙瘩。她關水，擦乾，穿衣。

她走出浴室，屋內一片寂靜。現在，她寒冷的軀體就像靜寂氛圍中的一塊水晶，在沉靜朦朧當中忽現一絲澄澈。她走去坐在電腦前，在 Google 網頁上輸入關鍵字「詩」。

搜尋結果讓她驚訝。她只是心血來潮，因為這會兒腦袋是如此純淨，讓她想讀詩。前幾條的搜尋結果是一些根本不是詩人的傢伙張貼的東西。她打開一個叫 poetry.now 的討論區。

她讀過一首又一首，發現十五歲的安潔雅寫的東西讓她很喜歡。她用她的名字去搜尋，找到了她的幾篇詩作，包括〈寂寞〉、〈只有我？〉以及〈黑天使〉。

泰芮莎繼續讀，驚訝地張大了嘴。她應該寫這種詩的，因為每一首詩都是她的心境。雖然安潔雅比泰芮莎大兩歲，而且住在韋斯特羅斯市，但她和泰芮莎實在太相像。泰芮莎按下另一個連結，發現住在斯德哥爾摩的十六歲女孩瑪琳所寫的詩〈泡泡〉，裡頭描述她住在牢不可破的泡泡裡。

就是這樣，這正是泰芮莎的感覺，只不過她找不到這麼明確的字眼來形容。沒人看得見這泡泡，但她就是一直被關在裡頭。瑪琳傳神地把她的處境以文字具現。

泰芮莎將網頁往下拉，看見有人留言，他們說這首詩寫得非常好，完全道出了他們的心聲。泰芮莎激動得顫抖，好像發燒。她按下螢幕上的留言方格，結果討論區要她先登入。

她起身在客廳走來走去，然後進入葛藍和瑪麗亞的臥房，躺在他們的床上，望著天花板。接著，她把自己捲入羽絨被當中，蜷縮起來像隻小狗嗚嗚哭泣。

我還太小。

在 poetry.now 這個討論區上發表作品的幾乎都是女孩。最年輕的是十四歲的瑪蒂達。泰芮莎覺得她寫的那首〈眼淚〉非常幼稚。泰芮莎十二歲，將近十三歲。她在床上翻來滾去，直到開始流汗，身體放鬆下來。這些比她稍長的女孩都跟她有相同的感覺，她們在哪裡？長什麼樣？

她起床，煩躁不安的感覺讓她靜不下來，滿屋子走來走去。走到浴室時，她拿起髮膠噴霧。那盒火柴仍在餐桌上。剛剛離開這裡後，又冒出了五隻蒼蠅。她把髮膠噴霧點燃後繞一圈，一舉撂倒牠們，然後看著斷肢殘翅的蒼蠅在窗臺上爬來爬去。

她從媽媽的縫紉工具箱中找到一盒大頭針，將牠們一隻一隻釘在窗臺上。全都活著，揮動著小腳。她羞愧感漸增，強烈到幾乎清晰可見，具體可觸。就在她的胸廓下方，一團黏稠的橘色水母漂在那裡。

她深吸一口氣，試圖甩開。它沒消失，但萎縮了。她又深吸一口氣，這下子水母消失。她看著被大頭針釘住的蒼蠅。

就是這麼簡單，她心想，能做決定的不是你，是我。

她拿了一個木製的小砧板，把蒼蠅移到砧板上，其中一隻的身軀仍黏著一截小翅膀。這隻蒼蠅被她捉起來，以大頭針刺穿，發出微弱的嗡嗡聲，但一固定在新基地上聲音就沒了。她把砧板拿進客廳，放在電腦旁。

她花了一些時間設定郵件地址，以便申請 poetry.now 討論區的帳號。hotmail 的註冊網頁要求她填寫出生年月日，她決定讓自己多三歲，以防萬一。在 poetry.now 討論區註冊時，她就用了謊報的年齡。

她偶爾轉頭看看蒼蠅。牠們全都活著。其實她很想知道哪種食物可以讓牠們存活。不過，誰知道蒼蠅吃什麼？

她以外婆的姓氏和自己的中間名給自己取新名，約瑟芬．林德斯壯，十五歲，來自利恩斯塔。登入討論區。

當晚她睡不著，翻來覆去兩小時，她起身，穿上睡袍。窗外漆黑，更顯屋內寂靜神祕。她小心翼翼地慢慢走下樓梯。

接近客廳時，她害怕起來，總覺得客廳裡有什麼東西躲著。類似昆蟲的巨大生物，下巴淌著黏稠液體，等著一把抓住她。她深呼吸，又深吸了一口氣，然後才打開燈。

什麼都沒有。砧板仍在電腦旁。她輕輕走過去看看。所有的蒼蠅都靜止不動。她拿起大頭針，移動一下蒼蠅。死了。死前幾小時應該受了不少苦，不過終究是死了。

泰芮莎的手被大頭針刺到冒出一滴血。她將血舔掉，然後去拿小抱枕，躺下時把抱枕擱在頭下方。她閉上眼，假裝自己死了。

幾分鐘後她沉沉睡去。

15

烏斯瑞德的中學通常一個年級有兩班，而且學校政策是讓學生從國中部直接進入高中部就讀。國中部招收了很多來自鄉村小學的新生，這種做法的目的是為了打破城鄉藩籬，好讓新同學更易融入國中生活。

泰芮莎的班上來了一個非常美麗的女同學，名叫愛格妮絲，來自辛寧吉，還有一個男同學叫麥可。打從開學第一天，麥可就一副隨時要找人打架的模樣。除了他們兩個，還有幾個沒那麼有特色的新生。結果喬漢斯被編在另一班。

一開始大家相互打量，測水溫，試底線，泰芮莎努力不讓自己受到注目。幾個星期後，她成功地把自己塑造成文靜的女孩，只管自己的事，但又不至於像某些需要學點教訓的白痴。

她繼續使用艾維德和歐洛夫的電腦，如果他們沒在用的話。十三歲生日那天，她終於接收這臺電腦，因為哥哥買了處理器更強大的新電腦。擁有私人電腦後的第一件事就是設定密碼。電腦要求她輸入密碼兩次，她毫無理由地直接打上了「砂石場」。

登入 poetry.now 後，她發現有首新詩是一個叫冰恩的十三歲女孩寫的。感覺上會取這種名字的人應該寫不出什麼好東西，但出乎泰芮莎意料，她真心喜歡這首名為〈邪惡〉的詩：

沒人可到我所在的地方
腦子裡躺著思緒
麥片粥不好
話語會誤導
名字不代表我
月亮是我的父親

從某方面來看，泰芮莎對於這首詩一頭霧水，但就是這一點吸引她。文字具體卻隱隱帶著灰色負面的情緒，完全合她的胃口。況且，發現跟她同齡的人能寫出這種東西，也很令人高興。

泰芮莎以偽裝的身分約瑟芬留言稱讚這首詩，還說希望冰恩能多寫一點。送出留言時，她忽然想到搞不好冰恩和她一樣，網路上的名字和年齡全是捏造的，比如她不只十三歲，卻假裝是十三歲；或者根本不是女孩，而是男生。

她捲動頁面，讀了幾首新詩，沒發現喜歡的。接著，她做出還沒完全擁有這臺電腦前不敢做的事：打開 Word 文件檔，準備自己寫詩投稿到 poetry.now。不是練習簿裡那些舊詩，而是全新的作品，能反應她當下心境的文字。游標閃爍，催促她打下第一個字。她坐在電腦前，手指放在鍵盤上：毫無靈感。她寫下：「坐在這裡。」又立刻刪除。接著寫出「話語只會誤導」，呆望著前兩個字久久不放。接著把這句也刪除。

她走去躺在床上，臉埋入枕頭，抓起枕頭兩側蓋住耳朵，蓋得緊緊的。忽然世界變得陰暗寂靜，眼皮內出現飛舞的金線圖案。金線翻轉，扭繞，形成一個字：「每個人」。登時，完整的句子對著她閃爍不停。

其實每個人都有別的稱呼。

她躺在那兒，呼吸沉重，等著更多句子出現。什麼都沒有。所以，她頂著被汗水黏在額頭上的頭髮，走到電腦前坐下，寫出：「其實每個人都有別的稱呼。」

她不明白這句話的意思，但覺得很有道理，不只在詩的層次上，而且從各方面來看都很正確。在每個人心中都有另一個人。她也把這句話寫下來。忽然，不知哪來的勇氣，她大膽地擷取冰恩的兩句詩放到自己的詩作裡，接著，加上一句做結尾。

她把頭髮往後捋，看著她寫下的文字。

其實每個人都有別的稱呼
每個人心中，都有另一個人
話語會誤導，話中還有話
只有在黑暗中我們才能被看見
只有在靜寂中我們才能被聽見

她趕緊在改變心意之前把這首詩複製貼上poetry.now。她不曉得自己寫得好不好，不過看起來挺有詩的樣子，況且，她寫的是真相。

她的手指放在鍵盤上，腦中靜悄悄的，什麼都沒出現。

妳是怎麼辦到的？

隔天放學後她直接去圖書館。詩集占了三排書架，大約有兩百本。她不曉得該從哪本書看起。「新到書籍」的牌子底下是一本叫作《比特鬥牛犬》的書，紅色封面上有一隻長得像怪物的黑狗，作者名字是克里斯丁·倫德柏格。泰芮莎拿下這本書，讀了第一首詩的前幾行。

詩，關於
四月的詩，全都陳腐庸俗
我們唾棄這樣的詩
這種詩如死亡般可被預料

泰芮莎坐在扶手椅上繼續讀。她從沒想過集結成書的詩會是這種樣子。當然，書裡很多詩她都不懂，不過這些詩的遣詞用字都不艱澀，而且還有很多插圖，讓人看了可以輕易動腦思考。她特別喜歡「死亡之潮上升」這一句。

她花了大約一小時讀完這本詩集，頭隱隱作痛。她的視線在書架上游移，又找到了兩本克里斯丁・倫德柏格的書。左右張望後，她把這兩本連同《比特鬥牛犬》放入書包，跳上單車騎回家。

她登入 poetry.now，看見有人在她發表的詩底下留言。是冰恩。

「好詩我也是其他人雖然我聽見有人寫麥片粥」

泰芮莎把這句話反覆讀了好幾次。「我也是其他人」這幾個字可能代表冰恩跟泰芮莎一樣，在網路上用的不是真實身分。不過，或許整句話都是指別件事，就像她的詩一樣。

然而，有件事毋庸置疑，就是前兩個字。這是第一次有人對她寫的東西給予正面評價。

看完冰恩的留言，她才注意到她的詩底下顯示「留言（2）」。她把頁面往下拉，發現還有另一篇回應，留言者是卡洛萊恩，十七歲。她寫道：

「無病呻吟，不知所云。好好過日子比較要緊。」

泰芮莎無法呼吸。她的雙眼有如針扎，淚水盈眶。她的雙手緊緊互扣，起身，拿了一條手巾，用力搓揉眼睛，搓到眼皮腫脹。她把毛巾揉成一團，臉埋入裡頭，緩慢沉重地呼吸。

她又回到電腦前坐下，進入 hotmail，申請新的電郵信箱，接著在 poetry.now 裡申請新帳號。這次，她化身來自斯德哥爾摩的十八歲女孩莎拉，搜尋卡洛萊恩，發現她寫過幾首詩，這些詩多半和不如意的愛情有關。被男孩背叛。留言回應都很正面，不過來自斯德哥爾摩的莎拉有不同意見。她寫道：

「我讀過妳幾首關於不如意愛情的詩，在我看來，其實妳根本不配有美好愛情。因為妳是個卑鄙自戀的人，永遠不懂得愛。」

按下「傳送」鈕時她緊張得幾乎無法呼吸。接著，她到自己的床上躺著，拿出從圖書館偷來的書，這本叫作《不說話的他死了》。

這本書似乎不曾被翻閱。在她之前沒人讀過。

隔天，泰芮莎變得很熟悉「網路酸民」這個詞。她以為不會有人回應莎拉的留言，結果她想錯了。卡洛萊恩在 poetry.now 上好像有很多粉絲。共有八個人回應泰芮莎的留言，其中兩篇還寫得落落長。

每一篇留言，不管長短，都直接數落莎拉是個沒血沒淚的大壞蛋，不然妳就自己寫出更好的詩啊，之類的回應。見到兩篇回應說她是「酸民」，她才發現這是一個罵人的字眼。她查了一下，發現這個詞來自捕魚：在船的後方釣著上餌的魚鉤，駛過魚群區，等著魚咬餌（trolling）。若套用在網路上，則是指刊登讓人不悅或愚蠢的留言，以獲得別人的回應，這種人就是網路酸民（troll）。

泰芮莎交叉雙臂、緊貼胸前，望向窗外。她心情平靜，也很開心。很多女孩讀了她寫的東西後很想表達意見。因為她是網路酸民。

我是網路酸民。

太適合她了。她的確活在人類的世界中，即使原本隸屬於陰暗的野蠻森林[4]，即使她在襁褓中被人掉了包。她是網路酸民。

16

冬天和春天時她經常去圖書館，有條不紊地瀏覽詩集那一區。在家時則花了不少時間扮演網路酸民。她在不同討論區擁有不同的分身。十四歲的潔內特、二十二歲的琳達。在討論厭食與暴食的

---

4 Troll 也有山怪的意思。

討論區中，她是十七歲的邁。她發表一篇留言，說所有的厭食症患者都應該被強迫灌食，然後用膠帶把他們的嘴巴封起來，這樣他們就不會跑去嘔吐，結果這篇留言引來三十五篇回應。

她無意間造訪一個老屋裝修的討論區。她在這裡面的分身是二十八歲的約翰，他說他最愛闖入這種老屋大肆破壞，甚至放火燒掉老房子。在那個倡導環保的討論區中，她是四十二歲的多瑪士，他留言寫道，他好愛他那輛超級不環保的越野四輪傳動車，還力陳政府應該降低石油燃料稅。

不過，她比較喜歡造訪的是那些提供少女討論自身問題的討論區，比如月風暴。見到她們對她的留言憤慨回應，她就樂不可支。隨著經驗逐漸累積，她發現一項比譏諷更有用的武器，那就是嘲弄。

有個討論區討論動物權利，裡頭有好多關於可愛毛茸動物受虐的事情。十五歲的艾爾薇拉提起日本有個實驗，把八百隻小兔子的眼睛挖出來，看看這是否會影響牠們的聽力，然後放火燒掉牠們，看看這些哀號的小盲兔能不能走出迷宮。艾爾薇拉的留言獲得四十篇回應，眾人憤慨地群起譴責人類的殘忍。

唯一的例外是狼。在討論狼權利的討論區中，她的化身約瑟芬保持理性語氣，陳述本尊泰芮莎的意見。至少得有一個地方讓她可以當自己，或者當個跟自己差不多的人。

網路酸民這種行徑給了她重要的啟示：想要引發強烈反應不需大費周章，只要你把力氣用在對的地方。簡單的「舉手之勞」，比如花個五秒鐘把斷掉的塑膠叉塞入教室的門鎖，就能引起至少半小時的騷動，讓校工、鎖匠、老師全體出動，甚至換教室上課。

把圖釘放在椅子上要多少時間？能引起多大騷動？在網路上也一樣。只要按下幾個鍵，在關鍵的地方寫幾個字，幾秒鐘內就會有二十個人忙著回應，他們所花的時間和精力絕對遠超過發文者一開始投入的時間和精力。

對這世界來說，泰芮莎或許不算什麼，但透過她的分身以及她精心設計的小伎倆——網路酸民的發言——她就能讓別人花很多時間和心思在她身上，這種「青睞」就連班上的美女愛格妮絲都求之不得。

大家都喜歡愛格妮絲，泰芮莎也拿她沒轍。她就是這麼好。泰芮莎認識的美女每一個都自私、愚蠢，滿腦子只有自己的美貌，但愛格妮絲不會這樣。她對每個人都很好，認真求學，似乎完全不在乎自己天生貌美。

她把頭髮紮成辮子，看起來很可愛，放下來時則看起來很漂亮，若在脖子披上絲巾就美得像電影明星，但她低調不想引人注意。照理說泰芮莎應該討厭愛格妮絲，但她就是辦不到。

有天下午泰芮莎站在圖書館的詩集區，翻閱新到的詩集，聽見身後傳來一聲聽來謹慎的「嗨」。她轉身，新鮮空氣攙混著愛格妮絲身上散發的花香，撲鼻而來。

泰芮莎說「嗨」，感覺臉頰紅燙起來。彷彿要參加考試卻完全沒念書。她像一塊木頭愣在原地，什麼話都說不出口。愛格妮絲也一樣不自在，身體重心從一隻腳換到另一隻腳。半晌後，她指指泰芮莎身後的書架，「我要……」

泰芮莎移到一旁，偷偷瞄向正看著細薄書脊的愛格妮絲。她沒在第一時間找到她要的書，所以開始沿著書架慢慢移動，仔細檢查每本書的書名。

「妳在找某一本書嗎？」泰芮莎問。

「對。」愛格妮絲說：「我剛剛查電腦，這裡應該有幾本克里斯丁．倫德柏格的書，可是我找不到。」

「妳會看克里斯丁．倫德柏格的書？」

「是啊，為什麼這麼問？」

「我只是……沒什麼。」

「妳也讀他的作品？」

「我是讀過一些怪書。」

愛格妮絲繼續凝視那幾本書應該陳列的位置，確定找不到後，改拿出克莉絲蒂娜．隆的詩集。她隨手翻了幾頁，說：「是我媽告訴我我應該讀倫德柏格的作品。可是我不知道我是否該讀，我的意思是，他的作品不怎麼有趣，對吧？」

「是不有趣，和克莉絲蒂娜．隆很不一樣。」

愛格妮絲搖搖頭，露出連樹木都會為之傾倒的迷人笑容。「我覺得她很棒，因為她的詩一方面很悲傷，另一方面又很有趣。」

泰芮莎只能想到這麼回應——「對。」她不懂像愛格妮絲這樣的人能從克莉絲蒂娜．隆的黑色幽默中看出什麼。不過她還是蹲下，抽出《靠近眼睛》，這是波蘭女詩人威絲拉娃．辛波絲卡的作品，由安德．博德賈譯成瑞典文。她將這本書遞給愛格妮絲，說：「試試這本，滿有趣的。」

愛格妮絲隨手打開書，讀了起來。過了幾秒鐘後，泰芮莎才發現自己緊張得屏息。她輕緩吐息，凝視著愛格妮絲，看著她的髮辮垂在書的兩側，構成一副圖畫，那畫面簡直可用在任何廣告文案中。

愛格妮絲咯咯笑，闔上書本，看著封面又看看背面。「她得過諾貝爾文學獎，對吧？」

「對。」

愛格妮絲瞥向排滿詩集的書架，嘆了口氣，說：「妳讀過很多詩？」

「不算少。」

「我不曉得要從哪裡讀起。」

泰芮莎指著愛格妮絲手中的那本書，「就從這一本開始吧。」

現在只有她們兩人，泰芮莎開始懷疑，或許愛格妮絲不像她在班上的表現那麼聰穎。搞不好她需要有人給她清楚的指令及機會，才氣與智慧才能發光。

愛格妮絲翻閱辛波絲卡的書，嘟囔道：「酷，多謝了。」然後走去借書櫃檯。泰芮莎假裝在讀克莉絲蒂娜．隆的詩集，但其實正偷看愛格妮絲把泰芮莎推薦的書遞給圖書館員，再將書接回來。霎時，泰芮莎有一種終於發揮強項的罕見感受。身後書架上的書她起碼讀過四十本，它們就像沉默的啦啦隊，在那兒替她加油打氣。

有了身後這些自家群眾相挺，她大可以恣意捉弄愛格妮絲，但她沒有。

在圖書館的這場相遇並沒有讓泰芮莎和愛格妮絲成為朋友——還差得遠，不過倒有一種相互了解的祕密感覺。放暑假前一週，午休時間愛格妮絲告訴泰芮莎，現在她把辛波絲卡的每首詩都讀過了，還說，不曉得泰芮莎有沒有聽過明眸樂團（Bright Eyes）？泰芮莎說她沒聽過，隔天愛格妮絲就把她燒錄的專輯《振作》送給泰芮莎。

就這樣。或許，愛格妮絲這個人只能做到這樣。雖然她人緣好，但總給人一種疏遠感，彷彿她和四周的人隨時保持一種距離，但這種距離無關傲慢。她彷彿總在事情發生後三秒才會出現。此外，你絕不會見到她坐在那裡和其他女同學交頭接耳，竊竊私語。她就是不在。說不上這是因為她心不在焉、沒安全感，或者其他因素使然。泰芮莎發現自己經常盯著愛格妮絲猛看，但也沒因此更了解她。

泰芮莎真沒想到她不僅喜歡明眸樂團——或者該說喜歡康諾·歐伯斯特，她發現這是他的本名——而且還覺得他棒透了。脆弱的嗓音，還有那深沉精闢的歌詞。

她買下了生平的第一張CD，即使她已經有愛格妮絲燒錄給她的那一張。明眸樂團是第一個她認為值得仰慕的藝人。在漫長的暑假中，他成了她的隨身良伴。

17

一定是在暑假發生的。總之，當秋天來臨，泰芮莎升上八年級事情就已成定局：愛格妮絲和喬漢斯在一起。她不曉得是怎麼發生的，但她親眼看見他們在操場接吻，然後才分別到自己的班上註冊。

這一幕讓她經歷一場情緒風暴，震驚到無法思考。她搞不懂這種情緒，也不曉得怎麼會這樣。所以，她把這一幕揉碎撕爛，扔到腦海深處的陰暗角落，這樣一來就可以置之不理。

結果行不通。當天晚上她躺在床上，聽著明眸樂團，當他唱出「這是我生命的第一天，我很高興能在死前遇見你」，她忍不住熱淚盈眶，憤怒激動。

她把MP3播放器插到電腦裡，刪除明眸的所有歌曲，接著刪除整個曲目。不幸的是她還買了每一張CD。她抱起這些CD，走到地下室，將它們放在砧板上。這時，她驀然發現自己的行為很荒謬，於是放下斧頭。

我不會讓他們稱心如意。

明眸不是愛格妮絲的財產，不可能是，因為愛格妮絲根本不懂每一句歌詞。「我要一個我不必愛的愛人，我要一個醉到無法說話的男孩」，這種歌詞愛格妮絲哪會懂？肯定不。對她來說，這些不過是很酷的歌詞罷了。可以和喬漢斯依偎在愛格妮絲的床上，兩人一起聽的酷歌詞……

泰芮莎放下斧頭，走到她的房間，將CD放回架子上。

我知道要改變什麼。我的臉去死，我的名字去死。

它們是短暫虛假的廣告。

她坐在電腦前，進入霸凌受害者之友的討論區，寫下長長的留言，替校園屠殺辯護，還說在難以取得槍枝的瑞典應該要准許使用武器。她期望這篇會引來大批回應。

可惜的是，在其他人有時間回應之前，這篇文章就被刪除了。她改個名字，寫了一篇賺人熱淚的文章，訴說自己被霸凌的悲慘際遇，同學是如何在紙條上寫難聽的話，然後把紙條釘在她的身上。他們不敢移除這篇文章，她果然博取了很多同情，但她對這些同情無動於衷。

隨著秋天的腳步接近，落葉凋零，午後寒冷，愛格妮絲和喬漢斯顯然對戀情很認真。泰芮莎早就料到會這樣。

不管下課或午休，他們都膩在一起，儘管同學嫉妒揶揄，他們還是忍下來，不當一回事。一陣子後，嘲弄的言論消失了，很快地，大家接受了這對戀人，對他們出雙入對的身影習以為常。

泰芮莎依舊保持中立姿態。喬漢斯會在走廊上和她打招呼，有時兩人閒聊幾句，愛格妮絲可能在場，也可能不在。從一方面來看，泰芮莎終究得和其他人一樣接受事實。這對戀人給人的感覺好自然，光看著他們，就覺得他們是天作之合。但從另一方面來說，他們那樣甜蜜又讓人想吐，不過話說回來，這是另外一回事。

最後情況發展到外人乍看之下會把喬漢斯、愛格妮絲和泰芮莎視為三人組，但不是愛情關係中的那種，而是因為泰芮莎經常出現在這對戀人身邊，她比其他人更常和他們說話。

被孤寂啃齧的泰芮莎冒出自戕念頭，諸如拿食物攪拌器戳眼睛，或者用頭去撞牆，撞到頭破血流。

◆

九月底，發生了一件事，進而改變了許多事。

泰芮莎一家住在同一個屋簷下各忙各的，連吃飯都各自解決，只有一件事會讓全家聚在一起，那就是節目《偶像新秀》。是艾維德和歐洛夫先收看，接著家人一個接一個被吸引到新秀選拔賽的魔法圈中。

或許這是潛意識的危機措施。沒有《偶像新秀》，這家人就不可能坐在一起，甚至有可能疏離到變成失能家庭，需要外界的幫助。幸好現在有了《偶像新秀》。在沒有其他共同交集的情況下，觀賞這齣節目成為小小的家庭聚會，佐以可口零食，熱烈討論，而這種氣氛在每天的生活中絕無僅有。

泰芮莎就是在《偶像新秀》節目中首次見到朵拉。來自斯德哥爾摩的朵拉．拉爾森。她比賽時的表現非比尋常。一般來說，男孩或女孩走上舞臺，唱出破鑼嗓音，發現自己無法晉級就會對評審生氣。要不就是唱得很好，確定過關後欣喜若狂。

但朵拉不一樣。她嬌小纖瘦、有一頭金色長髮，她走上舞臺，雙眼直盯著評審頭上的某個點，說：「我叫朵拉．拉爾森，我要唱歌。」

評審哈哈大笑，其中一個說：「妳要為我們唱的歌很特別嗎？」

朵拉搖搖頭，評審沉下臉，彷彿替這個小女孩感到難過。「那妳要唱的是哪一首歌？」

「我不曉得。」

評審面面相覷，似乎準備找人把她拖下去。就在這時，她唱了起來。泰芮莎認得這首歌，但想不起歌名。

一千零一夜，我獨自臥躺
孤單，做夢
夢到一個朋友
像你這樣的朋友……

信心滿滿的參賽者通常會挑選當下流行的歌曲，希望能沾點原唱者的光。但朵拉沒這麼做。除非泰芮莎記錯，否則這首歌應該早就過時了。

然而那歌聲、那嗓音，還有她唱的方式。泰芮莎坐在沙發上一動也不動，彷彿被那聲音刺入胸骨。朵拉．拉爾森唱歌時沒擺出任何姿勢，也沒試圖表現出應有的樣子。她只是唱。這種神情讓泰芮莎不知所以，感動莫名。就連評審都聽得出神，像一根根蠟燭杵在那裡。歌聲漸歇好半晌他們才回過神，彼此對望。

「妳肯定過關。」其中一位評審說。「妳的聲音就像……我實在不知道該怎麼形容。如果有藝人不擇手段要妳的聲音，妳大概會被搶得遍體鱗傷。百分之百過關，不過，妳必須學著和觀眾互動。」

朵拉點了一下頭，走向門口。她臉上沒有一絲喜悅，連聲道謝都沒有，她甚至沒看評審一眼。評審之一顯然覺得有需要證明他們的存在，所以在朵拉打開門之前喊道：

「下次試試更有挑戰性的歌曲，選難一點的來唱。」

朵拉微微轉身。就在這時，泰芮莎瞥見她臉上的怪異表情：她擠眉皺臉，彷彿背部剛被人刺中一刀，正準備伸出爪掌反擊。接著，她轉身走出去。

沙發上的家人開始爭論。大家都同意這女孩的嗓音不得了，但從表演角度來說她表現得並不好，等等之類。泰芮莎沒在聽，也沒加入。她觀賞《偶像新秀》以來朵拉的表現最為精采，因為她一派淡定，即使誰都同意她最優異。就是要這樣。泰芮莎心中的冠軍已然產生。

當晚回房途中，她一邊哼唱一邊上樓：

孤單，做夢

夢到一個朋友

像你這樣的朋友……

金髮女孩

靠近魚的手是我的
靠近手的魚是他的
我嘴裡的小卵石是我的
在我裡面的東西是我的

——米雅・傑維德[5]的詩作〈莉蘿絲〉（Lyllos）

5 Mia Ajvide，瑞典女作家，本書作者約翰・傑維德・倫德維斯特之妻。

1

傑瑞回顧一生，可以清楚地界定出幾個改變人生的時間點，而這些改變總是讓他的人生每況越下。最大的改變當屬二〇〇五年十月某一天的下午，他發現父母被殺死在地下室。人生這個轉折點所造成的影響究竟是好是壞，迄今仍無定論。

他在椅子上坐了很久，思量整個狀況。泰瑞絲持續以手中的工具肢解藍納特和萊拉，直到他被噪音吵得無法思考，才要她住手。她走向他時，他要她留在原地，於是泰瑞絲噗通坐在地上的血泊裡。

他猜想很多人大概會驚慌，開始尖叫、嘔吐或者出現類似的反應，畢竟眼前的景象噁心可怖到難以想像。不過，他看了那麼多殘暴駭人的影片終究有點正面效果。比泰瑞絲搞出來的場面更慘絕的他都見過，比方說，至少她沒吃掉他的父母。

或許是因為他嚇得失神，無法理性思考整個狀況，只能把它當成一部他必須參與演出的電影。問題是沒人給他劇本，他壓根兒不曉得該怎麼演。

他知道自己應該打電話報警，運用他從幾十部電影和真實犯罪影集中吸收到的資訊。他知道他有不在場證明，但隨著分秒過去，這個證據會越來越薄弱。他不曉得藍納特和萊拉死了多久，但泰芮莎一定忙了一段時間，才會搞出這麼大規模的慘絕場面。

當然，最簡單的方式就是打電話給警察，解釋發生的一切。可是，這樣一來他也會惹上麻煩，因為他從頭到尾都知道泰瑞絲的存在，卻不曾報警。他可能因此坐牢一年，而藍納特和萊拉會被安葬，至於泰瑞絲，大概會被關到瘋人院。故事結束。

不、不。這樣不好。他不希望這種事發生。讓他如鯁在喉的是泰瑞絲和瘋人院。不管她多麼瘋——真正發瘋——他也不想見到她待在牢籠裡，咬著指甲度過餘生。所以，他得想想其他辦法，盡速想出來。

思索了一會兒後，他只能想到一個不切實際的辦法。

「泰瑞絲？」他喚道，女孩把頭轉往他的方向，但沒真的看他。「我想妳最好……」他支支吾吾，把要說的話重新整理過。「去換衣服。」

女孩沒回應。他不想靠近她，不想接近犯罪現場，免得被「汙染」——以專業術語來說——或者留下他的痕跡。他提高音量，「回妳的房間，換衣服，現在就去。」

女孩起身，走過地下室，身後留下一道血跡。傑瑞上樓，收拾睡袋、麵包、一條魚子醬和一根手電筒。他走出大門，繞行屋子一圈，走下通往地下室的階梯，從另一道門進去。

他小心翼翼，不去踩到任何血跡。進入泰瑞絲的房間後，發現她坐在床上，呆望著牆壁。她已換上乾淨的絲絨運動服，但金髮上仍有結塊的血漬，臉和手腳也覆滿幾乎黑色的凝結血塊。打從踏入屋內，這是他第一次感覺胃在翻攪。不知怎地，看見父母的屍血黏附在泰瑞絲的肌膚竟比目睹他們的屍體更令人難受。

「來，」他說：「我們走。」

可見的問題更嚴重。他必須從她的角度著手。

「去哪裡？」

「出去，妳必須找地方躲起來。」

泰瑞絲搖搖頭，「不出去。」

傑瑞閉上眼睛。他置身在泰瑞絲所製造出來的混亂場面中，幾乎忘了她的錯誤世界觀遠比眼前可見的問題更嚴重。他必須從她的角度著手。

「大人來了。」他說：「他們要來這裡，很快就會到，所以妳要趕緊離開。」

女孩縮著肩，彷彿想保護自己免受攻擊。「大人？」

「對，他們知道妳在這裡。」

女孩倏地從床上跳起來，抓起地上的小斧頭（顯然近期內使用過），走向傑瑞。

「站住！」他說，泰瑞絲停步。「妳拿斧頭要做什麼？」

泰瑞絲舉高斧頭，隨即放下。「大人。」

傑瑞往後退一步，離開她的攻擊範圍。「好，好，我現在問妳一個問題，我要妳老實回答。」語畢，傑瑞對自己的愚蠢嗤之以鼻。他什麼時候聽過泰瑞絲撒謊？沒有，他甚至認為她連怎麼撒謊都不知道。然而，他還是要親耳聽到她的答案。他指著斧頭。

「妳會不會用那東西打我？」

泰瑞絲搖搖頭。

「妳會打我？刺我？或者……以任何方式把我剁碎嗎？」

泰瑞絲又搖頭。之後他才有心思去揣測為何泰瑞絲看待他的方式跟看待他的父母不一樣。現在，傑瑞只需知道和她在一起不會對自己構成生命危險。為了保險起見，他補上一句。「很好。如果妳對我怎樣，大人就會來抓妳，立刻找到妳，然後砰一槍殺死妳，懂嗎？所以，妳絕不能碰我，懂不懂？」

泰瑞絲點點頭，傑瑞驀然發現他剛剛說的話基本上是對的。他要泰瑞絲穿上鞋子，兩人一起離開房間，視線不敢離開她。

他打開大門，泰瑞絲站在門邊，彷彿被黏在地上，拒絕移動。她睜大雙眼，望向漆黑之中。怎麼慫恿催促，都無法讓她往前一步，最後，他假裝專心聆聽，然後假裝害怕地對她悄聲說：「快，小妹！他們就要來了！我聽見他們的車聲了！」

終於，泰瑞絲的雙腳離開地面，斧頭緊緊抓在胸前，往門口衝出去，傑瑞趕緊往旁挪，讓位給她。她走到花園，東張西望，驚恐慌張，隨時準備逃跑。傑瑞把握機會，帶著她逃向樹林。

打從小時候起，傑瑞就記得往樹林深處五百公尺左右有一片空地，他借助手電筒找到那裡，巨大橡樹的枝椏低懸於空地上方，地面覆滿乾枯落葉。他抖開睡袋，打開拉鍊，要泰瑞絲爬進去裡面。然後他把手電筒給她，連同麵包和魚子醬。

「好，小妹，」他說：「妳闖了大禍，我想我們收拾不了殘局，所以，妳待在這裡好嗎？我會盡快回來，妳明白我的話吧？」

泰瑞絲激烈搖頭，焦慮地左右張望被冷杉圍起來的漆黑空地。「不要走。」

「我必須走，」傑瑞說：「不走的話，我們會很慘……如果我不走，大人會來抓走我們兩個。我必須回屋子騙他們，非得這樣不可。」

泰瑞絲雙手抱膝，縮成一團。傑瑞蹲下來，想和她四目相交，但她始終迴避他的眼睛。他拿起手電筒照她，她在發抖，彷彿冷得不得了。

到頭來必定如此。

他不明白的是，這麼多年來，他怎麼會把整件事看得這麼正常。他怎麼會接受父母把一個女孩藏在地下室，藏了十三年，現在這女孩十三歲，卻對世界一無所知。為什麼這件事會變得如此自然？

現在，他咎由自取。他即將把一個發抖的女孩獨自丟在樹林，而家裡頭，父母又被剁成碎塊。他本來可以阻止今天這種狀況，然而，現在他得繼續下去，因為他別無選擇。他起身，泰瑞絲抓住他的褲腳。

「對不起，」他說：「我非走不可，不然他們會來抓我們。兩個都抓。我會盡快回來的。」他指著睡袋，「要保持暖和。」

泰瑞絲喃喃地說：「大人很危險，你會死。」

傑瑞忍俊不禁。「我沒事，我會回來的。」他不敢多耽擱，沒有道別就轉身離去，拋下獨自在林間空地的泰瑞絲。

在他身後，泰瑞絲遞出斧頭，彷彿想把斧頭給他當成防身之用，但傑瑞已經消失在黑暗中。打從十三年前在森林裡被發現，這是女孩第一次獨留在遼闊的曠野。

◆

他回屋子五分鐘後才打電話報警。他把這五分鐘拿來做他還沒時間做的事：哀悼。他低垂著頭，站在玄關中央，一動也不動，感覺胃糾結成一團。他任憑胃裡的那團東西越來越大，品嘗它的顏色和重量。

他站在童年時期的玄關中央，一直以來他都在這個玄關脫鞋，脫掉的鞋子一雙大過一雙。廚房傳來食物香味或者烘焙的麵包氣味。開心或難過。從托兒所或學校返家。永遠不再了。永遠不會發生在這屋子裡，不會再和爸媽有關。

胃裡的那團東西升起又落下，他給自己五分鐘和這一切說再見。他靜靜站在那裡，沒掉淚。五分鐘後，他去廚房打了緊急報案專線，說他一回家就發現父母慘遭殺害。報案時的聲音連他自己都認不得。

接著，他坐在廚房的椅子上，一邊等警察，一邊想著該有什麼樣的行為舉止才恰當。陳述並不難：他發現他們倒臥在地下室的地板，就這樣，其他一無所知。他嚇壞了，大概二十分鐘後才打電話報警。

嘴裡冒出的陌生聲音讓他很擔心。他該怎麼說話？該怎麼表現？他心想，或許這種事沒有既定的模式，想到這裡他才平靜下來。對泰利耶市的警方來說，雙屍命案不是家常便飯，所以他們也無從比較起，無從判斷他的行為可疑與否。

然而，他還是從椅子上起身，走到外頭等著。正常的人應該不會坐在雙親被謀殺的屋子裡吧。

會嗎？

他不曉得，只希望正在趕來的那些人也不知道。

如他所料，他立刻變成嫌疑犯，被帶去拘留起來。警方偵訊他，詳加訊問他發現雙親時的種種細節，以及當天的行蹤。

他以為幾小時後就會被釋放，沒想到並非如此。法醫必須相驗屍體，他所提供的每項資訊都必須加以驗證。傑瑞當晚在牢房的雙層床上度過，哀慟父母慘死，擔心泰瑞絲，雙重折磨讓他徹夜未眠。

半夜他被叫起來進一步偵訊，因為他們發現地下室有人居住的跡象。衣物、嬰兒食品罐頭、湯匙上留有最近的食物殘跡。他對這些事情了解多少？他一無所知。他不常回父母家，不曉得他們都做些什麼。

由於他早預料會有這番質問，加上很可能已在那裡留下指紋，所以他承認去過他的舊房間幾次，但沒發現那裡有人居住的跡象，沒有任何異狀。對他來說，這是頭一遭聽到，簡直是個謎團。他們認為是誰住在那裡呢？

他被送回牢房後，繼續挖著床墊裡的泡棉，打發漫漫長夜，天快亮時，他被釋放，但警方啥個理由也沒給，只要求他別到外地，要留在泰利耶市地區。

◆

坐了公車後搭一小段便車，他終於回到父母家的花園。從外頭看去沒事發生，但大門圍上了藍白色的帶狀封鎖線。傑瑞回頭張望，確定沒人跟蹤。他總覺得有人跟在他的身後。這很可能是他過於疲憊的腦袋所幻想出來的幽魂。

他不敢相信自己這麼容易就過關。他猜想，警方應該查過了他的不在場證明，確定他不可能是兇手，不過他掌握很多該提供的有用資訊。他心想，他們會再回來逼他說的。

他跨上摩托車，發動引擎，騎上碎石小路，這條路會從另一個方向通到林間空地。儘管心裡戰戰兢兢，他仍決定豁出去，不鳥他們了，他們自己想辦法吧。現在唯一重要的是泰瑞絲。

他不曉得為何有這種感覺。他厭惡人。晚上偵訊他的那些條子全都是渾帳，沒一個例外。和他們打交道的唯一樂趣，就是可以把他們耍得團團轉。他悲傷哀悼的並不是父母，而是他的童年。他沒有朋友了，除了泰瑞絲。

泰瑞絲？

不，他無法理解怎麼會這樣，他只知道他必須這麼做。她是唯一不會讓他有一絲憎恨或不屑的人。或許理由就是這麼簡單。

他把摩托車靠在樹幹上，等了五分鐘，確定沒人跟蹤，才走往林間空地。

他花了半個多小時才找到那裡，因為這次是從另一個方向進入。眼前情景果然是他最害怕的：什麼都沒有。空地上沒人，只有乾枯落葉，滿地散落，或被風吹成一堆堆。他揉揉眼睛。

到底發生了什麼事？

樹林不大，泰瑞絲遲早會走到小路，到時候會有人看見她，那人會……他實在不敢想像接下來會發生的一連串後果。現在，只有一件事非常確定：他們慘了，死定了。

傑瑞左右張望，瞥見樹林邊緣有個藍色的東西。是那條還沒打開的魚子醬，就在兩公尺外的樹叢間。旁邊是那袋切片吐司，也沒打開。只有睡袋和手電筒不見，大概被她帶走了。

不消多久，他就會發現情況很糟，可是這會兒，他身處樹林中央的寂靜空地，沒被渾帳訊問他，也沒人指控他。他拿了麵包和魚子醬，坐在空地中央，在麵包上擠出一大坨，然後用力放上另一片麵包，大口咬下去。

他閉上眼咀嚼。在牢裡蹲了一夜，現在渾身無力，就算嚥下一團黏稠物，照樣於事無補。他想像自己坐在這裡，腐化分解，變成一攤不成形的糊狀物——這的確是他此刻的感覺——在闃寂靜默中和大自然融為一體。

他開始打嗝，吃得太快了。

不停打嗝，他怎麼也停不了。接著是啜泣，和打嗝爭相較勁，讓坐著的他抽搐不已，讓他無法靜靜和泥土融為一體。他把頭擱在雙膝間。接著決心放手一搏，仰頭大喊。「泰瑞絲！泰、瑞、絲！」

呼喊止住了啜泣和打嗝，他聆聽回應，但不抱希望。沒應聲。然後，兩公尺外的地面上，落葉堆傳來窸窣聲響。他張著嘴，看見一隻手伸出地面，此時疲憊的腦袋唯一想到的是殭屍電影的海報，他本能地踉蹌往後退了半公尺。

接著，腦細胞適時連結、開始運轉。他往前爬，想把泰瑞絲拉出來。她不只以落葉覆蓋住自己，還用斧頭給自己挖了個洞，爬進去，裹在睡袋中，然後把泥土和落葉撥到自己身上，藏匿起來。

傑瑞用雙手不停挖土，終於見到妹妹躺在藍色的袋繭裡。他心想，萬一他被關在拘留所一個禮拜，她要怎麼辦？是不是會一直躲在洞裡？很有可能。他拉開睡袋的拉鍊，幫助她爬出來。她仍緊緊握著斧頭。

「妳實在很扯，太扯了。」他說。

泰瑞絲小心翼翼地左右張望，打量周圍樹木，彷彿怕它們會隨時發動攻擊，然後她問道：「大人走了？」

「對，」傑瑞說：「他們走了，全離開了。」

2

接下來幾週，傑瑞提心吊膽，就怕警方會來搜索屋子。他不曉得他們會怎麼處理這種案子，不過根據電視影集，搜索屋子是必然發生的情節。如果警察來敲門，想搜查他的住處，他們就毀了。這裡根本沒地方藏泰瑞絲。

可是沒人敲門或按門鈴。他們只是又把傑瑞叫去問了一些事情。他回家時，泰瑞絲仍在屋內，整間公寓原封不動。或許壓根兒不像電視演的那樣。

很多傑瑞不曾見過的人來參加藍納特和萊拉的葬禮，個個好奇狐疑，這全拜媒體報導之賜。「瑞典有史以來最凶殘的命案」，藍納特和萊拉真該看看標題。他們終於以榜首姿態畫下人生句點。

直到葬禮結束，傑瑞才開始面對現實，整理思緒，努力釐清眼前處境。到目前為止，他的整個心思仍放在命案上，經常一整天坐到電腦前好幾次，搜尋與他父母有關的新聞或評論。

泰瑞絲不吵不鬧。每次他想問她為什麼做出這樣的事，她總是拒絕開口，但她似乎了解她做的事情傷害了傑瑞，搞不好還因此覺得羞愧。

傑瑞搞不清楚她腦袋裡在想些什麼，所以對她懷著恐懼之心。他把所有刀子、工具和尖銳物品放在能上鎖的櫥櫃裡。晚上他替她在客廳的沙發上鋪床，然後用門鎖把大門鎖上兩道，免得她跑出去。他還會把自己的房門上鎖。他很難入睡，因為怕她會趁著他睡著無防備時，跑進他的房間。她是他的妹妹，但對他來說，也全然是個陌生人。

她不曾提出任何要求，事實上她幾乎不開口。她多半坐在桌前，漫無目標地敲打電腦鍵盤，或者望著牆壁發呆。照顧倉鼠或許還比照顧她更麻煩——更麻煩，但不用那麼擔憂。倉鼠沒能耐在毫無預警的情況下忽然變成野獅。

泰瑞絲只在一件事上給他製造麻煩，那就是食物。她拒絕吃嬰兒食品罐頭以外的東西。這要求原本不打緊，問題就出在泰利耶市每個人都知道他的雙親被謀殺。或許是出於自己的想像，但傑瑞總覺得不管走到哪裡，大家都盯著他瞧。

他不敢去當地超市，不敢在結帳櫃檯的輸送帶放上三十罐嬰兒食品。此舉肯定會啟人疑竇，讓人開始聯想。所以他只好這裡買個兩罐，那裡買個三罐，但泰瑞絲一天起碼要吃十罐，這種分散購買法實在太耗費時間。

他曾想過在網路上大量購買，但隨即放棄這個主意。他的名字隨處可聞。購物網的帳戶上掛著一百罐嬰兒食品，收件人地址上寫著他的名字，都足以引人側目。

他想辦法讓泰瑞絲吃別的食物，努力跟她解釋他的困難，全都沒用。他沒去買嬰兒食品，想看看會發生什麼事，沒想到她完全不吃。他以為飢餓最終會讓她接受現實，沒想到過了四天她依舊不進食，即便臉上開始出現飢餓的神色。他被迫屈服，跑到大老遠外的地方購買調製成濃湯的砂鍋雞和肉丸子。

在這過程當中，傑瑞一度很沮喪。門必須鎖得緊緊的，長途跋涉買食物，時時提心吊膽。泰瑞絲什麼都沒說，什麼都沒做，就主宰了他的生活。*他幹麼蹚這渾水？*

他知道自己遲早要交出她，比方說，神不知鬼不覺地在青少年精神病院的階梯上丟下一只大籃子，這樣一來，他又能自由地過自己的生活，不必恐懼，也不再焦慮。

然而在這當下，得先解決食物的問題。傑瑞採取他唯一能想到的辦法，打了電話給當初提供他私菸的殷蓋瑪。自從被深度男孩那幫人教訓過，不再做私菸生意，兩人就沒聯絡了。傑瑞在電話中問殷蓋瑪，他是不是有辦法弄到任何東西，殷蓋瑪立刻表現得躍躍欲試。

「只要不是毒品……靠。你要什麼？」

「嬰兒食品。你能弄到嬰兒食品嗎？」

殷蓋瑪很自傲的一點是，他這人很上道，對於客戶請他提供的貨品，他從不多問，不過這次從電話那頭的沉默看來，這原則顯然正受到嚴厲考驗。幸好最後他只說：

「你是指裝在玻璃罐裡的那種東西？燉肉之類的噁爛食物？」

「對。」

「要多少？」

「大概一百罐。」

「一百罐？拿這種東西我賺不了多少，你知道的。」

「我用零售價跟你買。一罐十一克朗。」

「十二。」

成交。傑瑞掛上電話，整個人如釋重負。他決定了，等這一百罐吃完，他就把泰瑞絲交出去。一百這個數字很漂亮，而且是偶數，感覺起來挺自然。大概再兩個禮拜。

殷蓋瑪帶著嬰兒食品出現，傑瑞付錢，他問傑瑞是否還需要更多，傑瑞說不需要。傑瑞自己把兩箱嬰兒食品扛入屋內。標籤寫的是某種東歐地區的語言，罐子內裝的應該是燉肉之類的東西。反正泰瑞絲不在乎，她只會機械式地把食物一匙一匙舀入口中，帶著每次進食時慣有的專注表情，臉上從不見喜悅。

由於鍵盤是少數能引起她興趣的東西，所以傑瑞開始教她使用網路。那晚，兩人肩併肩坐在電腦前，傑瑞教她如何進入各網站和討論區，如何申請 email 帳號，兩人共度了愉快的短暫時光。或許是因為他設定了這段關係的終止日期，所以感覺比較輕鬆。

那晚，泰瑞絲病了。傑瑞躺在床上準備睡覺，卻聽見客廳傳來悠悠的呻吟。他遲疑了一下才起身，打開臥房的門鎖，如同往常保持警戒，提防泰瑞絲忽然性情大變。

其實他不需要擔心，因為泰瑞絲的狀況傷害不了任何人。裡面臭氣沖天。傑瑞打開燈，看見泰瑞絲癱在沙發上，臉色發青。她吐了滿地，一隻手無力地揮動。

「怎麼回事，小妹……」

傑瑞抓了衣服和拖把清理地面，並拿了個桶子讓泰瑞絲吐在裡面。準備回房時，泰瑞絲在他的身後虛弱呻吟。他停步，嘆了口氣，坐在扶手椅上。在那裡坐了半晌後，忽然想到一件事。

他拿起一罐嬰兒食品，扭開蓋子，聞聞內容物，忍不住皺起鼻子。雖說嬰兒食品本來就難聞，但拜託，不該是這種味道吧？腐敗肉味底下有一種……丙酮的氣味。令人窒息的發酵臭味。他轉動罐子，尋找保存期限，發現日期被磨得難以辨認。

她的胃痙攣，發出作嘔的聲音，整個人痛苦扭曲，滿臉是汗，脣間滲出一滴深綠色的膽汁，流淌到下巴。頭癱垂在沙發邊緣。

傑瑞跑進廚房，抓了毛巾和一碗水。他擦擦泰瑞絲的臉，用冰水沾沾她的額頭。她的皮膚發燙，雙眼像大理石發亮。她在顫抖，一種新的恐懼爬上傑瑞的心頭。

「聽著，小妹，妳不能生病，妳不能病倒，聽見了嗎？」

他不能帶她去醫院。她沒有病歷、身分證或任何證明文件，要帶她去醫院，乾脆直接把她送到警察局算了。當然，他可以直接把她扔在醫院，一走了之，但一定會有人看見他。況且，她現在病成這樣，不可能坐在摩托車後座，這樣的話，他要怎麼……

泰瑞絲的透明目光聚焦在他身上，喃喃地說：「傑瑞……」話還沒說完，身體又因一陣陣痙攣而抽搐，細瘦雙腿間的溼被單被擰得扭曲。傑瑞摸摸她的頭，說：「沒事，小妹，沒事的，妳只是有一點胃痛，沒什麼大不了的。」或許他說這些話是要安慰他自己。

他倒了一杯水給她喝，但五分鐘後全吐出來。他把溼透發臭的寢具全換掉，只是兩小時後新寢具一樣溼答答。他給她吃解熱鎮痛的藥丸，但一吞下馬上吐出來。他焦急地咬著指甲，指尖發疼，六神無主。

將近六點鐘，晨光映入窗扉，照著癱在扶手椅上精疲力竭的傑瑞。他茫然地望著在沙發上蜷縮成問號模樣的泰瑞絲嶙峋的身軀。她的呼吸淺急，不規律，聲音微弱到傑瑞幾乎聽不見。「小東西壞，害他們死掉。媽媽和爸爸。小東西快死了，這樣很好。」

傑瑞坐起身，拿著整晚已換水數次的溼手巾擦眼睛，然後靠向泰瑞絲。「別這樣說，妳殺死他們不是因為妳壞。我不知道妳為什麼這麼做，但我知道這不是因為妳壞。為什麼妳要說自己壞？」

「你難過，因為媽媽和爸爸死了。小東西壞。」

傑瑞清清喉嚨，改以更堅定的語氣說：「好了，別再叫妳自己小東西，別說妳壞，也不要叫他們媽媽和爸爸。夠了。」

泰瑞絲再次凝視著空無，接著又說：「小東西快死了。」傑瑞怒火中燒，一手按在她的頭頂，伸出拇指和中指掐緊她的兩側太陽穴。

「閉嘴！」他說：「要說就說『我』快死了！可是妳不會死，想都別想，我會照顧妳，如果妳死掉，我要殺死妳。」

泰瑞絲皺眉，做出他不曾見過的反應。她微笑。「你不可能這麼做。人死了就死了，不能再被殺死。」

傑瑞翻翻白眼，「這是玩笑話，笨蛋。」

輕鬆氣氛逐漸瀰漫開，可是在泰瑞絲又開口時戛然而止。「媽和爸死了。然後，小東西得到他們。」

雖然此刻的泰瑞絲顯然無攻擊能力，傑瑞還是微微遠離。「妳到底在說什麼？得到他們是什麼意思？還有，別再叫自己小東西。」

「我得到他們。他們現在是我的。」

「他們不是妳的！他們甚至不是妳的父母，不准妳再這麼說。」

泰瑞絲闔上眼，也閉上嘴，翻身側躺，背對著傑瑞，呼吸時小胸膛不規律起伏。傑瑞往後坐，靠著椅背，聽著她呼吸。他試著入睡，但就是睡不著。他挑明了問：「妳為什麼要這麼做？」她沒回答。

可能因為睡眠不足，加上被困在屋內，整個早上傑瑞越來越煩躁。他老早就知道泰瑞絲很不對勁，不對勁到幾乎可以不用為自己的行為負責。然而，一想到她做的事，他還是無法接受她這麼麻木不仁。我得到他們。

如果是拿獵槍殺死兩隻鴨子，裝入袋子裡，這種反應還算正常，可是她殺死的那兩人剛好是傑瑞的父母，不管平常他對他們有何不滿。我得到他們。

經過一夜折磨，泰瑞絲似乎好多了。她依舊臉色蒼白，一口水都嚥不下，但起碼現在已能靠著幾個枕頭的支撐，在沙發坐起身，翻閱著傑瑞小時候閱讀的小熊維尼圖畫書。迷惘茫然的傑瑞心想，她怎能毫無羞愧地坐在那裡，一副沾沾自喜的模樣。我得到他們。

傑瑞雙臂交叉抱胸，站在櫃子旁——裡頭裝滿他收藏的影片——而泰瑞絲則專注翻閱那些色彩繽紛的圖畫，毫不在乎自己惹出什麼麻煩和悲劇。他沒多想，直接拿出《食人族大屠殺》，故意以開心的語氣問她。「我們來看影片吧？」

泰瑞絲繼續看著書本，連頭都沒抬，問他：「什麼是影片？」

妳看了就知道，傑瑞心想，把影片塞入放映機中。此刻，若他有任何念頭，那一定是在思索該說些什麼好讓泰瑞絲了解，殺人不是唱童謠，也不是「我得到他們」，而是令人難受的可怕事情。

影片開始。尖叫、眼淚，虐殺，大卸八塊，挖出內臟，血液噴濺。傑瑞發現，父母的事讓他變得比以前敏感，現在，他無法再從這些畫面獲得任何樂趣。他偶爾瞄向泰瑞絲，她坐在沙發上觀賞血淋淋的畫面，臉上毫無表情。

影片結束，他問她：「妳覺得如何？很多人死掉，對吧？很可怕。」

泰瑞絲搖搖頭，「他們沒真的死。」

傑瑞一直認為《食人族大屠殺》是比較具可看性的血腥電影，看起來很真實。加上泰瑞絲對影片毫無概念，所以他在想，在她的眼裡，這應該是一部純紀錄片，而這正好符合他的目的，即使他也不是很清楚自己有何目的。

「什麼意思？」他說，追根究柢。「他們當然都死了，妳親眼看見了，不是嗎？我的意思是，他們被剁成了好幾塊。」

「對，」泰瑞絲說：「可是他們沒死。」

「妳怎麼知道？」

「沒有煙。」

傑瑞預想了很多方式，準備應付泰瑞絲可能的回應，以便最後能讓她了解殺人這種事。然而，她這種反應讓他摸不著頭緒，所以他只能說：「什麼？」

「當他們把頭砸碎時，沒有煙。」

「妳在說什麼？本來就不會有煙。」

「有，會有一點煙，紅色的煙。」

泰瑞絲臉上的表情就跟之前傑瑞說「如果妳死掉，我要殺死妳」時一樣，是一種被逗樂的狐疑表情，彷彿她知道傑瑞是逗著她玩，而且等一下他就會承認。隨後，他恍然大悟，知道她在說什麼。

「妳是說血。」他說：「從頭到尾會有很多血。」

「不是，」泰瑞絲說：「不要再說了，傑瑞，你明明知道的。」

「不，我不知道。我沒殺過人，所以我不知道。」

「你為什麼從沒殺過人？」

傑瑞不曉得他預期泰瑞絲看完這部影片會有什麼反應。哭泣？尖叫？拒看？沉迷其中？提出很多問題？不管怎樣，她現在的反應都不在他的預期之內。他以譏諷的語氣說：「我不知道，大概還沒有機會吧。」

泰瑞絲點點頭，表情很嚴肅，口吻彷彿在對智能有點不足的小朋友解釋事情。「血是後來才出現，一開始是煙，只有一點點，紅色的。出現一下子後會消失，你看不見，可是一開始真的會見到一點點。我在想，那就是愛。」

她說話的方式很特別。單調得像在播報股票價格，讓人昏昏欲睡。她一一點出毋庸置疑的枯燥事實，傑瑞聽著聽著，竟開始相信她說的是實話。一分鐘左右的靜默後咒語打破。傑瑞看著泰瑞絲，她的髮際冒出汗珠。他拍拍枕頭，甩甩毯子，要她躺下來休息。她躺下後，他趴在沙發邊緣。「小妹，」他說：「我之前問過妳，但我現在要再問妳一次。假設真的如妳所說，人死掉的時候會冒煙，我的腦袋裡也有那種東西，妳會想把它拿出來嗎？」

泰瑞絲搖搖頭，傑瑞很自然地追問下去。「為什麼不？」

泰瑞絲的眼神已經渙散，眨眼數次，但傑瑞不肯讓她睡，硬要她給答案。他輕輕搖晃她的肩膀，她終於說了。「我不知道。我的腦袋說，住手。」

她閉起眼睛，傑瑞對這答案不滿意，但也只能接受。他回房躺下，希望能睡著，把腦袋裡那些亂七八糟的畫面和念頭給睡掉，無奈睡意遲遲不來。半小時後他起身，沖沖冷水澡，出去買一些嬰兒專用的米飯。

她總得吃點東西。

◆

在樓梯間，他巧遇鄰居赫斯費特。這位大叔一身乾淨整齊，跟他那張嗜飲杯中物的臉龐形成強烈對比。在水泥反射的刺眼晨光中，他瞇眼看著傑瑞問：「有人搬進來跟你一起住嗎？」

傑瑞胃裡一陣冰冷。「沒有，怎麼這麼問？」

「我聽到聲音啊。」赫斯費特說：「在這棟建築物裡，什麼都聽得一清二楚。我聽見有人吐得跟病牛一樣，那聲音顯然不是你。」

「是朋友——她不太舒服，所以我讓她和我住幾天。」

「你人真好。」赫斯費特的語氣分明不相信傑瑞的話。他拉拉頭上那頂優雅到誇張的帽子，說：「對了，關於你父母的事，請節哀順變。那真是可怕。」

「謝謝。」傑瑞說完，疾步下樓。走了兩層後他抬起頭，從樓梯平臺之間的縫隙看見赫斯費特的一小角外套在他家門口逗留，好像正站在那裡聆聽裡頭的動靜。

傑瑞放棄去大超市的念頭，迅速走向當地商店。他不能把泰瑞絲丟在家裡太久。萬一她醒來，做了些什麼，剛好那該死的赫斯費特從郵孔偷窺，該怎麼辦？為什麼就是有人喜歡多管閒事？

他原本打算買普通的嬰兒米飯，可是賣完了，只好買有機米飯，一歲以上專用。他把盒裝的米飯放在櫃檯的輸送帶時，結帳小姐對他露出怪異笑容。他見過她幾次，她也是，所以她一定知道他是誰。若不是剛剛遇到赫斯費特，他一定不會這麼疑神疑鬼，可是現在，當他提著裝有嬰兒米飯的塑膠袋疾步走回家，卻覺得自己成了一頭被追捕的獵物。

泰瑞絲還在睡，傑瑞噗通坐在扶手椅上，調整呼吸。她醒來時，他把電視的聲音開得很大，淹沒她製造出來的任何可疑聲響。他情不自禁數次走到窗邊，往下探看街道。

那一天就在第四頻道的老影集和廣告中度過。泰瑞絲躺在沙發上，以遲鈍的眼神看著電視上的一切。他餵了她兩湯匙的嬰兒米飯，然後坐在椅子上，抱著雙膝，焦急地等著她再次嘔出不怎麼樣的營養補給。她沒吐，他因此欣喜若狂，又試圖餵她更多米飯，但她不吃了。不過，起碼沒把之前的吐出來。

赫斯費特和結帳小姐的狐疑表情讓他不得不正視眼前的狀況。他不能繼續悠哉假裝沒事。然而，不幸的是，傑瑞又累到思索不出任何辦法。他偶爾餵個幾湯匙的嬰兒米飯到泰瑞絲嘴裡，見她吞下去就很高興，還幫她擦拭汗涔涔的額頭。當她被三不五時的痙攣給折磨，他就坐在一旁陪伴她。

對傑瑞來說，坐困在他們的小泡泡中讓他產生兩種強烈感覺。第一是幽閉恐懼症。屋子變得比以前狹窄，四周牆壁迫近他，牆外則有一雙雙窺探的眼睛。他整個人往內縮，縮成只剩單一功能的機器：照顧泰瑞絲，餵她吃東西。

然而，還有另一種強烈感覺中和了幽閉恐懼症，那就是照顧別人的喜悅。當他把湯匙送到她唇邊，他會用手撐著泰瑞絲的頭，看著她嚥下食物，這時會有一種很深沉的滿足感。當他以溼涼毛巾擦拭她發燙的臉，見到她舒服地吁嘆，他的胸膛就湧起一股暖流。

或許這不是什麼美麗動人的畫面，或許，這是權力感作祟，因為她完全依賴著他。從不曾有人必須仰賴他才能活下去，但現在，泰瑞絲肯定就是這個人。她的存在沒人知曉，他大可以拿枕頭壓住她的臉，把她悶死，沒人會說半句話。

但他有沒有這麼做？沒有，傑瑞不會這麼做。他餵她吃嬰兒米飯，替她將毛巾打溼、更換被單，陪伴她、照顧她。他對她的支配權大到甚至不需要行使這權力。偶一為之，就讓傑瑞成了大好人。《偶像新秀》節目八點上演。有個女孩站上舞臺，開始以誇張又悽楚的表情鬼吼鬼叫，「我們不是幾乎要擁有全部了嗎～」躺在沙發的泰瑞絲以微弱的聲音跟著唱和。傑瑞眼眶溼潤，儘管螢幕上的女孩讓他不忍卒睹。

「哇靠，小妹，」他說：「妳唱得比她好多了。妳若開口，他們肯定沒得混。」

當夜稍晚，泰瑞絲的病況急轉直下，痙攣更加頻繁，傑瑞一量體溫，高達四十點三度。到了午夜，她虛弱到甚至無法抬起頭來嘔吐，所以傑瑞只得坐在旁邊看著她，拿著毛巾等在一旁。若非恐懼讓他保持警醒，他恐怕已累得昏過去。

他把床墊拖到客廳，躺在她旁邊的地板。鄰居赫斯費特會不會叫警察，或者結帳小姐是不是躲在樹叢裡監視他，這些都不再重要，他現在只希望泰瑞絲不會死。他從沒見過有誰病得這麼重。如果殷蓋瑪出現在泰利耶市，傑瑞絕對要他好看。

他才打盹了一下，就聽見泰瑞絲以微弱的聲音說：「廁所。」

他扶著她到浴室，坐在她前方，雙手抓住她肩膀，免得她摔下馬桶。她的身體燙到他掌心全是汗。真難想像這麼小的身軀竟能產生這樣的熱度。她低垂著頭，忽然放出最後一絲力量，整個人癱軟下來。

「小妹？小妹？泰瑞絲！」

他抬起她的頭，她已翻了白眼，動也不動的嘴唇淌下一滴唾涎。他把耳朵靠近她的嘴巴，聽見微弱的呼吸聲，還有一陣有如沙漠吹來的熱氣襲向他耳朵。他將她拉起，扶回沙發，以冷水打溼毛巾，擦拭她的身體，然後躺在她身邊，握住她的手。

「小妹？小妹？拜託，不要死。我不會把妳交出去，我會照顧妳，妳聽見了嗎？我會想辦法的，妳千萬別死，聽見了嗎？」

傑瑞蜷縮在床墊抓住她的手不放。他躺在那裡，就著昏暗光線直盯著她的嘴，因為她全身上下只有那雙唇偶爾會動一動，顯示她仍活著。傑瑞凝視著那雙唇，頓悟了他老早以前就該明白的事：別死。我只有妳了。

約莫過了五分鐘，搞不好一小時，他可能是睡著做夢，或者真的目睹了眼前所見。若是做夢，那他大概夢到了自己躺在床墊，手握著泰瑞絲溫暖但無生命跡象的手，忽然她的嘴巴張開了幾公分。一開始他很高興，因為這是兩、三個小時來最清楚的生命跡象。接著，他看見她的唇間冒出細緻的紅色水霧。

他驚恐得胸口如被釘穿入，瞬間躍身而起。他疲憊又害怕，幾乎要崩潰，但還是抓著溼毛巾摀住她嘴巴，阻止紅色水霧噴出來。他把毛巾壓在她唇上，激動地猛搖頭。

不會這樣，不會發生這種事，不會這樣。

幾秒鐘後，他以為會見到紅色水霧滲出毛巾，但沒如他預期。他把毛巾抽開，耳朵貼近她的嘴，聽不見也感覺不到任何事物。他的雙手猛捶自己的太陽穴，捶到後腦杓好似迴盪著鏗鏗作響的銅鈴聲。

我殺了她，我殺死她，我把她悶死了。

泰瑞絲睜開眼，傑瑞放聲尖叫，踉蹌地往後退，茶几被他一撞倒在地上砸碎。她朝著他伸出手，傑瑞深呼吸兩次，平撫情緒，然後伸手握住她的手，低聲說：「我剛剛以為妳死了。」

泰瑞絲閉上眼，說：「我是死了，但活了過來。」

有人敲牆壁。鄰居赫斯費特被吵醒了。

到了晚上，泰瑞絲開始退燒，翌日清晨，體溫已降到三十八度。她能喝水了，甚至吃了一些冰箱裡剩下的杏仁泥。她坐在床上，試著自己握住湯匙。傑瑞睡了兩個小時左右，整個人輕鬆到必須以某種方式來表現這種感覺。他撫摸她的臉頰，而她沒看著他，也沒露出一絲微笑，但起碼沒把頭撇開。

約莫一小時後，傑瑞坐在電腦前搜尋租屋網站。

3

透過 email 和電話往返了兩天後，傑瑞詳細交代泰瑞絲她可以做和不能做的事，然後出發前往斯德哥爾摩，去看那間位於斯韋德米拉區的公寓。

據說這房子有三個房間，大約二十七坪，地處靜謐之區，加上屋內很多陽臺外推，且加裝了玻璃窗，所以安靜到在陽臺上掉一根針，肯定聽得清清楚楚。

傑瑞拖著腳步，緩緩走出地鐵站，想感受一下這區域的氛圍。這裡感覺……沒落了。以前應該是繁榮熱鬧。那些戴著無邊便帽的小夥子在三層樓的磚造建物跑上跑下時，應該自覺新潮，但這些都成了往事，現在的年輕小夥子大概都把無邊帽晾了起來，愉快地跟貓咪和電視混在一起。

傑瑞瀏覽了不同區域的討論網頁，發現不同的網友——應該是年紀較長的人——數次提到同一件事：在樓梯跑上跑下。他們抱怨老是有人在樓梯跑來跑去。傑瑞直覺認為，斯韋德米拉的這間公寓應該不會有人一天到晚在樓梯跑上跑下。事實擺在眼前，毋需多言。

那間房子在頂樓，普普通通，沒什麼好讓人驚豔。兩間臥房的對外窗戶都可看到松樹，一間大浴室裡有洗衣機，此外還有客廳和飯廳。合約載明租金十四萬克朗，地下房仲經紀人還信誓旦旦地說，上一個想透過合法管道租房子的人足足等了十二年。

這幾年來，傑瑞接觸過的輕重罪犯若排成一列讓人指認，大概很容易可挑出來，然而，這個房仲看起來聰明又值得信賴，所以傑瑞開始懷疑他怎麼會當地下仲介。他分明西裝筆挺，頭髮整齊，還有一口迷人白牙。

傑瑞心想，如果這個仲介是一個穿著運動服、戴著金鍊條的小太保，他搞不好還比較容易交出身上那筆預備當訂金的五萬克朗，雖然恐怕不會太甘願。然而，現在遇上這個秀才，他頂多只願意拿出兩萬五千克朗。仲介開始說起有人租屋時被假仲介所騙，所以一定要簽訂書面合約之類，然而傑瑞堅守立場，毫不退讓。

他又繞著屋子走一圈，這時仲介在一旁，越來越不耐煩地繼續吹捧這房子有多好。傑瑞盤算電腦桌可以擺在寬頻插座旁，床鋪可以擺那兒，又有哪間臥房可以給泰瑞絲用，其實他挺中意這裡。仲介說，除非傑瑞先付四萬以上的訂金，他才願意做這筆交易，傑瑞則說，他頂多只付兩萬五千克朗，不過，只要順利住進這房子，他願意比目前的總額多付一萬。也就是十五萬克朗。

於是，一張兩萬五千克朗的支票過手，兩人握手敲定這筆交易。

傑瑞搭乘地鐵，換巴士回到泰利耶市，很高興此行順利。如果被騙，也不會是世界末日。他的衣服內袋裡還好好地藏著三十萬克朗。

但他沒被騙。一個星期後他拿到鑰匙，簽了合約，付清剩下的租金。接下來他將和「女兒」搬進這新房子。他對外這麼宣稱。

搬家這事頗讓他傷腦筋。傑瑞的東西不多，但有幾樣東西沒法靠自己扛下樓。床、沙發、書架，以及其他。他找不到幫手，雖然泰瑞絲可以幫忙抬另一邊，但他可不敢讓她就這樣出現在泰利耶市。

看來只能請搬家公司了。

搬家那天，他向泰瑞絲解釋會有兩個人來家裡，幫他們把東西搬到斯德哥爾摩。她很害怕，環視屋內想找地方躲藏，傑瑞把她哄進浴室，她把自己反鎖在裡面。

十五分鐘後，門鈴響起。門外站著兩個年輕小夥子，魁梧的身材讓傑瑞當場相形見絀。這時他恍然大悟，難怪搬家公司要取這個名字——「雙子搬家」。在他眼前矗立著兩個年輕人，人高馬大、年約二十五、長相一模一樣。傑瑞和這兩個起碼兩百公分的壯漢握手打招呼，他的手瞬間被對方的巨掌所吞沒。

兩人沒一會兒工夫就搬空了臥房和廚房。傑瑞很快發現，當這對兄弟以家具和紙箱當道具，聯手跳起流暢的交際舞，他擋在那兒只會礙事。他唯一堅持自己搬的東西是電腦，因為最近才將這臺麥金塔升級到最新版本，他可不想見到裝著電腦的箱子被壓扁。

偌大的搬家卡車只裝了三分之一滿。傑瑞小心翼翼地將裝有電腦的箱子放在書架旁，並確定它安全無虞，這時只剩下客廳的沙發還沒搬。這對孿生兄弟雙臂抱胸，站在那兒看他謹慎地放好電腦，對他露出「好，好，你高興就好」的微笑。傑瑞跟著他們上樓。抵達他那一層樓，他聽見關門聲，應該是赫斯費特。這好管閒事的傢伙撐到最後一刻，終於忍不住探頭看個究竟。

麥特（還是麥汀？）站在門口，說：「哈囉？」這時傑瑞剛好趕上。他站在孿生兄弟背後，從他們之間的縫隙看見泰瑞絲不知為何從浴室跑出來，站在玄關，雙手握拳放在身側，睜大眼睛望著他們。

大人。傑瑞想到這個辭彙。萬一泰瑞絲對於大人這個概念有奇怪的想法，這對兄弟站在她眼前恐怕不怎麼妙。

傑瑞冷靜地說：「是我女兒，她有點……不一樣。」

泰瑞絲開始慢慢地後退，進入客廳，彷彿要證明他所言不假。攣生兄弟興高采烈地靠近她，她雙手舉高在胸前，彷彿要保護自己，同時繼續往後退。

「泰瑞絲，」傑瑞說，他被這對兄弟的巨大背部擋住，無法過去泰瑞絲那頭，「泰瑞絲，他們不危險，他們是來幫忙的。」

泰瑞絲進入幾乎空盪的客廳，對陽臺門瞥以驚恐的一眼，霎時，傑瑞還以為她就要衝出去了。「泰瑞絲，這名字好可愛。」攣生兄弟之一開口，轉移她的注意力，這時另一人衝到陽臺門，擋住這條逃脫路線。但她沒試圖跑出陽臺門，反而像個小小孩跳上沙發，用毯子蓋住頭。

麥特和麥汀互看一眼，咧嘴一笑，說：「好，小朋友，我們要走了喔。」傑瑞來不及阻止，他們就一人抬起沙發一邊。傑瑞想不出更好的主意，只好先衝到樓梯平臺，用身子擋住，免得隔壁的赫斯費特透過門上的窺視孔看見麥特和麥汀將沙發抬下樓。他無法相信泰瑞絲竟然躺在毯子下發抖，真不知道當她被人唐突地抬出安全小窩時有何感受。

攣生兄弟把沙發放上卡車，傑瑞要他們別試圖把泰瑞絲哄下沙發。他坐在她身邊，低聲喚道：「小妹？小妹？沒事，我在這裡，他們不危險，我保證。」他把手深入毯子底下摸索，抓到了她的手，緊緊握住。一個禮拜前，他還無法想像他能做出這種舉動。

攣生兄弟把最後幾個箱子搬下來，準備出發，泰瑞絲仍拒絕離開她的繭。傑瑞準備起身，但她用力捏緊他的手，壓低聲音，說：「不要走，不要走。」

傑瑞衡量狀況後問孿生兄弟：「我們可以留在車上和你們一起走嗎？我是說直接待在車斗？」孿生兄弟聳聳肩，說這樣違反規定，不過……傑瑞抓住機會，說他願意多給兩小時的費用，反正剛剛耗費的搬家時間比他預期得便宜，因為這對兄弟手腳很快。

他挖出另一條毯子把自己裹住，在箱子裡找出手電筒。後車門關上後，他打開手電筒，心想這主意真不賴。這一趟如不隨車，他們就得搭夜間計程車離開泰利耶市，因為他可不希望泰瑞絲被他認識的人撞見。

傑瑞小時候經常幻想長大離開泰利耶市，多年後衣錦還鄉，被當地報紙爭相採訪。但許久之前他就放棄了這夢想，甘心屈居孤寂的公寓，靜靜地變成木乃伊。

雖然此時離開泰利耶市的方式有如小偷趁黑躲在漆黑的搬家卡車裡，但起碼他逃離泰利耶市了。是好是壞？很難說，但隨著卡車顛簸前進，他努力辨識車子經過的每個地方，內心仍有點興奮激動。他上路了，終於。

約十五分鐘後，泰瑞絲冒險從殼中探出頭。她環視漆黑的卡車內部，傑瑞將手電筒的光束掃過四周，好讓她看見沒危險人物躲在附近。她說了什麼話，但引擎聲轟隆作響，傑瑞得傾身靠近才能聽得見。「妳說什麼？」

「大人。」泰瑞絲說：「什麼時候大人會把小東西殺死？」

「聽著，小妹……」傑瑞靠近她，但她退到沙發遠處的角落。傑瑞用手電筒照向她，發現她的恐懼神情和在公寓時一樣。他關掉手電筒，免得刺痛她眼，然後對著黑暗說：

「小妹，關於大人的那些全是捏造的，沒那回事，這是爸爸捏造出來的，因為……因為他不希望妳跑掉。」

「你說謊。大人的腦袋裡有恨，你也這麼說過。」

「對，可是我這樣說是為了不讓妳……算了。總之沒人要殺妳，妳不必害怕。」

兩人在黑暗中坐了好一會兒。引擎聲讓人昏昏欲睡，若非開始覺得冷，他很可能就睡著了。他把毯子裹得更緊，呆望著門下方透出的細細光線。上路的感覺被運送感取代——彷彿他是一件家具或一頭豬——想到這裡，他的好心情頓時煙消雲散。車子開了好長一段路，他從引擎聲聽出馬路的其中一側有建築物。泰瑞絲說：「那大人很好囉？」

「不，」傑瑞說：「不能這樣說，我也沒這麼說。如果有機會使壞，大人多半是可惡的混蛋。不過我可以告訴妳，他們沒有要殺妳，也沒要傷害妳。」

傑瑞默默在心裡補上一句：除非他們能從中獲得什麼好處。

車門打開時，亮晃晃的光線刺得傑瑞目盲。泰瑞絲爬回毯子底下，麥汀和麥特雙臂抱胸，等在外頭。

「三樓，對吧？」兄弟之一問道，指著泰瑞絲。「我想，你最好讓女孩跟你一起上樓，躲在沙發裡是很有趣，不過……」

傑瑞要他們退後一點，然後隔著毯子靠向泰瑞絲，在他認為是她耳朵位置的地方悄聲說：「來，小妹，沒事，我握住妳的手。」幾秒鐘過去，傑瑞開始考慮把泰瑞絲直接包在毯子裡抱上去，這時一隻手伸出來。他握住，輕輕將毯子往後拉開，帶著她走下卡車。

她走路時頭低低的，彷彿覺得隨時會有人痛毆她的頸背。但她發現情況沒如她所預料，便快速偷看了孿生兄弟一眼。他們整齊一致地揮手打招呼，臉上還帶著一模一樣的表情，活像卡通畫面。傑瑞納悶他們該不會也住在一塊兒。

他走向公寓大門時抬頭挺胸，因為來到這裡不需要再躲藏，他也不願意一副得縮頭縮尾的模樣。雖然到處都有人睜大眼睛看，但一個父親帶著女兒搬進新家其實沒什麼好奇怪。然而，泰瑞絲把女兒的角色演得很差勁，她的手指像老虎鉗一樣緊緊夾住他的手。

進入小小的電梯時，她稍微放輕鬆了些。當她從電梯出來，踏在樓梯平臺，迷惘地左右張望，不懂他們是怎麼上到這地方。傑瑞打開屋門的鎖，讓門開著，然後領泰瑞絲到她的新房間。

「現在開始妳要住在這裡。」他說。泰瑞絲狐疑地環視幾乎空盪的房間，傑瑞補上一句。「當然會有家具之類的。我們要買張床，還有……」

泰瑞絲走進去，坐在角落的地板上，縮起雙膝，頂住下巴，一副很不滿意目前狀態的模樣。傑瑞聽見樓梯傳來砰的一聲，伴隨著隱約的咒罵。他告訴泰瑞絲。「他們現在要把家具搬上來，所以……」

泰瑞絲把自己蜷縮得更緊，留在原地，堅持不動。一、兩分鐘後，孿生兄弟搬著沙發笨重地進屋，傑瑞要他們把沙發放在泰瑞絲的房間。在他弄到床之前，她得先睡沙發。女孩睜大眼睛，視線緊跟著兩個大人，手指始終纏在一起。孿生兄弟似乎接受了這件事，知道最好別和泰瑞絲有所接觸，把家具放入她的房間時默不作聲。

他們每進來一次，泰瑞絲那雙抱住膝蓋的手就鬆開一點，等到他們把最後兩個裝有她衣物的小箱子拿進來，她已經站起來了。

「那麼，」麥特或是麥汀說完，環視寒酸空盪的公寓一眼，彷彿試圖找點正面的評語卻徒勞無功，所以只能說：「好啦，搬進來了。」

「對，」傑瑞說：「搬進來了。」

4

就在搬入新家後的第三天，泰瑞絲的初經來臨。當時傑瑞坐在電腦前，想從線上撲克遊戲中贏點錢。泰瑞絲走出她的房間，說：「它是怎麼打開的？」

傑瑞專心在撲克遊戲上，視線繼續盯著螢幕，「什麼東西怎麼打開的？」

泰瑞絲走過去，站在他的旁邊，說：「出來了。是誰做的？」

傑瑞看見她時大吃一驚，隨後明白是怎麼一回事。她的短褲和T恤沾著紅漬，血液沿著左腿淌下，一路流到腳踝。泰瑞絲並不驚恐，只是一臉迷惘，站在那裡看著自己溼黏的手指。

傑瑞關掉撲克遊戲，反正他原本就準備登出「撲克派對」網站。他搔搔頭，不曉得該怎麼解釋。雖然他已經決定對外宣稱泰瑞絲是他女兒，但畢竟這是他第一次真正感覺到自己是個單親爸爸。

「這個嘛……」傑瑞說：「這種事情很自然，每個月都會發生，妳會像這樣流血。」

「為什麼？」

「老實說……我也不太知道，反正就是因為妳長大了，每個女孩長大後都這樣，每個月會流血幾天。」

泰瑞絲繼續看著她的手指，視線游移到沾了紅漬的衣服，以及血液淌流的雙腿，然後蹙起眉頭，問：「我是什麼？」

「什麼意思？妳是女孩啊——妳是要問這個嗎？」

「不只要問這個。」

「妳大概十三歲，妳……我不知道妳是什麼。關於這問題，妳得自己去找答案。」

泰瑞絲點點頭，回到她的房間。傑瑞愣在原地半晌，想著自己真沒用。泰瑞絲就是這樣，跟她說什麼她都信，只要不抵觸之前你告訴她的話。他進去她的房間，看見她開心地坐在地板上翻看一堆CD，任憑血繼續流到屁股底下的地板。

「小妹，」傑瑞說：「我要出去買點東西，妳去沖個澡，然後……」傑瑞找了一張白紙，在上面寫下「月經」，把紙遞給泰瑞絲。

「像妳這樣流血就叫月經。我出門時妳上網查查看。不過妳先去洗個澡。」

傑瑞穿上外套，疾步出門。他以前從沒想過泰瑞絲的月經問題，他不曾把她當成年輕女性，甚至連女孩都不是。她太與眾不同，除了她自己，她什麼都不是，中性人。但現在這事終究發生了。

他知道的其實不只剛剛告訴泰瑞絲的那些，但其實也沒有多多少。在放蕩不羈的那幾年，他和女人上過幾次床，但不曾跟任何人同居過，所以不了解女孩或女人的日常作息。當然，母親萊拉除外，但她沒辦法自在地談論這種事。

此外，要對泰瑞絲解釋這種事並不容易，因為她的世界觀被搞壞了。簡單來說，她認為外面那些人都想殺人。某種程度上，傑瑞同意這種觀點，人類的確是豺狼，想獵殺同伴，然而她的看法更殘暴、更具體。更甚，她認為大人一心一意要獵捕小孩，殘殺他們、利用他們。

的確，孿生兄弟的友善多多少少動搖了她的信念。有幾次她冒險走到陽臺，望著底下的人。然而，基本上她對人類依舊採取很深的懷疑態度。傑瑞完全能接受，可是她若想和其他人生活在一起，勢必得調整放鬆一下。

傑瑞在小商店裡仔仔細細讀著衛生棉條和棉片的包裝說明，依舊一頭霧水。更糟的是，這該死的東西竟然有各種尺寸，逼得他必須去想像泰瑞絲下面那裡的樣子。些微的亢奮讓他很不自在，他趕緊抓了一包小號和一包中號。

和他年齡相仿的男人坐在結帳櫃檯，把貨品刷過條碼讀取器，這時傑瑞說：「是我女兒要用的，她的初經來了。」男人同情地點點頭，問傑瑞是不是單親。是啊。那媽媽呢？唉，跑掉了。跑去松茲瓦爾，我一開始根本沒想到她會跑去那麼遠的地方，看來她根本不要女兒了。真悲哀，發生這種事。是啊，的確很悲哀。

傑瑞離開商店時得意洋洋。輕鬆搞定。大家就喜歡站在社區型商店裡聊八卦。結帳櫃檯那傢伙一副愛嚼舌根的模樣，現在若有人問起，傑瑞便能合理地交代他和泰瑞絲的背景。大功告成。

他回家後，發現泰瑞絲坐在電腦前，頭髮溼答答。「如何？」他問。

「都是英文，我看不懂。」泰瑞絲說。

「唉呀，起來。」傑瑞說。

泰瑞絲起身。果然，她的經血沾得衣服和椅子上都是。傑瑞把棉條和棉片遞給她。「拿著，這些東西可以讓妳不再流血——喔，不是，它們沒辦法讓妳不流血，但它們可以發揮繃帶的功能，就像貼布。懂嗎？」

泰瑞絲把盒子上下翻轉，搖搖頭。傑瑞打開那盒棉條，發現裡頭有幾個圓筒狀的壓縮硬棉花，還有一個塑膠管。他坐在扶手椅上，閱讀說明書，終於搞懂是怎麼一回事。

女人幹麼要有月經？這到底有什麼意義？說明書上沒有回答這些問題，只給了實用的操作訊息。他尷尬地紅著臉對泰瑞絲解釋如何把塑膠管塞進那裡，然後將附有一條絲線的圓筒狀棉條推出去。她脫下內褲，準備照他說的去做，他轉身，說：「去浴室弄。」

泰瑞絲聽話去了浴室，他重重坐在扶手椅上，感覺好齷齪。對他來說，女孩的私處不是什麼新鮮事，但他不想有這種齷齪的感覺。泰瑞絲的胸部已開始隆起，況且她長得很標致，甚至可說漂亮。再加上她完全受他掌控。就在那幾秒，他腦中閃過那種畫面。傑瑞咬著牙，把令人不快的畫面逐出腦袋。

她是他的妹妹，而他不是天殺的戀童癖，不想和妹妹搞亂倫。就是這樣，沒什麼好說！現在，她遇上了所有女孩都有的麻煩，而這就跟他每月流鼻血一次同樣簡單。在鼻子裡塞點棉花就搞定。雖然他不自在，得把頭撇開，但這不代表他是齷齪的變態。

——或者類似的人。一會兒後，在浴室裡的泰瑞絲喊說她不曉得該怎麼弄，他只好進去幫忙把棉條塞進去，確保那條線放在正確的位置，同時對她解釋，她應該學著自己弄，而且一天必須換個兩、三次。說完後他去洗了手。

5

泰瑞絲變了，或許和月經有關，也或許無關。現在，她偶爾會把她的殼打開一點，探頭到外面的世界，也開始對網路產生極大興趣，每次傑瑞沒在用，她就會坐在電腦前，點入維基百科裡的各種文章，主要是要了解不同的動物。

有一天，傑瑞在客廳看報紙，泰瑞絲問：「這是什麼？」

傑瑞瞥了一眼螢幕，看見泰瑞絲進入了一個叫作 poetry.now 的網站，應該是網站連來連去連上的，螢幕上是一首關於貓的詩。

「這是詩。」傑瑞說：「我想，寫成這種形式的就叫作詩。妳覺得這首詩好嗎？」

「我不知道。怎樣算好？」

「我怎麼會知道？現在寫詩又不需要講求音律對仗。妳可以自己寫寫看，看看有沒有什麼人回應。」

「要怎麼寫？」

傑瑞點入一首看起來沒頭沒腦的詩，內容好像是說不知道自己想成為什麼。他不屑地把手揮向螢幕，說：「就寫得像這樣，這裡幾行，那裡幾行。等等，我們得先申請帳號。」傑瑞打入一個捏造的名字，然後連結到她的 email 信箱。他之前幹麼幫她申請 email 信箱啊？她可以寫信給誰呢？喔喔，管他的，反正起碼現在派得上用場。「現在妳只要挑選一個使用者名稱，按下 Enter，想寫什麼就寫什麼。」

傑瑞回到扶手椅上，繼續看晚報，泰瑞絲坐在電腦前，手指擱在鍵盤上，一動也不動。一會兒後，她問：「我叫什麼名字？」

「泰瑞絲。妳知道的啊。」

「我什麼時候有泰瑞絲？」

「妳是說有這個名字嗎？」傑瑞想了一下，記起這是他在幾年前給她取的，叫了一陣子後就自然而然成為她的名字。他心想，告訴她實情也無妨。「這是我給妳取的。」

「誰叫泰瑞絲？」

「就是妳啊。」

「我是說以前。」

傑瑞察覺他們的話題正切入泰瑞絲糾結複雜的人性觀，這會兒他可沒那個力氣在這纏繞盤結的人性灌木叢中劈出一條路，所以他說：「妳只需要隨便想個名字，不必用真名。冰恩、波恩，或什麼都行。」說到這裡，他又把頭埋進報紙。

他聽見敲鍵盤的聲音，五分鐘後，泰瑞絲說：「接下來要做什麼？」

傑瑞起身看螢幕。她還真的用冰恩這個名字寫了一首詩：

沒人可到我所在的地方
腦子裡躺著思緒
麥片粥不好
話語會誤導
名字不代表我
月亮是我的父親

「月亮是我的父親，」傑瑞說：「這是什麼意思？」
「在我睡覺時他看著我。」泰瑞絲說：「我的父親。」
每次她上床睡覺，臥房窗邊經常有皎潔的月兒高掛。她大概曾在哪裡讀過父親會像月亮一樣看著孩子睡覺吧。
「是啊，」傑瑞說：「好詩，送出去吧。」
他告訴她如何按下「傳送」鍵。然後她坐在那裡，雙手擱在大腿上，直盯著螢幕不放。傑瑞問她在等什麼。
「等人回應。」她說。
「得要一段時間。明天再回來看。」
泰瑞絲起身，走到陽臺。傑瑞看見她站在那兒，一邊看著底下街道，一邊撫摸自己的臉。

◆

隔天，有個叫約瑟芬的人留下很正面的留言。傑瑞教她如何回應，如何自己寫留言。泰瑞絲寫了一會兒後問：「他們是人嗎？」

「誰？」

「寫留言的人。」

「不是人會是什麼？」

「我不曉得。他們是小朋友嗎？」

「多半是吧，年輕人之類。」

傑瑞在教泰瑞絲使用這個 poetry.now 的網站時，注意到幾乎所有用戶都是十四歲到二十歲之間的女性，男孩或超過二十歲的人寥寥無幾。看來他無意間提供了機會，讓泰瑞絲邁出一步，靠近這個世界和同齡的孩子。

她在電腦前一坐就是好幾個小時，安靜專注到傑瑞不願打擾，不願告訴她自己要用電腦。她讀完網站上的詩之後，說：「他們很悲傷。」

「誰？寫詩的人嗎？」

「對，他們都很憂愁，不曉得該怎麼做。他們只能哭，真讓人難過。」

「對，我想他們是這樣。」

泰瑞絲專注到蹙起額頭。她看著電腦，看著自己的手，然後起身，走到陽臺。一會兒後，她進屋問道：「她們在哪裡？」

「女孩子？到處都有啊，有人在對面的房子裡，有人在很遠很遠的哥德堡市。」

傑瑞在屋裡待了整天，外頭正籠罩在薄暮中。他心血來潮。「我們出去看看好不好？」他說：「看看能不能遇到她們？」

泰瑞絲愣住，然後點點頭。

接下來好幾個禮拜，泰瑞絲會趁著白天到外頭走走，越走越遠。一開始只要見到大人，她就會快速躲起來，但她逐漸相信在一週五天的平日中，大人不飢餓，所以不會獵殺她。

她對孩童沒興趣，因為她認為他們屬於沒威脅性的族群。她的視線搜尋的多半是和她年齡相仿的人。她想看看他們長什麼樣，平常做些什麼、說些什麼。傑瑞不只一次把她從尷尬的場面中解救出來，不讓她坐在那裡毫不遮掩地望著某人，或者大剌剌地偷聽別人說話。

她說話的方式比以前更像正常少女，而且傑瑞也買了她的同儕會穿的那種衣服給她。他唯一沒轍的是頭髮。他帶她去找過美髮師，但只要美髮師拿起剪刀，泰瑞絲就開始尖叫，拒絕坐在理髮椅上。不管怎樣，她就是不相信理髮不會有危險。

逼不得已，傑瑞只好拿廚房的剪刀幫她修剪。若非她的眼神老是冷漠閃躲，其實她可以跟任何人接觸，當然美髮師除外。所以，傑瑞沒被她耍。現在他知道，自己根本不可能搞得懂她的腦袋瓜在想些什麼，他毫無頭緒。

◆

比傑瑞更有企圖心或者更毛躁的人大概會厭煩他們兩個的生活方式，不過隨著日子一天天過去，隨著太陽在斯韋德米拉廣場升起又落下，傑瑞發現他挺滿意這種生活。

他回去童年的家收拾一些想保留的東西，然後找人清理，接著把房子交到房屋仲介業者的手上。這間老屋所背負的凶宅紀錄讓他非得降價求售，即使價格原本就高不起來。賣屋所得扣除各項帳單費用和仲介費剩下二十萬克朗，足夠讓他撐一年，毋需擔憂金錢。

他每天的生活就是玩線上遊戲「文明帝國」和「魔戒」、和其他玩家聊天、看影片（有時泰瑞絲一起看，有時他自己看）、出去散步。此外，還有幾個晚上，兩人一起坐著看藝人的演唱會錄影帶，包括大衛·鮑伊、U2、辛妮·歐康諾。

泰瑞絲對辛妮·歐康諾特別有興趣，好幾次她求傑瑞倒帶，以便能跟著唱〈沒人能跟你比〉。看了這些錄影帶後，傑瑞把搬家後還沒拆封的箱子打開，翻出幾張寫有和弦的舊紙。泰瑞絲小時候，他們會一起唱著紙張上的那些歌曲。

冬去春來，傑瑞又彈起吉他，兩人把那些歌曲全部唱過，泰瑞絲也會在這裡或那裡加點新歌詞，進而創作出新歌曲。傑瑞出於好玩買了一個麥克風，以便透過音樂軟體車庫樂隊（Garageband）把他們唱的歌曲錄進去，日後播放出來聽。

說到音樂，傑瑞沒什麼企圖心，不過泰瑞絲這種天籟般的歌喉沒能讓更多人聽見實在可惜，甚至可說是一種罪孽。他們的歌曲幾乎沒有歌詞，但泰瑞絲錄在車庫樂隊裡的歌曲還是遠勝傑瑞在電臺裡聽到的多數歌。

他甩不掉這種感覺。這根本是他媽的……浪費了人才。

6

你可以擬定計畫，設定目標，奮鬥好幾年，卻永遠達不到目標。或者，剛好天時地利人和，一切就這麼水到渠成。如果你相信有命運之神，就會知道她很善變。有時她就是故意站在那裡，擋住入口，讓你無法進入從出生就注定該進入的夢土。有時，她卻會主動牽起你的手，領你走過那道門，只要你伸個鼻子，表現出願意行動的模樣。天上的星星則會閉上嘴巴，默默低頭看著一切。

五月初某一天，傑瑞走出商店，見到單車架子的矮牆邊有個皮夾。他在皮夾旁坐下，四下張望，假裝坐著喘口氣。燦爛春陽下，在外頭走動的人都沒往他的方向看。他將皮夾拾起，塞進口袋。

回家後檢查，他好生失望。他原本期望會有個幾百克朗，或許還有幾張有意思的信用卡之類，讓激動焦慮的主人花整個下午到處打電話掛失。

皮夾裡有身分證——由此知道失主是個少女，十六歲——還有幾張寫著電話號碼的紙、兩張二十克朗的紙鈔，以及一張提款卡。若非傑瑞在皮夾側袋裡發現一張藍色的紙，他很可能直接把皮夾放回去，事情就這麼結束。

那張藍紙的最上面以白色字體寫著「二〇〇六偶像新秀」。這是一張傳單，寫了該節目今年度選拔試鏡會的時間和地點。五月十四日，豪氣飯店。

傑瑞看看身分證。看來這女孩（安潔莉卡．朵拉．拉爾森）懷抱著星夢。此時的傑瑞仍傾向讓皮夾和主人重逢，不過他突然瞥見傳單最下方印著一小行字：「限十六歲以上，攜帶身分證件和填妥的報名表。」

命運之神退到一旁，門扉於焉敞開。

「小妹？妳想去參加我們在電視上看到的那個節目嗎？還記得吧，就是有人唱歌的節目。」

泰瑞絲坐在電腦前閱讀和老虎有關的文章。她點點頭，視線繼續盯著螢幕。

「別這樣，我是認真的，」傑瑞說：「妳想參加嗎？應該會有很多人喔。」

「你也會去吧？」

「對，當然，我當然會去。能讓很多人知道妳唱得很棒，這樣很酷對不對？我的意思是，妳的歌喉這麼棒，只在這裡和我一起唱，未免太可惜了，妳不覺得嗎？」

泰瑞絲沒回答，傑瑞這才發現他根本是在自言自語：她剛剛就回答他了。傑瑞把安潔莉卡的身分證遞出去。「妳覺得如何？這女孩看起來像妳嗎？」

「我不知道。」

傑瑞仔細看照片。應該是兩年前拍的，因為看起來完全不像青少年。其實她和泰瑞絲長得不像，除了兩人都是金黃色的長髮。不過，他認為主辦單位不會檢查得那麼仔細，又不是什麼政治高峰會。

這念頭繼續延續。身分證號碼，名字，查驗，電視。從各方面來看，這或許不是什麼好主意。他被沖昏頭了。這樣做太危險，你永遠不知道會導致什麼樣的後果。不過他要留著身分證，因為你也永遠不知道這東西什麼時候派得上用場。

泰瑞絲從電腦前起身，說：「好，走吧。」

「走去哪兒？」

「現在就走啊，去電視節目。」

傑瑞微笑，說：「還有十天，而且我覺得……我們應該再考慮一下。」

他考慮，再考慮。他出於好玩下載報名表，還填寫妥當。他查了豪氣飯店的所在位置，只是想娛樂自己。好奇之下，他拿了大頭針和簽字細筆，坐下來把安潔莉卡的出生日期上的一個數字改成4。為了收拾殘局，他拿了小石子把身分證磨搓一下，好讓它看起來骯髒破舊，免得變造痕跡被識破。

反正閒著也是閒著，他和泰瑞絲練習了幾首曲子。當她以無伴奏的獨唱方式清唱，悠揚嗓音猶如天籟。泰瑞絲想唱〈一千零一夜〉，傑瑞不認為這是個好主意，不過無所謂，反正她又沒要去參加選拔。

當然，如果泰瑞絲能出去看看年齡相仿的人，應該很不錯，而且她這般歌喉沒機會感動更多人也算是一種罪過。傑瑞心裡確實有某種報復慾望，聽聽看她的歌聲，你們這些王八蛋，但不管這些王八蛋是誰，長期而言都可能構成威脅。

他一天到晚在這些思緒之間擺盪，就連五月十四日早上八點鐘，搭了地鐵到國王花園站，腦袋仍盤旋著這些想法。他們準備從該地鐵站漫步到豪氣飯店，看看那裡的狀況。他們手牽手，沿著尼柏凱郡街前行。泰瑞絲見到什麼就問什麼，但傑瑞幾乎一無所知。置身在斯德哥爾摩的市中心，他覺得自己有如迷途的旅人。

直到這一刻，他的理智仍反對這件事，然而有一股感覺和衝動驅使他們繼續往前走。最後，感覺戰勝理智，情況完全超出他的掌控。他們經過博澤立公園，拐入斯拓爾街，傑瑞停步，放開泰瑞絲的手，說：「不，不，我想我們不該這麼做。小妹，原本的生活就很棒對不對？這樣做只會惹上麻煩。」

泰瑞絲環顧四周。和她年齡相仿的男男女女獨自或成群走過他們身邊，有的有父母陪伴，有的沒有。泰瑞絲不理會傑瑞，逕自跟著他們往前走。

傑瑞準備在她的身後大喊「小妹！」卻在前一秒及時打住，飛奔上前，說：「朵拉，我們回家吧。」

泰瑞絲搖搖頭，繼續往前走。就在傑瑞沒注意之際，原本分散的小眾突然聚集，變成一大群人，站在一條隊伍的後方。隊伍超過一百公尺，還有人陸續加入。傑瑞輕拉泰瑞絲的手，但她站在那裡，張大嘴巴，呆望著那些年紀比她稍長的女孩，拒絕移動。

傑瑞知道，若硬把她帶離現場，勢必引發騷動，他實在不知道做出非她預期的動作，她會做出什麼事情來。他曾說過他們要來參加選拔，他們的確來了，這會兒就站在這裡。泰瑞絲乖乖照著他說的話做，所以，汗流浹背的傑瑞只好跟著站在隊伍中，壓低音量對她說：「記住，妳的名字叫朵拉，如果有人問起，就說是朵拉．拉爾森。妳叫朵拉．拉爾森，懂嗎？」

泰瑞絲搖搖頭，「那不是我的名字。」

傑瑞發覺自己這樣說不對，於是改換一種說法。「對，妳說得對，不過若有人問妳叫什麼名字，妳就說朵拉．拉爾森。」

「好。」

「如果有人問妳幾歲，妳該怎麼說？」

「十六歲。」

「好，很好。」

然而一點都不好。傑瑞覺得每個人都在看他，他站在一群十六到二十歲的女孩當中，感覺格格不入，受到威脅。遠處站著兩、三群男孩和幾個年紀較大的女孩，但絕大多數比泰瑞絲大個幾歲。另外少數參賽者有成人陪同。

泰瑞絲的表現正好相反。他從沒看過她身處眾人當中還能表現得這麼冷靜，而她平靜的原因卻正好讓傑瑞感覺有點驚慌，他們被髮膠、唇蜜和口香糖的氣氛圍繞。她置身同儕當中，但對傑瑞來說並非如此。

一個小時後，隊伍開始往前慢慢移動，又過了兩個小時，他們終於移動到報名處。傑瑞插在褲子口袋裡的雙手握成拳頭，看著泰瑞絲遞出報名表和身分證。處理報名事宜的女人視線游移在身分證和報名表之間，傑瑞緊張到心臟幾乎停止跳動。

「妳有中間名嗎？」她問。泰瑞絲沒回答。「哈囉，我在跟妳說話。」傑瑞看見泰瑞絲的雙脣開始往後掀，發出微微的低嗥聲，他趕緊上前。

「有，」他說：「她有中間名，是她祖母的名字。」

女人不理會他，定睛在泰瑞絲身上。「妳叫什麼名字？」

「朵拉，」泰瑞絲說：「我叫朵拉．拉爾森。」

「好的，」女人說，把名字寫在一個數字旁邊。「這不難吧？搞不好妳會贏，我們可不想把優勝者的名字寫錯。」那語氣好像泰瑞絲贏得比賽的機率就和得過葛萊美獎的美國搖滾歌手布魯斯．史普林斯汀發舞曲唱片一樣。不過，她還是在泰瑞絲的毛衣別上號碼牌。

接著他們只能等待。那些懷抱星夢的少男少女分散各處，有的聚集在偌大的地下室。偶爾會有四人一組被叫到一樓四個房間的其中一間，那兒就是舉行初賽的地方。被叫進去的人當中，會有一些人在兩天後和真正的評審見面。

傑瑞跟泰瑞絲坐在一棵巨大的塑膠製絲蘭後方角落。泰瑞絲四處張望時，傑瑞把頭埋在雙膝之間，咬牙切齒，懊悔自己太過愚蠢。半晌，他抬起頭，看見泰瑞絲在一群群年輕人之間踱過來晃過去，將他們當成畫展裡的作品一一端詳。她這種舉動相對來說還算正常，所以沒關係。畢竟，這是他們來這裡的目的之一，不是嗎？

冷靜，傑瑞，沒關係，一切都很好。

大約十五分鐘後，泰瑞絲回來，坐在他旁邊。

「他們很害怕。」她說。

「誰？」傑瑞說：「那些要參加選拔的人嗎？」

「每個小女孩和小男孩。」泰瑞絲說：「他們很怕大人。」

「我想，他們多數人只是很緊張。」

「他們會緊張是因為他們害怕。我不懂。」

即使忐忑不安，傑瑞還是笑了一下。聽到泰瑞絲以這種新學到的表達方式說話，感覺挺奇怪。

「妳不懂什麼？」他問。

「為什麼他們會害怕。我們明明很多人，這裡的大人又不多。」

「是不多，」傑瑞說：「我想妳的確可以從這種角度來看。」

有個女孩坐在離他們不遠處，她的年紀應該比泰瑞絲還小，傑瑞納悶，是不是也有人假冒十六歲以上。這女孩激動地搓著頭皮，忽然發起抖來，還嗚嗚啜泣。泰瑞絲起身，走向她，蹲在她的腳邊。

傑瑞沒聽見她們的談話，但一會兒後女孩不再哭，還點點頭，一副很勇敢的模樣，抓住泰瑞絲的手，輕輕拍了一下。泰瑞絲沒抗拒，任憑她這麼做。一會兒後泰瑞絲回來，坐在傑瑞旁邊。

「怎麼回事？」他問。

「我不能告訴你。」她說，直視前方。傑瑞從沒見過她這種模樣，渾身散發穩重沉著的氣場，強烈到連傑瑞都不由自主地更靠近她一些，好讓她撫平他的焦慮。她挺直背脊，一動也不動，臉上的鎮定表情訴說著她已看透一切，看穿可怕幽魂不過是煙霧假象。

過了一會兒，有個年紀比泰瑞絲稍長，一頭黑髮毛茸蓬鬆的女孩緊張得快要崩潰，硬拖著朋友躲到一旁，哭得睫毛膏沾汙臉頰。泰瑞絲走過去，和她們坐在一起。這次效果雖未立竿見影，但傑瑞看得出來，這兩個女孩很快就接納了泰瑞絲，聆聽她說話。其中一個還哈哈大笑，搖搖頭，彷彿泰瑞絲說了什麼很扯但振奮人心的話。不過當她發現泰瑞絲沒跟著笑，立刻打住，更靠近聽。

泰瑞絲就這樣一個撫慰過一個。等待的參賽者不再有人崩潰，不過偶爾可見已參加完選拔、從樓上房間走出來的男孩或女孩，顯然沒得到期望的結果。泰瑞絲不理睬那些暴跳如雷的男孩，然而，若是淚眼汪汪的女孩，泰瑞絲就會過去安慰她，或者表現出類似安慰的舉動。

有人不理她，有人展現了一點攻擊性，因為她們在最受打擊的時刻被陌生人攀談。有些人靠近泰瑞絲，跟著她坐下來聊天。聊完時，有些人會給泰瑞絲擁抱，她通常被動接受，不主動回抱。有些人則是給她紙條或卡片，上面寫的大概是名字或電話號碼吧。

將近三點，有個頭戴耳機、手拿寫字板的女人進來，喊了泰瑞絲和另外三個女孩的號碼。

泰瑞絲沒反應，因為她正專心地跟一個差點被人從選拔室裡扛出來的紅髮女孩說話。傑瑞跑過去，告訴她輪到她了。泰瑞絲起身，和紅髮女孩道別，對方以濃濃的哭泣嗓音輕聲說：「祝妳好運。」

「要不要我跟妳一起去？」傑瑞問。

「不需要。」泰瑞絲說，走向樓梯。傑瑞看她跟著拿寫字板的女人走入樓上的一個房間，緊張得心臟收縮。今天，泰瑞絲發生了某種不可逆轉的改變，但照例，他不知道這是好是壞。

三分鐘後泰瑞絲出現。她之前攀談的一些女孩留下來等她，大概是想知道她能否晉級。她一出現，立刻被七張急切詢問的臉龐圍繞。

泰瑞絲的表情令人不解，她看起來就和剛剛進選拔室前一樣，唯一能讓傑瑞曉得初賽結果的線索是：她點了一下頭。接著七人爆出歡呼。

另一個女孩

我不在乎他們對我說什麼
他們大可去死
但與妳有關的，他們若說錯一個字
一定會讓我起而宣戰

——瑞典歌手霍肯．海爾斯壯（Håkan Hellström）的歌曲，
〈我不知道我是誰，但我知道我屬於妳〉

1

朵拉．拉爾森的演唱震撼了泰芮莎，她內心激動沸騰，得找個出口宣泄。那天晚上她一回房間，就登入月風暴，看看大家對《偶像新秀》的討論狀況。這節目一向是最熱門的話題。

她以為自己忽然罹患了自發性失讀症，無法立刻讀出眼前的字句。半晌，她才看懂這些字句的真正意思。當晚的參賽者當中，受到最熱烈討論的是朵拉．拉爾森，多數人認為她表現得很差，甚至是糟透了。他們說她毫無臺風可言，完全不具明星相。他們還說她的衣服醜斃了，髮型更慘不忍睹。他們說她選了一首爛歌。唯一沒被挑剔的是她的嗓音。除了歌喉，她的每處外貌都被放大檢視，批評得體無完膚——嚇人、蠢呆、莫名其妙、乏味枯燥。

泰芮莎在聊天室和討論區的舉止很謹慎，除了那個關於狼的網站。她是個工於心計的網路酸民，只在能掀起最大波瀾時才出手，然後一面訕笑一面看著可悲的網友一一上鉤。但現在她被惹惱了，氣得手指無法聽命於她，在她以約瑟芬的身分登入後，她開始寫留言反駁。

儘管怒髮衝冠，她還是努力保持冷靜。她寫道：朵拉．拉爾森的嗓音宛如天籟，《偶像新秀》不曾出現過這樣的歌聲，還說，有人認為她不具明星架式，但其實她是忠於自我，不想當小甜甜布蘭妮或者克莉絲汀，能見到這樣的參賽者出現，應該很令人高興。泰芮莎還說，她相信朵拉．拉爾森什麼歌都能唱，因為她的歌聲出自肺腑，忠於自我，而不是想模仿哪個明星。

這些字句未能充分傳達泰芮莎的感覺，畢竟這些感覺難以用筆墨形容，不過她終究得表達意見。她按下「傳送」鍵。回應旋即出現。有一、兩個人贊同她，而且鼓起勇氣公開表達支持，雖然口吻略顯膽怯。不過多數人則奚落嘲笑。妳是被霸凌喔？不然怎麼會喜歡這種蠢女孩。朵拉就像淡水魚跑到大海，格格不入，一票都拿不到。

豁出去的感覺讓泰芮莎整個人輕鬆起來。之前她沒辦法自在地寫出她真正的感覺，但現在她什麼都不管，盡情抒發內心那些沸騰和發酵的情緒與看法。

她喜孜孜地找到了適當的反擊辭彙，說那些詆毀朵拉的人根本腦袋空空，被塑膠流行音樂洗腦得太嚴重，以至於看到真人真性情的表演時反而不能運轉。她還建議他們別繼續坐在電腦前，應該回房間，在愛琳．蘭托的聖壇前屈膝膜拜。她說他們的房裡鐵定有這位歌壇小天后的海報，而且旁邊一定也有《偶像新秀》裡走紅的新人卡吉．坎德沃的簽名海報。

她的意見越來越少受到譏諷反擊，泰芮莎越寫越如魚得水。有時會有路人甲乙丙怯怯出聲，表達支持，搧風點火，「嗨，約瑟芬，妳說得真對。」在這場筆戰中，有人退出，有人加入，不過那些支持她的一直都在。

凌晨一點，泰芮莎寫道：「晚安。」然後登出。她的腦袋嗡嗡作響，但壓力頓消。上床時滿腦子都是朵拉．拉爾森的影像，她唱歌的畫面縈繞不去，久久之後她才睡著。

隔天去學校，泰芮莎沒加入大家的熱烈討論。她心裡知道，那些不認為朵拉很棒的人怎樣都說服不了。她在網路上跟人打筆仗，純粹是為了宣泄，不是想說服別人認同她的觀點。

況且，學校有個地方和網路很不一樣。大抵上來看，同學的看法跟網路上差不多：朵拉．拉爾森沒可能啦，連一絲絲機會都沒有。而那些大嗓門，非得要別人聽見她們說話的高人氣女同學及少數關心這事的男同學更加深這種看法。純粹從統計學的角度來看，任何事情一定有人抱持不同意見，但在真實世界中，這些人連出聲的勇氣都沒有。許多人不是置身事外，就是附和多數人的意見。

在學校餐廳，9A班的希莉雅起身，故意模仿朵拉，她兩眼呆滯，嘴巴半啟，誇張地唱著「一千零一夜，有誰知道我把我的褲襪扔到哪裡去」，逗得大家咯咯竊笑。泰芮莎氣得滿臉脹紅，但不吭聲。她不清楚朵拉．拉爾森為何觸動她的心，但她確實深受感動，並決定據此行動。當她趁著午休把超級強力膠灌入希莉雅的置物櫃的鑰匙孔時，她覺得自己就像個忠誠的戰士。

隨著決賽階段逐一展開，泰芮莎的指甲被咬得越來越短。朵拉．拉爾森的舞臺表現沒能讓評審驚豔，從他們的講評聽來，好幾次他們都差點決定讓她打道回府，不過最後歌喉讓她勝出。或許評審是故意譁眾取寵，不過很確定的是，他們似乎不太願意讓她進入前二十強——在這個階段，參賽者的命運是由觀眾決定——彷彿他們以為自己有辦法對她的歌喉聽若罔聞。然而，她的嗓子不只完美，簡直是奇蹟，想聽若罔聞都難。

至少，泰芮莎可以寬心一陣子。現在，就靠朵拉．拉爾森自己，以及那些懂她的人決定她是否能留下來，好讓觀眾有機會更深入認識她。

接下來這週是《偶像新秀》的地獄週，二十名選手將逐一淘汰，只留下十一名。提神飲料「紅牛」的廣告詞說：就是「地獄」般的考驗。朵拉．拉爾森將參加第一輪的準決賽。這晚來臨，泰芮莎緊張到不知該如何是好。

她知道投注這麼多心思在該死的《偶像新秀》參賽者身上實在很可笑，但她就是無法克制。她在網路上看過幾次朵拉的表演，每次所感受到的悸動就和初見時一樣。

家人照例嘰嘰喳喳坐在電視前，泰芮莎則躲在大泡泡中，不想聽見別人的閒聊，更重要的，她不想聽他們發表看法。如果他們說出任何與朵拉有關的負面意見，泰芮莎一定會抓狂。看著朵拉走上舞臺，泰芮莎的指甲掐入掌心，坐在那裡繃如琴弦。

選拔賽進行了幾個月，朵拉幾乎沒什麼變。照理說，節目的造型師應該會幫她設計髮型和衣服，但大抵上她給人的感覺依舊出塵脫俗，彷彿她是來自另一個較沒那麼殘破的世界。

朵拉挑選了一首很適合她的歌，〈火星上的生命〉，演唱時她一動也不動，甚至讓人懷疑她連眼都沒眨。不過，事實上她有所改變。朵拉照樣不理會攝影棚裡的觀眾，但她偶爾會看攝影機了。每次泰芮莎迎視她的目光，就悸動得全身震顫。

這是小到不能再小的事

對那個有著灰褐色頭髮的女孩來說……

然而，她的表演非同小可，泰芮莎再次認為這是她在《偶像新秀》裡見過最精采的演出。朵拉唱完後，悸動難抑的她以人不舒服當作藉口，向客廳裡的家人告退。一方面她不想聽到別人一定會說的那些話，另一方面她必須打電話投她一票。

她不想浪費手機的通話額度，所以去爸媽的臥房打室內電話。她一遍又一遍地按鍵，投票給朵拉，直到食指和中指痠麻不已。然後，她及時趕在成績揭曉前回到電視前。想也知道，朵拉順利過關。

她整晚掛在網路上，去不同的討論區替朵拉說話。朵拉的支持者變多了，但認為朵拉沒什麼看頭的人依舊占多數。看來是那些喜歡朵拉的人拚命打電話灌票，才讓朵拉成功闖關。

2

最近泰芮莎看事情的角度不一樣了。自從開始閱讀狼的相關資料，她就把自己幻想成一匹狼。利齒、矯健、危險。孤狼一匹。她是孤狼，潛行在住宅區，驚擾害怕的凡夫俗子，嚇得他們立刻打電話給當地媒體。

然而，在學校，她觀察且認知到人身為狼的另一面：群聚思維。社交活動、進食順序。她對朵拉萬分著迷，甚至開始把對朵拉的看法當成石蕊試紙，用來測試周遭那些人的組成和成分。

她看見：希莉雅這種專制女人是如何左右團體的想法。這種女人一吼，你一定會耳朵貼平，笑笑應和，表現出順服。否則，利齒乍現，你的新褲子會被批評得體無完膚，頓時所有人都會說他們從沒見過那麼醜的褲子。

男孩站在她的四周，彼此推擠，脣槍舌劍。誰有權利對誰口出惡言？而被吐惡言的那個人又可以在大夥兒面露不屑、掉頭離開他之前，開誰的玩笑來扳回一城？

狼群裡的位階等級在幼狼階段就多多少少建立了，但在學校裡，每年都會調整班級，所以狼生命中的第二個建立階級的階段就顯得格外重要，而這一階段就是性徵開始成熟的階段。

泰芮莎第一次清楚地看見這種衝突是怎麼發生在走廊、操場和餐廳，活生生在她的眼前上演。日復一日，而且驚嚇到她。孤狼這主意聽起來很浪漫，但實際上孤狼注定死亡。

下課時間成群聚集、一致的服裝打扮、相同的音樂品味、只有圈內人才懂的笑話，這些要素讓狼群結合在一起。泰芮莎很樂意被排除在他們的簡訊名單外，不跟他們一起聊八卦，不被邀請去參加派對，只要他們不煩她，讓她安靜過日子就行。

然而，事情不再能如她所願。沒錯，她不曾倒在地上，裸露著喉嚨等人撕咬，換言之，她從未被霸凌過，但指指點點、戳戳弄弄在所難免。在學校淋浴間裡，她會聽見嘲笑她大腿粗壯的話語，從某些男孩身邊走過去他們會故意擠眉皺臉。另外，她還接過匿名的簡訊：「腋下刮一刮，免得讓人看了想吐。」

只是這樣，但足以傷人。

她面臨一關又一關，永無止境，卻永遠贏不了的《偶像新秀》。頂多失掉自尊心。

◆

第一週的決選爭霸賽開始。十一位參賽者將淘汰一位。這個禮拜的歌曲主題是「八〇年代」。泰芮莎沒看報紙，不曉得會見到一場什麼樣的比賽。節目開始，她注意到朵拉排在第五號。

她把前四位的表演當成墊場，主秀當然是朵拉。有個男孩演唱〈毒藥〉，打扮成鐵漢的模樣，但他的演出奇爛無比，惹得泰芮莎的哥哥艾維德和歐洛夫故意模仿重金屬樂手，嘲諷地激烈搖頭晃腦。有個胖嘟嘟的女孩賣力唱著〈最偉大的愛〉，媽媽瑪麗亞覺得她的表演好可愛。

接下來就是朵拉。泰芮莎有如鑽入隧道，隧道口的另一頭只剩下電視機，其他東西全都消失，完全不存在。朵拉．拉爾森站在舞臺上，只有一盞聚光燈照著她。她穿的黑色洋裝和背景融合在一塊兒，所以你能見到的幾乎只有她那張臉。她看著攝影機，娓娓唱出歌曲：

已過了十五天又七小時
自從你帶走你的愛……

泰芮莎屏息。攝影機改變角度，但朵拉繼續凝視著拍攝特寫鏡頭那一臺攝影機，所以攝影師趕緊又把角度調回來。朵拉的臉占滿整個螢幕，直視著泰芮莎，而泰芮莎持續屏息，直到胸腔疼痛才想起必須呼吸。

朵拉繼續唱著。泰芮莎喜不喜歡這首歌已不是重點，因為她完全入迷，恍惚失神。她不再置身於客廳，不再被家人圍繞，她和朵拉合而為一，在她的眼睛裡，在她的腦袋裡。兩人相互凝視，融為一體。

歌曲尾聲，淚水從朵拉的眼裡撲簌滑落。最後一個音符慢慢褪去，泰芮莎才發現自己也淚溼雙頰。

「寶貝，怎麼了？」遠處傳來一個聲音。泰芮莎的心神返回客廳，看見媽媽把臉湊到她的面前。她趕緊抹去淚水，不悅地揮手要媽媽閉嘴，她想聽評審說些什麼。

他們沒特別驚豔。雖然他們不能否認朵拉的嗓音美如天籟，但她不是「他們眼中的那顆星」。他們期望參賽者在比賽中表現出個人特色，而朵拉這首歌不過是把原來的版本翻唱一次……泰芮莎不懂他們的意思，但腦袋混亂的她知道朵拉很危險。狼群在嗥叫了。

朵拉以一貫的冷漠和驕傲表情聽著負面批評，就算是正面評論，她也照樣擺出這種神色。不感激，不難過，她只是等著他們說完，然後離開舞臺。在她之後，是一顆彈性十足的粉色球高唱著〈女孩就是想快活〉。

泰芮莎繼續坐著，把剩下的歌曲聽完，但有一張能決定命運的紙條在她的骨子裡簌簌顫動。觀眾票選的電話專線一開放，她就起身，不發一語，進父母的臥房。她剛拿起電話，正準備撥號，就見到媽媽進來，坐在床上。

「妳還好嗎，寶貝？」她問：「什麼事情讓妳心情不好？」

泰芮莎咬著牙，說：「沒有，媽，我沒心情不好，我只是想獨處一下。」

瑪麗亞坐得更安穩，泰芮莎好想大叫。瑪麗亞的頭歪向一邊，說：「告訴我，怎麼了？我看得出來有事情不對勁，妳剛剛為什麼哭？」

泰芮莎再也克制不住。她的眼角餘光瞥見電話正一閃一閃發亮，然後以氣到發抖的聲音說：「妳為什麼非得現在關心我不可？我只是希望你們別煩我，讓我清靜一下，妳不明白嗎？」

「妳這麼說很不公平，妳明知道我一直都很關心……」

泰芮莎受夠了。她起身，跑回房間，掏出手機開始打電話。額度只夠她打三通。

十分鐘後她下樓和家人坐在一塊兒，見到她最害怕的事情真的發生：朵拉．拉爾森被淘汰出局。她不曾見過有誰唱得比朵拉更好，但現在，朵拉因為沒獲得足夠的觀眾票數而無法留下來。

泰芮莎不曉得有多少人打電話進去。這一刻，她堅信就是因為她沒打足夠的電話去投票，才使得她落選。搞不好她再打個二十來通，就能讓結局有所不同。要不是媽媽去煩她，朵拉應該可以繼續參賽的。

3

泰芮莎利用整個週末來讓自己冷靜。週五她沒上網看任何討論區，不想看到幸災樂禍的評論。週六，她開始恢復理智。結束了。她之前投入太深，現在一切都結束了。

她甚至不想再觀賞《偶像新秀》。拜託，不過是一個女孩站在舞臺上唱歌。朵拉．拉爾森，這個比她大兩歲，擁有一副好歌喉的女孩真的值得她生氣嗎？不值得，但也很值得。

她們兩人的相似處不過就是年齡相仿，來自同一個國家，然而朵拉就是讓泰芮莎覺得「看到她彷彿看到自己」。雖然她們是不同的兩個人，但那個站在舞臺上、面對虎視眈眈的觀眾、吊兒郎當的評審的人，就是泰芮莎。那個內心築起一道牆、但同時手裡握著一顆心、指間滲出血的人也是泰芮莎。沉默的吶喊，壓抑的驚惶。

有時我們說不出為什麼喜歡某個人或某件事物。若有必要，是可以擠出一些理由，然而，最重要的原因往往發生在幽暗之地，超出我們的掌控。我們只知道它何時出現、何時離去。

或許可以說泰芮莎很難過，就像我們難過朋友搬到國外，或者更遠的地方，比如不在人間。她永遠都見不到朵拉．拉爾森，永遠都無法再感受孿生靈魂的熟悉悸動，永遠見不到那雙眼睛了。

泰芮莎經常獨自一人，但她很少覺得孤單，然而，這個週末，孤寂的感覺湧上心頭。內心出現的一處空洞如白色陰影，如影隨形。她漫無目的地在花園晃來晃去，聽著明眸樂團的歌，去她和喬漢斯的祕密洞穴裡坐了一會兒。

我要一個我不必愛的愛人，我要一個醉到無法說話的男孩……

她站起來，看著喬漢斯以前住的地方。花園裡仍架著鞦韆，五彩繽紛的塑膠玩具散落各地。兩棵樹被砍掉了。明眸樂團破啞的嗓音迴盪在她的耳裡，她覺得自己所擁有的一切正逐漸飄離，那感覺就像她驚覺自己已十四歲，一切都已太遲。

忽然一股衝動襲來，她衝進屋內，翻找衣櫥。她要開始穿彩色的衣服！她的衣服向來非黑即白或灰，但現在她要找出不同顏色的褲子、T恤和上衣。從現在起，她要讓自己看起來像彩虹。

但她隨即放棄這念頭，因為她發現能滿足這突來興致的衣服不是太短，就是太緊，塞不進她那噁心的粗腿和圓滾滾的小腹。最後，她只能抓起一頂黃色毛帽，把她的頭擠進帽子中，趴在床上，讀克里斯丁．倫德柏格的最新詩集，《工作》。

> 我夢到她站在我的
> 床邊，臉色灰白如燼，低語
> 在我的耳邊，「別怕，別怕！」

空虛的感覺縈繞，讓她煩躁不安，無法專注。她把雙手掌心摀住耳朵，喃喃地反覆說：「沒人喜歡我，沒人要我，因為我會吃小蟲……」一直到被毛帽悶得汗水淋漓，反胃想吐。然後，她去樓下廚房，給自己做了三明治。

週末，就這麼結束了。

學校裡沒什麼特別的事，每個地方都沒新鮮事。喬漢斯和愛格妮絲戴起情人對鍊，鍊子上的藍石頭在美國某些原住民部落代表幸福的象徵。他們兩人問泰芮莎，下週末要不要一起去看當地某樂團的演出，泰芮莎說不要。她沒辦法不喜歡他們，但她就是無法和他們相處，哪怕是片刻都不行。他們太過幸福開心。

有天下午，泰芮莎騎單車回家時，聽見珍妮告訴卡洛萊恩，胖子騎單車看起來好噁心，座墊完全被屁股淹沒，好像變態的肛交姿勢。泰芮莎沿途灑淚，一邊騎一邊幻想有人拿紅燙的烙鐵塞進珍妮的下體。

那晚她坐在電腦前，想進入月風暴討論區幹點網路酸民的行徑，但她發現，這種事情對她已不再那麼具有吸引力，因為一心一意捍衛朵拉的她已經認真恨起那些人。所以，她轉而登入與狼有關的討論區。幾張發生在韋姆蘭省的驚悚照片。有人養的雞被吃掉（但很可能是松貂幹的啊），於是有人開始比較狼和野豬的攻擊行為，還說狼遠比野豬危險。討論逐漸偏離主題，最後變成如何烹煮野豬。

有一則新的留言說，住家附近出現狼蹤反而讓人欣慰，因為這代表在環境這麼嚴重汙染的狀況下，這種美麗危險的野生動物依然能存活。泰芮莎的手托著下巴，把頁面往下拉。忽然愣住。

她在一則留言中瞥見「朵拉・拉爾森」這個名字，於是看得更仔細些。名為麥菈的網友把狼和

《偶像新秀》裡的朵拉．拉爾森拿來做比較，說朵拉的處境就跟狼一樣。只因為行為舉止不是大家認可且預期的方式，就被拒斥摒棄，不管他們有多美、多自然。

泰芮莎覺得這種比喻有點蠢，不過還是有道理。這則留言是兩分鐘前發布的，從麥菈的個人資料來看，她大概十五、六歲。泰芮莎回應，說她也有相同的感覺，整件事實在令人難過。

麥菈在線上，大約一分鐘後她回覆。兩人一來一往交換了幾次訊息後，麥菈問約瑟芬是否可以給她 email 帳號，這樣一來，她們就不需要透過討論區來談這件事。

泰芮莎遲疑了一下，決定給她 email 帳號，同時附上一段話：「約瑟芬這個名字不代表我本人。」就在按下傳送鍵時，她才想起她是怎麼連上這個討論區的。她查閱過往紀錄，找到之前她用來回應別人的那首詩。

其實每個人都有別的稱呼
每個人心中，都有另一個人
話語會誤導，話中還有話
只有在黑暗中我們才能被看見
只有在靜寂中我們才能被聽見

這不過是一年前寫的？怎麼感覺過了好久。現在讀來她仍喜歡這首詩，而且不以為恥。對十三歲的孩子來說，能寫出這樣算很不錯了。

她戴上黃色毛帽，開心了一些。懷舊感湧上心頭，她去找出裝有彩色珠珠的盒子。小心翼翼地拿出小罐子，想起當年那個小女孩坐在那裡，依照各種分類方式來整理珠子，不由得鼻頭一酸。她浸淫在往昔時光，開始把珠子串成項鍊。她拿起小小顆的珠子，發現手比以前笨拙。這任務真不簡單，但她想忠於年幼的自己，堅持把項鍊完成。

你去死，她出現這念頭，但沒想把這句話宣洩在特定的對象上。好不容易把珠珠項鍊扣在脖子上，然後檢查信箱。麥菈果真來信了，不過在她來信的十分鐘前，有一封來自sereht@hotmail.com的信件。從這帳號看來很像是垃圾或病毒郵件，她準備刪除，卻不小心點了兩下，郵件開啟。

嗨我記得那首詩謝謝妳說我唱得很好我也記得妳那首詩每個人心中確實都有另一個人我叫冰恩妳可以寫信給我我也喜歡狼

泰芮莎反覆讀信，想弄懂這封信的內容。看來，寫這封信的人就是poetry.now裡那個叫冰恩的人。泰芮莎衝動之下回覆她寫的詩時不小心附上了電郵帳號。她在poetry.now裡的化名也是約瑟芬，所以對方才會認出她來。

到目前為止還不賴。網路就是這樣，從交織的留言訊息中可以找到共通點。不過，這封信為什麼寫得這麼怪，還有，冰恩或「Sereht」說「謝謝妳說我唱得很好」是什麼意思？泰芮莎很清楚這句話的意涵，但這也未免太巧合了吧。她回覆，但不理會奇怪的部分，只問冰恩是否還繼續寫詩，並說自己現在不寫了。

然後坐在電腦前等著，每幾分鐘就更新一次。十分鐘後，回覆出現。

我叫冰恩時我寫詩我叫朵拉時我唱歌我叫泰瑞絲時我什麼都不做但我也叫作狼我會咬人我也是小東西待在房間裡因為有大人會來把我吃掉妳叫什麼名字

泰芮莎相信了。

她相信這個泰瑞絲就是朵拉．拉爾森。如果她這麼寫道：「嗨！我真的是朵拉．拉爾森，很高興妳喜歡我在《偶像新秀》的表演」，那麼泰芮莎就會起疑心，但這封信完全吻合她的風格。泰芮莎在電視上見到的那個不屬於人間的生物就該這麼說話，這麼寫信。而這個生物真的寫信給她。泰芮莎雙手抓住胸口，心臟噗通狂跳，臉頰紅通通，好似剛行軍完畢。她的手指冒汗，在鍵盤上滑動，開始回覆。

冷靜，泰芮莎，沒像妳想得那麼不可思議。

她把剛寫下的話刪除，起身。床邊桌的時鐘顯示十二點十五分。她進浴室時，發現屋內其他地方漆黑又安靜。她洗了個長長的澡，關掉熱水，在冰冷的水柱底下站了好一會兒，然後穿上衣服，戴上黃毛帽，又坐在電腦前。她離開的這段期間，泰瑞絲又寄了另一封信。

妳叫什麼名字我是泰瑞絲妳很小對不對妳年紀不大用不同名字寫欺騙我這樣的話妳不要寫如果現在要寫信給我就要用真名因為我快要去睡覺

現在，泰芮莎的手指又冰又乾，輕快地在鍵盤上移動，寫道：

嗨，泰瑞絲，

我的真實名字是泰芮莎，跟妳的名字很像，我十四歲，妳十六歲，對吧？在狼的討論區上，我寫的都是我的真正想法。我認為妳在《偶像新秀》裡的表現比其他參賽者要好。坐在這裡跟妳寫信，感覺好怪，我甚至有點害怕。我相信妳的生活一定比我精采。我不曉得該寫些什麼。我一直很喜歡狼，讀過很多跟狼有關的東西。我也經常聽明眸樂團的歌曲，有時也會讀詩。妳沒唱歌時都做些什麼呢？

寫完後泰芮莎不敢回頭檢視這封信會不會寫得太丟臉或者太爛，所以她直接按下傳送鍵。五分鐘後對方回覆。

我十四歲跟妳一樣而且我們的名字很像可是我不知道寫信時怎樣標點符號希望妳教我我沒做什麼有趣的事妳不用害怕該怕的人是我我幾乎沒做什麼不過現在要去睡覺明天再寫信

她們年紀相同，連名字都幾乎一樣。泰瑞絲和泰芮莎。十全十美。

兩個女孩

我連走都不能走
若沒有妳的空氣在我的肺中
我連站都不能站
若妳沒看著我
沒有妳的呼吸
我就成了灰色透明

——瑞典歌手肯特（Kent）的歌曲〈妳的呼吸〉（Your Breaths）

1

麥克思・韓森。

如果這名字對你有意義，這代表你要不是對丹麥老電影有興趣，就是音樂界裡的人。韓森一家來自丹麥，一九五九年獨子出世時，他們決定將他取名為麥克思。當年夫妻一起看的第一場電影《美麗海倫娜》（*Beautiful Helena*）裡的演員之一，就叫作麥克思。

若你想了解麥克思・韓森這個人為何變成現在這個樣子，而去研究他的童年和年輕時期，大概會覺得很有趣，不過這是題外話。關於他的背景，只需提到在他兩歲時全家從丹麥移民到斯德哥爾摩，以瑞典人的身分長大成人，這樣就夠了。四十五年後，他成為這故事裡的主角。

二十來歲時，麥克思開始他的音樂生涯，成為華麗搖滾樂團「康寶濃湯」的主唱，然而，這段經歷唯一的收穫，是他藉此認識了另一個更成功的樂團「超小兔」，在一連串的決定和巧合之下，他成為他們的經紀人。

超小兔裡負責詞曲創作的成員罹患嚴重的書寫痙攣症，這症狀發作後，該團就逐漸走下坡，麥克思開始四處尋找可以讓他經紀的樂團。他態度積極，握起手來扎實有力，尤其擅長表現出自己是個要角。兩年後，他擁有一小群或多或少可算成功的藝人。

一九八〇年代中期，稍有名氣的藝人或者想在演藝圈嶄露頭角的人都會在歌劇咖啡館出沒。麥克思不算頂尖經紀人，但他懂得接觸合適的人選，跟合適的團體來往，建立有用的人脈。若有哪個力爭上游的詞曲創作人希望誰助他一臂之力，那麼麥克思絕對當仁不讓。若有哪個知名樂團開心地慶祝喧譁，桌面上就會出現一瓶沁涼的香檳。誰送的？在那兒的麥克思．韓森。來，坐，老弟，你說你叫什麼名字？讓這名字眾所周知，天下聞名。

純粹因為外貌而被邀請進來的年輕女孩聚集在桌子旁，假裝意興闌珊。麥克思把注意力放在那些手提包上的名牌拼錯字母、或者看起來有點飢渴的女孩。小聊一下，找機會和她們曾在電視上見過的面孔打個招呼，這樣就夠了。接著帶她們回他位於瑞格林街的兩房公寓。碰，砰，小姐多謝，不含早餐喔。他的無敵紀錄是一個月釣三十個不同的女人，不過其中一些是在瑞奇酒吧釣到的，因為有幾晚歌劇咖啡館休息。

日子就這麼過下去。麥克思有強烈的階級意識，對他來說，這是詛咒也是祝福。說是祝福，是因為這讓他懂得占住團體裡的哪些位置。說是詛咒，是因為這種本能無情地告訴他，他就卡在離至高頂端兩階的位置上。

如果只是一階，旗下藝人或許還有可能在飛黃騰達後繼續留在他的身邊，讓他跟著雞犬升天。然而現在卡在這裡，一旦他們走紅，一等合約結束就會立刻走人。

他還算幸運，和一個沒沒無聞的樂團暴雨鋒面簽下了五年合約，雖然這紙合約對他不一定有利。然而，才一年，他就看著這團體走紅，幫他賺入大把鈔票，但雙方關係也因此惡化。該團體不停地對他惡言相向，罵他是寄生蟲。原本成功的經紀人事業就此走下坡。

幾年前，暴雨鋒面在他家玄關的地毯上撒尿，當作臨別贈禮。他們離開之後沒幾年，他的事業降到谷底。他有機會網羅的年輕藝人多半是那些沒聽過他名字，或者之前聽過他，但走投無路之下才來找他的人。不管怎樣，他還是有人脈。

九〇年代末，業界流傳的這句話精準地表達出他的狀況：「麥克思．韓森——最後機會」。如果他醞釀出什麼點子，還是可以找到詞曲創作者、製作人和唱片公司來實現他的構想，但他所能找到的這些人全都是下下之選。他的盛世已經結束。

但有一件事多年走來始終如一，那就是他對年輕美眉情有獨鍾。不過，現在他沒那麼多機會跟名人打招呼（就算打了招呼，這些名人也多半對他視而不見），好讓那些美眉刮目相看，所以他只得下猛藥，才能把這些擁有青春肉體的美眉騙上床，這帖猛藥就是給予虛幻不實的承諾。

時代不同了。八〇年代中期，成名是夢想——對多數人來說是個遙不可及的夢想。然而，現在拜一窩蜂的實境肥皂劇之賜，來自阿貓村的莉莎或阿狗鎮的馬吉都深信自己是即將走紅的明日之星，深信自己的人生大躍進就在轉角處等著發生，只要他們抓住每一個機會。

麥克思流連在「間諜酒吧」，睜大眼睛尋找目標：明星光環明顯消褪的人、已經把能逛的酒吧和購物中心全逛完的人，以及偶有零星歌曲在小鎮的披薩店播放當背景音樂的人。一發現這些人，他立刻出擊。

在這種脈絡下，他的綽號「最後機會」並非不利於他的負面損語。這些女孩通常很痛苦地意識到，就算她們保持光鮮亮麗，也已經時不我與。「最後機會」至少代表還有機會。麥克思就是這麼告訴她們。

妳的天賦還未被發掘。只要有好的造型師。我認識唱片公司裡的一個詞曲創作人，他跟紅遍全球的新好男孩合作過，這傢伙正在尋找像妳這樣的新人。我在亞洲有人脈。那裡的人肯定會愛死出現在亞洲的瑞典女孩。

這招有時管用，有時一點用都沒有。一九九九年十一月，麥克思締造了二十歲以來的第一個無性愛月份。因為要植髮重整劉海，要撫平上脣的一些皺紋，還要動腦思考他的處境。

其實他並沒愚弄那些女孩。他真的給了她們一些電話讓她們去打，偶爾還安排了零星幾次會議。他還進一步安排那個他在老大哥酒吧釣到的女孩灌唱片，設法讓她的歌曲列在未進榜的「潛力歌曲」名單中，而且還讓幾間購物商城播放她的歌曲。好吧，他的承諾確實打了折扣，不過現在時機真的很差啊。

他決定改變戰略。在間諜酒吧釣女孩的成功機率越來越少，他決定重新來過。他開始出現在演藝學院的期末演唱會上——這是對外公開的——睜大眼睛搜尋曾上電視唱過歌的年輕女孩，然後走過去跟她們攀談。

偶爾他會成功地讓某個女孩加入前往日本的商展團，或者在電玩展上扮演古墓奇兵女主角，找機會露臉。他會錄製幾段女孩穿貼身衣物跳舞的影片，並且把話更挑明了講：跟他上床或推開他，隨她們便。還有，對，他就是要拍下性愛過程。

有天晚上他半醉地坐在沙發上，對著一段影片打手槍。影片裡是他兩天前拍攝的一個女孩，她笨拙地在鏡頭前搔首弄姿，唱著〈哎呀，我怎麼又做了〉。他忽然發現自己面臨某種谷底，看著這段影片卻怎樣都提不起勁。最後他終於射精，然後沉沉睡去。

二〇〇六年九月底，麥克思・韓森就是在這種情況下轉到《偶像新秀》的地獄週。節目裡的每個男孩和女孩都有一定程度的天賦，他心想，憑他的經驗，他可以一眼看出誰會過關、過關後會有什麼樣的際遇。但他真正的目標是那些被淘汰的人。

有個來自錫姆里斯的女孩純真又漂亮，很對他的胃口，讓他猛流口水，但他心想，這女孩一定什麼事都要先經過父母那一關。不過，他還是記下她的名字，或許哪天派得上用場。他說的是事業上，而非為了逞獸慾。

接著上場的是朵拉．拉爾森，她唱的歌是〈火星上的生命〉。這女孩喚醒了他內心一直沉睡的部分：好奇心。他看不懂她。他在這圈子混了這麼久，耳濡目染之下，音樂素養足以立刻辨識出所向無敵的歌喉，可是這個女孩？還有她的表演？這是什麼東西啊？到底算精采絕倫，或者糟糕透頂？

有史以來第一次，他完全不知道這唱歌的女孩可能會有什麼樣的發展，即使她唱完後，歌聲仍在他的腦海裡盤桓久久。她美得如畫中人物，但也冰冷得讓人反感又讓人亢奮。

朵拉過關，隔天麥克思透過第四頻道裡的熟人弄到了她的聯絡資料。除了地址，什麼都沒有。他列印出制式信函，稍微做了修改，但決定先看看情況再寄出這封信。她應該會收到很多邀約。

他看著朵拉演唱〈沒人能跟你比〉，很高興她被淘汰出局，因為這樣一來他的成功機會比較大。眼前這個女孩是一塊未被雕琢的鑽石，她的歌喉和外貌有利於她，甚至可說是上上之選，然而想要在演藝圈出人頭地，大紅大紫，還有很多地方需要加強。

除了麥克思．韓森，還有誰能雕琢這塊璞玉。他滿腦子靈感，丟開那封制式信函，重擬一封全新的信，信中詳述她目前的優缺點，並說明他可以怎樣幫她，還大致列出她擁有的各種機會。

如同往常，他稍微誇飾了一下，不過信中所言仍有相當可信度。他設法說服自己，他只是想網羅她，想幫助這株脆弱的幼苗成長茁壯，這番信念甚至感動得他幾乎噙淚。然而，一發現自己勃起，他立刻跌回現實。

他直接走到郵筒寄信，回到住處時，就已經焦急地等著她回覆。

他想要。噢，他想要得不得了。

2

《偶像新秀》之旅讓傑瑞和泰瑞絲飽受折騰，只是情況各有不同。這件事也改變了他們，轉變了兩人之間的關係。傑瑞被迫表現出他原本不知道的一面，此外他也看到了之前未曾出現過的泰瑞絲。

一切就從第一次試鏡開始。搭地鐵回家時，他問她究竟說了什麼去安慰那些哭泣的女孩，泰瑞絲回答：「話。」

「我知道妳跟她們說話，但說些什麼話？」

「正常的話，該說的話。」

他只探出這點口風，不過這份好奇心最後會由發生的某件事獲得滿足。

◆

在春夏兩季內，泰瑞絲一路過關斬將，彷彿通過試鏡是很自然的事，而傑瑞越來越疲憊。他不曉得原來這麼麻煩。他原本以為只要人出現，唱歌給評審聽，要不過關，要不出局，然後等著上電視。

然而，完全不是這麼回事。在豪氣飯店通過初次試鏡後，他們要泰瑞絲三天後以同樣的衣服和髮型，帶著同樣的比賽號碼來報到，這是為了避免剪輯影片時出問題。她在主評審團面前唱歌，過關之後受到一小群女孩的恭賀。

這次的試鏡也有人崩潰，睫毛膏沾汙了臉，泰瑞絲再次走過去，探頭靠近那些難過的參賽者，對她們說悄悄話，傑瑞張大耳朵想偷聽，卻什麼都沒聽見。泰瑞絲又拿到更多寫有電話號碼的紙條，但她完全沒想過可以打電話給她們。

不只如此。大約一個月後，在奧斯卡劇院舉行最後一次試鏡。傑瑞撐過了好幾小時、好幾天，等著泰瑞絲獨唱給不同的人聽。每天他都希望她能被刷下來，這樣一切就結束了，然而，她天天過關。汗水、難過、每個角落都有攝影機在拍攝哭泣的孩子。簡直是人間地獄。

泰瑞絲終於幸運地擠入前二十強，秋天時要到電視臺進行實況比賽。對此，傑瑞毫無感覺，只覺得鬆了一口氣，但並非因為她過關，而是因為冗長疲憊的試鏡終於結束。剩下的等到秋天再來擔心。

◆

在七月中某個炎熱的日子，傑瑞居住的這幢三層樓建築熱得讓人大汗淋漓，肌膚灼痛，使得這地區的名字斯韋德米拉簡直要變成「撕我的皮啦」。就在這一天，傑瑞終於知道泰瑞絲做了什麼事。

他和泰瑞絲去當地商店買冰淇淋消暑，準備一人一支大快朵頤，聽見冰箱的方向有人提高嗓門，接著老闆出現，抓著一個約十三歲女孩的手臂，將她拖向庫房。

簡短對談後，傑瑞才知道這女孩一直來店裡偷東西，現在老闆要把她拖進庫房好好解釋清楚。老闆的一隻手用力掐住女孩的前臂，她哭著說：「不要，對不起，對不起，我不會再……」這狀況就跟其他涉及暴力的突發事件一樣，讓旁觀者頓時怔愣，傑瑞就這麼站在那裡，雙手垂在身側，呆望著老闆推開庫房的門，將女孩拖進去。

他心想，基本上老闆是個好人，所以他應該只是要教訓她一下，不會真的叫警察，罵她一頓然後就算了。這是他的詮釋，然而泰瑞絲有完全不同的看法。

傑瑞回神後，瞥見泰瑞絲走到陳列廚房用品的架子前，拿起一把切肉刀，撕下包裝紙，毅然決然地走向庫房，刀子握在腰際位置。

「小妹？小妹！」

他跑向她，抓住她的肩膀。泰瑞絲舉高刀子，轉身面向他。她的雙眼空洞，宛如戴上猙獰的面具。傑瑞本能地放開她的肩膀，舉起雙手，採取防衛姿勢。泰瑞絲似乎就要刺向他了，但在最後一秒打住。他聽見她的喉嚨發出野獸般的低嗥聲。

不可思議的是，傑瑞還有一絲冷靜得以辨識出她的表情，讀懂她的疑問：你為什麼要擋住我的路？我給你一分鐘解釋。

「妳誤會了。」傑瑞說，這是他所能想到最快的解釋，以便爭取一點喘息空間。「妳搞錯了，妳不可以這樣。」

「小女孩會死，」泰瑞絲說：「大人會殺了她。我沒搞錯。」

傑瑞費力地以清楚的句子解釋給她聽，希望她能搞懂真實狀況。「妳誤會了，他沒有要殺她，他不會傷害她，他只是要跟她……說一些話。一些凶巴巴的話，然後她就可以離開。」

泰瑞絲把刀子放低一點。「你怎麼知道？」

「妳要相信我，」傑瑞指著庫房門，「再過幾分鐘她就會出來，她不會受到傷害，我保證。」

泰瑞絲直盯著門，嚴密守候，刀子落回她的腰際處。傑瑞環視商店，幸好沒有其他顧客，可是隨時都會有人進來。

「泰瑞絲？把刀子給我好嗎？」

泰瑞絲搖搖頭，「小女孩不出來，大人就要死。」

傑瑞用力搓後腦杓，更多汗不停滲出，他的頭皮溼了一大片，他腦袋昏沉，感覺他和泰瑞絲每天過的日子就像在吊橋上顛簸前進，兩人之間隔著萬丈淵壑，深不見底。但這會兒，底部乍然現形。

「好，」傑瑞說：「可是，如果小女孩出來……妳就把刀子給我？」

泰瑞絲點點頭。

兩人等著，一分鐘過去，兩分鐘。沒有其他顧客上門，傑瑞站在泰瑞絲身邊，望著緊掩的雙扇門。又一分鐘過去，他胸口開始滋長非理性的恐懼。萬一泰瑞絲說對了，庫房裡頭正在發生謀殺或強暴？他瞥向泰瑞絲，她表情僵硬封閉。那個女孩現在就必須出來，否則恐怕就要壞事了。

就在這時，她出現了。門開啟，老闆見到傑瑞，點頭向他打招呼，指著他身後那個畏縮溫順、滿臉淚痕的女孩。

「有時候你就是得堅守立場，絕不妥協，對吧？」

傑瑞點點頭，往旁邊走一步，以擋住刀子，不讓老闆看見。女孩走向門口，老闆在她的身後喊：「歡迎妳再回來，但絕不准再偷東西。」

女孩低垂的頭左右搖搖，泰瑞絲跟了上去。傑瑞任由她去，反正她的手中沒有刀子了。他往旁邊一瞥，看見刀子就放在冰淇淋櫃上。

老闆繼續說，這種事情得一開始就處理，不能放任小鬼偷下去，否則日後他們會付出代價。傑瑞點點頭，出聲應和，同時巧妙地將刀子藏入身後手中。老闆一轉身，他立刻將刀子塞入硬紙包裝袋，然後離開商店。

泰瑞絲和女孩並肩坐在商店外的牆邊。女孩蜷縮成一團，繼續哭泣，這景象看起來好熟悉。這次傑瑞要搞清楚泰瑞絲到底跟女孩說些什麼。這兩個女孩的頭靠在一起，沒注意到他，所以他偷偷從她們身邊繞過去，站在牆後方的人行道上。

就定位後，他聽見泰瑞絲的聲音就像有節奏的低喃，抑揚頓挫，彷彿唱著搖籃曲。他更靠近些，終於聽見她的話語。

「妳別害怕。」

「不怕。」

「別難過。」

「不難過。」

「妳很小，他們很大，他們做壞事，他們會死，他們生氣是因為他們會死，妳很小，妳不會死。」

「什麼意思？」

「妳會永遠活下去。妳不會痛苦。妳沒傷害任何人。妳的頭腦裡有美妙的歌曲，他們的頭腦裡有醜陋的話語。妳很柔軟，他們堅硬。他們要妳的命，別把妳的命給他們，別把眼淚給他們。別害怕。」

她的聲音具有催眠魔力，聽得傑瑞站在那裡前後晃動，被她的話語感動。別害怕，別害怕。他在商店裡所經歷到的恐懼消褪，宛如沙灘上的字跡被浪潮抹去。他不曾聽過泰瑞絲以這種聲音說話。撫慰、悅耳、療癒。宛如母親安慰孩子，又如醫生跟病人保證沒事。這聲音會在黑暗中牽住你的手，帶你走出黑暗。

儘管聲音的對象不是傑瑞，他還是隨著那韻律搖擺，相信它所揭露的簡單真相：沒什麼好怕的。

就在他出神地擺動身體時，一時失去平衡，他趕緊挪動雙腳來穩住自己，這時泰瑞絲聽到了聲音，轉身，跟他四目相交，她的眼神似乎當他是陌生人。接著，她把視線撇開，站起來，另一個女孩也起身。現在，那女孩的頭抬得高高的，不再憂懼。傑瑞搖搖頭，彷彿要硬把自己從不想醒來的夢境中搖醒。

回家途中，泰瑞絲以她原本的聲音說：「你不該說謊，你不該說謊。」

「什麼？」傑瑞說：「我沒說謊啊，事情真的就像我說的那樣。」

泰瑞絲搖搖頭，「你說那小女孩不會受到傷害，可是她受到傷害了。那個大人傷害了她，你說錯了。」

對，傑瑞心想，而且還他媽的大錯特錯。

夏末，他們還會偶爾即興彈吉他，寫歌，但兩人之間的關係不一樣了。經過商店事件後，傑瑞發現自己被歸類到「大人」那一類，並因此不再為泰瑞絲所信任。而她之所以接受他的存在，純粹是因為他還沒試圖殺她，從統計推論的角度來說，這代表未來他應該也不會這麼做。

他慶幸她不記得兩人相識的經過。其實那時他確實想要傷害她。搞不好她記得，留存在記憶表象底下，燜燒成繚繞不休的猜疑，猜疑他具有惡意。但現在的他跟那時不一樣了，不是嗎？我們真的可以改頭換面嗎？

或許不能。可是，人會變的吧。傑瑞回首過往那段年輕歲月，幾乎無法理解什麼樣的人會闖空門，去人家的避暑小屋打劫，過著放蕩的生活。他彷彿是快被遺忘的老電影裡某個令人無法同情的角色。

他想起那一天，他回到老家，坐在通往地下室的階梯，看著父母橫屍在他曾經踏過的地板上。不，他的改變是在看到那情景之後發生的，就在他決定要保護並照顧那個殺死父母的兇手時。他大可做出不同的決定，然而，就在那關鍵時刻，他朝著不曾想過的方向踏出一步，走上人生的新路途。從那時起，他就走在那條路上，與原本的他漸行漸遠。清晰明確，離得遠遠的，很快地，若那個舊的傑瑞想跟他聯絡，只能寄明信片了。

3

在麥克思．韓森坐下來寫信給泰瑞絲之前兩個月，她就收到第四電視臺寄來的信，恭賀她通過試鏡，並邀請她在節目錄製前五小時抵達位於漢姆拜區的第二攝影棚，測試音效，進行梳妝。此外，還有一份基本上要她放棄所有權利的新合約。

傑瑞搞不懂是什麼樣的白痴動力讓他開始轉動這顆球。從文件和合約看來，他對這顆球已不再有任何控制權，第四電視臺這個機器已經緊緊掌控他和泰瑞絲。他們不再是滾動球的人，而是被關在球裡面，隨著球一起滾動。

他本來是可以把文件藏起來，假裝沒這回事，然而泰瑞絲很清楚她將會收到電視臺寄來的什麼東西。試鏡時有個去年通過試鏡但最後落敗的女孩跟泰瑞絲解釋過整個流程。泰瑞絲對於後續狀況一清二楚，甚至知道資料會哪天寄達。所以他束手無策。

況且走到這一步，他仍有試鏡時的那種感覺：不管多緊張，他也想知道接下來會變得怎樣。又跟球一樣吧，一旦動起來，就得把整個過程走完。

他們練唱〈火星上的生命〉，到了要錄製的那一天，傑瑞巨細靡遺地跟泰瑞絲交代了每件事。商店裡的那件事讓他餘悸猶存，他使出最大的耐心跟泰瑞絲反覆解釋，不管發生什麼事，她絕不能傷害大人。

「如果他們要我死呢？」

「他們不會要妳死，我保證。」

「可是如果他們真的這樣呢？」

「不會的，他們絕不會傷害妳。」

「可是他們想這麼做，他們一直都想傷害我。」

兩人就這麼「各自表述」，直到該出門，傑瑞還不確定他是否已成功地說服了她。他轉而訴諸他能想到的最後一點訴求：「好，算了，可是妳聽我說，如果妳做了什麼，我會非常生氣，生氣又難過。」

「為什麼？」

「因為……因為這會惹來很多麻煩。」

沉默了一會兒後，她說：「你想保護大人。」

「隨妳怎麼想。不過，其實我只是想保護妳，還有我自己。」

傑瑞煞費一番唇舌才說服第四電視臺讓他進去。其實大家都知道，《偶像新秀》的參賽者很希望有人在現場提供支持。他保證會待在後面，不會干擾錄製的前置作業。

他坐在舞臺邊緣，看著泰瑞絲測試麥克風，對著專為她準備的備份磁帶唱歌。她的歌聲照例讓他起雞皮疙瘩，在她演唱的那三分鐘，攝影棚裡的所有活動似乎完全靜止。

接著他們告訴泰瑞絲該如何面對鏡頭。當編舞老師輕輕地抓著她的肩膀，把她挪到正確位置，她全身僵硬，傑瑞緊張得咬起指甲來。傑瑞正準備跳起來，跟泰瑞絲解釋舞蹈老師並沒惡意時，發現這位年輕男子細膩溫柔——依傑瑞之見，應該是同性戀——舉手投足之間，似乎不會讓泰瑞絲感覺受到威脅。

傑瑞聽不見他說了什麼，但他看見泰瑞絲專心聆聽他的指示，直視著攝影鏡頭。她再次唱歌時，身體姿態與眼神說明她接受了老師編的舞，起碼某種程度上是如此。

吃中飯時間，傑瑞鬆了口氣，因為泰瑞絲默默地答應不在一群參賽者當中吃她的嬰兒食品。儘管有點格格不入，但她正努力適應環境，或許一切會很順利。

午餐後有個女人走過來，以犀利的眼神看了泰瑞絲的穿著一眼，然後消失不見，再次出現時，她的手裡拿著一件閃閃發亮的銀色衣服，要泰瑞絲去更衣間換上。換衣過程也很順利。這女人考慮了泰瑞絲要唱的歌曲，找了一件介於太空裝和長禮服之間的服裝。不怎麼適合泰瑞絲，但她似乎不以為意。

錄製前一小時，他們被叫去梳妝。遵從指示走過幾段階梯，沿著走廊前進，他們抵達一個大房間，裡頭有八張空的美髮椅。有個一頭金髮毛茸蓬鬆的年輕女人坐在裡面看雜誌，還有一個身形巨大、年齡和傑瑞相仿的黑人女子正在打掃美容椅底下。

他們進去時，金髮女人起身，伸出她的手對泰瑞絲打招呼，但眼神沒看著她。傑瑞見泰瑞絲沒想跟人握手，趕緊上前握住金髮女人的手。她的手纖細冰冷，腕上戴了很多手鐲，超低領的上衣顯然要凸顯那對很不自然的圓球狀巨乳。照理說傑瑞應該覺得她性感迷人，但他毫無這種感覺。

泰瑞絲坐在椅子上，傑瑞走過去，站在她身旁，梳妝師指著房間遠處一張普通椅子說：「如果你能過去坐在那裡，我會很感激。」看見傑瑞猶豫不決，她補上一句：「去外面等著我會更感激。」

傑瑞拖著腳步走到那張普通椅子，坐在椅沿，隨時準備行動，因為他有不好的直覺。女人把一件黑色的美髮用罩巾披在泰瑞絲的肩膀上。泰瑞絲坐在那裡，望著自己的鏡中映像。安安靜靜，唯一的聲音是掃帚掃過地板的聲音。

傑瑞瞥向那聲音。打掃的女人有一張深褐色的大臉，炭黑鬈髮在頸後綰成髻。她肯定有九十公斤，每個部位看起來都很碩大、圓滾、軟綿綿，讓人不免覺得她的存在純粹是為了和金髮梳妝師的僵硬死板成對比。

清潔婦似乎察覺到傑瑞正看著她。她望向他，綻放讓人難以抗拒的迷人笑容。傑瑞情不自禁揚起嘴角，感覺自己像個白痴，趕緊低頭看地上。接著，他瞥見自己的鏡中映像，戛然頓住微笑。

沒什麼值得大書特書的。

他看起來就像個老氣的少年。為了特別場合精心打扮，將頭髮往後梳，整理成某種鄉村搖滾的造型，然而鬢毛雜生，無法完全刮淨，使得他看起來就像過氣的貓王。他的臉面肥腫，眼下有黑眼圈，鼻子似乎一年大過一年。有人願意對著這樣一張臉綻放笑顏，實屬大功一件。

他從鏡中瞥見一抹銀光閃過，接著一切就在剎那間發生了。梳妝師顯然認為泰瑞絲的臉蛋不需要加工，所以改把注意力放在她一頭微鬈的金色長髮上。

當傑瑞瞥見那抹銀光，梳妝師已經一手抓住泰瑞絲的頭髮，另一手握住剪刀。那一抹銀光，就發生在她準備把剪刀靠向泰瑞絲的脖子的前一秒。倘若傑瑞早點察覺即將發生什麼，他就能及時阻止，然而，他才分神一下，現在已經太遲。

泰瑞絲低嗥，猛然將身體側向一邊，椅子立刻旋轉起來。扶手撞到梳妝師的脛骨，她痛得倒抽一口氣，往後踉蹌。就在那一秒，泰瑞絲跳下椅子，撲到她的身上，抓起她手中的剪刀。

一切發生之快，迅雷不及掩耳。傑瑞還來不及跳下椅子，泰瑞絲就已經舉起剪刀，準備刺往梳妝師的臉。幸好有人速度比他更快。就在泰瑞絲舉起手臂時，一隻黑色大手抓住她的手腕。清潔婦一把抱起泰瑞絲，把她放回梳妝椅上，對她說：「嘿，小姐！妳瘋了嗎？」

她把泰瑞絲手中的剪刀拿起來扔回梳妝檯。接著雙手按住泰瑞絲的肩膀，這時傑瑞奔過去，泰瑞絲的臉上出現前所未有的表情，有恐懼，也有純然的驚奇。她的嘴張得開開，藍眼睜得大大。

「謝謝，」傑瑞對清潔婦說：「我的意思是，非常感謝妳。」

「不客氣。」清潔婦帶著濃濃的美國口音說：「這女孩是怎麼了？」她捏捏泰瑞絲的肩膀。「嗨！妳怎麼了？妳好像很緊張！」泰瑞絲沒移動，只是望向鏡子，直瞅著站在她身後的高大生物。

梳妝師從地上爬起來，雙腿顫抖。

「搞什麼東西……」她說：「太扯了，我沒有必要忍受這種事。」她哭了起來，淌流的睫毛膏讓她看起來像鬼一樣。她指著泰瑞絲，哽咽地說：「她瘋了，她不該出現在這裡，她不該出來，應該關起來……」

她踉蹌地走出去，應該是去向高層報告這起事件。清潔婦把梳妝椅轉過來，讓泰瑞絲面對她，試圖和她四目相交，但未能如願。

「嗨，小姐，」清潔婦說：「妳長得很漂亮，不該這麼氣呼呼，來，我會讓妳看起來更美。」她拉起泰瑞絲的頭髮，泰瑞絲沒抗拒，任憑她動手。女人插上捲髮棒的插頭，開始把一綹綹頭髮繞在上頭，而泰瑞絲只是直盯著她。約莫兩分鐘，泰瑞絲轉頭，望向傑瑞，問了一個問題，這問題充分說明了為何她竟能接受有人碰觸她。「這是人類嗎？」

傑瑞滿臉通紅，支支吾吾，但清潔婦哈哈大笑，一邊幫泰瑞絲做頭髮，一邊說：「小姐，這一百年來妳都在哪裡啊？」

「真不好意思。」傑瑞說：「她不習慣……像這樣接觸人群。」

「你們一定住在很奇怪的地方。你們住哪裡？」

「呃，斯韋德米拉。」

「斯韋德米拉？這是地名嗎？那裡有沒有黑人？」

「我想，那裡多半是……瑞典老人。」

清潔婦搖搖頭，開始在泰瑞絲的頭皮上抹慕絲。傑瑞好感激她出手相助，真想告訴泰瑞絲，對，這是人類，而且是個大好人，然而，她之所以能忍受被清潔婦碰觸，是因為她認為清潔婦不是大人。既然如此，最好讓她繼續這樣以為。

想當然耳，泰瑞絲曾見過黑人，但傑瑞不曉得她怎麼看待他們，因為她從未問過跟他們有關的事。或許，清潔婦的濃濃口音讓泰瑞絲以為她是外星生物。

「不好意思，」傑瑞說：「請問妳的芳名？」

清潔婦把泰瑞絲頭上的慕絲抹勻，伸出手說：「我叫芭黎（Paris），」不過她念起來很像派瑞絲（Perris）。「你呢？」

「傑瑞。妳說的『派瑞絲』就是那個城市巴黎嗎？」

「對，我妹叫威尼絲。」

傑瑞想來點什麼詼諧妙語，比方說她們有個弟弟叫倫敦，不過這聽起來很蠢。他還來不及想到該說些什麼，就看見梳妝師帶著一個男人回到梳妝室。

男人的脖子上掛著一張證件，大約三十歲，看起來像一個禮拜沒睡覺。梳妝師開始解釋剛剛發生的事，他揚起眉，眼角下垂，似乎在說：又來了。看來這不是梳妝師第一次抱怨。

他意興闌珊地聽了三十秒，就瞥向芭黎。她正忙著把泰瑞絲的眉毛塗黑一點，以便凸顯她的藍眼眸。他聳聳肩，說：「對，對，可是現在都恢復正常了。」說到這裡，他轉身走了出去。

梳妝師跟在後頭，傑瑞聽見她說：「那是我的工作！」男人回答：「顯然不是。」

芭黎輕輕地在泰瑞絲的臉上撲粉，傑瑞又驚訝地發現泰瑞絲竟閉上眼睛，彷彿很享受這一切。芭黎壓低聲音說：「在美國我們會這樣說：滾一邊去死。」她對著門的方向點點頭。「那女人，好幾次我真想對她這麼說……你們瑞典話是怎麼說的？」

傑瑞想了一下，說：「*Stick och brinn*。」

「*Stick och brinn*。類似……滾到一邊去被火燒？」

「對，」傑瑞說：「滾到一邊去被火燒。*Stick och brinn*。」

芭黎解開泰瑞絲脖子上的罩巾，將它拿開，說：「*Stick och brinn*。」然後對泰瑞絲咧出大笑臉。「喔，我不是在說妳。妳很棒，或許下次可以學著放鬆一點。」

她拿起在混亂當中扔下的掃帚，繼續掃地。泰瑞絲站在那裡，呆望著鏡中的自己。她穿著那身銀色看起來有如來自科幻電影，一個被派來地球迷惑人類的絕美生物，或者被人類迷惑。

傑瑞清清喉嚨，走向芭黎，伸出手，「非常謝謝妳，」他說：「我實在不知道該說什麼。」

芭黎看著他的手，沒伸手去握。「你可以做一件事來謝我。」

「啥？」

「用晚餐來答謝會很不錯。」芭黎說，看著在地板上移動的掃帚。

「晚餐？」傑瑞明白她說的每一個字，但這兩個字所蘊含的意義超出他的想像，以至於腦袋無法用這兩個字來造出完整的句子。

芭黎嘆了口氣，停止掃地。「對，晚餐，你可以和我共進晚餐，找個時間，找個地方。你們瑞典不這麼做嗎？」

「喔，對，當然會，對。」傑瑞說：「當然，我很樂意，任何時間都行，去哪裡都可以。或者……我該……我可以問妳的電話嗎？」

芭黎用眼線筆把她的電話號碼寫在面紙上，傑瑞將面紙塞入皮夾內，彷彿一張金礦股份的所有權證，然後和泰瑞絲離開梳妝室，揮揮手後隱沒在轉角另一側。

之後一整天，他就像到了月球，或者火星，如果你比較中意火星。地心引力對他產生不了作用，他全身輕飄飄，頂多只有二十公斤。他把那張寫有電話號碼的面紙拿出來好幾次，確定它還在皮夾裡。由於攤開、摺疊太多次，數字開始模糊，所以他把電話號碼謄寫在一張紙上，放入皮夾裡，然後又寫在另一張紙上，放入口袋。

這種事沒有——從來沒有發生在他的身上。有人……該怎麼說？對他採取主動。他該邀她共進晚餐。可是該去哪裡吃飯？他毫無頭緒。他不曾在餐廳用過餐。他得……

傑瑞整個腦袋都在想這件事。

後來泰瑞絲沒再出狀況，真讓人慶幸，因為傑瑞心不在焉，恐怕無力應付突發事件。大概是因為全身感覺只有二十公斤，所以他整個人宛如飄浮在太空。

那個禮拜泰瑞絲過關，下個禮拜的歌曲是〈沒人能跟你比〉。結果，《偶像新秀》的最大贏家是傑瑞。就在芭黎給了他電話號碼後的第三天，他打了電話。他翻閱《每日新聞》的餐廳版，提議去弘斯達區附近的吃到飽自助餐廳「龍之屋」。

兩人碰面，大快朵頤了豐盛的泰式料理和中國菜，還喝了很多啤酒。傑瑞得知芭黎四十二歲，五年前和現已九歲的兒子隨著赴瑞典工作的丈夫移居來此。後來丈夫跟工作場合認識的一名瑞典女人在一起，三年前夫妻分道揚鑣。

芭黎在美國和瑞典做過各種工作，其中一份工作就是在邁阿密的當地電視臺擔任梳妝師。難怪她知道怎麼辦。她把自己視為倖存者，所以在判斷人事物上，她的立場非黑即白。這不好，那很好。他是白痴，他是好人。

傑瑞似乎很走運，被她歸類為好人，因為兩人道別之前，她給了他一個久久的擁抱。他問她是否可以再打電話給她，她說：親愛的，我求之不得。

麥克思・韓森的信件掉入信箱那天，傑瑞站在陽臺抽菸，做白日夢，詳盡地幻想和芭黎上床的種種。他們約過幾次會，她願意讓他親吻她，那脣吻起來就像歡娛饗宴的前菜。他想像和她繾綣的感覺應該像躺在羽絨床墊上，被她的碩大乳房、圓潤臂彎緊緊包覆，醉溺在她的肌膚中整個人消融殆盡。

他完全浸淫在美妙愉悅的幻想中，所以，當泰瑞絲走到陽臺時，他冷不防地嚇了一大跳，雙手本能地蓋住鼠蹊部位，即使他該遮掩的只不過是腦中的思緒。

泰瑞絲偏著頭。

「你為什麼不好意思？」

「我沒有不好意思，我是在抽菸。」

泰瑞絲遞出一張紙。「有人說我很棒，要跟我談一談。你看一下，告訴我可不可以跟他說話。」

傑瑞拿著麥克思・韓森的信，進去客廳，坐在扶手椅上，把信讀了兩次。他無法判斷這是空口白話，或者是真正的機會。麥克思・韓森在信中提到暴雨鋒面這個知名樂團就是他所發掘的，這點確實讓傑瑞對他有點刮目相看，但到頭來這並不是要考慮的重點。

傑瑞放下信函，看著泰瑞絲，她坐在沙發上，雙手交疊擱置大腿，宛如有耐心的聖徒。

「是經紀人。」他說：「想跟妳一起工作的人。」

「什麼意思？一起工作？」

「唱歌，幫妳處理一些事情，好讓妳可以把唱歌當成工作。唱歌，錄製CD之類的。」

泰瑞絲望向牆壁上的CD架。「我要在CD上唱歌？」

「對，有可能，妳願意嗎？」

「願意。」

傑瑞再次拿起信函，這樣轉轉，那樣翻翻，彷彿可以藉此衡量出它的分量，注入他的感覺。這個麥克思．韓森似乎真的對泰瑞絲有興趣，況且家裡剩下的錢也不夠兩人用一輩子。

畢竟，許久之前他就幻想過這一刻。唯一能從天賦中擠出現金的人是泰瑞絲。但現在，他不敢相信機會真的來臨。從泰瑞絲開始試鏡起，就有很多三教九流前來接觸他們。他把信摺好，放入桌子的最上層抽屜，說：「再說吧。」

然而，他心裡知道，他會再打開抽屜。斜坡頂端已經出現一顆新球，這顆球會開始滾動，不論他是否配合。

麥克思．韓森，他思忖，要不要試試這個機會？

4

時值十一月初。泰芮莎坐在床上，旁邊有一只空的運動袋。她知道她應該在袋子裡放些東西，但不曉得該放什麼。她要搭乘的火車班次一小時後就要啟程了，她得開始收拾，但她只是呆望著空盪的袋子。

兩天前泰瑞絲寫信來，問她要不要趁著週末去斯德哥爾摩找她玩。泰芮莎終於成功透過網路訂了火車票，雖然中間遇到了一些困難。她對父母來個先斬後奏，說她已決定週六要去斯德哥爾摩，誰可以載她到火車站？

她要去找朋友。一個女孩，住在斯德哥爾摩。對，絕對不是什麼齷齪的老男人。她們是在網路上認識，現在要IRL。IRL是網路術語，意思是約出來見面（In Real Life）。對，她當天晚上就會回來。對，她查過Google的地圖，清楚知道對方住在哪裡，該怎麼去那裡。斯韋德米拉區。

她不想告訴他們這個女孩就是他們在《偶像新秀》上見到的那個。或許怕他們會認為她在說謊，或許怕他們不相信。或許怕這樣一來，她就得說出她想保留的某些祕密。

她爸媽知道她很孤單，大概是因為這樣，所以他們才會答應。她給了他們泰瑞絲家的地址和電話號碼，並且答應抵達後會打電話回家報平安。

到目前為止還不錯。

直到準備收拾行李，她才停下來思考整件事。她不曾單獨搭過火車。照理說出遠門得打包行李，不是嗎？可是該帶些什麼呢？會需要什麼東西呢？

我是誰？

換個方式說吧，她想帶著什麼去找泰瑞絲，她想拿什麼給她看，她想成為什麼樣的人？她坐在床上，望著空盪的袋子，覺得它在嘲笑她。袋子就是她。空盪，空無。沒什麼可帶去見人。她走進浴室，努力上了一點妝，照著鏡子時心想，看起來還不錯。她學會塗腮紅，好讓自己的臉從某種角度看沒那麼臃腫。她用了一點慕絲把頭髮抓蓬鬆，給前額的劉海創造出一點輕盈感。眼線、眼影。

化完妝時，爸爸在樓下喊道，現在得出發囉，免得趕不上火車。泰芮莎想都沒想，在運動袋裡扔進地圖、手機、MP3播放器，筆記本，以及黑色的絲絨運動服。之所以放入運動服，主要是因為她需要有點東西來填滿袋子。

前往車站的途中，爸爸問了更多有關那個女孩的問題，泰芮莎據實以告：她們在一個討論狼的網站上認識，兩人年紀一樣，對方住在斯韋德米拉區。至於其他部分，她要不撒謊帶過，就是語帶保留或誇大事實。

葛藍等著火車進站，給了泰芮莎一個擁抱，但她就是無法回抱他。她進車廂安頓好，列車開始駛出月臺，葛藍對她揮手。她意興闌珊地回應，看著他轉身，走回車上。

兩分鐘後，「旅程」這個辭彙才進入她的意識中。她在旅行，獨自坐在火車上，即將去一個她未曾駐足過的地方。在出發點與目的地之間，她是旅客，一個上路的人。一個自由人。她看著自己在車窗上的倒影，卻認不得那是誰。

坐在這裡的是誰？會是誰？

她拿出筆記本和筆，咬著筆，偶爾瞥向玻璃窗上的自己。她很想當個坐在火車裡寫東西的雀躍陌生人，然而什麼靈感都沒有。她向來沒什麼想像力，這會兒更加薄弱。

她寫下：「我坐在火車裡……」但僅止於此。她再寫一次，又寫一次。坐了十分鐘，寫了滿滿兩頁，全是這六個字。她看著車窗上的自己，陌生人。

夠了！

她把筆記本塞入袋子裡，走去洗手間。她在洗手盆上靠了好久，端詳鏡中的自己。然後她洗臉，擠了皀液在雙手上，徹底洗淨自己，將臉上的每寸妝容洗得一乾二淨，然後把頭髮打溼，往前抹平，接著用紙巾擦拭，直到頭髮塌扁無型。

她把衣服脫掉，換上從袋子裡拿出來的黑色運動服和黑色絲絨運動褲，透過鏡子檢查成果，確定自己看起來糟透了。

這才是我。

她回到座位上，這次車窗上那個和她對望的人看起來熟悉多了。這隻醜母牛跟著她一輩子，現在就要跟著她去斯德哥爾摩。泰芮莎打開筆記本，寫道：

那些有翅膀飛翔的人
那些有牙齒啃咬的人
你有翅膀，你有牙齒

一定要做些什麼事
用你的手，抓！
用你的牙，咬！
用你的翅，飛！
飛，飛，有一天飛得高高
為了他媽的緣故，飛得高高

中央地鐵站的人潮驚嚇到她。從月臺走下樓梯時，她真的覺得一波波如洪水的人潮就要讓她滅頂。眼前出現一條大河，她就要溺斃。她連該往哪個方向都不知道，只好涉入河流，隨波逐流，直到被人潮推向通往地鐵的閘門口。

她把錢遞給窗口，說：「到斯韋德米拉區。」她拿著三節票根，詢問該往哪裡走，然後跟著新的人潮往前移動。她抓緊運動袋，一路緊張兮兮。這裡好多人，而渺小的她獨自一個。

上了電車後漸入佳境。她先確認這班車可到斯韋德米拉區，然後找空位坐下。她可以平靜下來，她有自己的空間了。然而，人還是很多。圍繞在她四周的多數成人面無表情。她總覺得隨時會冒出一隻手伸向她，或者有人開口對她說話，想從她身上得到什麼。

乘客上車，下車，到了斯韋德米拉區，車廂變得幾乎空盪。泰芮莎踏上月臺，打開地圖。她在泰瑞絲家的位置畫了個X，就像藏寶圖一樣。

街道上覆了一層薄雪，她穿著薄運動衫，冷得打哆嗦。她假裝自己是個黑洞，假裝沒在移動，真正移動的是泰瑞絲居住的那幢建築物。它被她吸過來，就要被吸入她體內。

正確的街道和正確的大門被她吸來。她繼續玩這個遊戲，直到站進電梯，壓下頂樓按鍵。現在，她非得停止這個遊戲不可。她忽然好緊張，幸好肌膚冰冷，才沒汗流浹背。

為了他媽的緣故，飛得高高

電梯把她送上樓。

果然就像泰瑞絲所說，門上寫著姓氏「希德斯壯姆」。泰芮莎按門鈴，試圖擺出適當表情，但想不出什麼才算適當，乾脆算了。

她不曉得自己對這趟旅程有何期望。泰瑞絲在 email 裡寫她和「傑瑞」住在一起，但沒解釋兩人的關係。前來應門的男人看起來像呆坐在公園長凳上的那種人，差只差在他穿著全新的格紋襯衫。

「嗨。」泰芮莎說：「泰瑞絲住在這裡嗎？」

男人上下打量她，接著瞥向樓梯平臺，想確定還有沒有人。他往旁邊挪一步，說：「請進，妳看起來很冷。」

「我有外套。」

「對。我還以為妳只穿這樣。」他指著公寓內部，說：「她在裡面。」

泰芮莎脫鞋，走過玄關，抓緊運動袋的提帶。這整件事仍有可能是一場騙局。跟她通 email 的其實是來應門的男人，他隨時就要對她做出可怕的事。這種事時有所聞。

發現客廳沒人，她的心臟開始激烈跳動。她聆聽，等著大門被關上的聲音。沒有。有個房間的門開著，她看見泰瑞絲坐在床上，雙手擱在大腿上。

一路上經歷的一切全部消褪：嚇到她的洶湧人潮，怕搭錯車、走錯路的憂慮，寒冷的街道，對這個穿襯衫的男人的短暫恐懼，全都消失。她順利抵達地圖上畫X的那個點，見到了泰瑞絲。她不意外泰瑞絲沒起身跟她打招呼，逕自走入房裡，把運動袋放在房門邊，說：「我來了。」

「很好。」泰瑞絲說，一手移動到她旁邊的床，「坐這裡。」

泰芮莎坐在泰瑞絲旁邊。她的腦袋裡預演過幾種開場方式，但被她一一打消。她試圖想像兩人在這種或那種情況下見面，她要說些什麼，做些什麼。然而，她從沒想過她們會像現在這樣並肩而坐、沉默不語。

一分鐘過去，泰芮莎的身體暖和起來，整個人也開始放鬆。經歷了混亂的旅程，能這樣靜靜坐著什麼都不想，感覺真好。她注意到房間空盪盪，幾乎像斯巴達式軍營。牆上沒有海報，沒有高雅或者庸俗的擺飾品。只有一個書架，上面有童書、一臺CD播放機，還有一個CD架。她擱在門邊的運動袋顯得格格不入。

「我在火車上寫了一首詩，」泰芮莎說：「妳要聽聽看嗎？」

「好。」

泰芮莎把運動袋拿過來，打開筆記本，讀出這首詩。然後把那張紙撕下，遞給泰瑞絲。「拿著，寫給妳的。」

泰瑞絲就這麼坐在那裡，前面放著一張紙，久久不動。泰芮莎轉頭側看她，發現她的視線隨著詩句往下移動，讀到最後一行後，回到最上頭，再讀一次。又一次。泰芮莎不安地扭動，終於忍不住問道：「妳喜歡嗎？」

泰瑞絲把紙張放下，沒看著泰芮莎，說：「這首詩談的是人變成狼，變成鳥。我覺得很棒，不過裡頭有髒話。詩裡可以出現髒話嗎？」

「可以，我想應該可以，如果有需要的話。」

泰瑞絲再次讀這首詩，然後說：「確實有需要。因為那個人很憤怒，因為他們不是狼，也不是鳥。」這是她第一次看著泰芮莎的眼睛說話。「這是我讀過最棒的詩。」

泰芮莎的臉頰紅燙。她幾乎無法跟對她讚譽有加的人四目相接，頸背的肌肉喊著要她把頭轉開，但她的目光堅定沉穩，頭固定不動。泰瑞絲那雙澄藍的大眼睛裡沒有一絲嘲諷或期望，也沒有其他試圖誘發泰芮莎回應的情緒。她的眼睛只訴說一件事情：妳寫的這首是我讀過最棒的詩。妳來了。我看著妳。所以，泰芮莎才能繼續迎視她的目光，而且幾秒鐘後，感覺變得很自然。

泰瑞絲指著泰芮莎的筆記本，說：「還有其他的詩嗎？」

「沒有，只有一首。」

「妳可以多寫一點嗎？」

「好啊，應該可以。」

「妳寫好後我要看。」

泰芮莎點點頭。她忽然不想坐在這裡，想回家，進她房間寫詩，把整個筆記本寫得滿滿的，然後回到這裡坐下，看著泰瑞絲讀這些詩。她想這麼做，希望能夠這樣。

傑瑞出現在房門口。「妳來了，一切都還好嗎？」泰瑞絲和泰芮莎同時點點頭，傑瑞哼了一聲，說：「妳們兩個看起來就像……我不曉得該怎麼說。」

「勞萊與哈臺[6]？」泰芮莎提議。

傑瑞咧出大笑臉，對著泰芮莎晃動手指頭。然後，走入房間，對著她伸出一手。「嗨，我叫傑瑞。」

泰芮莎跟他握手，「嗨，我是泰芮莎，你是……泰瑞絲的爸爸？」

傑瑞聳聳肩，「可以這麼說。」

「可以這麼說。」

「對，可以這麼說。」

「他是我哥哥。」泰瑞絲說：「藍納特和萊拉死掉之後，他把我藏起來。」

傑瑞雙手交叉抱胸，看著泰瑞絲，露出有點苦惱的表情，然後深深嘆了口氣，似乎覺得很無力。他清清喉嚨，但聲音依舊濃濁。「要不要喝果汁或什麼的？吃點餅乾？」

◆

泰芮莎去上洗手間，並且打手機回家，告訴爸媽一切都很好。回到客廳坐下，喝著覆盆子汁，吃了兩片擱得過久、口感硬邦邦的巧克力布朗尼。傑瑞喝咖啡，泰瑞絲拿著湯匙從一罐嬰兒食品中舀出杏仁泥來吃。泰芮莎覺得整個氣氛讓她很不舒服。彷彿傑瑞隨時盯著她和泰瑞絲看，彷彿他想弄懂什麼事情。他是個很奇怪的大人，一方面她喜歡他，但另一方面也希望他離開。

吃喝完畢，她的祈禱應驗了。傑瑞往大腿一拍，說：「好，小姐，我得出去一下，看來妳們兩個處得很好，所以……我不確定什麼時候回來，不過妳們不會有事吧？」

傑瑞準備出門時，揮手要泰芮莎過去一下。她走到玄關，傑瑞壓低聲音，說：「泰瑞絲有點特別，我想妳已經注意到。如果妳發現她說了什麼奇怪的話，就……反正別想太多。妳不會亂說話吧？妳應該不是那種聽到什麼事就到處嚷嚷的人吧？」

泰芮莎搖搖頭，傑瑞閉著嘴巴做出咀嚼狀，彷彿正在思考，想做出什麼決定。「這樣吧，如果泰瑞絲告訴妳任何事情……妳千萬別告訴任何人，懂嗎？連妳的爸媽都別說，任何人都不能講，可以嗎？我就靠妳了。」

泰芮莎點點頭，說：「好，我知道。」

---

6 勞萊與哈臺（Stan Laurel and Oliver Hardy）是美國默片時代長期搭檔演出滑稽片的兩位演員。兩人從一九二六年開始搭檔演出，勞萊瘦小，哈臺肥胖，很具喜劇效果。

傑瑞凝視她久久，那眼神彷彿要看穿她，泰芮莎渾身不自在。他拍拍她的肩膀，說：「我很高興她認識妳。」然後離開。

泰芮莎回到客廳，坐在電腦前的泰瑞絲問她：「要不要聽音樂？」

「好啊。」泰芮莎說，一屁股坐在沙發上。她伸伸筋骨。少了傑瑞那雙眼睛盯著她看，現在不再全身僵硬。想到能趁機了解泰瑞絲喜歡哪種音樂，她就很興奮。

她認不得電腦擴音器傳出來的歌曲，不過從那種單薄的合成聲音聽來，應該是八〇年代早期的歌。不過話說回來，她哪懂得音樂，搞不好現在的音樂就像這樣。畢竟她不是很認真追逐流行音樂。總之，她喜歡前奏，還有旋律。聽到泰瑞絲的歌聲時，她還有點驚訝。

她聽不出泰瑞絲唱些什麼，好像是一些沒有關聯的斷句，很多地方混合著無字句的哀訴聲音。即使沒歌詞也無所謂，曲子本身已立刻吸引住她。旋律動聽，感傷惆悵，但又美妙愉快。泰芮莎感覺到一股喜悅的震顫在她的脊椎竄上竄下。

歌曲到了尾聲，泰芮莎坐挺，大聲說：「太棒了……真不可思議。這是什麼歌？」

「我不知道。」

「妳知道的……我是說，這歌叫什麼名字？」

「沒有歌名。」

泰芮莎明白了。一開始聽到這首歌，她立刻被吸引，以為她以前聽過，其實並非如此。「這是妳寫的？」

「傑瑞寫的，我唱的。」

「對，我聽得出來。這首歌是關於什麼？」

「沒什麼。我只是把字唱出來。妳的文字更好。」

泰瑞絲轉身，按下另一首歌。歌曲開始播放，泰芮莎閉上眼，往後靠在沙發上，準備再來一次聽覺饗宴。聽見泰瑞絲的歌聲時，她花了兩秒才察覺兩件事。第一，這歌聲不是來自擴音器，而是泰瑞絲現場演唱。第二，她所唱的歌詞，正是泰芮莎給她看的那首詩。

泰芮莎的肺彷彿被兩隻溫暖的手給抓住，被當成小地毯絞擰。那種至高的喜悅近似於恐懼。她無法移動，泰瑞絲的聲音抑揚頓挫，偶爾停頓，讓歌詞與旋律配合得恰到好處，彷彿一開始詞和曲就是搭配著一起創作。歌曲出現第一次漸強，泰瑞絲高唱：「飛，飛，有一天飛得高高，為了他媽的緣故，飛得高高。」泰芮莎開始哭泣。

泰瑞絲按下電腦鍵盤上的空白鍵，音樂停止。她看著泰芮莎癱坐在沙發上，淚水撲簌滑下臉龐，對她說：「妳不難過，妳很快樂，妳哭，可是妳很開心。」

泰芮莎點點頭，用力嚥了幾次氣，抹抹眼睛的淚水。「對，我只是覺得太美了。不好意思。」

「妳為什麼要說不好意思？」

「因為……我不知道。大概是因為我覺得這歌曲太美了，即使是我寫的，不過，更因為妳的嗓子實在太棒了。」

泰瑞絲點點頭，「我的嗓子很棒，妳的文字很棒，兩個加在一起更棒。」

「對，我想也是，不過被妳一唱，歌曲變得更好聽。」

「歌詞一字不變，因為我的記憶力很好，傑瑞這麼說過。」泰瑞絲轉身，按入一個資料夾。她指著從上到下占滿整個螢幕的一排排資料。「我們做了很多歌曲，妳可以替這些歌寫詞嗎？」

她們聽了幾首歌。泰瑞絲播放後，有兩首跟之前第一首一樣動聽，立刻吸引住泰芮莎，不過有幾首的旋律和氛圍也很適合譜詞。泰芮莎的腦中冒出片段句子，她趕緊寫在筆記本上。她並不真正清楚自己在做什麼，但她知道這或許是她這輩子最開心的時候。

把檔案裡的歌曲全聽完後，泰芮莎又往沙發背大力一靠。她腸枯思竭了。兩人忙了好幾小時，接近尾聲時，泰芮莎宛如出神般迅速地在她聽到的旋律上加入斷字殘句。她一直認為自己沒什麼想像力，而譜詞好像跟想像力沒什麼關係，她覺得自己只是把音樂所訴說的內容寫下來。

陽臺窗戶外，天色漸黑，泰芮莎茫然地望著街燈頂端，看著光線照亮每一片飄落的雪花。她忽然整個人坐挺，「完蛋了！完蛋了！」她瞥見茶几上有具電話。「我必須……我可以……我可以用電話嗎？」

「我不知道。」泰瑞絲說：「我不會用。」

電話旁的鬧鐘顯示現在五點半。她預計要搭乘的火車在十分鐘前開走了。她緊閉雙眼，把話筒用力壓在耳朵上。是爸爸葛藍接的電話。他聽完後重重嘆了口氣，說要開車去接她回來。

泰芮莎的腦海浮現她坐在開著車的父親旁邊，將近三小時都得逃避他的問題。她不希望有人詢問今天的事，她不想做任何說明。

泰瑞絲就在她面前，興味盎然地看著她。她摀住話筒問泰瑞絲：「我可以留下來過夜嗎？」

「可以。」

泰芮莎閃躲掉爸爸的幾個問題，不過最後雙方達成協議，她改搭週日下午一點的火車回家。她掛上電話，正準備跟泰瑞絲解釋，她不想麻煩他們，卻見泰瑞絲搶先一步說話。她指著電話，問：「妳會用那個啊？」

泰芮莎不去思索泰瑞絲的怪異處，直接回答，「對。」

泰瑞絲從抽屜拿出一張紙，遞給泰芮莎，說：「打電話給這個人。」泰芮莎讀完麥克思．韓森寄來的信，看見上面寫了一支手機號碼，一支室內電話。

「妳要我說什麼？」她問。

「我要做一張閃閃發亮的CD，裡面有我的聲音。閃亮到能當鏡子的那一種CD。」

「他只說要跟妳碰面，討論事情。」

「我要跟他見面，明天，妳跟我一起去，然後我會做出CD。」

泰芮莎再把信讀一遍。就她的理解，這是那種懷抱演藝星夢的每個女孩和男孩都會收到的信，不過，她也注意到上頭的日期是十天前。「妳有很多這種信嗎？」

「只有一封，這一封。」

泰芮莎看著那短短兩行電話號碼，思索著撥了電話後該說些什麼。太怪了。「妳真的從沒用過電話？妳在開玩笑，對吧？」

「我沒在開玩笑。」

泰芮莎力圖鎮定，然後拿起話筒，按下那支室內電話的號碼。趁著鈴響時再把信讀一遍，信中除了令人生厭的讚譽詞外，通篇淨是生意人的口吻。泰芮莎挺直肩背，讓自己顯得更高大、更有自信。電話另一頭傳來：「我是麥克思．韓森。」她清清喉嚨，裝出過於低沉的聲音，說：「晚安，我打這通電話是代表……朵拉．拉爾森，她要我告訴你，她願意跟你碰面。」

電話另一端沉默了幾分鐘，接著麥克思．韓森說：「這是什麼惡作劇嗎？」

「不是，朵拉．拉爾森願意明天跟你見面，早上。」泰芮莎想到自己的火車是一點鐘，趕緊補上一句，「十點鐘，告訴我地點。」

「可是這簡直……我可以跟朵拉本人說話嗎？」

「她不喜歡講電話。」

「喔，好，她不喜歡講電話，那麼，妳得給我一個好理由，否則我怎麼相信妳的話？」

泰芮莎把話筒舉在半空中，對泰瑞絲說：「唱歌，唱點什麼歌。」

泰瑞絲毫不遲疑開始唱起泰芮莎的那首詩。這次的清唱更加悠揚，如果她那完美的歌聲還能更好。泰芮莎把話筒放回耳邊，說：「告訴我地點。」

她聽見另一頭傳來紙張翻動的窸窣聲，還有筆尖劃過紙張的聲音。一會兒後，麥克思．韓森說：「海灘路上的外交官飯店——妳……知道在哪裡嗎？」

「知道。」泰芮莎撒謊，她相信神奇的網路一定查得到。

「跟櫃檯說我的名字。」麥克思說：「十點鐘，我非常期待，真的。」

沙發上。

麥克思．韓森的口氣現在不一樣了。若說剛開始談話的冷漠是裝出來的，那麼現在聽起來又過於熱絡，彷彿他巴不得能從電話裡爬出來，直接在泰芮莎的耳邊說話。談完道別後，泰芮莎攤坐在沙發上。

我幹麼蹚這渾水啊？

她似乎莫名其妙置身在間諜故事中。相約旅館見，短箋片語，神祕的電話。整件事完全非她所能控制，她不曉得她該覺得不悅或興奮。如果再有一次機會冒充別人，變成某個可以掌控局面的人，她會大膽一試。

泰瑞絲和泰芮莎並肩坐在沙發上。泰芮莎告訴她見面的時間和地點，泰瑞絲點點頭，什麼都沒說。

兩人就這麼坐著，一會兒後幾乎同時往後靠在沙發背上。其中一人開始做出某種動作，另一個就會跟著。兩人的肩膀相碰，泰芮莎感覺得到泰瑞絲的身體所散發的溫暖。兩人坐在那裡，一動也不動，茶几上的鐘滴答響著。

泰瑞絲去摸泰芮莎的手，兩人十指交纏，靜靜坐著，望著長方形的漆黑電視螢幕，看見她們在螢幕裡的映像宛如兩個遙遠身影，坐在遠處的一個房間裡。兩人肩膀略微重疊，彷彿兩人的運動服被縫合相連。

大半晌之後，泰芮莎看著兩人的手，心想，她的手指肌膚好像滑移到泰瑞絲的手背，而泰瑞絲的指尖也開始跟她的關節交融在一起。她望著兩人的手，兩人交融到得靠一把刀——銳利的刀——才能把她們的手分開。到時候一定會流很多血。

「泰瑞絲？」

沉默過久。光說出一個名字就像一隻大鳥從她的嘴裡飛出，在房間飛竄，碰撞牆壁。

「嗯。」

「誰是藍納特和萊拉？」

「我住在那裡，有一間房子。我在房間裡。我躲起來。」

「發生了什麼事？」

「我讓他們死掉。用不同的工具。」

「為什麼？」

「我害怕，我想擁有他們。」

「後來妳就不怕了嗎？」

「還是怕。」

「現在害怕嗎？」

「不怕。妳怕嗎？」

「不怕。」

確實如此。恐懼如影隨形，陪在泰芮莎身邊好長一段時間，以至於她習而不察，甚至接受它就像影子，是她生命的一部分，直到現在，當它離開，她才看見它的存在。

5

麥克思·韓森一掛上電話，立刻小心翼翼地儲存來電號碼，並打電話到外交官飯店，預定那間他經常用來「談生意」的大房間。

那晚他輾轉難眠。這個朵拉真讓人摸不著頭緒。重要會議之前，他通常會先掌握整個情況，讓自己有機會評估事情可能的發展，衡量情勢，有必要的話設法軟化對方。但這次，他毫無頭緒，甚至沒機會跟女主角說上話。這下子他不曉得該怎麼研擬策略。夜色降臨，他開始揣想各種可能的情境，思考如何迴避對方的異議，如何巧妙地把情況導引到他想要的結局。

他相當確定朵拉·拉爾森是個真正的天才，只要往正確的方向推一把，稍微塑造一下，就可變成一臺現金源源不絕的提款機，而他很幸運，能成為第一個參與的人。到目前為止還不賴。不過，他還有另一個目的。簡單來說，他想操她。他除了要她在他的合約上簽名，還想要她的身體，起碼一次。

如果麥克思·韓森往旁邊挪一步，客觀看看自己，就會發現他壓根兒是個王八蛋。他不蠢，但他就是沒辦法改邪歸正。一想到可以跟那個超酷的小美人碰面，他的嘴巴就開始乾涸，手指開始發癢。他別無選擇。老早之前，他就不再往旁邊挪一步了，加上一種近似沾沾自喜的自我憎恨，使得他做出這般結論：*麥克思·韓森，你是隻豬哥，這就是你的本性，你只能繼續到處搞女人。*

他尤其想搞年輕女孩。然而小女生多半不想跟他有這種牽扯，他連想的資格都沒有。但是，只要做足充分準備，他就能創造出一種情境，讓年輕女孩覺得若想讓星夢成真，就得跟他上床。就是這麼簡單。

清晨兩點，他覺得自己多少掌握了狀況，於是從糾結的被單中爬起來，吞下一顆安眠藥。二十分鐘後，他平靜地睡著，七點半被時鐘收音機喚醒。他起床，昏沉無力但意志堅定，開始收拾該帶的東西。

九點半，他準備妥當，在外交官飯店的二一四號房等著。過去這兩年，他在這個房間裡跟七個懷抱星夢的女孩碰過面。其中兩人最後輕解羅衫，躺在偌大的雙人床。還有一個替他做了還算不錯的口交，另一個在嚴正拒絕之前還是讓他愛撫了一下。成功機率還不賴。

但這種成功機率的先決要件是事前的充分準備。他會暗示他握有很多機會，用一些半真半假的承諾來哄騙那些涉世未深的少女，接著遂行其獸慾。但這個朵拉．拉爾森恐怕沒那麼好搞定。

然而，他並沒有當時交媾的記憶，因為當時情景都會被他拍攝的性愛影片所取代。他拍了影片後，會重複觀看。他一邊看著自己跟女孩上床的影片一邊自慰的次數，遠多於他交媾的次數，所以，他的真正回憶並不是在他的腦袋裡，而是在他的ＤＶＤ架子上。

房間的格局很棒。他把攝影機架設起來，鏡頭對準床前的偌大空地，這裡是女孩進行小試鏡的地方。當她們表演完畢，他會把鏡頭對準床，並假裝關掉攝影機。接著就等著最美妙的那一刻發生。

攝影機調整妥當後，他會拿出香檳，放在冰桶裡。桶子裡的冰塊是他從走廊上的製冰機取得的。嗯，其實這只是有氣泡的普通酒，價錢只要香檳的一半，反正那些少女也分不出差別，就算是專家，一時也難以分辨。冰桶旁邊放置兩個長柄的水晶酒杯，這可就是貨真價實的好東西，甚至各有專屬的杯匣呢。

他沖了個澡，但沒把頭髮弄溼。今早他可是小心翼翼地梳整好髮型，把前額那撮每根花費他三十克朗的八百根劉海細心往後捋，塑造出一種恰到好處的雜亂造型。他還剪掉了幾絲鼻毛，在臉上抹了薄薄一層潤膚膏，點了幾滴名設計師拉格斐的香水。

他四十七歲，但狀況好的時候看起來只有四十，而今天正是他看起來活力四射的一天。他或許是豬哥，但絕不是齷齪的老男人。麥克思．韓森看看鏡中的自己，照例給自己加油打氣，告訴自己，他看起來帥呆了，年輕美眉跟這種男人上床是再自然不過。他對著鏡中的自己眨眨眼。看看你，帥哥。

他穿好衣服後坐在床上等，讓腦袋放空，宛如一盤還沒放上任何棋子的棋盤。這就是重點：不把任何事物視為理所當然，要保持彈性。所以，就算今天未能上到一壘，他也可以接受。總之，他想跟這個女孩有更進一步的發展。

十點十五分，門口傳來輕輕的叩門聲。麥克思．韓森雙手在褲子上抹一抹，然後拉平床單，往鏡中的自己瞥了最後一眼，最後打開門。

有個其貌不揚的女孩站在門口。一雙深陷的小眼睛掛在肥臉上，灰褐色的頭髮平塌在頭顱上，毫無髮型可言。臃腫的身軀隱藏在褪色的連帽外套底下。如果「恐龍妹」這個辭彙要找代言人，肯定非她莫屬。麥克思．韓森差點往後退一步。

「哈囉，」女孩說：「你是麥克思？」

「我是，妳是哪位？」

女孩轉頭望著某個從他的角度無法看見的東西。麥克思忍不住往前一步，探出門外，見到她在那裡。伊甸園中的那顆蘋果。她穿著牛仔褲，寬敞的薄外套底下是T恤。朵拉．拉爾森的真實模樣比電視上看起來更男孩子氣，不過光是棉質布料底下那對小乳房的輪廓就足以讓他的鼠蹊部發熱顫動。真難相信她的年紀大到可以參加《偶像新秀》。

她的臉很小，顯得嘴脣和一雙湛藍大眼特別醒目。那雙眼睛望著他左方的某個點，連眨都沒眨。麥克思見過比她更漂亮、更貌美、更令人興奮的女孩，然而，沒見過有誰像朵拉．拉爾森這麼迷人。她站在昏暗的走廊，纖細的雙手垂在身側。

「嗨。」他說，伸出一隻手，「妳一定就是朵拉？」

朵拉看著他伸長的手，沒有回應，他原本的雄獅策略當場瓦解。他毅然地把手縮回，指著房間，說：「進來吧。」

另一個女孩往前一步，麥克思立刻伸手撐住門柱，擋住她的路。

「等等，」他說：「妳是朵拉嗎？」女孩搖搖頭，「既然不是，那妳想幹麼？」

「我要陪她進去。」

「不好意思，我們要商討合約，這種討論只限於關係人雙方，不該有外人在場。討論合約都得這樣。」

他的權威口吻發揮了作用。女孩看看朵拉，尋求支援，朵拉說：「泰芮莎要跟我一起進去。」

麥克思決定賭一把。他直截了當地說：「對不起，這樣的話就沒什麼好談的。」語畢，他關上門，站在門裡，心臟怦怦跳。房門有絕佳的隔音效果，所以他聽不見那兩個女孩說些什麼。他才不要把耳朵貼在門上偷聽。他握起拳頭，拇指塞在裡頭，用力握緊。

大約三十秒後，門口傳來敲門聲。麥克思吐出長長一口氣，等著心臟迅速跳動十次，然後才打開門，故意以惱怒的語氣說：「幹麼？」

這次站在門口的是朵拉。另一個女孩坐在門對面的地板上。「泰芮莎會在外面等。」朵拉說，並步入房內，另一個女孩則怒目瞪著麥克思。他掏出皮夾，拿出一張五十克朗的紙鈔給她。

「拿著，去大廳坐，點杯飲料。不好意思，不過這一行的規矩就是這樣。」另一個女孩接過紙鈔，但沒起身的意思。麥克思關上厚重的房門，彷彿要把保險箱緊緊鎖上。第一階段完成。

朵拉站在房間的正中央，雙手垂在身側。她看著攝影機，麥克思正準備發表他精心編造的說詞，就見她把目光轉向香檳桶。麥克思將這舉動視為鼓舞的暗示，於是直接提議：「我們先喝個香檳吧？慶祝合作。」

朵拉看著他斟滿酒杯。要命的是，當他把一杯拿給她時，酒杯差點從他汗涔涔且開始發抖的手中滑落。朵拉的沉默和冷靜讓他困惑。他見過各種反應：歇斯底里地叨絮不停、假裝或發自內心的強硬態度、欲迎還拒、或者瀕臨驚慌。唯獨沒見過朵拉這種反應。就像一個大駕光臨的公主，知道「這一切將屬於我」，只不過要先忍受一下眼前的現況。這種態度讓他不知所措，幾近害怕，但又非常、非常興奮。

他跟朵拉碰杯，大口飲下。見她沒喝，他催促道：「試試看，很好喝，這可是上等的香檳。」

朵拉喝下氣泡酒，說：「不，不好喝，難喝。」

麥克思．韓森內心有東西被戛然扯斷，他癱坐在扶手椅上，一手托著腮，靜靜看著她，然後按下攝影機的啟動鍵。就算今天沒什麼成果，至少他能擁有一小段她的影片。朵拉站在房間中央，手裡拿著酒杯，望著窗戶。

「唱歌吧。」麥克思．韓森說。

「唱什麼？」

「隨便。唱〈一千零一夜〉吧。」

朵拉毫不遲疑地開始唱歌。幾秒鐘後，彷彿有一股澄澈的沁涼溪水流過麥克思．韓森的全身。她的歌聲洗去了他的焦慮，他感覺內在好純淨。

「這世上沒有人像你……」

歌曲結束，麥克思．韓森坐在那裡，嘴巴開開，雙眼好似噙著淚水。站在他眼前的這個女孩太有天分了，這點毫無疑問。重點不是她的歌聲無懈可擊，而是那嗓音有一種滲透力，直接穿透他的胸骨，揪緊他的心。

如果他能就此滿足，那就不會有後續的那件事。他想就此滿足，畢竟他已虛脫力盡，彷彿經歷了一場銷魂的性。他應該直接轉身，點起事後菸來慶祝。不要冒險。

然而，住在他胸膛的那個紅色小惡魔甦醒了，開始跑到麥克思的下體部位揮動尾巴，搔摩著他最敏感的地帶。麥克思把他的計謀扔到一邊，因為聽了朵拉的歌曲後，他沒辦法再根據計畫行事。

「很好。」他說：「我想，再多練習一下，妳的表現就會很出色。我想跟妳合作。」

「我可以錄ＣＤ。」

「對，妳會錄製CD，我可以跟妳保證。我會把妳變成明星，大明星，不過有件事……」

麥克思．韓森把剩下的酒倒入自己的杯子裡，想透過酒精來減緩嘴裡的乾澀。他不想說出這件事，他應該不會說。長遠來看，他有大好機會，可不能因一時衝動搞砸了，然而，那個小惡魔吐出分岔的舌頭，替他說出了這句話。

「我必須看看妳沒穿衣服的樣子。」

就這樣，說出來了。紙牌攤在桌面上，麥克思．韓森的身體緊繃，彷彿等著拳頭落下。朵拉的表情、哭號，都可能毀了他的所有希望。

然而，事情發生得如此迅速，他來不及搞懂發生什麼事。朵拉把酒杯放在床邊桌，將外套抖落，脫掉T恤，跨出長褲外，脫下內褲，全身赤裸裸站在那裡，離他兩公尺外。麥克思．韓森眨眼，再次眨眨眼。他不明白。他回想前幾分鐘發生的事。他明明坐在扶手椅上，什麼也沒做，他看上的那個女孩就忽然脫光光站在他的面前。對話。關鍵在於他說的話，以及她說的話。他明白了。

你叫她做什麼，她就會去做。

就這麼簡單。麥克思．韓森的雙眼吸吮著眼前那光滑纖瘦的胴體。若他信神，若神會應允他的祈禱，那麼，這一刻就是神應允的時刻。

你叫她做什麼，她就會去做。

他一陣目眩。各種可能性浮現眼前。去那裡，朵拉。唱歌，朵拉。來這裡，朵拉。躺下，朵拉。他亢奮地撕開襯衫和背心，猴急地脫掉長褲和內褲，站在那裡，張開雙手。朵拉看著他的勃起。不怎麼令人驚豔，他自己知道。大概十二公分吧，如果把尺壓到根部的話。

然而，這點不重要。在朵拉主動褪去衣裳的剎那，一切就變得簡單了。他們就像兩個小孩，天真無邪地赤裸相對。

「妳好美，」麥克思喃喃低語，跪在地上。

他爬向朵拉，任憑地板摩著他的膝蓋骨，準備把臉埋入她兩腿間的金色毛叢裡。就在快抵達時，她往後退了半步，撞到床架，說：「不要。」

「要，」麥克思．韓森說：「來這裡，很棒的，我保證，只要一點……」

「不要，」朵拉說：「別碰我。」

麥克思．韓森咧嘴一笑，別碰我。真像是玩遊戲。他想不起來何時有過這麼單純的快樂。兩個裸體。別碰。來，一點點，只要一點點。他往前靠近，抓住她的臀部，將鼻子埋入她的陰部，伸出舌頭，滑入裡頭的溫暖肉唇中。

接著，他聽見破碎聲，一秒鐘後，彷彿有人往他的背部摑下去。就在他把舌頭抽出來時，他的背部肌肉痙攣，又被人重重一擊，又一擊。他笨拙地轉頭，卻什麼都看不見。

怪的是，感覺像是有人站在那裡往他的背部澆淋熱水。他抬頭，看見朵拉的右手拿著什麼東西，但他搞不清楚那是什麼。而她的左手握著香檳杯，但杯子底座似乎不見了。

原來在她右手裡的正是杯底，上面連著一截三公分長的杯柄，淌流著他的鮮血。朵拉再次舉起武器，麥克思．韓森大叫，蜷縮成一團。一秒鐘後，他感覺肩胛骨被人深深劃過。尖銳的玻璃刺穿他的肌膚，停留在那裡。

他哀號。不勻整的碎裂杯柄一定割傷了他的神經，因為他開始抽搐，彷彿痙攣。全身肌肉抽搐，抽抖。他設法抬起頭，求她饒了他，但朵拉已經不在那兒。他抓住床頭板，努力把自己撐起來。抽搐、顫抖，接著聽見門開啟的聲音。

6

那個麥克思・韓森不對勁。從他打開門泰芮莎就有這種感覺。他的神色和聲音就是不對勁。或許在音樂圈的人都是這個樣子，不過，她絕不會讓泰瑞絲和他單獨在一起，除非很有必要，除非泰瑞絲自己想。她一心一意要灌錄自己的CD。

然而，不管怎樣，泰芮莎絕不會到樓下大廳。麥克思・韓森一把門關起來上鎖，泰芮莎就爬去門邊，把耳朵貼在門上。她聽見裡頭傳來說話聲，但聽不清楚他們在說些什麼。一會兒後，她聽見泰瑞絲唱著〈一千零一夜〉，感覺好嫉妒。這是她們的歌，雖然泰瑞絲不曉得。

如果她知道呢？這會讓情況變得不一樣嗎？

泰芮莎有些多愁善感。她喜歡詩裡的輓歌式氛圍，對於過往的一種模糊渴慕，即使往昔回憶不見得美。連觀賞兒童節目《穿睡衣的香蕉》（*Bananas in Pyjamas*）她都會莫名萌生一股喜悅的惆悵，儘管這齣節目第一次播出時她不怎麼喜歡。

泰瑞絲是她見過最不多愁善感的人。她只活在當下。每次泰瑞絲談起過去，彷彿只是大聲念出一本歷史書。那些枯燥的事實和現在一點關係都沒有。

泰芮莎聽見房裡傳來哀號，她立刻站起來，轉動門把，用力敲門。沒人開，她繼續敲。一會兒後門打開了，泰瑞絲站在那裡，全身赤裸。她的肚子上淌流血跡，一手紅通通，另一手抓著一只沒有底座的香檳杯。

「妳怎麼……」

泰芮莎還沒形成適當的問題，就看見麥克思．韓森衝進浴室。他也全身赤裸。在他關門上鎖之前，她及時瞥見他的背部：一個T字形狀的東西插在血紅背部的中央，變成一個水龍頭，打開後不停流出血來。

「幫我，」泰瑞絲說：「我不懂。」

就算沒有「幫我」這兩個字泰芮莎也會出手相助，畢竟這太扯了。然而泰瑞絲開口求救，泰瑞絲需要幫助，所以，她非幫不可。泰芮莎走入房間，關上房門。

「呃，」泰瑞絲說，指著杯柄斷裂的玻璃杯，「妳喜歡這東西嗎？我不喜歡，好難喝。」

泰芮莎搖搖頭。「妳……幹了什麼事？」

「我唱歌。」泰瑞絲說：「然後脫衣服，然後他想吃掉我。我不怕，我知道我可以讓他死。」

「聽著，把衣服穿上，我們得離開這裡。」

泰芮莎跟著泰瑞絲進房間時看見攝影機，紅燈亮著代表正在錄影。學校也有類似的設備。趁著泰瑞絲穿衣服，泰芮莎把影片倒轉，迅速看看自己進房間之前這裡所發生的事：泰瑞絲拒絕，麥克思．韓森堅持，接著是血腥場面。她按下跳出鍵，拿出DVD，放進自己的口袋。

泰瑞絲穿好衣服。沒有底座的那只玻璃杯裡的內容物灑在床邊桌上。「來，」泰芮莎說：「我們得離開。」

泰瑞絲沒移動。浴室傳來水流聲。泰芮莎的嘴嘗到某種奇怪的味道，是那種面對無法預知的事物時會出現的味道，混合著膽汁和蜂蜜。她不想繼續面對這種狀況。「來，」她哄著泰瑞絲，「我們不能留在這裡。」

「可以，」泰瑞絲說：「我要錄CD。」

「不要找他錄。」

「要，他要幫我錄CD。」

「那是之前，現在不會了。」

「會，他會的。」

泰瑞絲坐在床上，示意泰芮莎也過來坐在她的旁邊。泰芮莎遲疑了幾秒，不過似乎別無選擇。她拿起香檳瓶子，把內容物倒進冰桶，拿在手裡掂一掂，看看重量適不適合當武器，然後坐在泰瑞絲旁邊。她把瓶子遞給她。「拿著。」

泰瑞絲沒接手。「為什麼？」

「萬一……他又想吃掉妳……」

「他不會了。」

「以防萬一。」

「如果他要吃掉我，妳就讓他死。」

她們肩並肩坐著，浴室傳來的哀號呻吟減弱。或許泰瑞絲說得對，那個麥克思．韓森不是好東西，但也非什麼窮凶極惡。只是懦夫一個。

泰芮莎掂掂手中的酒瓶，厚實又沉甸。瓶頸的形狀和頂部的隆起物讓它很適合當棍棒。她想像著把它砸在麥克思．韓森的那顆梳整造型過的頭顱不知道會是什麼樣子，同時詳細檢視自己的感覺。不，這也不到難以想像。其實她內心還滿想這麼做。

她們是兩個弱女子，加上有錄影帶可以證明麥克思．韓森試圖性侵。從各方面來看，她們兩人都沒嫌疑，她心想。然而，當泰芮莎坐在泰瑞絲旁邊，卻一點都不覺得她們是弱女子：正好相反。她拿起手中的酒瓶，假裝揮幾拳，試一下那種手感，然後看看泰瑞絲。她坐得如此挺直，表情如此平靜，雙手擱在膝蓋，一點都不柔弱。

我們刀槍不入。泰芮莎心想，我們是狼。

幾分鐘後麥克思．韓森從浴室走出來，臉色和屍體一樣慘白。他的肌膚毫無血色，胸口和肚子都纏了浴巾、打了結，充當臨時繃帶。看見泰瑞絲和泰芮莎坐在床上，他嚇了一大跳。

「搞啥……妳們在這裡幹什麼？」他有氣無力地說，朝著泰芮莎手中的酒瓶瞥了一眼，倉皇地在外套口袋裡摸索，拿出皮夾，丟到泰瑞絲的膝蓋上。「拿去，我的錢都在裡面。」

泰瑞絲把皮夾遞給泰芮莎，但泰芮莎也不曉得該怎麼處理它。她打開，原本想拿走裡面的錢，考慮了一下後覺得不該這麼做，於是又把它扔回給麥克思．韓森。

「我要錄ＣＤ。」泰瑞絲說。

麥克思．韓森吞了口口水。「什麼？」

「我要錄CD。」泰瑞絲重複剛剛的話，「我要唱歌，你要幫我錄CD。」

有那麼片刻，麥克思．韓森彷彿快迸出眼淚。他的身體晃動，張開嘴巴，準備說些什麼，但沒發出半點聲音。他似乎想往泰瑞絲靠近，但她的姿態讓他不敢動。

「妳……妳只想這樣？」他終於開口。

「對。」泰瑞絲說。

「所以，這件事可以……可以到此為止……？」

泰瑞絲沒回應，大概是因為她不熟悉麥克思．韓森臉上表情的含意，所以泰芮莎代替她回答。

「沒什麼到此為止。不過你聽見她說的話了，不是嗎？」她拍拍她的口袋，對著攝影機點了一下頭，說：「對了，影片在我這裡。」

「好，」麥克思說：「好，好。」

泰芮莎透過鏡子看見他背部的浴巾滲出血。照理說，他應該趕緊上醫院，如果他想幫任何人做到任何事。

泰芮莎起身，這才發現自己的雙腳並不像她和麥克思．韓森周旋時那麼鎮定。不過，她要扶泰瑞絲站起來，把空酒瓶放在麥克思．韓森旁邊的桌子上。這場戲得再撐個幾分鐘。

她成功了。這個情景夠她回味很久。終於，這輩子有史以來第一次在關鍵時刻說出正確的話，而非事後追悔。她和泰瑞絲走向房門。走出去之前，她轉身面向那個全身冒冷汗的蒼白身影。

「還有，別打電話給我們。」她說：「我們會打給你。」

7

泰芮莎覺得自己置身於童話故事。轟隆行駛在U狀隧道內的地鐵列車是一列神祕火車，在她身邊的泰瑞絲則是來自另一個世界的生物。

或許這是為了應付剛剛目睹的血腥場面產生的錯覺，然而，從她最後那句話看來，她認為整件事就是一齣童話故事，而她被分配了其中一個角色。

從前從前，有兩個女孩坐在地鐵裡，她們兩個在各方面都很不同。

「泰瑞絲，」列車開了兩站後，她問道：「妳怎麼會殺死和妳住在一起的人？」

「一開始用鐵鎚，後來用不同的工具。」

「不，我是問妳為什麼。妳為什麼這麼做？」

「頭腦裡的東西，我想要那東西。」

「那妳得到了嗎？」

「得到了。」

其中一個女孩看起來像童話裡的公主，但其實她是個危險的殺人兇手；另一個看起來像傳說中的巨怪，但其實膽小如鼠。

「那是什麼感覺？」泰芮莎問：「我是說殺人？」

「手會痠。」

「我是說，感覺如何，很棒嗎？很恐怖？或者……是什麼感覺？」

泰瑞絲靠近她，壓低音量：「當它出來時感覺很棒。妳再也不會害怕。」

「什麼東西出來？」

「一點點煙霧。嘗起來很棒，妳的心會變大。」

「妳是說，妳覺得自己變得更勇敢？」

「更大。」

泰芮莎將泰瑞絲的一手握在自己的掌心中，仔細端詳，彷彿那是一個雕塑品，她想研究它的雕塑技巧。她的手指又瘦又長，好像稍微施力就能把它們折斷。它們連在一隻手上，而這隻手連在一條胳臂上，這胳臂又連在一個曾經殺過人的身體上。這隻手好美。

「泰瑞絲，」泰芮莎說：「我愛妳。」

「什麼意思？」

「意思是我不能沒有妳，我要一直跟妳在一起。」

「我也愛妳。」

「妳說什麼？」

「我愛妳，泰芮莎。放開我的手。」

泰芮莎一聽見泰瑞絲對她說出從沒有人對她說過的話，就不自覺捏緊她的手。她放開泰瑞絲的手，往後靠在椅背上，閉起眼睛。

儘管她們兩人很不同，但她們需要彼此，就像白晝需要夜晚，水需要飲水者，流浪人需要水。

泰芮莎不曉得這個童話故事會有何後續，或者會有什麼樣的結局，但這是她的故事，她想參與其中。

8

傑瑞回到斯韋德米拉區，感覺好久不曾這麼快樂過。一切都按照他的預期，即使芭黎不是他夢想中的狂野女人。她躺著時幾乎不動，但望著他的那種眼神卻顯得極度親暱。他高潮時她用力咬了他的肩膀，隨後哭起來。

兩人躺著抽事後菸時，她解釋這是因為她想起了很多往事。他們得給對方多點時間，會漸入佳境的。傑瑞撫摸她的身體曲線，說這樣就夠了。只要能和她在一起，就像擁有全世界。

他走入電梯時，她的柔嫩肌膚仍烙印在他心裡，宛若身體記憶。她的手放在他的陽具上，他再次想起。這次兩人在半睡半醒中做愛，溫柔，無淚。她很棒，他也很棒，一切都很棒。

他知道自己太漫不經心。自從跟著芭黎回她家，他幾乎沒想起泰瑞絲。反正就是這樣，問題會解決，要不就是沒解決。這是他這輩子第一次談戀愛，若其他事情因此而毀掉，那就毀掉吧。

然而，當他把鑰匙插入鎖洞，發現門沒上鎖，他還是出現一絲焦慮。他進門，大喊：「泰瑞絲？泰瑞絲？妳在家嗎？泰瑞絲？」

電影《奪魂鋸》和《恐怖旅舍》的DVD盒子仍擱在客廳茶几上，他的床墊也在地板上，就在泰瑞絲的床邊。廚房餐桌上有麵包屑和一罐空的嬰兒食品。沒任何字條。他像個鑑識員，試圖重建兩個女孩消失前的活動狀況。

他坐在餐桌邊，將麵包屑掃入手裡，然後吃掉。他除了等待別無他法。他坐在那兒，望向窗外，感覺像是夢一場。泰瑞絲不曾存在，去年的每件事都不曾發生過。難道他真的跟一個殺了他父母、不容於社會的十四歲女孩住在一起？想來就荒謬。

他讓襯衫滑下肩膀，端詳芭黎在肩頭留下的齒痕，發亮的紅跡與他的蒼白肌膚相對比。起碼這確實發生過，而且是美好幸福的事。他起身，喝了一杯水，思忖自己該做些什麼，但沒有任何結論。

十分鐘後門鈴響起，他以為是警察或某個執法機關要來終止他的一切，不管是透過哪種方式。然而，出現的是那兩個女孩。

「他媽的，妳們跑去哪裡了？」

泰瑞絲溜入屋內，沒回答，泰芮莎則指指自己手腕，示意時間到了。「我得走了，我的火車半小時後發車。」

「好，非常好，妳們到底跑到哪裡去？」

已經下樓的泰芮莎轉頭回答：「我們只是出去一下。」

他進屋內，泰瑞絲正忙著把他的床墊拖出她房間。他抓起床墊另一頭，幫她拖，然後坐在他的床上。

「好，」他說：「告訴我，妳們做了什麼？」

「我們做歌曲，泰芮莎寫詞，寫得很棒。」

「好，然後妳們看恐怖電影，然後兩人一起睡在妳的房間，因為妳們很害怕……」

泰瑞絲搖搖頭，「沒害怕，很快樂。」

「對，對，然後呢，早上妳們做了什麼？」

「我們去找麥克思．韓森。」

「那個經紀人？寫信來的那個？媽的，妳們幹麼去找他？」

「我要錄ＣＤ。」

泰瑞絲站在他的面前，傑瑞抓住她的手。「天哪，泰瑞絲，妳不能這麼做。沒有我陪著，妳不能就這樣跑出去，妳懂嗎？」

泰瑞絲把手抽回來，仔細端詳，彷彿想確定她的手沒受到傷害，然後說：「泰芮莎陪我去，這樣比較好。」

9

當泰芮莎坐進前往烏斯瑞德的火車，她不知道有多少心思跟著她上車……感覺不到一半。她把大部分的自己留在斯德哥爾摩，交給泰瑞絲保管，所以坐在火車座位上的不過是一具裝有血和內臟器官的皮囊。

這種感覺很不舒服，但也讓人飄飄然。她不再能掌控自己。她前臂上的細毛思念泰瑞絲，思念她在她身邊的體溫。她檢視她的渴望，發現就是這樣：她要和泰瑞絲在一起。兩人無需言語，不必忙碌，只要靜靜地依偎。

她不曾有過這種感覺：純然又具象的失落感，失去某種更大、更重要東西的感受。她沒瞎，她知道泰瑞絲很不對勁，搞不好有某種腦傷之類的，因為她做的每件事都和常人不同，甚至沒吃正常人所吃的食物。

可是，何謂「正常」？「正常」有什麼好？

泰芮莎班上的同學多多少少都算正常，但她不喜歡他們。她對女同學那些俗不可耐的小祕密沒興趣，她覺得男同學的連帽運動外套、棒球帽和布滿斑點的肌膚蠢得要命。他們沒有一個具備勇氣。他們不管走路、說話，都像膽小鬼。

她想像他們全在一個深洞裡，雙手雙腳遭到捆綁，乖乖排好隊，彷彿要拍團體照。而她站在洞口，旁邊有一個大土堆。她把土鏟進洞裡，一次扔下一鏟子土。雖得花上好幾個小時，但沒關係，最終一定能把洞填平，這樣一來，什麼都看不見，什麼都聽不到，這個世界不會變得更淒慘。

火車抵達烏斯瑞德前十分鐘，泰芮莎開始微笑。大笑、小笑、普通笑。她訓練肌肉以便重拾原本的角色。

見到爸爸葛藍來車站接她，她立刻停止練習。她這樣寂寞的女孩終於找到好朋友了。兩人看了影片，幾乎聊了一整晚，共度非常愉快的時光。她的微笑，容光煥發都恰到好處，葛藍見到女兒心情變佳，寬心不少。泰芮莎很驚訝自己的話竟然這麼有可信度。不過話說回來，這不難辦到，畢竟她說的都是事實，只不過化繁為簡。

一回到家，她立刻打開 email 信箱，發現收件匣裡有一封泰瑞絲寄來的信。「嗨快回來寫更多詞」。同時附了四個沒標題的MP3檔。泰芮莎打開檔案，發現是她最喜歡的四首曲。得幹活兒了。寫了兩小時的歌詞後，她觀賞了幾段泰瑞絲在《偶像新秀》的演唱片段，接著繼續寫。就在上床睡覺前，她想起從麥克思．韓森攝影機裡拿出來的那捲DVD。她從袋子裡拿出來，在手上翻轉了好一會兒，然後把它放進沒標示的盒子，塞入CD架上。

她替自己創造出來的角色也能應用在學校。現在，若有人跟她說話，她的回應不再那麼冷淡，整體態度也不再那麼頑固。雖然沒人真正在乎，不過和人之間的摩擦倒是真的減少一些了。持平來說，其實喬漢斯注意到了她的改變。當他問起，她就搬出對爸爸的那套說法，但增加了一些細節。在斯德哥爾摩認識一個朋友，共度愉快時光，等等。此外還提到兩人一起創作音樂。喬漢斯很替她高興。

然而，以課業來說，可就不令人高興了。她的心不在課業上。整堂社會課談的是美國民主黨和共和黨的差異，然而，她真的一個字都沒聽進去，只知道有個叫吉米．卡特的人以前種花生。這傢伙後來好像當了美國總統。四十分鐘的課，她唯一學到的就是這個：吉米．卡特原本是種花生的。重點是她的腦海忽然冒出一個句子：飛到一個不需要翅膀的地方。絕妙好句，讓人興奮不已。不過太累贅，不容易押韻。況且，這代表什麼意思？代表去一個不再需要逃的地方。對，類似這種意思。

飛到一個地方，在那裡不需要翅膀。好多了。而且可以跟「歌唱」押韻。去到那裡，你心就能歌唱。不，聽起來不夠美。飛得高高，讓心歡唱。好多了。

她在一張紙上匆促寫下零碎字句。這張紙的最上頭寫有標題：「民主黨／共和黨」。就在她暫停不再想歌詞時，聽到了吉米．卡特和花生的事，不過，她沒把這件事記下來。後來，她開始玩起 ring 這個字。水面上的一圈圈（ring）漣漪。手指上的戒指（ring）。坐在類似拳擊場的圈子（ring）裡。直到下課。

週六，她又搭火車到斯德哥爾摩。傑瑞答應幫她打電話給媽媽瑪麗亞，讓她更相信她在那裡認識了好朋友。他告訴她，這兩個女孩共度了非常愉快的時光，而且隨時歡迎泰芮莎來找他們。打完電話，他就去找女友，留下這兩個和睦相處的女孩自己在家。

她們創作歌曲，看影片《活人生吃》（*Dawn of the Dead*）。晚上她們打電話給麥克思．韓森，約定明早碰面。在餐廳。

泰芮莎很想做一件事，但難以啟齒，儘管這事在朋友之間稀鬆平常，她卻覺得很不好意思。或許是因為她們不只是朋友。她坐在那裡玩手機，就是沒辦法開口。泰瑞絲彷彿察覺到她的心思，直截了當問她。「妳想做什麼？」

「我想拍一張妳的照片。」

「怎麼拍？」

「用這個？」泰芮莎舉高手機，對準泰瑞絲，按下快門，然後把螢幕轉向泰瑞絲。泰瑞絲撫摸螢幕，問她，這是怎麼辦到的，泰芮莎當然沒法解釋。兩人花了一些時間拍照，看照片。泰瑞絲還幫泰芮莎拍了兩張，不過泰芮莎偷偷刪掉，因為她覺得自己很醜。

10

麥克思．韓森背上的傷已經縫合，癒合狀況良好，不過他的自尊心則是另外一回事。發生在飯店房間的那件事讓他的信心嚴重受創。整整四天，他關在家裡，拚命喝酒，重看之前偷拍的影片，想自慰卻欲振乏力。

他只看那些最溫順聽話的女孩的影片，她們乖乖地跪在他的鼠蹊前，或者經他稍微暗示就懂得把雙腿張開——沒有用。儘管她們上下搓不停的手已經疲累，儘管她們的肉體被動順服，他依舊感覺到威脅，讓他在還沒勃起之前就先陽痿。

朵拉．拉爾森奪走了他唯一的樂趣。他喝到昏茫，坐在那兒翻閱年輕胴體的照片，卻只感覺到恐懼，以及恐懼帶來的自虐快感。

第五天，他帶著宿醉醒來，感覺像被活埋。他沒來一杯解宿醉的酒，反而吞下兩顆強烈止痛藥，洗了個長長的澡。擦乾身體，穿上乾淨衣服後感覺好多了。現在不再像被活埋，頂多像一團屎。

有件事清楚無疑：朵拉．拉爾森是他好久不曾有過的大機會，他完全不想搞砸。不過，她竟然對他做出這種事，非得付出代價不可，而且是一筆很大的代價。

將近下午，他喝了兩杯威士忌，以恢復體內的化學平衡，這時，他想到了新策略。這產業幾乎要了他的命，現在該是打包走人的時候。朵拉·拉爾森將是他的最後一搏，他要傾全力讓她大紅大紫。那女孩好像什麼都不懂，所以，他打算把那份制式合約修改一下，好讓他能獲得最大報酬。

之後，這圈子裡的人愛怎麼說就隨他們去說。就算要在他的玄關地毯上撒尿，慫恿所有人杯葛他，或者使出他們能想到的任何賤招，全都隨便。到時候，他把錢拿了，就把其他的全拋開，動身前往氣候更宜人的地方，以插著小陽傘的雞尾酒灌下威而剛，盡情享受生命。

週六，泰芮莎打電話給他，他樂到簡直要飛上天。他要她轉告泰瑞絲，說他很抱歉，希望她能原諒他，忘掉這件事，大家一起朝未來邁進。這世界將屬於他們，而朵拉就是他的首要之務。

下午，他打了幾通電話。有個錄音室和製作人說沒問題。不過，正如他所料，他的名聲不足以說服任何唱片公司支付視聽帶的費用。然而，最後，他還是成功地和羅尼·博哈德森敲定交易。羅尼所屬的捷譜唱片正是唱片大廠ＥＭＩ旗下的音樂公司。兩人認識多年，麥克思·韓森曾引介幾位藝人給他，起碼銷售成績足以涵蓋製作成本。

羅尼說捷譜可以支付錄音費用，不過其他的要麥克思自己掏錢。羅尼看過《偶像新秀》，雖然他不像麥克思那麼一頭熱，不過他也承認這女孩很有潛力，值得一試。

麥克思·韓森準備去赴約，這次他很謹慎，沒忘了上次該帶的小東西：他的羅比。

羅比是一枚太陽笑臉形狀的小圓鐵，五根粗短的尖狀物代表太陽光芒，大小約五克朗硬幣。這是麥克思八歲時跟著家人回丹麥哥本哈根探望兩對祖父母時，去蒂沃利主題樂園玩的時候贏來的。

他想不起自己為何把這枚微笑的小太陽稱為羅伯特，暱稱羅比，不過，重點是，從此之後它成為他的幸運物，一路陪伴著他長大。離家之前，麥克思親吻了羅比的鼻子一下，然後把它放進外套口袋。

祝我好運，老弟。

他比約定時間提早十五分鐘到餐廳，點了一份壽司，把昨晚準備的合約再看一次。根據這份合約，日後朵拉所有的收入——不管來自唱片或代言或演出——都要分他百分之五十。他希望這個女孩，或者這兩個女孩，對這種事沒什麼概念，進而認為百分之五十的分帳很合理。

當然，他得讓父母或監護人簽名同意，不過他打算先斬後奏。先進行唱片錄製，這樣一來，如果他們想讓那女孩的摘星計畫進行下去，就非得接受條件不可。這主意並非毫無風險，而帶著羅比的目的正是為了圖個好運。

麥克思吃完壽司，開始擔心起這次碰面又會是災難一場。這時，怪物出現在餐廳門口。泰芮莎，這是她的名字。麥克思．韓森起身，走上前。

接著，朵拉出現。麥克思得好好善用羅比的特殊功能。一見到那美麗的生物，他就開始恐懼。他沒想到自己會有這種反應。看來他整個禮拜反覆咀嚼飯店房間事件，已經讓創傷深入骨髓。他開始顫抖，於是把手放入外套口袋中緊緊握住羅比的五顆星芒。心頭的恐懼竄下手臂，匯聚在發疼的手上。他擺出看似輕鬆的姿態：左手插口袋，伸出右手，嗨，歡迎。三人坐下。

泰芮莎說話，麥克思放鬆了一些，緊握著羅比的手也鬆開。接著，他開始談他的計畫。他們先做一張試聽CD，裡頭放兩首歌：一首是朵拉翻唱得最好的曲目，搭配一首全新歌曲。他認識幾位很不錯的詞曲創作者，到時候會合作寫幾首歌。說到這裡，他被打斷。

「我們有歌了。」怪物說。

「我不懷疑，」麥克思說：「我們改天再來聽聽看，現在這階段，我們必須採取專業的做法。」怪物把一個廉價的MP3播放器和耳機放到桌面上，以粗魯無禮的口吻命令他聽。他把左手伸出口袋，握住MP3播放器，免得她們看見他掌心上的紅印。意味深長地嘆了口氣後戴上耳機。

他大概曉得會聽到什麼。以前那些追逐星夢的年輕人寄給他的是卡帶，後來是CD，現在則是MP3檔案。大致說來那些音樂不脫兩類：把當下流行的歌曲拿來翻唱，但唱得很難聽。另一種則是以吉他自彈自唱的自創情歌，且曲風偏哀愁。

泰芮莎按下播放鍵。聽了三秒；麥克思．韓森才發現這是在家裡利用音樂軟體錄製的歌曲，沒有大的修潤技巧。吉他、貝斯、打擊樂器，以及拙劣的合成音軌。泰瑞絲開始唱時，他總覺得聽過，但想不起來在哪兒聽到的。

他們說你永遠不能飛
他們說你太年輕
他們說你得永遠聽話

聽他們的規矩和苛責
可是若有翅膀，你就能飛翔……

好歌，真的很棒。製作品質很爛，歌詞還需要修飾，不過旋律讓人一聽就上癮，至於朵拉的歌聲——當然無懈可擊。一聽到副歌，麥克思・韓森就決定省下詞曲創作的費用。這首歌可以充分展現朵拉的音域和潛能。

他繼續裝腔作勢。歌曲還沒結束，他就把耳機拔掉，聳聳肩。

「嗯，是可以用啦，不過得好好編曲製作一下。那就用現成的歌吧。」麥克思・韓森拿出合約，連同一支筆放在朵拉面前。「好，我要妳在這張紙上留下痕跡。」他翻到最後一頁，指著最底下的一行線。「這裡。」

朵拉看著那條線，看看筆，問道：「我要怎麼留痕跡？」她轉頭問泰芮莎：「妳有辦法留嗎？」

麥克思擠出笑容，左手又插進口袋，以拇指搓搓羅比的臉。「我是說簽名。妳得在這裡簽名，這樣我才能和妳合作，妳才能出CD。」

泰芮莎把合約推回給他。「我們不能簽。」羅比回到麥克思的手掌心，狠狠壓在他的肉上，幾乎要穿透過去。麥克思閉上眼，專注去感覺那股疼痛，設法保持平靜。

「聽著，親愛的，」他向朵拉求助。「這是妳的大好機會，相信我，我會讓妳變成大明星，妳會賺很多錢，有很多歌迷，總之名利雙收。可是妳得先在這張紙上簽名，否則這事情就到此為止。」

「我不要錢，」朵拉說：「我要錄CD。」

「是，錄CD就會賺錢……」麥克思．韓森頓住。「什麼意思？妳不要錢？」

「就是她說的意思。」泰芮莎說。

你來我往討論了一番，麥克思．韓森才發現，原來朵拉希望每唱完一首歌，麥克思．韓森就直接給她現金。不需要白紙黑字、合約公證，也不需談權利分配。麥克思．韓森以他的監護人身分來打理一切，但不需要任何書面證明。

這樣做有風險。若非他原本就打算拿了錢一走了之，他根本不會考慮這種事。在別人恍然大悟他沒權利這麼做之前，他已經大賺一筆，畢竟，所有人都會以為他和她簽了合約。

「好。」他說：「那就這麼說定。」他裝得好像經紀人不和藝人簽合約再正常不過。

於是，麥克思．韓森把合約收起來，得努力克制才不至於樂得摩搓雙手。接著，他開始解釋接下來幾週要做的事。最大的問題是，不管做什麼朵拉都要泰芮莎陪，這代表他必須把錄音時間訂在週末。他希望這兩個女孩那令人討厭的共生關係會隨著時間變淡。朵拉這麼有天賦，實在不該用鐵鍊把自己和身後的怪物綁在一起。不過，現在他也只能忍受。

所有的聯絡溝通都要透過email，這點他可以接受。事實上他很高興可以省掉麻煩，不用去和她的父母、兄長或誰解釋任何事。

她們和他道別後就逕自交談起來。麥克思坐在原地久久，呆望著前方，然後拿出羅比貼在脣上，低聲說：「幹得好，老弟。」侍者過來，問他還需不需要什麼，麥克思點了一小瓶香檳。嗯，應該說氣泡酒。同樣的東西，但價格只要一半。這是他的一貫風格。

11

泰瑞絲、泰芮莎和麥克思．韓森三人 email 往返數次後，敲定隔週末在格塔街的錄音室錄製試聽帶。〈飛翔〉這首歌的背景介紹帶已經準備好，至於翻唱的歌曲，則選定阿巴樂團的〈謝謝你給我音樂〉。

泰芮莎站在四面隔音的寬敞地下室，感覺渺小又茫然。她不曉得麥克思．韓森對錄音室的技術人員和製作人說了些什麼，總之，所有人很顯然把她當成討厭的跟屁蟲，幾乎讓人難以忍受。其中一部分要歸咎於泰瑞絲。她明明該進去錄音，卻說若泰芮莎不能跟著一起進去她就不錄。他們要求泰芮莎不准發出半點聲音。不能有窸窣聲，不准動來動去，甚至不能發出呼吸聲——最好不存在。

使用過家庭錄音設備的泰瑞絲很熟悉耳機和麥克風。在泰芮莎聽來，第一遍她就唱得完美無瑕。不准出聲音呼吸的告誡根本多此一舉，因為泰芮莎多數時間都聽得屏息。

擴音器傳出製作人的聲音，他要泰瑞絲調整一下唱法，比如更強調這個句子、第一次唱主歌時內斂一點，之類。泰瑞絲乖乖照做，錄了兩次後，製作人很滿意。

大約一小時後，他們播放初步混音版。泰芮莎不懂初步混音這種東西，只覺得聽起來已經很像廣播裡會出現的歌曲。聽到前幾句，她激動得手臂一陣酥麻，心想，這是我的歌曲，是我寫的。

錄音室裡的人似乎也有類似反應，他們看著她的神情變得更加柔和。有個二十來歲的年輕人對她說：「小鬼，妳這歌詞寫得很棒。」泰芮莎被稱讚，臉頰立刻羞紅，低頭看地上。她比較擅長應付難聽話，別人的友善和讚美反倒讓她手足無措。

歌曲繼續播放。雖然這版本比之前更像真正的歌曲，泰芮莎卻覺得缺乏什麼東西。之前她們在泰瑞絲家裡錄製的簡單版本裡的某種東西不見了。她怎樣都想不出那是什麼，也不敢說任何話，因為她知道他們一定會不耐煩地揮手打發她。但願他們知道自己在做什麼。

接著錄製翻唱歌曲〈謝謝你給我音樂〉。泰瑞絲唱到最後一句「謝謝你給我……」時，混音工作臺前的人聽得一動也不動，嘴巴張得開開。製作人打開麥克風，好讓泰瑞絲和泰芮莎聽見裡頭傳出的掌聲。

麥克思．韓森很滿意，宣布她們「肯定會大紅大紫」。泰芮莎問，她們是否可以拿到一片初步混音的CD，麥克思說不可能，因為在製作完成之前可不能冒險讓歌曲外流。最好她們也能將在家裡錄的版本刪除，免得不小心外流。泰芮莎嘴上說「好，當然好。」卻完全不打算這麼做。麥克思．韓森給泰瑞絲一張五百克朗的紙鈔，還說事情一有進展就會立刻和她們聯絡。

從相對靜謐的錄音室走出來，見到格塔街上擠滿週日逛街和溜達的人潮，強烈對比讓人嚇一跳。泰芮莎深深吸入冷冽空氣，試圖釐清思緒。忽然，一隻手重重落在她的肩膀上，她眼角餘光瞥見有東西移動，一轉身及時扶住差點倒下的泰瑞絲。

她們兩人就這麼站在馬路上緊緊攙扶，惹來路人異樣的眼光。泰瑞絲把臉埋在泰芮莎的胸口，泰芮莎壓低聲音問她：「怎麼了？妳怎麼了？」

泰瑞絲的身體顫抖，吐出長長一口氣，吐息往上飄到泰芮莎的面容，一陣暖意遍布她的肌膚。她緊緊抱住泰瑞絲，兩人站在原地一動也不動。一會兒後，泰瑞絲挺直身體，起碼離開泰芮莎的距離足以讓她開口說話。「他們吃。」

「誰？錄音室裡的人？」

「他們拿，他們吃。」

泰芮莎抓住泰瑞絲的手，攙扶著她，發現她的手緊抓著麥克思・韓森給她的紙鈔。泰芮莎一碰觸到她，她張開手，皺巴巴的紙鈔就落到地面。泰芮莎看著它躺在泥沙溼地上，忽然怒火中燒。她明白這是怎麼回事了。

他們拿，他們吃。

麥克思・韓森在 email 裡提到，他想看泰芮莎把他攝影機裡的那捲影片銷毀。泰芮莎回說，她已經把它丟掉，但其實她仍保有影片，而且清楚記得裡面的內容。他是怎麼試圖剝削泰瑞絲，利用她，吃掉她，吞了她，還把過程記錄下來，以便事後回味。

同樣的事情也發生在錄音室裡，只不過這次的做法比較見容於社會。泰瑞絲有他們要的東西，他們要把那東西從她身上榨出來，加以包裝，然後賣給出價最高的人。而泰瑞絲唯一得到的，就是躺在泥濘中的那一張紙。

他們拿。他們吃。

泰芮莎之前沒發現。錄音室那些人一副本來就是這樣的態度誤導了她，加上泰瑞絲開口就什麼都能唱的天賦，讓她以為這沒什麼了不起。她之前沒搞懂，這是要付出成本的。看著泰瑞絲在公共場合的反應，她才知道只要四周出現成人泰瑞絲就會很不舒服。而今天，她一整天都和成人在一起，在那安靜局促的房間之中。

泰芮莎試圖擁抱泰瑞絲，但她有氣無力地推開泰芮莎。泰芮莎放手，轉而看著她的眼睛。泰瑞絲的雙眸是透明的淺藍色，跟影片《活人生吃》裡的殭屍沒兩樣。彷彿有人在上面插了針頭，把眼珠顏色吸了出來。

他們拿。他們吃。

泰芮莎彎腰，拾起那張五百克朗的紙鈔。她不理會泰瑞絲的輕微抗拒，帶著她走向市民廣場。「來，」她說：「我們去搭計程車。」

泰芮莎從沒攔過計程車，但她揮手時，司機似乎覺得這再正常不過，便把車停在她們面前，讓她們上車。泰瑞絲告訴他地址，然後把那張皺巴巴的五百克朗紙鈔拿給他看，好讓他放心。

泰瑞絲慢慢挪到座椅的最角落，雙手環抱身體，閉上眼睛。她看起來好小，好可憐，泰芮莎忽然湧上一股前所未有的感覺：溫柔。泰芮莎好想讓泰瑞絲躺在她的膝蓋上，撫摸她的頭髮，輕聲告訴她：一切都沒事，不會有危險，我在這裡。

然而她沒這麼做，只是雙手交握，放在大腿之間，看著似乎睡著的泰瑞絲。一股強烈的幸福靜謐感湧遍全身，越來越強、越來越強。車子駛經著名地標球型體育館時，她覺得自己幸福得快要瓦解。她之前沒見過球型體育館，沒搭過計程車，不曾坐在一個熟睡的人身邊，而且是她所深愛的人。以前，她一直活在陰暗處。

她好想碰觸泰瑞絲，任何形式的碰觸都行，於是，她拿出MP3播放器，以最大的音量聆聽〈飛翔〉這首歌。這首歌不只比在錄音室錄製的那個版本好，而且是好得無邊無際。

抵達斯韋德米拉區時泰瑞絲恢復了一些元氣，起碼能不靠人攙扶自己上樓梯。她在門外停步，轉身，以虛弱的聲音對泰芮莎說：「我不要錄CD。」語畢，打開門。

傑瑞在家。他問她們跑去哪裡、做了什麼。泰瑞絲搖搖頭，進入她的房間，往床上一倒，再次沉睡。

泰芮莎準備走入屋門，卻被傑瑞擋在門口。他雙手交叉抱胸，以冷靜的威脅口吻說：「我要知道妳們兩個做了什麼。」

「沒什麼。」

「泰芮莎，如果妳想再來找泰瑞絲，就必須告訴我妳們做了些什麼。不管什麼事，都一五一十地告訴我，不准撒謊。」

「我快趕不上火車了。」

「我發現妳們搭計程車回來，再搭一次計程車。否則，這裡就不再歡迎妳。」

「不是你說了算。」

「是，是我說了算。」

泰芮莎仰起頭，看著傑瑞的臉。那表情不像語氣那麼嚴厲，沒得商量，而是擔憂。她問他：「你為什麼要知道？」

「妳認為呢？當然是因為我關心泰瑞絲啊。」

「我也關心她。」

「我相信妳，但我必須知道妳們做了什麼。」

泰芮莎沒辦法編造故事，這向來不是她的強項。所以她老實告訴他，但保留了和麥克思·韓森約在飯店房間那部分。她簡單提起她們兩人一起創作歌曲，還有今天去錄音室錄音的事情。所以，泰瑞絲才變得那麼疲憊。

她說完後，看著傑瑞的眼睛。他的眼神沒有不悅，但也沒開心。兩人就這麼對看，直到泰芮莎先把視線撇開。傑瑞點了一下頭。「好，我知道了，要不要我幫妳打電話叫車？」

「好……麻煩你。」

傑瑞打電話時，泰芮莎走到泰瑞絲的臥房門口，站在那裡，頭靠門柱，看著熟睡的泰瑞絲。她肚子出現一股冰涼的黏膩感，然而不久前，同樣的地方才汩汩湧動著幸福感。

永遠不能再見到妳。

傑瑞大可這麼決定，就和呼吸一樣輕易。他可以鎖住門，拔掉電話插頭，或者帶泰瑞絲搬走。這樣一來，她們兩人就無計可施，一籌莫展。

「我想，妳該走了。」她的身後傳來傑瑞的聲音。

泰芮莎離開門柱，感覺像是一片常春藤從牆上被扯掉。她低著頭，走到門口。她很想問「下個禮拜我可以來嗎？」但驕傲讓她說不出這樣的話。她轉而挺直背脊，看著傑瑞：「那我下週再來，好嗎？」

傑瑞搖搖頭，笑著說：「當然好，不然咧？」

泰芮莎不完全明白這句話的背後含義，總覺得這話怪怪，不過有個訊息她可是聽得很清楚：她可以再回來。她鬆了一大口氣，甚至快掉下眼淚，於是趕緊轉身，打開門奔下樓梯。

回到家後，她進房間、鎖上門，拿出麥克思．韓森的DVD，看著它。她原本以為泰瑞絲的裸體模樣會對她造成影響，也有點害怕會發生這種情況，所以，DVD還在攝影機裡時她只瞥了一眼就沒再看下去。

然而，她沒受影響。她覺得泰瑞絲好美，不管有沒有穿衣服，她就只有這種感覺。接著，出現麥克思．韓森赤裸的背，這時泰芮莎開始納悶，自己是不是毫無性慾。對她來說，性似乎是沒有必要而且很醜陋的事。麥克思．韓森跪下，泰瑞絲往後退，他抓住她，把他的臉埋入她的下體。真不莊重。

然而，她興致勃勃地繼續看下去。泰瑞絲拿起杯子，折斷杯莖，開始以尖銳的斷裂面刺向麥克思．韓森的背，就和木匠鎚鐵釘一樣面無表情。彷彿本該這麼做，所以她可以非常淡定，就連另一手上的玻璃杯內容物都沒濺出來。麥克思．韓森開始尖叫，她連看都沒看他一眼，直接走去打開房門。

妳真的很變態，泰瑞絲，妳簡直是狼中之狼。

她一遍又一遍地播放這個鏡頭。

十二月初，泰芮莎走進教室，看見五個女同學圍著她的座位。珍妮坐在中間，拿著手機給其他人看。糟糕。泰芮莎摸摸口袋。下課時她走出教室，把手機忘在座位上。珍妮拿的手機是她的。那群女生看見泰芮莎進教室。珍妮便舉高手機，螢幕上是泰瑞絲的照片。

「這是誰，泰芮莎？是妳的女朋友嗎？」

珍妮把手機螢幕轉回她的面前，開始捲動螢幕，卡洛萊恩說：「她滿漂亮的，妳是怎麼交到這麼美的女朋友？」

泰芮莎沒回應，也沒作勢要拿回手機，因為她知道一旦出手，會發生什麼事。珍妮會跑開，把手機扔給其他人，到頭來泰芮莎只會覺得更難過。她不在乎她們說的話，但她不喜歡她們提到泰瑞絲，非常不喜歡。

「等等！」瓊安娜忽然指著泰芮莎的手機，說：「是她！《偶像新秀》上的女孩！妳認識她？」

泰芮莎點點頭。珍妮發現情勢不利於己，立刻說：「她當然不認識她。總之，她一無是處，是個窩囊廢，是我見過最沒用的人。」

泰芮莎走過去，站在桌子的另一側，清清喉嚨，然後往珍妮的臉上吐口水。珍妮作嘔地尖叫，抹掉眼睛上的口水。接著，她做出泰芮莎沒料到的事：她瞇著怒目，咬牙切齒地說。「妳這噁心的小賤人，妳以為妳是誰。」說著說著跳上桌子，伸出長指甲往泰芮莎的臉上一抓。

不怎麼痛，泰芮莎沒縮沒躲。她的腦海裡浮現出拿著尖銳玻璃的泰瑞絲，她沉穩鎮定——重點是鎮定。鎮定且冷酷。珍妮再次伸出手，激動地朝她猛抓，泰芮莎稍微往後，接著使出全力，握緊拳頭，狠狠地往珍妮的臉揮去。

就這麼簡單。珍妮往後倒，被打中的鼻子汩汩湧出血液，其他女孩驚愕在原地。泰芮莎拿起手機，放入口袋。就這麼簡單。其實這一切真的非常簡單。

珍妮被送去醫院後，校長和輔導老師和泰芮莎談了很久。從很多方面來看，這次的談話就和美國民主黨／共和黨的那堂課一樣，只有一點很可惜：泰芮莎不能在聽訓時寫東西。她已經把這次和珍妮的衝突經驗變成一首歌曲，歌名是〈糊狀物〉。內容是說日常生活裡有很多東西是固體，但如果你要活下去，就得把它們變成糊狀物。

她還滿腦子想著她對「簡單」這個概念的新洞見。我們知道，在某個情況下通常該怎麼做，然而，心存懷疑、懦弱，或對別人的過度在乎會阻礙我們的行動。移動手，身體後傾，接著把重心往前，揮出一拳。不用想也知道就該這麼做。問題是如何把這種「簡單」應用在非暴力的情境，也就是無法用暴力解決的狀況。

傾聽你的心。

對，從某方面來看這種見解很陳腔濫調，但或許最陳腔濫調的見解就是最棒的，如果你真能恪守這種見解過日子。

或許真的如此。泰芮莎繼續想著這些事，此時校長和輔導老師不停問一些無聊的問題。泰芮莎裝出一派誠懇，以單字片語來回答。「不知道」、「不知道」、「沒有」、「對」。這次她扮演的角色是「被自己的舉動驚嚇到的女孩」。

幸運的是，她的臉上有抓傷，使得她對這角色的詮釋更具說服力。她受傷了，不知道自己在做什麼。最後，他們允許她回教室上課。

她走進教室，坐在座位上，全班鴉雀無聲。她瞥向米基，他的臉上閃過一抹笑容。她拿出筆記本，迅速寫下腦海裡冒出的〈糊狀物〉歌詞。她已經知道適合用什麼曲子了。

12

如果千里旅程始於第一步，那麼許多了不起的事情就是始於很酷的點子。有人窮極無聊，想出一些點子打發時間，結果不知不覺中，我們就有了電玩遊戲《小精靈》、尼龍絲襪、地心引力理論，或者《魔戒》的故事構想。某個陰沉下午，一個教授坐在他的書房，在一張紙上寫下「在一個地洞裡住著一個哈比人。」他不曉得什麼是哈比人，也不曉得那是個什麼樣的地洞。不過這句子挺有趣——接下來呢？

和珍妮發生衝突後的週六晚上，泰瑞絲和泰芮莎坐在一起，沒事可做。她們不想看影片，因為剛剛花了很多時間創作歌曲，現在沒什麼力氣。泰芮莎教泰瑞絲玩著圈叉連線的遊戲，但試玩了幾次後發現兩人旗鼓相當，每次玩到最後就比誰撐得久。當然，贏的人幾乎都是泰瑞絲。

泰瑞絲似乎不會無聊。兩人隔著茶几坐，中間放著格子上塗滿一半圈叉的紙張，泰芮莎好希望趕快想到什麼其他事來做，任何新鮮事都行。

這時，她想到了。「我有個點子，」她說：「我們來拍影片怎麼樣？」

麥克思．韓森已經好幾天沒聯絡，看來泰瑞絲的歌唱事業就要無疾而終。既然這樣，她們乾脆自己來搞，反正也沒什麼損失。

她們把掛在泰瑞絲臥房牆上那件深藍色的被單拿下來，披在幾盞小檯燈上當作舞臺燈光。泰芮莎從廚房抽屜裡找到一條會發光的繩子，兩人把繩子掛在天花板，讓它垂下，這樣一來，泰瑞絲往上看著它時，她的雙眼就會閃閃發亮。

泰芮莎用膠帶把她的手機黏在椅背上，在椅腳底下墊幾片DVD來調整高度，好讓泰瑞絲的臉能出現在手機螢幕上。接著，她按下錄影鍵，播放電腦上的歌曲。

泰瑞絲不懂對嘴唱歌的意思，所以她直接唱。要是能對嘴或許會比較好，這樣就可以把影片裡的聲音去掉，放上之前錄製好的聲音。泰瑞絲開始唱，她真正的聲音跟之前錄製的版本完美交融。

飛，飛離每天的一切

飛，飛得遠遠，將翅膀撇一邊
飛，飛離束縛
飛向我，飛向我……

泰芮莎永遠聽不膩，每次她都聽得入迷。泰瑞絲唱完，久久泰芮莎才回神，往前傾身，關掉錄影功能。

之前她在學校用過簡易的影片製作軟體 iMovie，所以泰芮莎知道如何剪輯和處理聲音。就在她準備以之前錄製的版本取代泰瑞絲剛剛唱的聲音，卻突然頓住，接著，她調低音量，不把剛剛的聲音完全去除。

新版本聽起來不一樣，但和舊有的版本還是搭配得恰到好處。手機麥克風的品質很差，但背景中的微弱金屬聲反倒讓泰瑞絲的嗓音顯得更飽滿、更高昂。泰芮莎不是專業音樂人，這種效果該怎麼稱呼呢？

「泰瑞絲，」她問，「妳剛剛唱的和以前不一樣對吧？妳剛剛唱的是和聲是不是？」

「我不知道，什麼是和聲？」

「我想，妳剛剛唱的是和聲。」

「應該這麼唱。有時該這樣。」

泰芮莎試著調整手機，讓泰瑞絲的歌聲時而更大，時而更輕。她把主歌部分的聲音去除，又把副歌某些部分的聲音加大，直到泰瑞絲說就是該這樣。她們把聲音和影像播放在整個螢幕，呈現出一種難以言說的完美效果。成功了。

螢幕上的泰瑞絲冷靜淡定，面無表情，只有隨著旋律唱出激昂歌詞時嘴巴才略微移動，偶爾出現彷彿來自另一個世界的電子嗓音。配合得恰到好處。

泰芮莎往後靠著椅背，雙手交叉抱胸，看著泰瑞絲在螢幕上的淡定影像。「把這放上網路？」她說：「放在MySpace之類的？讓別人也能看到？好不好？」

「好，讓別人看到。」

泰芮莎花了一些時間，用她以前的化名約瑟芬在MySpace上註冊，準備把影片上傳，就在這時，她遇到一個之前沒想到的問題：唱歌的人是誰？詞曲創作人是誰？泰瑞絲已經有了藝名，朵拉·拉爾森，但泰芮莎呢？她打算曝光自己、面對可能的嘲笑嗎？這樣暴露自己很可能會引來譏諷訕笑。

游標閃爍，要求她填上藝人和創作人的欄位。泰芮莎把玩著這些名字：朵拉·拉爾森、泰芮莎、泰瑞絲、拉爾森、朵拉、泰芮莎、拉爾森……

泰……絲拉。

「泰絲拉。」她說。

「什麼？」

「我們的名字啊。讓別人這麼稱呼我們兩個：泰絲拉。好不好？」

「好。」

泰芮莎輸入這個名字，以及歌曲名稱〈飛翔〉，上傳到容量無限的 MySpace。接著登出，把電腦調整成待機模式，聳聳肩：「等一下再上去看看有沒有人看這段影片。總之現在搞定了。不過，我想應該沒人有興趣。」

在一個地洞中，住著一個哈比人。

13

兩天後，二十個人觀賞過這段影片，四天後增為三百人次。下個週末泰芮莎去斯德哥爾摩時，兩人一起查看觀賞次數，發現已激增到兩千。留言全都很正面，有些熱心的網友還把影片的連結轉寄給他們認識的每個人，觀賞的幾乎都是年輕女孩。

週日，泰芮莎準備回家前兩小時，她們又查了一次：聽過這首歌的人達到四千人次。而且還登為當天「播放次數最多」的影片，被列在橫幅標題上，這樣一來，勢必會大幅增加點閱次數。

就在泰芮莎準備前往車站時，麥克思．韓森打電話來，他整個人激動到不行。有人把這段影片告訴他，她們怎能做出這麼蠢的事？現在，一切都被她們毀了，他之前的努力，投資的錢全付諸流水。他花了大筆錢，就是要推出最合適的版本，而現在，她們上傳這支天殺的影片，讓所有人都能免費觀賞，不啻徹底摧毀他的心血。

麥克思．韓森氣到聲音破啞，讓人聽不出他的吼叫裡夾雜的是怒氣或淚水。

「應該沒關係吧。」泰芮莎說。

憤怒咆哮。麥克思·韓森氣到破口大罵，語焉不詳，泰芮莎得把話筒拿得遠遠的。

「妳根本什麼屁都不懂！妳以為只要錄了一首歌隔天就能出CD？就能上電視？妳實在有夠蠢，我乾脆一頭撞死算了！現在我來告訴妳該怎麼辦。立刻登入妳的帳號，把那該死的影片拿下來，要不然，我不知道我會做出什麼——」

「掰掰。」泰芮莎說完，放下話筒。電話再次響起，她直接拔掉牆上的插頭。

聖誕節假期來臨，〈飛翔〉的點閱次數繼續以等比級數成長，大家看過之後紛紛口耳相傳，介紹親友觀看。很快地，這支影片也出現在YouTube上，吸引更多人點閱。

起初泰芮莎不放過任何一則留言，對於褒獎，她拍腿叫好，因為有這麼多年輕女孩覺得這首歌「很棒」，還從中找到安慰，她非常高興。至於那些性暗示和貶語——多半來自男孩和深受泰瑞絲的外貌威脅的女孩——她則置之不理。

然而，這一切終究超出她的負荷。

有一天，她坐在電腦前閱讀留言，她不就是《偶像新秀》裡的那個女孩？她怎麼會這麼特別，她到底是誰，這些歌詞到底有什麼意義，忽然，她覺得受夠了，一個字都讀不進去。

她的生活重心和整個思緒都沉浸在自己所寫的歌詞，以及她們在兩小時內製作出來的一小段影片中。而現在，她無法克制地出現這種感覺：後悔。

她好不容易有點成就，可以給那些王八蛋瞧瞧，然而，她的名字甚至沒出現在影片上。她試著說服自己這不重要，因為她比這些更高一等，然而實情並非如此。雖然她不想站在鎂光燈底下，卻很想讓大家知道，寫出〈飛翔〉這首歌的人就是她，泰芮莎·斯文生，那個陰鬱的渺小女孩。她讀著那些正面評價，看著大家說歌詞寫得很好，卻沒人知道是她寫的。她覺得頭腦快要爆炸。她受不了了。

葛藍和瑪麗亞決定今年聖誕節來點新鮮的，於是訂了山區的滑雪小屋，打算住上一個禮拜。一開始泰芮莎不想去，還找了個充分的理由表示她必須待在家裡，然而出發前兩天，她改變心意。她覺得自己必須遠離這裡，遠離電腦，遠離悔恨。

才離開電腦兩天，她就出現戒斷症候群，整個人坐立難安。她不喜歡滑雪，所以只能閱讀她帶去的詩集，聽手機裡的音樂，玩手機裡的遊戲。她對周遭的一切都看不順眼：那些愛好戶外活動的傢伙一早就把滑雪用具塞入車頂的箱子裡，還有那些年齡跟她相仿的人，穿著過大的滑雪裝備，擺出一副運動健將的德性，看了真想吐。如果她在學校是局外人，那麼在這裡就等於外星人。

兩個哥哥很快結交新朋友，跟一群人玩在一起。至於爸媽，則去參加跨國滑雪遠征隊。第三天，泰芮莎決定拿出筆記本，開始寫新歌，否則她根本熬不過剩下的假期。

某天晚上，全家在旅館用完餐，準備回小屋時經過接待大廳，泰芮莎聽見那首歌。一群年約十七、八歲的年輕人坐在沙發上，中間有一臺筆電。她看見螢幕上是泰瑞絲的臉，外接式的小喇叭傳出〈飛翔〉。那些青少年一動也不動地看著泰瑞絲唱歌時的迷濛雙眼。

哥哥歐洛夫推推她肩膀，對著那群人點點頭，說：「妳聽過這首歌嗎？很讚欸。」

「是我寫的。」泰芮莎說。

「最好是，妳和碧昂絲一起寫的嗎？妳幹麼這麼說？」

「因為事實就是這樣。」

歐洛夫對著艾維德咧嘴一笑，手指在太陽穴轉啊轉，暗指妹妹腦袋不正常，然後全家走向門口。泰芮莎站在原地，緊握拳頭，望著地板。歌聲漸歇，那群青少年開始發表意見。有個女孩說這是「有史以來最好聽的歌」，另一個納悶怎麼只有這一首。有個男孩放了另一段影片——醉漢跌出窗外——終結這段討論。

泰芮莎坐在稍遠處的扶手椅，拿起別人扔在那兒的《獨立社會民主報》閱讀，以轉移注意力，不料卻見到第七版有篇題為「誰是泰絲拉？」的特稿，內文提到〈飛翔〉的點閱次數將近一百萬人次，依舊沒人知道這組藝人是誰。

毫無預警，泰芮莎的頭忽然像著火般。下一刻，濃烈火焰撲湧而來，她被黑暗包覆，幾乎無法呼吸，她的肺臟收縮，全身無力。劇痛劃過她仍燒灼的頭顱，她整個人縮進扶手椅，動彈不得。

十五分鐘後，葛藍走進接待大廳，左右張望尋找泰芮莎，找到她時，她就是這個模樣。「妳在這裡啊。妳剛剛跑去哪兒了？」泰芮莎張嘴想回答，但舌頭拒絕配合。葛藍傾身靠向她，拉拉她的手。「來，我們要玩骰子大亨。」

之前好幾次，泰芮莎覺得很不舒服，心情鬱悶，還會說出「焦慮」這兩個字，即便她不真的懂焦慮的意思。而現在她知道了。如果她有辦法思考，就不會把她的狀態說成焦慮，而會認為某種潛在疾病忽然猛烈襲擊，讓她不支倒地。然而，焦慮就是焦慮，純粹鮮明的驚恐，身上每寸肌膚都麻痺了。爸爸得用扛的才能把她帶回小屋。

那晚泰芮莎幾乎夜不成眠，她躺著呆望黑夜，直到黎明的灰濛光線讓視線得以聚焦在窗玻璃的結霜圖案。她不想吃早餐，瑪麗亞強迫她吞下兩顆止痛劑，然後全家出門，各自找樂子。

葛藍和瑪麗亞回來吃晚餐時開始擔心她，因為他們發現泰芮莎仍維持早晨他們離開前的姿勢，側躺在床上，視線落在那張告示牌：不准在屋內為雪屐或雪板塗蠟。

瑪麗亞用手撫摸她的額頭，確定她沒發燒。「怎麼了？寶貝？」

在泰芮莎的耳裡，瑪麗亞的聲音聽來很怪。音量正常，但不像來自附近，反而像遠處的人在說話，聲音經由電子合成器放大，所以，媽媽的問題不具意義，她也不必回答。

「發生了什麼事嗎？」瑪麗亞問。

又來了。這問句像是對著空盪的太空發問，所以和她無關。泰瑞絲所處的空間微不足道，逐漸縮小。她像寫滿字的紙張被揉成一團，被無意義的字句壓得喘不過氣。很快地，她會變成一顆白色紙球，滾出所有人的視線外。

當晚，泰芮莎又躺在床上，望著一片漆黑。與此同時，〈飛翔〉在 MySpace 上的點閱次數突破一百萬。

14

聖誕節過得不如傑瑞所預期。他和泰瑞絲、芭黎及她九歲的兒子麥爾坎在家過節。麥爾坎精力充沛，很難接受泰瑞絲那種淡定疏離的態度。他向她展示所有玩具，她卻沒做出他預期的反應。於是他開始發怒，還氣到拒絕靠近她，遑論跟她說話。

芭黎努力讓氣氛輕鬆愉快。傑瑞和麥爾坎玩遊戲或開玩笑時，泰瑞絲就坐在那裡，雙眼直愣愣地望著聖誕樹，彷彿在看一場精采的影片。當天狀況忍一忍還過得去，然而殘酷的事實清楚無疑：這兩方永遠無法成為歡樂的一家人。

〈飛翔〉這首歌還沒紅到發紫。傑瑞見過這影片，覺得很精采，同時慶幸泰瑞絲沒用真名發表。除此之外沒想太多。

隔天節禮日，傑瑞心情鬱悶。之前他愚蠢地懷抱希望，以為他能讓兩個單親家庭融合為一，以為聖誕節的歡樂氣氛會施展魔法，沒想到希望落空。他很怕芭黎會因此覺得兩人沒有未來，決定結束這段戀情。她說她愛他，想和他在一起，但猜疑會磨損愛情。

所以，節禮日這天，門鈴響起，他正鬱鬱寡歡地坐在家裡看著約翰．韋恩的西部老片。之前他喝了兩罐啤酒，現在可以感覺到酒精在體內竄流。他拖著自己從扶手椅上起來，前去應門。

他的第一個念頭是推銷的：細心梳整過的頭髮、在美容沙龍裡晒出來的人工古銅色、西裝、練出來的笑容。該死的手機門號推銷員，或者……吸塵器推銷員。對。傑瑞對這位訪客的第一印象就是賣吸塵器的。他自我介紹，說他叫麥克思．韓森。

「喔，對，」傑瑞說：「原來你就是麥克思．韓森。」

傑瑞伸手和他握手時，麥克思．韓森說：「我不曉得泰瑞絲跟你說了多少……」傑瑞不懂為什麼他這句話帶著焦慮語氣，所以聳聳肩，說他什麼都知道，麥克思．韓森這才鬆了一口氣。

「我打過電話來，」他說：「可是你家電話有問題。」

「喔，插頭拔掉了，」傑瑞說：「我想是故意拔掉的。」

麥克思．韓森問他可否進屋，傑瑞問他此行有何貴幹。麥克思．韓森又問他可否進屋，傑瑞又問他有何貴幹。如果拿頭去撞牆，誰先哀號，是你或是牆？答案是你。所以，麥克思．韓森放棄，淡淡解釋此行目的。

如傑瑞所知，朵拉錄製了一首在網路上爆紅的歌。不過她還錄了另一首，在專業的錄音室，而現在，麥克思．韓森想把這個版本發行成單曲。

「好啊，」傑瑞說，準備關門。「祝好運。」

麥克思．韓森伸出一腳卡入門縫，這讓傑瑞想起一段不愉快的往事，心情頓時變差。

「你不明白。」麥克思．韓森說：「我們在談的是發大財。現在的問題是，沒有唱片公司願意發行這張單曲，除非我出示文件，證明我有資格替朵拉行使權利。你是她的監護人嗎？」

麥克思．韓森的語氣充滿幹勁。當然，傑瑞大可用力關門夾他的腳，迫使他抽腿，然而他沒辦法對發財這種事聽而不聞。傑瑞的錢頂多只夠再撐一年。

「不是，」傑瑞說：「我不是她的監護人。她沒有監護人。沒有任何文件。你有何建議？」

傑瑞打開門，門縫的寬度只夠麥克思．韓森傾身靠近他的臉，壓低聲音說：「那就偽造。你什麼都不必做，只要靜靜等著收錢即可。」

傑瑞想了一下。泰瑞絲不存在於政府檔案，這個事實會惹出大麻煩，這點他很清楚，而現在，吸塵器推銷員提供了一個解決方式，讓他不必被逼著去幹活兒，就能見到錢從天而降。

「好。」他說：「你就去做吧，不過我會盯著你。」

麥克思．韓森把腳移開。「你去做，我會和你聯絡。」

傑瑞關上門，全身上下有一種不舒服的感覺。有人跨過他的墓穴。對，就是這種感覺：未來將發生某些他無法預知的事。麥克思．韓森對於偽造證件一事未免反應過快，難道傑瑞做了什麼讓他有這種靈感？事發之後，麥克思．韓森大可隨心所欲蒸發人間，而傑瑞打死都不可能去找警察。他現在只能指望麥克思．韓森還不曉得這件事，起碼他是這麼認為。

然而，他的一顆心還是七上八下，所以當泰瑞絲問起來者何人，他說是吸塵器推銷員。他感覺到胸中鏗鏘大響，彷彿有三十件銀器相互碰撞。

泰瑞絲成天坐在電腦前，傑瑞問她在做什麼，她說，很多女孩喜歡她的歌，留言給她，她要一一回覆。傑瑞納悶怎麼沒見到泰芮莎，泰瑞絲說，她消失了，留言給她也沒回。泰瑞絲似乎沒把這事放在心上，不過她本來就喜怒哀樂不形於色。

新年前夕的前一天，門鈴響起，傑瑞火速開門，因為他以為是麥克思．韓森又有更多花招和手段，正打算跟他來硬的，希望藉此拿到最大利益。然而，站在樓梯平臺上的是一個受驚的小女孩，年約十五歲。當他用力甩開門，她差點往後跌下樓梯。

「嗨。」女孩說，聲音小到幾乎聽不見。「泰瑞絲在家嗎？」

「妳是哪位？」

女孩回答得急促含糊，彷彿這句話已重複過很多次。「我叫琳恩，不好意思打擾你。」

傑瑞嘆了口氣，往旁邊挪一步。「歡迎妳，琳恩——不好意思打擾你。泰瑞絲在裡面。」

女孩迅速脫了鞋，走進泰瑞絲的房間。沒多久，房門關上，傑瑞站在玄關，望著琳恩的紅色運動鞋。

他有一種直覺，自己正在目睹怪物誕生。事實證明，他沒想錯。

15

葛藍和瑪麗亞終於發現泰芮莎的狀況遠非止痛藥能解決，於是全家提早離開山區。她稱不上僵直型精神分裂症，但也相去不遠。她連續兩天拒絕進食，葛藍和瑪麗亞心急地問她有沒有想吃什麼，她說「嬰兒食品」。

所以他們買了嬰兒食品。泰芮莎乖乖地被餵了幾口，喝了一點水，蜷縮在床上，不停用鼻子去磨蹭一個舊的絨毛玩具，直到它被磨得光禿。

葛藍和瑪麗亞只是普通人，從來沒想到孩子會出現「精神病」這類的問題。他們之所以沒及時和「兒童暨青少年精神疾病中心」聯絡，並非因為他們愚蠢或者疏忽，而是因為想都沒想到該這麼做。

他們只是以為，由於某些他們不曉得的原因，女兒忽然變得非常、非常不快樂。他們會使用「憂鬱」這個辭彙，但並不真的了解這個概念。憂鬱就等同非常不快樂，可是時間會療癒所有傷口，即使是無形的。再怎麼不快樂的人終有一天會開心起來。

幾天過去，泰芮莎吃了一點嬰兒食品，喝了一點水，鎮日躺在床上。直到她開口說了一些話，他們才發現需要求助。

那天葛藍坐在她的床邊，試著讓她多喝一點水，泰芮莎忽然說：「什麼都沒有。」或許他應該高興，畢竟泰芮莎沉默了這麼多天後終於願意開口，這樣一來，夫妻就有機會弄懂哪裡出了差錯，然而，她說的話卻讓人高興不起來。

「什麼意思？」他說：「什麼都有啊，什麼都在啊。」

「對我而言不是。」

葛藍環視房間，彷彿要尋找些什麼當成明確的證據，證明自己說得對。他的視線落在一碗塑膠製的黃色珠子上，遙遠回憶如濛霧升起，費力化為實體，卻徒勞無功。與黃色珠珠和存在有關的東西，與泰芮莎和另一段美好時光有關的事物。泰芮莎喃喃說了些什麼，葛藍靠近傾聽。「妳說什麼？」

「我要去另一邊。」

「什麼另一邊？」

「死了之後的那一邊。」

◆

三個小時後，葛藍和瑪麗亞坐在利恩斯塔區的「精神疾病中心」，泰芮莎坐在他們之間。或許過一陣子泰芮莎就不再那麼消沉抑鬱，可是當她談起死亡，可就不能等閒視之。他們不能忽視這個警訊。

葛藍和瑪麗亞對精神疾病機構的看法有點誇張，他們以為那裡放眼望去全是白色，氣氛靜謐沉重。白袍、白色房間、緊掩的門扉。所以，當一個很尋常的中年婦人穿著尋常衣服出來迎接他們，他們頗為驚訝。她領他們進房間，裡頭沒像一般的診療間瀰漫著消毒無菌的氣味。

葛藍和瑪麗亞盡可能鉅細靡遺描述泰芮莎變成這樣的過程，還說明他們為何決定和該中心聯絡。在這冗長的談話過程中，泰芮莎沒說半個字。

最後，醫生問她：「妳覺得如何？妳父母認為妳想結束自己的生命，真的嗎？」

泰芮莎緩緩搖頭，不發一語。醫生等了一會兒，在準備提出下一個問題時，泰芮莎開口了。「我沒有生命。空盪盪。所以我無法結束它，也沒人可以結束它。」

醫生站起來，走向葛藍和瑪麗亞。「兩位可以到外頭等一下嗎？我想和泰芮莎單獨談一下。」

十分鐘後他們被叫進去。坐在泰芮莎旁邊的醫生把一隻手擱在泰芮莎那張扶手椅的扶手上，彷彿要宣示這把椅子是她的。葛藍和瑪麗亞坐下後，她說：「我們打算讓泰芮莎在這裡待幾天，然後再決定該怎麼做。」

「她怎麼了？」瑪麗亞說。

「現在說還太早，不過我想，若能和泰芮莎多談一點，將有助於我們的診斷。」

剛剛在另一個房間等待時，葛藍閱讀了一些單張印刷品上的訊息，包括年輕人的自殺傾向，所以，這時他想到該問醫生「妳會好好看著她吧？」

醫生笑著說：「會的，你可以百分之百放心。」

但他們就是不放心。葛藍和瑪麗亞開車回家幫泰芮莎收拾衣物，途中瑪麗亞有點歇斯底里地喃喃自語，主要是說，我們到底哪裡做錯了。

看過衛教資訊的葛藍有點概念，試圖要老婆放心，他說，憂鬱通常只是一種醫學上的問題，肇因於體內化學物質失衡，所以不能責怪任何人，然而瑪麗亞不想聽。她仔細爬梳過去幾個月發生的大小事，最後得到一個明確的結論：泰芮莎去了斯德哥爾摩之後就變成這樣。她在那裡到底發生了什麼事？

但葛藍認為，自從認識泰瑞絲之後，泰芮莎就變得比以前快樂，但瑪麗亞完全聽不進去。總之，泰芮莎的生活起變化，就是在去了斯德哥爾摩之後，所以那幾趟旅程是一切問題的根源。

瑪麗亞在泰芮莎的房間打包，把衣服、書和MP3播放器放入袋裡，葛藍站在一旁望著那碗黃珠子。他拿起一顆，以右手的拇指和食指捏著那顆珠子，左手摸到自己的鎖骨。他想起來了。

如果我不存在，那就沒人拿這顆珠子。

去保母那兒接她。在餐桌前的那些午後。用塑膠珠子做的那些項鍊。都跑到哪裡去了？

什麼都沒有。

葛藍的胃一陣緊縮，哭了起來。瑪麗亞要他別哭。

16

泰芮莎接受醫療照護，那兒有人照顧她。他們在她的窗口外來來去去，就像影子。有時，他們的聲音傳到她的耳裡，有時，食物塞進她的嘴裡，她就吞下去。在她的意識底層，小小的泰芮莎就坐在那兒，這個泰芮莎很清楚發生的一切，但清晰的神智就是無法傳輸到巨大的身體。她變成植物，等待著。

偶爾，她的腦袋會正常運作，會思考，會有感覺。真正的問題在於空虛感。她想不起不空虛的感覺，想不起有血有肉為盾牆，保護她免於被世界吞噬是什麼感覺。那種感覺不存在了。她可以說正處於持續恐懼的狀態，恐懼的感覺淹沒一切。她害怕移動，害怕進食，害怕說話。這種恐懼來自於空虛感，來自於毫無防備之力。如果伸出手去碰觸世界，她就會像蛋殼一樣碎裂。所以她靜止不動。

醫生跟她談了幾天，仍沒進展，他們決定開藥給她吃。橢圓形的小藥丸，中間有個溝鑿。一天一天過去，一週一週流逝，不曉得過了多久，終於有一絲光線滲入她的漆黑世界。她想起見到一團火焰擲向她的感覺。現在她看見小裂縫，四周的聲音變清晰，輪廓也更加分明。

好幾天，她就只是躺著、坐著，或者站著，從那個縫隙望出去，觀看四周發生的事。她不感到快樂，也不感到悲傷，但毫無疑問的，她活過來了。

終於，她把縫隙再開大一些，從縫隙走出去。不能說她破蛹化蝶，但她確實蛻變了。她是空虛的泰芮莎，但她穿上殼，假裝她活著，而且裝得連自己都相信。有時，她甚至覺得她真的活著。

她繼續吃藥，也繼續諮商。她發現這藥的名稱是Fontex，跟百憂解一樣是抗憂鬱的藥。她現在能想起以前的泰芮莎，她看世界的方式，於是她開始扮演那個角色。同樣，有時她演得逼真，連自己都認為那就是她。

二月底，就在她入院將近兩個月，終於可以出院回家。她坐在汽車後座，看著她的手。這是她的手，黏在她的身體上，隸屬於她。現在，她明白這點了。

她出院前兩個禮拜，班導師去探望她，還帶了一些教科書去，泰芮莎很認真讀。功課本身不是問題，她甚至可以輕鬆應付、做算術，因為她的心智不再被血肉之軀必然面臨的複雜期望和焦慮干擾。兩個禮拜內，她就趕上了缺課的進度，甚至超前。

回學校後，其他學生和她保持一定距離，她覺得這很正常。即將再去動手術把鼻骨弄直的珍妮對她說：「喔，瞧，是我們當地的瘋子欸。所以妳從瘋人院回來了呀？」不過，泰芮莎一盯著她她就立刻閉嘴。

導師去探望她那天，喬漢斯和愛格妮絲也隨後到了。泰芮莎回學校後，他們完全沒打算躲著她。有次下課，泰芮莎告訴他們在精神病院裡的生活，還有在病房裡遇到的一些問題，比方說，所有可被用來自殺的物品全都收起來。有趣的軼事。

她說話時看著他們，腦袋裡有個聲音說：他們人好好，我好喜歡他們。確實如此，但也並非如此，因為這些是她必須告訴自己的話，她想製造出一個她知道應該存在的事實。然而，她並沒有這種感覺。

跟米基相處起來就簡單多了。

她回校後第三天，下課時間，她在操場踱步，看見米基站在放置體育器材的儲藏室的外頭抽菸。她走過去，接過他給的菸，小心翼翼吸了兩口，努力不咳嗽。

「妳還好嗎？」米基問：「我是說，妳真的有精神病？」

「我不曉得。我想大概有吧。我得吃藥。」

「我媽也吃藥。吃很多藥。如果忘了吃，有時她會抓狂。」

「什麼意思？抓狂？」

「嗯，有一次她……大吼大叫，說烤箱裡躲著一隻豬。」

「一般的那種豬？」

「不是，煮過的那種，可是牠還活著，隨時準備跳出來咬她。」米基看著泰芮莎，「妳的情況和她不一樣吧？」

「我不曉得。搞不好一樣，如果我繼續瘋下去的話。」

米基哈哈大笑，泰芮莎不覺得……開心，不過完全沒有被冒犯的感覺。米基對她沒有任何要求。即使連愛格妮絲和喬漢斯這麼好的人，都會讓她倍感威脅，她總覺得他們對她的行為舉止有某種期望，而她必須符合。然而，她罹患精神病之後，米基對她的態度似乎更為輕鬆。這點很重要。

出院三天後，她才有辦法靠近電腦。在醫院那麼久，她對電腦已經沒那麼依賴。她看著大鐵盒、螢幕和鍵盤，總覺得她看的是一種「傳染源」。若按下電源鍵，疾病就會從鐵盒裡傾巢而出。

可是泰瑞絲。泰瑞絲。

泰芮莎深吸一口氣，坐下來，打開這個潘朵拉的盒子，登入 email 帳號。她不在的這段期間，廣告垃圾信塞滿了信箱，在一堆垃圾信當中，她見到五封信，不，六封，來自泰瑞絲。最後一封的日期是六週前。

她打開信，一封一封讀。每一封都只有一、兩行，全都是簡短的問句，除了前兩封。她為什麼不寫信，為什麼不回信。最後一封的最後一句，泰瑞絲只寫了：「我不再寫信給妳。」除了這六封，剩下的全是廣告垃圾信。

泰芮莎內心開始湧現哀傷的情緒，但在哀傷變成痛苦之前，情緒已然平復。有時，她覺得她可以看見藥物在她的體內起作用。現在，她看見一把電鋸，鋸片出鞘，裁剪掉她的高昂或低落情緒。

樹冠或樹根。讓她只能拖著光禿的樹幹到處走。

她把最後一封信再讀一次，然後按下回覆，在螢幕上寫道：

我生病了，在醫院，沒有電腦，不能寫信。
我現在回家了，我想念妳。週末可以去找妳嗎？

她把信寄出去，然後坐在床上閱讀瑞典名詩人艾克羅夫的〈來自地底的聲音〉，讀了三次，讀懂每個字的意思。

我渴望從黑色廣場移動到白色。
我渴望從紅色河岸移動到藍色。

她來回翻閱著這本平裝版的詩集。在醫院時她沒讀這本書，因為她從來沒懂過艾克羅夫寫的東西，但現在，她發現每首詩都在跟她說話，他忽然成了她最愛的作家。艾克羅夫。他懂。

這個生物，無名無姓
在密閉的房內擁有生命
沒有出路，只有縫隙
從縫隙中，他被推出來
現在，他行動自如
是充實世界中的
一抹空無

不可思議。她繼續讀，讀著那些也能引起她共鳴的詩，讀著他對她所熟悉之事物的栩栩描述，直到該查看信件時，她仍幾乎無法釋卷。對。泰瑞絲回信了。

妳回家了很好快點來

喜悅的情緒匯聚，準備一舉躍上她的胸膛。接著，電鋸又出現，把她的喜悅鋸成一片一片，落在她的肋骨之間，躺在那兒，成了支離破碎的一小截、一小截喜悅。儘管如此，還是喜悅。

◆

她和媽媽談了很久，談的過程中還有爸爸相挺，泰芮莎終於能去斯德哥爾摩。她被迫搬出有失尊嚴的理由，才成功說服母親。她說：「這是我唯一喜歡做的事情。」瑪麗亞讓步，泰芮莎隱約覺得自己很卑鄙。然而她可以去了，這才是最重要的。只要她記得服藥。

這是瑪麗亞的新寵兒。一開始她對精神疾病的藥物全然無知，因此抱著強烈的懷疑態度，但泰芮莎住院後，態度逆轉，現在她認為抗憂鬱劑 Fontex 藥丸是上帝賜給人類的禮物。幸虧有它們，泰芮莎才能回家，才能像個正常人，他們夫妻才不至於有個憂鬱症的小孩。但泰芮莎本身並不確定這藥丸是否真的這麼厲害，不過還是乖乖地一天服三次藥。

週六她打包，將藥丸、新找到的詩人朋友艾克羅夫，以及MP3播放器放入袋子裡。在她生病那段期間，明眸樂團一直陪伴著她，所以現在，她能聽出《數位骨灰甕裡的數位骨灰》這張專輯裡每首歌的細微差異和獨特聲音。他還是很有天賦。

火車只是一種交通工具，沒別的意義。她隱約記得之前那幾次搭乘時經歷到的感受：焦慮、興奮或期待。但這次不再有這些感覺。她寫信給泰瑞絲說她思念她時，其實感覺也跟面對其他事情時一樣，既真實但也不真實。她坐在火車上，就要跟泰瑞絲見面了，分離的即將再次結合，這是天經地義的事，沒理由焦慮或期待，本來就該如此。

然而，她還是有悸動。她在斯韋德米拉區下車，走到街角的雜貨店，站在那兒，抬頭可見到泰瑞絲家的陽臺，看起來是彩色的。彷彿她的空虛世界裡出現了一點色彩。什麼顏色？她閉上眼，想看清楚，因為此刻這種感覺很舒服，很真實。

深紫色，接近紫紅。她把袋子舉高，扛在肩上，走向泰瑞絲家的門，深紫色的泰芮莎。

紫色。

傑瑞來應門，他好像不太高興，不過一見到泰芮莎立刻露出大笑臉，甚至還摸了摸她的肩膀，一副要將她迎接入內的模樣。

「嗨，泰芮莎，」他說：「有段時間沒見到妳喔，泰瑞絲說妳病了。怎麼回事？」

「我……」

每次必須簡單描述發生什麼事，泰芮莎就會腦筋一片空白。他們根本沒給她一個明確的病名，好讓她拿出來炫耀。傑瑞等了一會兒，然後問道：

「是和妳的腦子有關？」

「對。」

「喔，不過妳現在好多了？」

「對，我現在好多了。」

「那就好。泰瑞絲在裡面，她最近發生很多事，幾乎快把人搞瘋了。說出來妳一定不信。」

泰芮莎心想，他說的是〈飛翔〉所造成的轟動。她兩個多月沒看報紙，沒聽收音機，也沒上網，所以根本不曉得在之前那段和現在截然不同的生活裡，那首共同創作的小歌曲變成什麼樣。

泰芮莎靠近泰瑞絲的房間時，心想屋內某處大概開著電視，因為她聽見喃喃的說話聲。她背後傳來傑瑞的聲音。「進去吧。」泰芮莎在房門口頓住，身上的血色一點一滴消褪。她壓根兒沒料到會見到這種景象。

房內擠滿女孩，她們的年齡和泰芮莎相仿。泰瑞絲坐在床鋪中間，左右兩側各坐著一個女孩，另有五個坐在地板上。她們全望著泰瑞絲，她似乎正在解釋什麼，但快要說完了。「首先，妳會死，然後會活過來，之後就沒人可以碰妳，沒人可以傷害妳，如果有人要傷害妳，妳就讓他們死，這樣它就是妳的。」

眾女孩坐著，嘴巴張得開開，聆聽泰瑞絲嘴裡流瀉出充滿韻律節奏的話語。若不是過於震驚，泰芮莎大概也會聽得入迷。她曾經在這裡，曾經是泰瑞絲說話的唯一對象。這些女孩就像之前的她，而現在她們取代了她。她不見一張張臉孔，只見一團無形無體的敵人。

泰瑞絲見到了她，說：「泰芮莎。」

泰芮莎的低喃更像是嗚咽而非回應。「泰瑞絲。」她體內的電鋸開始轟隆啟動，又劈又砍，切掉懸吊的鉛塊，使得它往下墜，在她的體內直直垂落，把她往下拖，往下拖，讓她雙膝跪地，讓她臉面趴地，穿透地面，沉入地下。

我什麼都不是，對妳來說無足輕重。

坐在地上的一個女孩起身，走過來。這個龐克搖滾女孩的年齡和泰芮莎差不多，頭髮烏黑，但瀏海是粉紅色，濃濃的眼妝，下唇穿洞，竹竿般的細瘦雙腿穿著緊身牛仔褲。「嗨，我是米蘭達。」一隻纖瘦的手伸向泰芮莎，手上的指甲是黑色。泰芮莎看著伸長的那隻手。情況不對，她可以感覺得到。不管是不是因為電鋸和藥物，總之，那團火焰就要擲向她，現在，它也在這個房間裡。

「妳是泰芮莎？」米蘭達問：「我真的很喜歡妳寫的歌詞，每一首都很喜歡。」

泰芮莎無法和她握手，因為她的雙手扣在自己的胃上，好讓她能專心呼吸。

妳的歌詞。每一首。

泰瑞絲把那些歌播放給這些女孩聽。她們的歌。她們的祕密。

她抓緊袋子，衝出門口，奔下樓梯，一路跑到地鐵站。列車轟隆駛入月臺，泰芮莎上車，坐在角落的殘障座位，盡可能把自己縮得很小。

結束了，真的結束了。唯一剩下的是來自地底的聲音：

我成了拼圖的最後一塊。
哪兒也塞不進去。沒有了我，圖案依舊完整。

所有女孩

頭抬得高高，我的年輕夥伴
發出點聲音
提高音量，放聲尖叫

——瑞典少女歌手愛咪．戴蒙（Amy Diamond）的歌曲〈大槍〉（Big Guns）

1

什麼方式可以摧毀一個人？

虐人者和刑求者大概可以提供資訊。讓人幾夜不睡，多少根針，多少水，多少伏特的電力。然而，忍受虐行的程度因人而異。有時只要拿出工具，告訴對方打算用這項工具做什麼，就能達到預期的效果。有時需要幾週，被迫去電擊那顆因為痛苦而放棄跳動的心臟，就連這樣，都可能不足以讓被虐對象崩潰。

但還是可以抓出平均值。多少針刺，腳底板打幾下，就足以讓多數人放棄緊守不放的東西。

然而，日常生活的情況又如何？

畢竟，就連日常生活也有一定程度的痛苦和失望要面對，差別就在於這些痛苦不是由機器工具所施加，而是來自於情緒，因此更難以預料。有些人似乎什麼都能承受，然而，有些人只要一點點挫折就會崩潰。你永遠料不準。對某人來說天崩地裂的事情，在另一個人看來可能只是聳聳肩；但會讓後者崩潰的事情，對前者來說不過是小事一樁。

更重要的是，同一個人每天的狀況都不一樣。對虐待者來說，只能以每天的日子為刑具，去找出能讓某人崩潰的點。這簡直是天方夜譚。

泰芮莎沒倒地而亡，也沒做出什麼會讓自己倒地而亡的事。她只是拖著笨重的身體往前走，在中央車站買票，打電話回家，要家人在烏斯瑞德接她。然後她呆坐著，看著列車抵達與出發的時刻表。她沒看書，沒聽音樂，也沒思考。

不認識她的人見到她上車，只會認為他看見一個女孩上了車；認識她的人看見她坐在座位上，會認為他看見泰芮莎坐在座位上。

畢竟，從外在世界的角度來看，她幾乎毫髮無傷，只不過是一個放棄所有希望的女孩，連提都不值一提的女孩。

抵達烏斯瑞德後，她沒能扮演好該扮演的角色，使得爸爸葛藍很擔心，問她是否吃了藥。她吃了藥，她向來會乖乖吃藥。從現在開始，她會乖乖地吃、喝、睡、服藥。

她坐在自己房內的電腦前，沒有衡量利弊得失，就直接這麼做。她知道泰瑞絲的密碼，進入她的 email 信箱。如她所料，有好幾百封信，來自幾十個 email 地址。聽過〈飛翔〉的女孩和泰瑞絲聯絡，泰瑞絲回覆，邀請她們到斯韋德米拉區。

那些女孩的信中語氣一封比一封尊敬，看來她們把泰瑞絲當成偶像般崇拜。偶像，祈禱膜拜的對象。

泰芮莎根據信中的怪句子知道泰瑞絲跟她們說了些什麼。「若我有那個膽我也要殺了我爸媽」、「我也覺得我是在地窖裡長大」。之前她和泰芮莎分享的一切現在全成了公有物。起碼那些崇拜泰瑞絲的女孩也擁有這些祕密。

泰芮莎拿出麥克思．韓森在旅館房間內拍的ＤＶＤ，呆坐了很久，看著自己在閃亮光碟上的反射影像。她可以把影片放到網路上。她不曉得後果會如何，但她知道這一放肯定會傷害到泰瑞絲，讓她惹上麻煩，讓她不再是那個唱著不屬於她的美妙歌曲的可愛女孩。

泰芮莎把ＤＶＤ放進電腦，點擊兩下，打開影片。點擊，點擊，再多點擊幾下，泰瑞絲的世界就會徹底改變。

然而，泰芮莎沒這麼做。她取出ＤＶＤ，用原子筆一絲不苟把整張刮花，丟進廢紙簍。接著拿出手機，把泰瑞絲的所有照片刪除。登入自己的 email 帳號，刪掉泰瑞絲寄來的每一封信。有一封一小時前寄到，但她連看都沒看就直接刪了。

她坐在椅子上，身體前傾，搓揉太陽穴，試圖把腦袋中硬碟泰瑞絲的影像一一刪除。然而，這比刪除照片更困難，甚至使得她開始想起泰瑞絲。看來她只能跟著這些影像一起過下去。終有一天，它們會一點一滴慢慢消除。

2

影像沒消除。泰芮莎的日子一天一天過，內心裡那個泰瑞絲形狀的空間一天比一天大。最後大到就和她的身形一樣，但這個空間裡一片虛無。對她來說虛無不是什麼新鮮事。她之所以癱在床上、住在精神病院、服藥，全都是因為虛無。

然而，就連虛無也有它的形態樣貌，有屬於它本身的氣息和味道。因泰瑞絲而產生的虛無感會傷人，和之前不一樣。有時，泰芮莎覺得自己是由痛苦和失神製造出來的生物，藉由它們，她才能站著活著。

能試的方法都試過了。自戕。她坐在以前和喬漢斯玩耍的洞穴內，用樹林裡撿到的玻璃割傷自己。自戕能讓她暫時喘口氣，但幾天之後她就放棄。這種解脫方式持續不了多久。

她還試過挨餓，把餐桌上屬於她的食物藏起來，但最後被家人發現。進食後，她會去廁所把手指伸入喉嚨催吐，但這舉動也沒減輕她的痛苦。所以她放棄這種方式。

她也試過吞下更多藥丸，吃下更多食物，喝更多氣泡飲料。氣泡飲料有點幫助。當她把一杯冰涼的水果碳酸飲料舉到唇邊，感覺一切都很美好，灌下前幾口時，覺得什麼都不成問題。所以，她喝很多氣泡飲料。

這段期間，她的功課依舊沒落後。她利用挖坑道的技巧，在腦袋和老師或書本之間打造出一條坑道。只要讓坑道維持完整，她在課業上就能保持專注力。

三月底班上有人辦舞會。不是那種在校內舉行、有成人盯著的舞會，而是真正的只有同學參加舞會。咪咪的爸媽去埃及玩一個禮拜，她自己一個人在家。或許這舞會是她的一種報復方式。其實她很想跟爸媽去玩，但成績太爛，所以只能留在家裡。

全班都受邀，此外還有咪咪的其他朋友，大家都沒想把泰芮莎排除在外。雖然珍妮有一群死黨——所以不是所有人都認為她的鼻子得動手術是件壞事——雖然班上沒人稱得上是泰芮莎的朋友，但起碼有少數人默默善待她，當她是一個黑點，好襯托出圖畫上其他閃亮的畫面。所以，她可以去參加派對。

泰芮莎去派對的理由和她每天做其他事的理由相同。因為她可以這麼做，因為她做什麼都無所謂。既然要坐在臥房裡的椅子上，倒不如坐在咪咪家的沙發。

接近咪咪家時，她聽見牆內傳來歌曲〈毒性〉的砰砰音樂聲，透過客廳窗戶，她看見有兩個打扮得像美國女星小甜甜布蘭妮的人影緩緩移動，就像水族箱裡的水草。珍妮和愛絲特。泰芮莎既沒有不自在，但也不期待，只有疲憊感。她就是沒力氣。

她把裝有一瓶水果碳酸飲料和兩罐啤酒的塑膠袋放下，坐在階梯上。〈毒性〉之後的歌曲是方舟樂團的歌曲。大家都認為下個禮拜方舟肯定會贏得歐洲歌唱大賽。泰芮莎坐著聆聽，歌詞是關於焦慮的輕快流行歌曲，然後起身，準備回家，這時聽到身後傳來口哨聲。

車庫裡的燈亮著，門是開的。米基就坐在門外，旁邊有一盒紙箱。他揮手要她過去。泰芮莎走向他，他指著她手上的塑膠袋。「裡頭是什麼？」

泰芮莎給他看她的啤酒和水果碳酸飲料。米基搖搖頭，要她坐下，然後從紙箱裡拿出一瓶東西，打開後遞給她。泰芮莎看看標籤。甜瓜口味的百加得萊姆酒。

「我以為只有女生才會喝這種東西。」她說。

「妳懂什麼？」

「我是不懂。」

「妳的確不懂。」

米基把他的酒瓶和她的互碰乾杯，然後暢飲。泰芮莎覺得挺好喝，比水果碳酸更美味。兩人喝光後，米基說；「好，現在準備去趴踢了嗎？」

「還沒有。」

米基哈哈大笑，說：「那就來點別的。」

他遞給她一根菸，這次泰芮莎不需要努力不咳嗽，因為剛剛那瓶水果酒已經在她的喉嚨闢出一條柔軟的管道，現在菸順暢滑下，完全不嗆。

「妳知道嗎，泰芮莎，」米基說：「我喜歡妳。妳很怪。完全不同於……奇奇與蒂蒂。」

「奇奇與蒂蒂？」

「妳知道的啊，就是珍妮和愛絲特，她們兩個就像迪士尼卡通裡那對花栗鼠奇奇與蒂蒂。還有她們那群死黨之類的。那些女孩把自己打扮得閃閃發亮，活像天殺的聖誕樹。」

泰芮莎沒想到自己會噗嗤爆笑，所以被正滑入喉嚨的大口酒精給嗆到。米基拍拍她的背，說：「別急，平心靜氣。」

他們抽完菸，把酒全喝光，不可思議的是，此刻泰芮莎真的有一種平心靜氣的感覺。她想起在家裡爸爸藏有不少酒，怪的是泰芮莎從沒想過利用酒來解決她的問題。她看著手中的瓶子。真怪，甚至真愚蠢。酒還真的有用。

她不覺得醉，反而神采奕奕。她想不起上次有這種感覺是什麼時候了。他們起身，準備進屋參加派對時，泰芮莎抓住米基的手，但他笑著把她甩開。

「要鎮定，」他說：「妳知道吧？」

不，泰芮莎不知道。不過無所謂。她跟在米基身後，踏上階梯，進入派對，然後兩人各走各的。五分鐘後，泰芮莎溜回車庫，迅速灌下今晚的第二瓶百加得萊姆酒，再進屋。

喬漢斯獨自坐在沙發上，泰芮莎噗通坐在他旁邊。

「嗨，愛格妮絲呢？」

喬漢斯雙手交叉抱胸。「晚點才來吧。」

「她怎麼不現在就來？」

「我怎麼知道。我不曉得她在幹麼。」

「你應該知道啊，你們是情侶欸。」

「如果不再是了呢？對了，妳是不是喝醉了？」

「沒有。」

「妳說起話來像喝醉酒。」

「我只是滿開心的。怎麼，我不能開心啊？」

喬漢斯聳聳肩。泰芮莎起身，去大碗裡抓了一把起司球，一邊咀嚼一邊坐回沙發上，環視屋內。畢竟班上的多數同學都還不賴。她看著里歐，想起他曾幫她把脫鍊的單車修理好。她又看看咪咪，想起兩人曾一起寫過瑞典語報告，合作得挺愉快。等等。

這麼久以來，她的內心首次泛起漣漪，出現一種微弱的渴望。她渴望參與，雖然這種渴望只有一點點。她想靠近大家，融入他們，和他們做一樣的事。內心有另一股聲音告訴她，她不想參與，也參與不了，可是當下她就是有這種感覺。由於這種感覺很愉快，所以她繼續保持這種心情。

「有時我在想，」喬漢斯說。他有段時間沒開口說話了。

「想什麼？」

「如果我沒搬家，現在會怎樣？」

泰芮莎等著他說下去，但他沒開口，於是她幫他說，「搬家後你變得比較有男子氣概。」

喬漢斯苦笑了一下。「不盡然。我只是做我該做的事，以便融入大家。有時我在想……媽的，如果能繼續留在那裡就好了。我們曾共度快樂時光，不是嗎？」

「你真的這麼想？」

「對，有時候。」

泰芮莎吞下一大口潮溼的起司球，嚥了嚥，說：「我也是。」

兩人坐得很近。現在，泰芮莎很熟悉各種形式的哀傷，熟悉到可以精確辨認出每一種，就像汽車專家，只要車子接近，就能認出它屬於哪個廠牌、哪一款。此刻的哀傷是惆悵，傷感逝者已逝，不復過往。

然而這是愉快的傷感。童話故事中的姆米傷感和她每天周旋的那種憂愁不一樣，所以她迎接現在這種惆悵，將它當成毛茸茸的溫暖毯子。她的胸口發疼，所以當喬漢斯摟著她，她就把頭靠上他的肩膀。

喬漢斯。

她閉上眼，沉浸在醺然、淡淡的惆悵中，幾乎嘗到開心的滋味。一陣閃光使她睜開眼。卡爾偷偷靠近，用手機拍了他們。喬漢斯似乎不在意，泰芮莎又閉上眼睛。

喬漢斯。一切若能不一樣。

這次，她想起兩人在大岩石上，如果她讓他把舌頭放進她的嘴裡、如果她沒把他推開、如果他沒搬家，如果她沒……或許她就不會變肥，現在就不需要吃藥，或許……

「嗨。」

泰芮莎睜開眼。愛格妮絲坐在她旁邊的沙發上，喬漢斯沒把手挪開，但泰芮莎坐得挺挺，彷彿做了什麼不應該的舉動被人當場逮到，或者動了什麼不該有的念頭。

愛格妮絲嬌羞地望著喬漢斯。泰芮莎心想，誰都抗拒不了那種眼神吧。就算要犧牲一根手指換得一天的嬌羞神情，她也會很樂意。

不，不只一天，而是一個禮拜，一個月。用她的小手指來換一個月，不是食指。食指值得一年。整隻手就值得換一輩子的嬌羞，若是這樣，要用左手。

喬漢斯碰碰她的肩。「怎麼了？」

泰芮莎不曉得自己坐在那兒想著外貌和身體部位多久，但回神後，她可以感覺到愛格妮絲和喬漢斯之間的氣氛變了。她坐在他們之間像個電燈泡，於是她起身，走到廚房。

她在流理臺上發現半瓶紅酒，拿起來後大口灌下。這味道挺特別的，好像攙了烈酒。

她的右手給喬漢斯，特別獻給他——一顆腎臟、右手，還有二十公斤的肉。夏洛克。威尼斯商人。一磅肉[7]。什麼意思啊？

她在屋內走來走去。同學三三兩兩坐在一起，她發現他們只是會說話的一塊塊肉，忽然有點作嘔。珍妮靠在門框上，那姿勢看起來很不自然。她一邊和艾爾彬說話，一邊以手指纏繞一綹頭髮，而他的手搭在她的臀側。

他們會交媾，這裡的所有人都會離開，去找地方交媾。

泰芮莎的視線直瞅著珍妮的臀部，同時想起她在廚房磁鐵刀架上看到的那組高檔主廚刀。夏洛克。如果她把珍妮的臀部割掉，艾爾彬的手就沒有東西好摸了。

「看什麼看，瘋子？」

珍妮怒言相向，艾爾彬擺出個姿勢，彷彿要防衛他進行到一半的交媾——如果有必要。泰芮莎對他們做鬼臉，踉蹌走入客廳。愛格妮絲和喬漢斯在沙發互相磨臉。泰芮莎以為他們不會做這種事，尤其是愛格妮絲，雖然她很懂得含情脈脈、頻送秋波。可是現在，她半躺在喬漢斯的上半身，舌頭滑入他嘴裡，手塞入他大腿內側。

泰芮莎站在那裡看著他們。喬漢斯似乎無法控制他的手，只能任憑兩根手指自動滑入愛格妮絲牛仔褲的背後腰帶，但不敢越雷池一步。原來他們也和其他人一樣，相互磨蹭，又舔又吸，在亢奮的泡泡裡享受著情慾。

7　在莎士比亞的喜劇《威尼斯商人》（*The Merchant of Venice*）中，威尼斯商人安東尼奧跟放高利貸的猶太人夏洛克借錢。他允諾，若無法還錢，就割下自己的一磅肉抵債。

泰芮莎瞅著他們直看，火熱和寒涼的液體輪流在她體內竄動。音響正播放著那首關於死亡的歌。

我們要同時間死去。你和我。
我們要死，死，死，死……

她硬把自己抽離現場，在屋內四處遊走，彷彿置身水中世界，游向大門。現在，她只想要一個東西。她費力步下階梯，走到車庫，跪在紙箱邊，拿出一罐百加得萊姆酒，咕嚕灌下。頓時全身舒暢。她在三十秒內把酒喝光，跪在紙箱旁久久，雙手抱頭前後搖晃。

「媽的，妳偷喝我的酒？」

米基站在她的面前，嘴角泛起略帶醉意的微笑。泰芮莎張嘴想道歉，但他揮揮手，表示無所謂。「酷。反正我的就是妳的。陳腔濫調不都這麼說。」他靠在門框，點燃一根菸。當他把菸盒遞給泰芮莎，她的眼眶已然噙淚。

「米基，你人真好，對我這麼好。」

「我本來就是好人。要不要抽一根？」

「你可以操我嗎？現在？」

米基噗嗤了一下，「鎮定一點，妳喝醉了。」

「我沒醉，其他人才醉，他們都醉了，準備交媾。」

米基就站在她的前面，泰芮莎把手放在他的胯下，捏住他的陽具。米基略微把她的手撥開，但她開始搓摩時，卻發現他的陽具已然硬挺。

「拜託，泰芮莎，住手。」

但她不想停，她想被操，像其他人一樣愛撫接吻，她想感受親密的感覺，想成為他們的一分子。她四周的水域洶湧翻騰，迷濛了一切，她涉水而行，膝蓋跪地往前挪移，她看見她的手像兩條不知名的魚，解開米基的皮帶，拉下他的拉鍊。

她把他半勃起的陽具放入嘴裡，米基放聲呻吟。兩次含蹭之後，他完全硬挺，而且不再抗拒。他把手放在她的頭上，手指埋入她的頭髮裡，將她壓向他。

有那麼片刻，她享受這種陌生的感覺：嘴中含著一根溫暖的肉棒，耳裡聽見米基的呻吟。接著，水幕往旁邊褪開，她看見自己的舉動。這不是她。她不可能在這裡，不可能做出這種事。她不能呼吸。她要停止，立刻回家。

她想抽身，但米基喃喃地說：「別停，別停。」還把她的頭壓近，讓他的陽具抵到她的喉嚨深處。劇烈的噁心感從胃部湧起，往上竄升，直到她真的嘔吐。水果酒、紅酒和起司球從她的嘴裡湧出，形成一團紅色的糊稠物，灑遍米基的陽具、手和牛仔褲，車庫地上也到處都是。他往後退到牆邊，把手上的噁心嘔吐物甩掉，咆哮著：「妳在幹麼？噁心死了！」

泰芮莎倒在地上，再次嘔吐，腳邊的水泥地上出現一攤嘔吐物。她從眼角餘光瞥見米基從牆上的紙巾架撕下一長條廚房紙巾，擦拭身上最髒的部分，然後遞出一團紙巾給她。

「拿著。剛剛那主意不怎麼妙，對吧？」

泰芮莎抹抹嘴巴，木然地搖搖頭。鼻腔冒出酸苦味，她擤擤鼻子，深呼吸兩次，聽見竊笑聲，轉身看著米基，發現他正望向庭院。

幾秒鐘後她的雙眼適應了黑暗，看見一小群人站在車庫五公尺外的矮樹叢後方。珍妮、艾爾彬和卡爾。

米基說：「你們這些天殺的白痴在這裡幹麼？」

卡爾舉高他的手機。「沒幹麼，只是拍一小段影片。鹹溼露骨的真人實境秀，只是結尾有點噁心。」

泰芮莎把臉埋入掌心，聽見奔離的腳步聲、尖叫聲和笑聲。許久之後她抬起頭，發現車庫只剩下她自己。她站起來，環顧四周。紅色嘔吐物噴在牆壁上，腳邊那一攤讓車庫宛如屠宰場。完全就是屠宰場。

她用手機打電話給爸爸，要他來接她回家。然後她走到人行道，坐下等爸爸，低頭看著蓋住水溝的鐵格柵。身後，熱鬧派對繼續進行。

3

心情低落應該有個底線，若是如此，那麼週六早上八點半時泰芮莎就碰觸到了那個底線。她到廁所，把還沒吐出來的東西全吐光，就這樣，她開始她的一天。然後，她躺回床上，雙手抱住肚子，好想死，想真的死掉。想被遺忘，不存在，不再往世界跨出一步。

她曾覺得父母把她房裡的尖銳物品收走是多此一舉，因為她的問題不在於想結束自己的性命。然而現在，她一心只想死。她躺在床上，納悶自己有沒有力氣和勇氣把鉛筆削尖，以緊握的拳頭握住，鉛筆頭朝上，直直立於書桌，然後把頭用力往下壓，讓筆尖刺穿她的眼睛，進入她的腦袋裡。不，這種做法太嚇人，況且也無法保證能置她於死地。可是她好想死。昨晚的回憶破碎又模糊，但她記得最重要的部分，就是那部分使得她想讓泥土塞滿嘴巴，覆蓋住整個身體。

那瓶抗憂鬱藥 Fontex 就放在她的床邊桌上。她知道這些藥不管用，無法讓她死掉，否則就不會放在她的房裡。她出於習慣伸手去拿瓶子，準備服用早上該吃的藥，但她的手半途停住。如果不繼續吃藥，或許她真的會有精神疾病，這樣一來，他們就會來把她帶走，關起來。這跟死了沒兩樣，只差嘴裡不會有泥土。不過，要吃土總有辦法吃到。

週六早上，她的腦袋就在想這些。

她又起床去廁所，這次看見媽媽坐在樓梯平臺的扶手椅上織毛衣。她通常不會坐在那裡。她是在監視她。

「嗨。」泰芮莎說。

「嗨，吃藥了嗎？」

「嗯。」

她坐在馬桶上，下定決心不要再吃藥，她要看看自己是否會發瘋。試一個月看看。如果不成功，她再想想其他不會太可怕的自殺方法。她最希望的是能夠不知不覺地發瘋。

十二點一過，她下樓，在家人面前露臉一下。她吃了起司夾麵包，感覺有如吃灰燼。收音機在歐洛夫的房間，因為他正在收聽廣播節目《勁歌競歌》。主持人卡吉．坎德沃開始介紹這週竄紅的歌曲。泰芮莎咀嚼到一半頓住，聽著他的聲音。

「最近有首歌紅遍 MySpace 和 YouTube，現在要為您播放的就是這首歌在錄音室重製過的版本。這位藝人自稱為泰絲拉，曾經露過幾次臉，最近在《偶像新秀》中敗陣下來。目前大家對她所知不多，不過或許情況即將改變。現在請聽〈飛翔〉。」

歌曲開始，泰芮莎繼續咀嚼。他們加入了一些弦樂，還讓歌曲速度變慢。這首歌跟她再也沒有任何關係。她吃完三明治，喝了一杯牛奶，然後感覺作嘔，非得去把食物吐出來不可。

三點鐘，她的手機響了一聲，告訴她有簡訊傳來：「年度最佳影片！打開來看看！」上面附了一個檔案。她的頭一垂，正好壓在按鍵上，所以這下子非看不可。畫面品質好得出奇。卡爾的爸爸很棒，送了兒子這麼好的禮物。一支解析度、畫質和音效俱佳的手機。影片本身應該比泰芮莎這支爛手機所能呈現的畫面更精采、更細膩吧。

從一開始他們就站在那裡偷看，整個過程全拍下來，就從泰芮莎說：「米基，你人真好。對我這麼好。」一開始。泰芮莎看了影片，驀然明白一件事。這件事對米基不會產生陰影，因為他是男生，而且基本上是她主動撲向他，對他霸王硬上弓，然後又吐了他一身。

她知道接下來會怎樣：影片會散播出去，全世界都會知道。不出兩天，連遠在阿根廷城市布宜諾斯艾利斯的人都會坐在那裡笑著說，這是他們見過最噁心的影片，然後轉寄給朋友。她毫無掌控餘地。

泰芮莎坐在書桌前，雙手冰冷，手機響起，她本能地按下通話鍵，將它拿近耳邊。

「喂？」

「泰芮莎？嗨，我是喬漢斯。」

「嗨，喬漢斯。」

手機另一端霎時沉默，半晌後，喬漢斯嘆了口氣，她的耳裡出現細碎爆裂音。「妳還好嗎？」

泰芮莎沒回答。這種問題很難簡單回答。

「我看到影片了。」喬漢斯說：「嗯，沒看到全部，不過……我只是想說……我替妳難過。」

「別這麼說。」

「可是我真的很難過。這樣不對，妳的情況……我只是想告訴妳……我在這裡。」

「愛格妮絲還好嗎？」

「什麼？喔，很好。她也替妳難過。」

「你們復合了？」

「對，可是泰芮莎，妳要試著……試著……唉，我不曉得該怎麼說。總之我在這裡，好嗎？還有愛格妮絲，我們很喜歡妳。」

「我知道你們並不喜歡我，不過多謝了。你人真好。」

泰芮莎掛上電話。電話又響起，她沒接。她躺在床上，望著天花板。有東西髒了。毛巾。越來越髒、越來越髒，髒到開始支離破碎。在泥濘中遭到踐踏，拾起，捲成一團。髒到一定程度，那東西就不再是原來的東西，它會變成別種玩意兒。毛巾看起來不再像毛巾，不能當毛巾使用，因為不再是毛巾。人類也一樣，即便具有反省能力，即便會思念以前的樣子。這時候，人聞起來就像肥皂粉，可以被利用。

然而，它消失了，非常漸進式地，消失了。

下午和晚上，她收到一些充滿暗示性或明顯令人不悅的簡訊，她讀完後把這些簡訊留著。電話響了兩次，第一次，對方發出舔舐的聲音，第二次，有人悄聲說：「別停，別停。」

泰芮莎上床，但睡不著；她想讀艾克羅夫的詩，但每次讀了兩行就讀不下去。

她重讀那些噁心的簡訊：人渣，週末愉快；吸吮、吞進去；含屌暨嘔吐的世界冠軍，以及那些更具殺傷力的內容。

她讀得意猶未盡。半夜兩點，她坐在電腦前，想看有沒有這類 email。果然有。陌生的地址寄來類似的信件，看來這支短短的影片已經流傳開來，刺激某些人的想像力和有限的文筆，讓他們清晰表達出他們的想法。

在過去幾週，泰瑞絲也寄來幾封信。她打開其中一封時，以為也會見到以屌／吸／吐為主題的內容。

泰瑞絲的其中一封信寫道：「妳必須來妳要來這裡」。另一封稍早的信：「妳為什麼跑掉為什麼不留下來」。最早的那一封——被她刪掉的那封不算的話——寫道：「傑瑞說妳誤會了我不明白妳怎麼會誤會妳要告訴我」。最近的一封是週五晚上寄來的，那時泰芮莎正在派對上。「妳必須寫信我不喜歡妳跑掉」。

泰芮莎把十四封信裡的內容複製下來，依照時間順序貼在一個檔案裡，然後讀了一遍又一遍。如果哭得出來，她應該會哭泣。然而，她沒哭，但腦袋冒出兩句艾克羅夫的詩句。她按下回覆鍵，在文件頁的最上方寫道：「我活在另一個世界，而妳活在這個世界。」她看著這句話，她真正想說的就只有這一句，但她的手指繼續在鍵盤上移動，模仿泰瑞絲那種寡言淡語的風格，結果發現這樣比較容易寫。她如實寫出心裡的話，不做任何無謂的修飾。

泰瑞絲。我沒離開。我存在，但我也不存在。大家都要傷害我。所有人恨我。我跑掉，因為我愛妳，我要妳跟我在一起，不要跟別人在一起。妳不知道我有多不快樂。一直都很不快樂。我空虛。哪裡都待不住。原諒我，我現在住在另一個世界裡。

她把信寄出去，然後躺回床上。她的幽暗和屋內的漆黑融合。她沉沉睡去。

九點醒來時，她看見收信匣裡有來自泰瑞絲的信。

妳要住在這個世界妳必須來找我現在最好可是下個週末傑瑞要去美國所以到時候妳可以來我會告訴妳該怎麼做

泰瑞絲的信基本上就像一部小說，照例有很多地方需要解讀詮釋，不過泰芮莎不在乎。重要的是，她寫了信，收到回信。她會去斯德哥爾摩，但不會懷抱任何期望。她這麼想不是因為出於意願這麼想，而是因為這就是事實。

4

週日下午，泰芮莎病了，這病剛好正中她的下懷。她的體溫飆到三十九度，感覺很酷，讓她耳目一新。她的身體虛脫，頭腦昏沉，心情卻愉快，所有的痛苦都被微不足道的肌肉痠痛給取代。體溫升到接近四十度，全身因發燒而輕飄飄，但她反而有點開心。

她服用了鎮痛解熱劑，夜裡體溫下降，她才得以入眠。但週一早上媽媽來看她，發現體溫又升高，看來是不可能上學了。反正她本來就不想去。她關掉手機，躺在床上，無所事事，只是嘗著、聞著她的病痛，臣服於不適。這是她唯一能做的。

她一直盡責地從抗憂鬱劑 Fontex 藥瓶中取出藥錠，但拿出來後就丟棄。若瑪麗亞堅持看著她服下，她就會把它藏在舌下，等媽媽離開房間後吐出來丟掉。

週二早上，她退燒了。瑪麗亞認為她可以去上學，但泰芮莎說：「不，我要待在家裡，明天也不去學校。還有，週末我要去斯德哥爾摩。」

「妳不能去。」

「要，我要去。」

「上次妳從那裡回家後整個人失魂落魄，況且妳才剛生病。如果妳以為我會讓妳去，那妳就大錯特錯了。」

「媽，不管妳說什麼或做什麼，都阻止不了我。反正，如果妳不讓我去，我就躺在床上等死。我不要吃東西，不要喝水。我是認真的。」

泰芮莎並不驚訝媽媽會認真聽進她的話，因為她的語調變得不一樣。她的話語不是從嘴裡說出，而是發自肺腑，所以言必屬實。瑪麗亞顯然聽出來了。她站在那裡望著泰芮莎，久久不動，隨後才打破這危險的沉默，點了一下頭。「好，如果妳堅持要去，那就自己花錢買車票。」

◆

週六早上，爸爸葛藍載她到車站。父女幾乎沉默了整趟路，因為不管泰芮莎說什麼，似乎只會讓葛藍感到局促不安。泰芮莎明白，問題出在她的聲音。她自己都能聽出那種音色，彷彿說話的是鬼魂，或者沒有靈魂的生物。

火車把她載到斯德哥爾摩，地鐵把她載到斯韋德米拉區，電梯把她載到泰瑞絲的家門口。她沒有任何情緒或感覺。泰瑞絲打開門後，她直接走過她身邊，進入屋內，坐在餐桌前。泰瑞絲坐在她的對面。

泰芮莎沒有話要說，不過她畢竟都來了。「傑瑞去美國？」

「對，和芭黎。妳為什麼不快樂？」

「我在信上寫過了。」

「我不明白。」

「有很多事妳不明白。」

「對，很多事我不明白。妳要吃點什麼嗎？」

「不用。妳的歌出現在《勁歌競歌》節目中。」

「我知道。我們會繼續收聽，看看會不會贏。」

「贏不贏有什麼關係？」

「贏的話就會有更多人聽見這首歌。」

「妳為什麼要更多人聽到？」

「因為我唱得很好，妳的歌詞寫得很好。妳為什麼不快樂？」

「因為我又肥又醜，孤單寂寞，沒人喜歡我。」

「我喜歡妳。」

「或許吧，可是妳也喜歡很多人。」

「我最喜歡妳。」

「什麼意思？」

「有很多女孩，但我最喜歡的是妳。」

「今天會有人來嗎？」

「今天不會有人來，明天也不會。」

「為什麼？」

「因為我想跟妳在一起。妳為什麼不快樂？」

泰芮莎從餐桌前起身，繞行屋內一圈，感覺像重返久未踏足之地，一切變得陌生。兩人共用的電腦，兩人共坐的床榻，兩人一起觀看恐怖電影的沙發。又真又假，又實又虛，彷彿這一切都屬於其他人所有。電腦旁擱著她的筆記本，上面寫有歌詞。她讀了幾首，不了解當初怎麼會寫出這種東西。

十二點，她幫泰瑞絲打開收音機，然後兩人並肩坐在沙發上，靜靜地聽著一首又一首的歌。泰芮莎聆聽旋律和歌詞底下的東西——什麼都沒聽到。主持人介紹一首歌，說它多棒，背景故事多精采，然而，泰芮莎只聽出它毫無內容。

一點五十五分，收音機傳出爆碎的嗡嗡聲。本週上榜速度最快的歌曲就是泰絲拉的〈飛翔〉，這首歌一路竄升到第二名，僅次於方舟樂團的〈發愁者〉。

泰芮莎關掉收音機，泰瑞絲說：「我們沒贏。」

「或許下個禮拜。」

「什麼意思？」

「算了。」

「妳為什麼不快樂？」

「妳可不可以別一直問這個？」

「不，我想知道。」

泰芮莎拿出手機，滑動螢幕，直到找出車庫的那段影片。她按下播放鍵，把手機遞給泰瑞絲。泰瑞絲把小螢幕靠近眼睛，認真看著影片，影片結束後她把手機還給泰芮莎，說：「生病真不好。」

「妳只有這句話要說？」

泰瑞絲想了幾秒鐘，然後問道：「妳為什麼這麼做？跟那個男孩。」

「我醉了。」

「妳喝酒。」

「對。」

「酒不好。妳為什麼不快樂？」

某種東西在沉默中累積，泰芮莎聽見清晰的「喀啦」聲傳遍全身。開關打開了，艙門開啟了。她站起來，放聲尖叫。

「妳為什麼什麼都不懂？妳不明白那是最噁心、最醜陋、最讓人反胃的事嗎而現在它變成影片而主角就是我該死的全世界裡的每個該死的人都會看到這段影片看到我有多醜多噁心竟然吐在他的屌上之前我覺得自己像大便感覺好空虛所以我喝酒好讓自己不再空虛結果發生了這種事現在可能更空虛。天殺的空虛到不存在站在這裡的不是跟妳說話的不是我妳不再認識我我也不認識妳。」

泰芮莎吼著說出這一連串的話，泰瑞絲直挺挺坐著，雙手擱在膝蓋上，專注聆聽。泰芮莎癱坐在扶手椅上，滿臉通紅，雙手緊抱著身體，泰瑞絲說：「那些字句很棒，妳寫的那些。」

「什麼鬼字句？」

「我活在另一個世界，而妳活在這個世界。」

「妳懂這句話的意思？」

「不懂，可是我笑了。」

「我從沒聽過妳笑。」

「我開始笑。」

「什麼意思，妳開始笑？」

「有些女孩會笑，然後我跟著笑。有時候會這樣，不然她們會害怕。」泰瑞絲望向窗戶。「我們該走了。」

「去哪裡？」

「我要讓妳看看該怎麼做。」

五分鐘後她們站在當地一家商店後方的卸貨區，這家商店兩點鐘關門休息。泰芮莎看看泰瑞絲手上拎著一根從家裡帶來的鐵鎚。

「我們要闖空門？」

「不是。他要出來了，我知道。」

就在泰瑞絲說出最後一個字時，門打開，有個四十歲左右的男人走出來。他看起來跟泰芮莎的英文老師很像，鬍子同樣稀疏，眼睛同樣微凸，穿著同樣的衣服：牛仔褲和格子襯衫。他的手裡拿著一個小鐵盒，裡頭裝的應該是今天的營收。他一打開門就看見泰瑞絲和泰芮莎。

「嗨，小姐，有什麼——」

他的話還沒說完，泰瑞絲就把鐵鎚朝他的太陽穴敲。他踉蹌，往後朝店內退幾步，接著整個人倒栽過去。泰瑞絲在門關上前抓住門，走進去。泰芮莎跟著她。到目前為止，她還沒有什麼特別感覺。

厚重的鐵門在她們的身後關上，屋內半黑，只有門口邊的窗戶瀉入光線。泰芮莎找到電燈開關，打開。天花板上兩盞日光燈管開始發亮。躺在地上的男人嘴巴開開，一手壓住太陽穴，指間滲出一點血。

泰瑞絲把鐵鎚給泰芮莎，說：「讓他死。」

泰芮莎掂掂手中的鐵鎚，望了男人一眼。她拿著鐵鎚在半空比畫，當作練習。男人開始尖叫。起初是模糊不清的嘟囔，接著是清晰的字句。「錢給妳們！裡頭大概有八千克朗！全拿去，離開。我從沒見過妳們，不知道妳們是誰。我媽生病了，她需要我，妳們不能——拜託，千萬別做傻事。把錢拿去……」

泰瑞絲找到一捲封箱膠帶，撕下一截，在男人的嘴巴貼兩圈。泰芮莎很驚訝他完全沒反抗，只有雙手以怪異的姿勢抽動著。大概腦袋那一擊損害到他的身體功能。男人噴鼻涕，流出來，往下流到封箱膠帶上。有點像《恐怖旅舍》裡的情節。搞不好泰瑞絲就是從這部電影想到用膠帶封嘴這主意。

泰芮莎往前靠近男人一步，他的雙腿在地上滑，試圖往後退。她舉起鐵鎚，然後問問自己有何感覺。接著，她把鐵鎚遞給泰瑞絲。

「我辦不到。」

泰瑞絲沒接手。「不，妳必須做。」

「為什麼？」

「妳說妳很空虛。妳必須做。」

泰瑞絲轉身面對泰芮莎，看著她的眼睛，看得泰芮莎倒抽一口氣。她望著那雙深藍的洞窟，聽見泰瑞絲說：「妳讓他死，然後就能得到他。會有一點煙，紅色的煙，妳得到煙，就不會空虛。這樣妳就會快樂，又會想做些什麼。」

泰瑞絲的聲音和泰芮莎有點像，那聲音不是來自她的嘴，而是來自她身體的其他地方。她說得對。泰芮莎轉身看著那男人，他已經設法側起身，抓住地上的什麼東西。一把用來打開紙箱的美工刀。他把刀子舉得高高的，利刃朝向泰芮莎，試圖站起來。他惡狠狠地看著她，鼻孔不停地流出鼻水。

泰芮莎咧牙，舉高鐵鎚，男人的手往外一揮，刀刃劃破她的上衣，在她的肚子上留下一條淺淺的刀傷。這舉刀攻擊的動作讓男人失去平衡，他又倒在地上。泰瑞絲踩住他的手，直到他放開刀子。

泰芮莎看著自己的褲子腰際處滴下鮮血，伸出手指和中指抹抹，然後把手指放入嘴裡吸吮，染紅了嘴，紅色在她的腦袋裡翻騰洶湧，最後連腦袋也一片紅。色彩，她有色彩了。她以舌舔齒，感覺牙齒變成銳利的獠牙。

她迅速蹲下，掄起鐵鎚砸往男人的額頭。碎裂聲音迴盪，彷彿沉重的腳步重重踩在隔夜化成水窪的冰凍地面上。男人的身體向上弓起，臀部擦碰泰芮莎的臀側，然後倒下，躺在地上一動也不動。他的手腳顫抖，眼裡的血管爆開。

氣味。泰芮莎覺察到那氣味。男人身體滲出恐懼的汗水，連同血的鐵鏽味及儲藏室的汙濁味瀰漫在空氣中。腐敗的香蕉、新鮮的蘑菇、印表機的墨水，還有等著回收的啤酒空罐裡的陳舊啤酒。她認得這些氣味，可以一一分辨。它們跟她腦袋裡那如瀑奔流的紅色交融在一起，成了一種獨一無二的體驗，獨一無二的思緒，不停迴旋：我活著。我活著。我活著。

他擊中男人的太陽穴，擊中他的頭。她打掉他的牙齒，將一顆眼珠子打出來。她狠狠地打他的額頭數次，直到頭顱裂開。她慢慢靠近他，興奮地顫抖，看著一縷薄薄的紅色濛霧從他的頭顱深處飄出。不對，她沒看見，但她知道它就在那裡，她聞得到，感覺得到它的存在。

當那縷紅霧飄向她，成為她的一部分，她的嘴脣往兩側一咧，輕聲低嗥。

她們在關起門的店內走動，泰芮莎拿了一條巧克力，開都沒開直接咬了一小口，然後丟開。她打開一包馬鈴薯片，吃了兩片，然後把剩下的倒在冰庫的食物上。她如犬般吠了一聲，咬下一片生香腸，嚼成糊狀物後吐在番茄上。這段期間，泰瑞絲則拿了兩個塑膠袋裝嬰兒食品，能裝多少就拿多少。

她們回到儲藏室。一攤不規則的血從男人頭上涎流出來，鐵鎚就擱在血泊旁。泰芮莎拿起鐵鎚，走到水槽，放在水龍頭底下沖洗，這時瞥見鏡中的自己。

她的臉布滿鮮血，雙頰還黏著一小塊一小塊的人體組織物。頭髮裡滲出幾條血痕，淌流到額頭上。

「泰瑞絲，妳想，現在的我美嗎？」

「美。」

「那妳想吻我嗎？」

「不想。」

「我就知道。」

泰芮莎肚子上的傷口開始發疼，但不再流血。然而，她的上衣和褲子的膝蓋處血紅一片，任誰看見都會起疑心。她洗洗臉，等到天黑才離開。

她們拿了鐵盒裡的紙鈔，然後以正常的速度回到泰瑞絲的住處。一路上沒遇見半個人。

5

當晚，泰芮莎夢見狼。

一開始她是個人類嬰孩，無助的小生物，被人丟棄在樹林裡。漆黑之中，她看見一雙雙蒼白的眼睛靠近，潛行在冷杉樹幹之間，偷偷接近她。腳掌在滿地的針葉上移動，圈圍、逼近。她想跑，但她連走都還不會走。

接著，粗糙的舌頭舔過她的全身。她置身在狼群的巢穴中，牠們不停地舔她的肌膚。當牠們的舌頭磨銼過她的肚子，她痛得哭出來。一層一層的肌膚被銼掉，她痛得好難受。接著，她的肌膚底下出現毛。她不再覺得痛。那些狼離去。

狼穴的穴口滲入一絲月光，她從外頭看著自己。她躺在被狼的唾涎浸溼的泥土上，冷得打哆嗦，因為身體上的稀疏毛髮還無法發揮保暖功能。

場景改變。從月亮的制高角度，她看見一隻狼奔跑過樹林。這隻狼可能瘸了或病了，毛髮結成塊，卑微怯弱，連一點點聲音都可能驚嚇到牠。她既在月亮裡，同時也在那隻狼的身體裡。她在天空飄動，同樣一雙眼睛又在地上緩緩前進。

接著，一定過了一段時間，因為她看見地上覆蓋著雪。她奔跑過樹林，每次騰躍都是歡喜的表現。她的肌肉萌生力量，她看見自己的前腿覆蓋著滑順的濃毛。她循著血跡前進，白色雪地上一片片暗色血跡的間距不定。她在追逐已受傷的獵物。

她奔上小坡，腳掌旁旋起雪花。抵達坡頂時，她停步，站在那裡，垂著舌頭。她在喘氣，吐息化成冷空氣中的一縷縷薄霧。她的前面有一群狼，圍著一隻受傷的鹿。一團灰毛底下的鹿蹄仍在顫動。

狼群的首領轉身看著她。鹿不再晃動身體，褐眸反映天空。群狼整齊畫一地轉過身，將注意力放在孤狼上，她表現出臣服，露出喉嚨，躺在地上，揮著腳掌。她是幼狼，狼群中的最低階。牠們靠近她。她像幼狼般嗚咽，表現出無助，納悶牠們是要接納她，或者準備把她撕成碎片。

6

「泰瑞絲？妳做夢時會夢到什麼？」

「我不知道該怎麼做夢？」

「妳不會做夢？」

「不會，妳是怎麼做夢的？」

泰芮莎躺在泰瑞絲床邊的床墊上，看著她的吐息讓床底下的塵絮微微顫動。她滾動背部。向泰瑞絲借的T恤太小，長度剛好到她肚子上的那個傷口。她的手撫過開始結疤的傷口，痛。她再摸一次。要不是這個傷，她就能夠飛翔，告訴自己她沒做出昨晚那件事。

可是刀傷就在那裡，被用來劃開紙箱的美工刀所割傷，是商店裡的那個男人造成的，而他現在死了，被鐵鎚打死，被泰芮莎敲死。她撫摸著傷口，試圖讓她的行為感受起來更加真實。她做了，這個事實永遠都無法磨滅。所以，最好感覺起來很真實，否則一切就是白費工夫。

「妳是怎麼做夢的？」泰瑞絲問。

「就是做夢，」泰芮莎說：「妳無法決定要不要做夢，而且那不是妳能學習的事。總之，我想妳學不來。」

「告訴我妳是怎麼辦到。」

「睡覺，畫面就進到妳的腦子裡。妳不能控制它，它要來就來。昨晚，我夢到我是一匹狼。」

「不可能。」

「在夢中有可能。」泰芮莎用手肘撐起自己，側身看著望向天花板的泰瑞絲。「泰瑞絲？妳幻想過嗎？我的意思是，妳的腦袋裡曾經出現妳想的什麼畫面或動作嗎？」

「我不懂妳在說什麼。」

「我想妳應該不曾幻想過。」泰芮莎吐出一口氣，讓床底下的塵絮飛揚。「昨天我們做的那件事，對商店裡那個男人所做的事。妳想像過嗎？」

「沒有。那件事結束了，現在妳快樂了。」

泰芮莎穿著泰瑞絲過緊的衣服，盡可能把自己蜷縮起來。昨晚她們把她那件沾滿血的衣服放進兩個塑膠袋，丟下公寓的垃圾滑道。

快樂？不，她不快樂。她對自己好陌生，大概還處於驚嚇狀態吧。然而她活著，她可以感覺到自己活著。若從泰瑞絲的角度來看，活著或許代表快樂。

泰芮莎將手打開又握起。一根小手指的指甲底下有凝固的血漬。她把那根手指放入嘴裡，吸吮舔舐，直到血漬消失。她的手好像變得比前一天更大、更壯。結實有力的手，可怕殘暴的手。她的手。

剛過十一點，而她預計搭乘的是兩點半的火車。尋常的舉動，比如上火車，拿出車票，似乎變得很荒謬。她感覺全身輕飄飄，若不是那雙厚實的雙手抓住地面，她大概會像氣球一樣飄走。

她低頭看看自己。泰瑞絲的衣服讓她看起來像裹在過小腸衣中的香腸。跟整個情況相比，這身衣服是小事，但她還是不能在回家時穿得跟小丑一樣。就算不會惹出什麼麻煩，也會引來一番質問。

「泰瑞絲，」她說：「我想，我們得到市區一趟。」

她們去卓特寧街的連鎖服飾店H＆M，泰芮莎隨手抓了一件尺寸合適的牛仔褲、T恤和毛衣，然後去更衣室穿上。走出來時，她看見有兩個超過十二歲的女孩正靠近泰瑞絲。

「不好意思，」其中一個說：「妳是泰絲拉，對不對？」

泰瑞絲指著正走過來站在她身邊的泰芮莎，「我們是泰絲拉，」她說：「我負責唱歌，泰芮莎寫歌詞。」

「對。」女孩說：「嗯，總之，我覺得〈飛翔〉這首歌棒透了。」她咬著脣，思索著該說些什麼，但想不出來，於是直接把筆記本和筆遞給泰瑞絲。泰瑞絲接下紙筆，什麼都沒做。兩個女孩焦慮地面面相覷。

「她要妳簽名。」泰芮莎說。

「還有妳的。」女孩說。

泰芮莎打開筆記本的空白頁，寫上她的名字，然後把筆給泰瑞絲，但泰瑞絲搖搖頭。「我該寫什麼？」

「就寫泰絲拉。」

泰瑞絲寫上泰絲拉後，把筆記本還給女孩。女孩把它抱在胸前，轉身看著朋友。她這位朋友從頭到尾沒說半句話，只是睜大眼睛望著泰瑞絲。她沒什麼要補充的。接著，之前開口要簽名的那個女孩做出讓人意想不到的事。她微微鞠躬，另一個女孩也跟著做。這突如其來的舉動惹得泰芮莎哈哈大笑。

接著泰瑞絲也笑了出來。她的笑聲很不自然，不太像人類，反而更像瑞典著名派對用品笑聲囊發出的笑聲。女孩怔住，然後疾步走向飾品區，兩人手牽手，竊竊私語。

「泰瑞絲，」泰芮莎說：「我覺得妳最好別笑。」

「為什麼？」

「因為聽起來很怪。」

「我笑得不好嗎？」

「可以這麼說，妳笑得不好聽。」

在收銀臺，泰芮莎拿出錢包。錢包變得好鼓脹，她頓時認不得，隨後她才想起來：收銀機裡的錢。她們用螺絲起子撬開的那個鐵盒子。七千八百克朗，幾乎都是五百克朗的紙鈔。

但這不是真實的錢。真實的錢要靠工作賺得，其他的錢不是禮物就是零用錢，一次獲得一點。

這捆紙鈔曾躺在抽屜裡，但最後到了泰芮莎的皮夾內。收銀員刷過條碼，費了一番力氣拿掉衣服上的防盜釦，然後告訴她該付的金額時她好失望。她好想把更多紙鈔花掉，甩掉它們。

卓特寧街上人潮洶湧，小販正在展示電池驅動的玩具，以及塑膠和玻璃做成的垃圾。這些全是血肉製成的，只要瞄準，狠狠一擊，就能讓它們皮開肉綻，血花飛濺。

泰芮莎覺得不太舒服，很想握住泰瑞絲的手來撐住自己。她全身輕飄飄，彷彿要被吹走的感覺越來越強烈，就像發高燒時一樣。或許她還在發燒，渾身發燙，頭暈目眩。

走入小巷時，泰芮莎停在一家商店的櫥窗外。這是鞋店，櫥窗展示著二十幾雙不同款式的馬汀大夫鞋，綁鞋帶的厚重高筒靴。

她向來對服飾沒興趣，不曾有過任何風格。班上那些女同學坐在那裡看著最新一期的時尚雜誌，讚嘆連連，說某些外套「好酷」時，她完全無法體會。外套就是外套，看起來差不了多少。她不曾對任何衣服一見鍾情，不曾看到就知道非它不可。

但現在，她站在那裡，靴子對著她閃閃發著亮。這雙靴子就是屬於她，所以她應該可以把手伸入櫥窗，直接拿取。藉由正常程序買東西感覺不太自然，不過她還是這樣做。可是店內沒她的尺寸。她問是否可以試試櫥窗裡的那一雙，結果一試就合。當然，因為這雙鞋就是為她的腳而做的，而且才花她三張紙鈔。

走出店外，整個世界變得不同。彷彿墊高的鞋底改變了她的觀看角度，雖然鞋高不過兩公分。泰芮莎走起路來不一樣，因此看到的世界也不一樣。靴子讓她全身有了分量。以前，她總覺得人們對她視而不見，能夠直接穿過她，但現在在她面前的人群會退到兩旁，讓路給她。

有個穿著民族服飾的胖女人拿著舌簧八孔直笛吹奏樂曲，泰芮莎走過去，站在她的面前。女人的眼神疲憊，看起來好渺小，泰芮莎幾乎可以一口將她吞下。但泰芮莎沒這麼做，而是把一張紙鈔放在女人前面地上的帽子裡。女人睜大眼睛，嘴裡冒出一連串東歐語言的感謝詞。泰芮莎站在那兒一動也不動，品嘗這一刻，感受自己的分量。

「現在，妳快樂了。」泰瑞絲說。

「對，」泰芮莎說：「現在我快樂了。」

兩人搭地鐵回斯韋德米拉區。即使沒站著，泰芮莎也能感受到靴子的重量。她坐在泰瑞絲旁邊。泰瑞絲照例坐在角落，讓四周形成一個保護區，確保沒人會坐進她們的領域。

「那些女孩，」她對泰瑞絲說：「那些來找妳的女孩，她們是什麼樣子？」

「一開始她們看起來很快樂，但後來她們說她們不快樂，而且會害怕。她們想說話，我幫助她們。」

泰芮莎環顧車廂。多半是成人，只有幾個和她們年齡相仿的女孩和男孩，這些青少年戴著耳機，手指在手機螢幕上滑動，看起來既沒有不快樂，也沒有害怕。要不是他們隱藏得很好，就是他們不同於去找泰瑞絲的那些女孩。

「泰瑞絲，我想和那些女孩見面。」

「她們也想和妳見面。」

◆

兩輛警車停在商店外，藍白色的封鎖線綁在兩盞街燈間，封鎖了該條街。泰瑞絲和泰芮莎經過時，可以看見商店後方的卸貨區有輛救護車。泰芮莎努力克制才沒偷偷望進窗戶——歹徒經常會返回犯罪現場——並繼續跟著泰瑞絲走回住處。走到沒人可以聽見的地方，她對泰瑞絲說：「妳知道吧？我們不能把這事告訴任何人，就連那些女孩都不能說。」

「知道。」泰瑞絲說：「傑瑞說過，如果惹上麻煩就要坐牢。我懂。」

泰芮莎回頭瞥了商店一眼。看不見卸貨區了。她心想，昨天應該沒人看見她們從店裡走出來吧，但她無法確定。若非有靴子撐住，她的雙膝很可能會軟掉。現在她繼續走，腳步堅定而踏實。若要趕上火車，她就沒時間耽擱了，然而，當她們進入公寓，兩人都愣住了。

情況不對。

她環視玄關，衣架、地毯、傑瑞的衣服、她自己的袋子。她清楚感到有人來過。可能是因為地毯有點偏離原來的位置，或者玄關桌上的原子筆被移動過。就是有人來過的跡象。她們出門時沒鎖門，所以任何人都能進來。

而且那人很可能還在這裡。

兩天前覺得可怕的事情，現在她卻覺得自然。泰芮莎走進廚房，拿了一把最大的菜刀，在屋裡大步走動，刀子握在胸前，隨時準備攻擊。她打開每個衣櫥，查看床底下。

泰瑞絲坐在沙發，雙手擱在膝蓋上，看著泰芮莎搜尋每個區域。泰芮莎確定屋內沒人，便回到客廳，這時泰瑞絲才開口問：「妳在做什麼？」

「有人來過。」泰芮莎說，把菜刀放在茶几上。「而且不曉得為什麼，我就是覺得很不安。」

二十五分鐘後火車就要開了，若要趕上火車，她得順利搭上地鐵。然而，她沒立刻啟程，在原地站了十秒，從鼻子用力吸氣，聞著空氣。有東西，某種氣味，她辨別不出的東西。

她抓起袋子，叫泰瑞絲要記得鎖上門，然後奔下樓梯，一路跑向地鐵站，剛好見到列車進站，她趕在車門關上前一秒鑽入車廂。

前往烏斯瑞德的火車滿載，她在火車開動前兩分鐘衝入車廂。她沒買到坐票，所以一路擠過人群，尋找可以站的地方。走到下一節車廂時，她又聞到在泰瑞絲家的那種氣味。她停住，嗅一嗅，看看四周。

一群四、五十歲的男人坐在一側的座位上，他們的桌上放著幾罐啤酒，正大聲討論一個叫貝姬塔的櫃檯小姐是否有去隆乳。他們身上散發出古龍水的氣味，忽然，她明白了。

餐車有空位，但吧檯還沒開放。她一坐下來就把袋子放到桌上，以便拿出手機打電話給泰瑞絲。拿出手機時，她發現有其他東西不見。她按下快速撥號鍵，氣得咬牙，泰瑞絲接起電話後，她說：「進妳家的人是麥克思．韓森，而且他拿走了我的MP3播放器。」

7

麥克思．韓森處於下坡劣勢。他無法掌控局面，只能任憑自己往下滾。往下他不在乎，因為這局面的背後是有意識的決定。他滑到自由意志的最底部，以慢動作的姿態完成他的下坡賽跑，宛如在享受滑雪假期。一路上樂趣不斷，但他希望跌跤前能及時煞住。

催化劑。就在聖誕節那天，他背後被人推了一把。

他的聖誕節前夕在喝酒和咬牙切齒痛恨愚蠢的朵拉．拉爾森中度過。唱片公司對他的原版帶子沒興趣了，因為他們發現 MySpace 的那段影片。他的母牛逃出廄欄，還把乳房露給任何想喝奶的人，給所有人免費享用。來，嘗一口。

他無計可施。沒簽合約原本是他精心計算過的賭注，讓他有機會大發一筆，不料卻成為敗筆。他沒料到情況會逆轉成這樣，想來就一肚子火。酒醉愁苦的他拿出羅比——那太陽笑臉形狀的小圓鐵，他的幸運物——準備丟到陽臺外，但在最後一秒打住。

他哭了很久，拍拍羅比的閃亮鼻子，求它原諒他差點把它丟掉，然後在沙發上沉沉昏睡。

聖誕節那天，他打電話給克莅蘿。她是丹麥人，若沒記錯，他是一年多前在歌劇咖啡館釣到她的。他搬出記得的所有丹麥語，拿兩人的共同家鄉說笑，然後把她帶回他的住處。過程有點太簡單，但沒想到辦完事後她竟跟他收錢。她拿到錢，而麥克思則拿到她的電話號碼。

就他的偏好來說，三十歲左右的克莅蘿有點超齡，不過他還是用過幾次她的性服務。由於她對他沒什麼吸引力，所以她多半以手或嘴幫他解決。況且，這種方式還比較便宜。

這次，她先挑明了說，她要以假日費用來計價，而且還要收取無法社交的額外補償費，換言之，聖誕假期出勤，要多收五百克朗。麥克思別無他法，只因為他需要她。

她抵達時，他已經灌了兩杯威士忌，整個人變得有點多愁善感。他想用丹麥話——他記得的孩童用語——和她聊天，但她清楚告訴他，她只想趕快把工作結束，回家陪女兒。

所以，麥克思直接脫掉衣服，坐在扶手椅上。克菈蘿開始幫他手淫。通常要等他戴上保險套她才願意幫他口交，不過當然要先讓他的陽具硬挺，才能戴上保險套。她抓著他的陽具又揉又搓，遵照他的指示低喃著丹麥語來挑逗他。

沒抽搐、沒震顫，什麼都沒有。

之前和克菈蘿做的時候沒問題的呀，甚至比跟別人做更放鬆。通常她一碰到他他就能立刻勃起，因為什麼都說好了，沒有不確定的因素讓他緊張焦慮。但這次不再這樣。這次就和他之前試圖看影片自慰時一樣毫無反應。自從朵拉．拉爾森之後，他就失去了什麼，這一刻，他坐在那裡望著沉睡的陽具，驀然明白它永遠都挺不起來了。他陽痿了。

克菈蘿嘆了口氣，手指撫摸著他的恥毛，說：「來，乖，起來給克菈蘿看看。」麥克思將她的手推開，頭往後仰，頸部發出喀啦聲，他頓時知道自己要什麼了。

「咬我。」他說。見克菈蘿沒反應，他指著自己的肩膀，說：「咬我這裡，用力咬。」

克菈蘿對這種場面不算陌生，聳聳肩趴向他，輕咬他的肩膀。麥克思喃喃地說：「用力一點。」她咬得更用力，幾乎咬出血痕，這時麥克思的體內湧起一股柔軟愉悅的感覺。他還要她咬其他幾個地方。她不想再咬，他轉而要她甩他巴掌。同樣地，用力一點。

那一巴掌用得他的耳朵隆隆響，但陽具依舊軟趴趴，宛如一條快被踩死的蛇，但他確實感受到交媾之後的滿足和平靜。他付錢給克菈蘿時，她說，她對這種事沒什麼興趣，不過她的同事蒂莎比她在行。她把蒂莎的電話號碼給了麥克思。聖誕快樂。

她離開後，他坐在扶手椅上，審視自己的感覺。原來是這樣，原來他有了這樣的癖好啊。麥克思閉上眼，拋開他原本的樣子（或者他以為自己原本的樣子）開始墜落。保持體面的外表或者追逐有利於肉體歡娛的地位實在沒意思。放手吧。

放手。

隔天，他去了那個先前只是白紙黑字的地址，跟傑瑞談了一下。他要運用他能使用的手段來留住能留住的。接著，跨年夜的前一天，捷譜唱片的羅尼打電話來，說儘管之前發生那些事，他們還是有點興趣。這首歌大受歡迎的程度不容小覷，而專業錄製的歌曲更有其價值，麥克思是否擁有歌曲的版權？

他播放帶子，他們聽過之後自己做結論。

接著，就發生一連串的事情。這首歌大紅特紅，大家對泰絲拉充滿興趣。可惜的是，麥克思還沒拿到大筆錢。版稅收入的進帳速度很慢，但細水長流，只是麥克思現在就餓了。他如履薄冰，得盡可能抓住每一分錢，免得它溜走。

唱片公司要整張專輯，而且他們準備好預先支付可觀的費用。此外還有其他唱片公司也跟他聯絡。在和羅尼書信往返討論過後，捷譜隨時準備付錢。一切盡如麥克思的意。他在險冰上溜行，把自己擲在滑雪道上，而這些隱喻都是要描述一個基本的問題：他沒有歌曲可以給唱片公司。

他甚至無法和朵拉．拉爾森聯絡上。他打過電話、寫過信，email 給她和那個怪物：沒有任何回音。他知道她們手上有歌曲，可是如果她們一直拒不回應，他要怎麼拿到那些歌曲？

他沮喪得快發瘋。有一天，他呆坐了很久，看著蒂莎的電話號碼。克莅蘿告訴過他，這女人會搞虐待式性愛，她會帶著各式工具，以他想要的方式虐淫他。

他試著想像那畫面。捆綁、鞭子劃過背部。疼痛。他看見自己和他的思緒，這時才恍悟他在尋求什麼。他的手倉皇往後摸索，摸到了背部的傷疤，他可觸及的那些。

那天和朵拉．拉爾森在旅館房間時發生了決定性的一件事。這事很恐怖，但當他閉上眼睛，撫摸著平滑的傷疤，他發現自己懷念那種感覺。他想要再次重溫的正是那種經驗。

這樣不好，冷靜一下，麥克思。

他衡量手邊有的選擇，一一考慮。透過傑瑞簽合約，按照法律程序走；透過中間人；或者直接拿到泰絲拉的帶子。寫信、打電話。最後勝出的選擇是十四世紀修士奧卡姆所提出的剃刀法則。

如果有幾種可能性，就選最簡單的那個。

他需要朵拉．拉爾森的音樂，但她不想給他。既然走投無路，那麼答案就在眼前。

他去買了二手的破舊羽絨衣，一件保暖褲和一頂暖帽，開始監視朵拉那幢公寓的門口。這任務挺棘手，因為附近沒有適合的藏匿地點。若被人發現他在附近逗留過久，肯定會啟人疑竇。

他再次採用奧卡姆剃刀法則。他買了六罐啤酒，坐在一百公尺外的長椅上。他大剌剌地暴露自己，反倒不引人注意。一個沒人要看的老酒鬼。他一天只能監視幾小時，不過他的口袋裡有羅比，或許哪天就會被他逮到機會。

連續五個早上，他發現傑瑞或朵拉都沒離開屋子，倒是見到一些女孩進出那幢公寓。有時他會瞥見她們或朵拉出現在窗邊。他的結論是，傑瑞不在家。

有時，他的手機響起。要不是最近或之前曾半玩笑半認真地交往過的女孩打來，就是一些老朋友問問情況如何。看來他是朵拉．拉爾森幕後操盤手的謠言已經傳開，他再次成為值得保持聯絡的對象。當他們從餐館或咖啡館打來，以虛偽的逢迎語氣問候他，他還能聽見背景的碗盤碰撞聲或喃喃說話聲。

他坐在長椅上發抖，把電話拿離耳朵，說：嗨、你好嗎、酷，然後鄙夷他們每個人。他們是渺小的群居動物，興奮的老鼠，成群聚集，衝向深淵，邊跑邊吱吱叫。

他對著朵拉．拉爾森的房間窗戶舉起一罐冰涼的啤酒，對自己哀嘆，對她致敬。他坐在長椅上，而她在屋內走動，但兩人之間有一條連結，一條隱形的血流從他腳邊淌向她的家門，滲入她的郵箱孔，進入她的身體。一想到這裡，一股震顫竄下脊椎。

第六天，終於給他等到。朵拉和那個怪物出門。當她們在他幾公尺外的地方走過去，麥克思雙手握住啤酒罐，看著地面，裝成醉到無法抬頭。他看著她們消失在地鐵站的方向，等了幾分鐘後才進入那幢公寓，搭乘電梯到她家。

他以僵硬的手掏出口袋裡的羅比，壓在額頭上，然後試試門把，門沒上鎖。他站在那裡好一會兒，呆望著寬敞的屋內，彷彿害怕會有陷阱夾住他的腳。他怎麼會這麼走運？

他鎮定心神，走入玄關，關上身後的門，靜靜出聲，「哈囉？有人在嗎？」沒回應。沒時間浪費。他立刻走向客廳裡的電腦，發現它關機時便氣惱地咬著下唇。他開機後喃喃念道：「開啊，開啊，拜託，開機……」

好運用盡，得要密碼才能登入。他試了「朵拉」和「泰絲拉」，也試過其他字，最後用力按下「去死吧」，但這句詛咒也不成功。他關閉電腦，繼續搜尋。

他在玄關的袋子裡找到他要的東西。他認得那個廉價的MP3播放器，朵拉第二次和他見面時就帶了那個。他捲動螢幕，尋找歌單，厚重的夾克裡汗流浹背。他在「泰瑞絲」的目錄底下找到〈飛翔〉這首歌，還有其他二十來首。他戴上耳機，確定自己挖到金礦。

泰瑞絲？

他把MP3播放器放進口袋，站在門邊，拿不定主意接下來該做什麼。那兩個女孩應該在地鐵某處，他還有一點時間。

泰瑞絲？

要找出那個掌控他生活的女孩的來歷，這大概是唯一的機會。他脫下外套，讓自己涼快一些，從屋內鎖上門，開始以全新的角度來搜索屋子。

在那張應該是傑瑞床鋪旁邊的小桌抽屜裡，他找到一個檔案夾，裡頭裝著賣屋的相關文件。傑瑞・希德斯壯姆曾經繼承父母藍納特和萊拉的房子。地產資料上記載他們兩人在同一天過世。麥克思隱約覺得藍納特・希德斯壯姆這名字挺耳熟，但想不起來他是誰。大概跟音樂圈有關吧。他把這名字記在腦子裡。

他在書桌抽屜裡發現一些垃圾，就是你可以想見的那種東西。舊紙鈔和保證書、《偶像新秀》的相關文件以及他寄給他們的第一封信。他在翻閱房屋租賃契約和銀行帳單時忽然發覺沒有任何文件和朵拉有關。沒有學校或任何機關發出的文件，沒有任何紀念物品。

她的房間就跟簡陋青年旅館裡的房間一樣，別無長物。一臺CD播放機、幾片CD，以及瑞典卡通巴姆斯熊的漫畫書。一張床。床邊桌上放著一張身分證。麥克思拿起它，仔細端詳。

安潔莉卡．朵拉．拉爾森。總算有收穫了。可是，照片上的女孩絕不可能是他所認識的朵拉啊。他把證件拿起來，對著光線，從側邊加以檢視——這東西變造過。證件有磨損和刮磨的痕跡。出生日期的數字很明顯動過手腳。

安潔莉卡。朵拉。泰瑞絲。

他還是不明白那個自稱為朵拉．拉爾森的女孩到底是誰，但他知道兩件事。一，這裡很可疑。二，他可以把這當成有利於自己的工具。

他在屋內的時間超過一小時，現在將近十一點，他決定別冒不必要的險。離開前他檢查一遍，確定屋內一切就跟他剛進來時一樣。走向地鐵站時，他發現兩輛警車停在一家商店外，而他不再需要的那張長椅就在這家商店的旁邊。他搞定這裡的事情了，他找到他要找的東西，以及其他事物。

他一回到家，就給自己倒了一大杯威士忌來慶祝，然後把MP3播放器裡的歌曲傳送到電腦，坐下來開始聆聽。

真金。純金。其中五首就跟〈飛翔〉一樣讚，其他的也很夠水準。不是每一首的歌詞都很精采，不過他認為多數的瑞典藝人都會很樂於和這張專輯扯上關係。

對，專輯。他已經開始用這種辭彙來思考這些歌曲。他電腦裡的這些作品必須在混音臺上來回處理幾次，加以製作修潤，不過，可以肯定的是，他擁有了絕對會轟動流行樂壇的所有元素。

然而眼前有個問題。朵拉．拉爾森一定不會同意他的計畫，他不曉得當她發現他這麼做時會有何反應。含蓄一點來說，這是他要面臨的問題。

多虧電腦，麥克思得以進一步搜尋他在屋內找到的資料。他很快發現朵拉的身分證號碼並不屬於任何人，然而安潔莉卡．朵拉．拉爾森這個人的確存在，她的身分證號碼和朵拉的只有一個數字不同。

麥克思搜尋藍納特和萊拉時，發現他們的相關資料很精采。他逐一閱讀這些資料：兩位瑞典流行樂團的藝人被人以殘暴的手段殺害，他們有個兒子叫傑瑞，還有警方在屋內的地下室發現一個奇怪的房間。他把這些資料兜在一起，加上他背部的傷可以證明朵拉的凶殘本領，頓時，他的問題不再是問題。

他不再有麻煩。現在，有麻煩的是朵拉．拉爾森。他可以隨心所欲做他想做的，而她半句話都說不得。

8

週一早上，泰芮莎上學。她上公車時，大家都轉頭看她。她坐在後方座位，把那雙穿著馬汀大夫鞋的腳蹺在前方椅背上。大家看著她，竊笑不停。她一注視他們，他們立刻把視線調開。班上八位同學比她早到校，他們四處站著，等著第一堂課開始。其中一個是卡爾，紀錄片拍攝者。泰芮莎隔著一段距離迎視他的目光，內心非常平靜。她沉著地走在走廊上，靴子讓她的步伐穩重有力量。

距離那群人約兩公尺時，卡爾咧嘴笑著說：「早啊，泰芮莎。」然後拉著自己的一側臉頰，扯個不停，發出吸吮的咂答聲。幾個臭男生發出淫穢的笑聲。

泰芮莎大可直接坐到教室最後方不理會，聽旁邊的同學說今天午餐沒有高麗菜捲實在太可惜，或者某位女同學說早餐實在不該吃那麼飽，這一類的。她大可坐在位子上，雙眼盯著地板，假裝沒聽到他們的話。可是，她思索了一下，認為這不是解決的辦法。

她咧嘴對卡爾回以笑臉，彷彿他做了什麼聰明事，然後往前一步，朝他的鼠蹊踹下去。她的靴子前端有保護腳趾的鐵片，加上她精準地正中目標，所以卡爾立刻彎腰蹲下，蜷縮在地板上，彷彿身體前方的阻擋物忽然被人抽走，渾身顫抖，連叫都叫不出來。他的嘴巴張開又闔上，臉色蒼白。泰芮莎傾身靠向他。

「你說什麼？你想說什麼，卡爾？」

卡爾的嘴裡冒出介於尖嗓和低喃的聲音，泰芮莎心想，她聽到他說：「我只是開玩笑……」她一腳踩在他的臉頰，把他的臉壓在地上，轉身對其他人說：「還有誰想開玩笑嗎？」

沒人回應，泰芮莎把腳移開。鞋底在卡爾的臉頰留下印子。他以雙手摀住鼠蹊處，身體抽搐，發出口齒不清的痛苦嘶聲。她看著他，毫無開心的感覺。他只是一個恐懼可悲的小男孩，她實在後悔踹得這麼狠。

可是她沒辦法克制。泰芮莎坐在椅子上，手臂交叉抱胸，等著這起小事件告一段落。一定還會有類似的情況發生，不過她已經決定回歸簡化的原則，盤算今天的對策。只要有人對她說或做出什麼低級的舉動，她就要踹他們。女孩的話就踹脛骨，男生就踢陽具，如果踢得準。就這麼辦。

更多學生到校，卡爾仍縮在地上起不來。新到者聽說剛剛發生的事，開始竊竊私語。上課前一分鐘左右，愛格妮絲才姍姍來遲。這時卡爾已經設法撐起自己，坐在地上，靠著置物櫃。她側著頭問：「你怎麼坐在這裡？」

卡爾搖搖頭，派翠克說：「泰芮莎往他的兩腿之間踢下去，踢得好用力。」

愛格妮絲轉身看著泰芮莎，嘴角露出若有似無的微笑。一開始泰芮莎以為這代表贊同，但一發現愛格妮絲沒如同往常般坐在她旁邊，她開始懷疑她另有想法。

泰芮莎的盤算出乎意料地順利。班上所有人都避著她，一整天沒人對她說任何話。就連珍妮都不敢在泰芮莎聽得見的距離內口出惡言。泰芮莎專注於她內在的那匹狼，繼續堅定立場。

直到午休，她的防衛心才開始動搖。沒人要跟她坐。當她端著午餐坐在那裡，可以感覺到一雙雙眼睛盯著她，四周耳語紛起。那個齷齪的泰芮莎會怎麼吃東西？那個令人作嘔的泰芮莎要把什麼塞進嘴裡？

她看著餐盤，四塊馬鈴薯旁邊是兩片裹粉炸魚，周圍則有幾片薄薄的番茄。她的胃湧起一團異物，卡在喉嚨，讓她想吐。她寧可去踹擋在她面前的人也無法吞下這些食物。

她很想起身，走到廚餘桶，把所有食物刮下餐盤，然後離開餐廳。任憑所有人在她身後笑她。噢，他們一定會很開心。

餐盤升起煙霧，獵物的脅腹被切開，血霧遇上冷空氣。她切下一塊馬鈴薯，連皮一起咀嚼。肌肉和肌腱開闔，咀嚼時下巴緊縮。炸魚的死前抽搐。咬下，終結所有生命。番茄的紅汁滑下她的喉嚨。不留下一丁點殘屑給烏鴉吃。

她起身，把空餐盤端到櫃檯，接過餐盤的白色骷髏把餐盤刮乾淨。成功的狩獵，一頓足以維持整天活力的餐點。她贏了。

日子就這麼過下去。一天復一天，泰芮莎穿著她的紅色靴子上學，無所畏懼，沒有渴望或悔恨。見到米基時，她對他點頭打招呼，他也點頭回禮。沒什麼話好說，她變得無動於衷。她的所有情緒都隨著童年而逝，灑落在水泥地的血泊裡。

她可以悲嘆，但她沒這麼做，因為她的情緒已被感知所取代。她的感官完全展開，充分延伸，不再跟自己角力，掙脫腦中，自由釋放。泰芮莎更強烈地感受到外在事物留給她的每一種印象。

她走在走廊上，享受緊閉門扉後的喃喃聲音，櫥櫃和牆壁的鮮豔色彩，享受紙張、清洗物品和衣物風乾的氣味。她享受這些加總的印象，它們讓她感覺自己是這個世界的一部分，是一個可以四處走動的活人。她活著，這麼明顯的事實，她卻忽略了十五年。

因此，她不悲嘆自己失去的東西，反而為自己所獲得、以及所變成的模樣而歡喜開心。就這麼簡單。即使外表看不出來，但是她非常快樂。

週二晚上，她花了一些時間和泰瑞絲通 email，安排週末跟其他女孩見面的計畫。她們約定週日中午十二點，但如果傑瑞回來了，就不能約在斯韋德米拉區。她們可以在戶外碰面，但是，要在哪裡呢？她們得想一下，所以還沒做出決定。

泰芮莎瀏覽和狼有關的網站，閱讀討論區上的最新訊息，最後逛到一個拍賣網站，上面有人要賣狼皮。起標價是六百克朗。拍賣時間將於兩個小時後結束，目前為止還無人出價。

她看著照片上那張灰色的皮，它就攤在一張普通的餐桌上。它曾經屬於一隻有血有肉的狼，曾是森林中的獵食者，皮毛下有肌肉運作，曾經跟其他獸皮磨蹭，曾在雪地中大步奔跑，在星光下拉開嗓門高嗥。而現在，若被人買去，它將淪落到壁爐前的地面，成為給孩子坐的柔軟墊布。

泰芮莎沒多想，第一次就把價格出到可以出的最高價：一千克朗。五分鐘後她回去看，決定提高到兩千。這是她戶頭裡的所有財產。從鐵盒裡拿到的錢已經分了一些給泰瑞絲。

她躺在床上，讀了幾首艾克羅夫的詩。她剛出院和他的詩作融合為一的感覺不見了，現在反而覺得艾克羅夫很怯弱。懦夫一個。靠寫作維生的小蟲一隻。不過，她還是把這些句子反覆讀了幾次：

深夜的闃寂袤廣
不會被窸窣聲所干擾
這聲音來自在沙灘上互吃的人

她就是喜歡「窸窣」這個詞。還有，原來吃人肉時會發出窸窣聲。

她把書本放下，雙手枕在腦後，思念她的MP3播放器。一想到麥克思．韓森此刻正戴上她的耳機，坐在那裡聽著她和泰瑞絲共同創作的歌曲，她就覺得很噁心。她不喜歡那畫面。感覺就像發現衣櫥裡有一隻豬，撐大鼻孔四處嗅著你的乾淨衣物。

她的手機響起，泰芮莎接起電話時，以為會聽到來自豬圈深處的噁爛聲音，沒想到是喬漢斯。寒暄幾句後，他問她好不好，她說她好得不得了。

「我只是覺得妳……我不曉得，我總覺得妳有點恍神。」

「我沒恍神，我很專心。」

「那妳為什麼躲著我？」

「有嗎？」

「有，妳躲著我，以為我沒發現？」

「這很重要嗎？反正你又不想和我有瓜葛。」

電話另一端傳來長長的嘆氣聲。喬漢斯說：「泰芮莎，別這樣，妳是我認識最久的朋友，妳忘了我們說過的話嗎？我們說不管發生什麼事我和妳永遠都是朋友。」

泰芮莎的喉嚨有一種奇怪的粗嘎感，但當她開口回答，聽起來又非常正常。「小時候我們聊過很多事。」

「那妳有特別想到哪些事嗎？」

「沒有。」

喬漢斯輕笑一聲，彷彿想起某些回憶。「我剛剛想到……我們躺在洞穴裡。妳還記得嗎？我們說要一起死去。」

泰芮莎喉嚨裡的粗嘎開始有阻塞感。她說：「聽著，我要去忙了。」

「好，可是泰芮莎，妳可不可以找一天來我這裡？我們很久沒好好聊一聊。對了，我們可以一起打電玩鐵拳！我有……」

「掰掰，喬漢斯，再會。」

她掛掉電話，雙手緊緊抱著肚子，身體盡可能往下彎，彎到覺得腦袋裡出現液體奔騰的雜音，頭開始疼痛。她挺直身體，液體流走。當血液往下回流到身體，她的腦袋放空，焦慮消除。

她把紙撕成一小塊一小塊，塞進嘴裡咀嚼，嚼到變成一團溼糊，就把它吐進廢紙簍。她很慶幸當下只有她一個人，因為她的防衛機制被削弱了。若有人想傷害她，這正是最佳時機。

十一點十五分，競標結束。她檢查 email，發現該網站發了一封信告訴她她標到了。由於沒人出價，所以她以六百克朗取得那張狼皮。

她清楚知道該怎麼處理那張狼皮，也知道週日該和那些女孩約在哪裡碰面。

9

「他寫信來。麥克思．韓森。」

「說些什麼？」

「他說他知道了，關於藍納特和萊拉的事。還有地下室的房間。我小的時候。他們是怎麼死的。」

「那，他打算怎麼做？」

「專輯。我們的歌。」

「不是，我的意思是，他打算怎麼處理他發現的那些事，關於妳的事。」

「沒要處理。」

「什麼？他這麼寫嗎？他沒打算做任何事？」

「如果我沒做任何事，他就不會做任何事，信上是這麼說。」

她們坐在由瑟吉爾廣場出發的四十七路公車的後座。前方坐著幾個帶孩子出遊的家庭，但她們附近的座位全是空的。時值四月中，前往皇家公園的觀光人潮還沒湧現。泰芮莎往前傾，手肘撐在大腿上那只鼓鼓的帆布背包，思考著該怎麼做。

麥克思．韓森威脅要抖出泰瑞絲的事，對他來說，這沒什麼好處可圖，應該只是虛張聲勢吧。

或者就是故意虛張聲勢？

在地下室長大的女孩變成殺人不眨眼的冷血兇手。這種故事大家都愛聽，但之前泰芮莎不曾以這種角度來想過泰瑞絲的事，不過現在她明白了。報紙宣傳海報天天上演、故事口耳相傳，免費幫專輯大打廣告。麥克思・韓森這混蛋會這麼邪惡嗎？他會嗎？

公車過橋時，泰芮莎挺直身子，深深嘆了口氣，靴子後跟不停點地。揣測無意義，她應該專注在眼前的事情上。

有十二個女孩說要來，年紀最小的是十四歲，最大的十九歲。泰瑞絲大略向她介紹過她們，可是泰芮莎發現她實在很難把這些簡短的介紹和名字連結在一起。米蘭達、貝塔、西西莉雅、兩個安娜等等。

她記得米蘭達，上次在泰瑞絲家時和她打過照面。容痂是那個自殺過三次的女孩，有一次是吞玻璃。泰芮莎記得她，因為她的行徑太過極端。容痂。看來她爸媽幫她取名字時一定心不在焉。

她們在史坎森下車。泰芮莎把背包揹起來，走向索列登公園的入口。泰瑞絲沒跟上。她站在入口，抬頭望著招牌。泰芮莎轉身，泰瑞絲問：「這是史坎森？」

「是啊。」

「這是什麼地方？」

「裡頭有動物園，幾座老舊建築物之類的東西。為什麼這麼問？」

泰瑞絲皺起眉頭。「我要在這裡唱歌。」

「啊？我是說……什麼時候？為什麼？」

「我不懂。我幹麼對著動物唱歌？」

泰芮莎望著入口上方那斗大的橘色字體。她知道有時這裡會舉辦音樂活動，所以，泰瑞絲當然……

「等等，」她說：「妳什麼時候要在這裡唱歌？」

「夏天。麥克思．韓森的信上這麼寫。歡唱史坎森。很好的宣傳機會。」

「妳要在『歡唱史坎森』這個活動上表演？」

「對，否則他就要說出藍納特和萊拉的事。」泰瑞絲的語氣有了些微改變。當她繼續說話，泰芮莎察覺到她因麥克思．韓森在信裡寫的什麼而作嘔。「這樣的話，傑瑞就會進監獄，我會和其他瘋子一起關在瘋人院。為什麼我要對著動物唱歌？」

泰芮莎拿下背包，把它放在地上，然後坐在上面，讓泰瑞絲坐在旁邊，握住她的手。

「好，」她告訴泰瑞絲：「首先，妳不是要對動物唱歌。那裡會有人，好幾千人，大人、小孩和青少年都有。電視會轉播，會有好幾百萬人收看。『歡唱史坎森』是一場音樂會，懂嗎？」

泰瑞絲點點頭，然後搖搖頭。「這樣不好。人多不是好事，我知道。」

「是不好。可是第二，妳不會淪落瘋人院。就算妳真的被送到那裡，我也會跟妳去。我們兩個這輩子同樣都毀了，對吧？不管妳發生什麼事我都會陪妳，反正就是這樣。不過，麥克思．韓森的事……我實在不曉得該怎麼辦。」

「我們必須讓他死。」

泰芮莎噗嗤笑了出來。「我想，從現在開始他一定會小心提防我們。我們得想點其他辦法。」

「對，這樣很棒。現在，放開我的手。」

泰芮莎沒放手，泰瑞絲試圖把手抽走，但泰芮莎握得更緊。「妳為什麼不喜歡我抓住妳的手？」

「妳不要抓我的手，這是我的手。」

這跳躍的邏輯讓泰芮莎一時恍惚。泰瑞絲把手抽開，站起來。泰芮莎愣在原地，看著自己的手。抓我的手。我們從別人身上抓取東西。她當然不該抓泰瑞絲的手。

她再次拎起背包，走在索列登路的欄杆外側，泰瑞絲跟在她後方。根據她從網路上抓下來的迷你地圖，距離應該很近，可是當她們走到索列登公園的入口，才發現幾乎還有一公里才會抵達她們的目的地。一輛公車從皇家公園路開過去，看來可以搭公車在公園裡活動，她下次要記得——如果有下次的話。

她們拐入西瑞雪夫路，泰芮莎查看地圖。經過貝爾曼門後，她們沿著鐵絲圍籬走了一百公尺，往鐵絲網裡面望進去。

「不在這裡。」泰瑞絲說。

泰芮莎的手指勾住鐵絲圍籬，慢慢環視這區域。她以為這裡應該很空曠，沒想到狼區裡會種樹，這些樹剛長出新葉，此外還有灌木叢，山坡上還散置了幾塊岩石，模擬牠們的自然環境。她知道這裡應該有七匹狼，但連一匹都不見蹤影。

她的目光停駐在一塊形狀怪異的岩石上，接著驚愕地倒抽一口氣。是岩石無誤，但形狀之所以怪異，是因為有匹狼躺在上面。牠躺著，一動也不動，望著她們的方向。

「那裡，」她說，指給泰瑞絲看，「在那裡。」

泰瑞絲站在她旁邊，身體緊貼鐵絲網，以便盡可能靠近。那匹狼見到了她們，兩人的背部彷彿有陣微風吹過。這匹狼應該已經聞到她們的氣味。泰芮莎緊張到腸胃翻騰。現在，你看見我們，對於我們你有何想法？你是怎麼想的？

她們在那裡站了很久，攀著鐵絲圍籬，看著那匹和她們對望的狼，融為一體。接著，狼開始舐腳掌上的毛，然後離她們而去。

「妳為什麼不快樂？」泰瑞絲問。

這時泰芮莎才發現自己眼眶溼潤，淚水滑落臉龐。

「我沒有不快樂。」她說：「我很快樂，因為我來到了這裡。」

她們把毯子鋪在狼區前方的地上。泰芮莎先瞥了那塊岩石一眼，才從背包裡拿出狼皮。那隻狼已離開牠的崗哨，這樣很好，免得她把狼皮鋪在地上時會有褻瀆感。彷彿她沒資格這麼做。

她和泰瑞絲坐在毯子上，背對圍欄，等著其他女孩到來。在約大家見面的訊息裡，她們提到寫歌詞的泰芮莎也會參加，但泰芮莎不覺得自己是寫歌詞的泰芮莎，她覺得自己是一匹小孤狼，而一群陌生的狼群正要靠近她。

「泰瑞絲？」她問：「妳是不是把每首歌曲都放給她們聽了？」

「對。」

「妳是不是把妳的事情都告訴她們？」

「對。」

「包括藍納特和萊拉……每一件事？」

「對，每一件事。」

如她所料，但她真正想問的只有一個問題，只是她不敢問，因為她怕聽到答案，不過她還是問了。

「泰瑞絲，我和她們有什麼不一樣？」

「妳先出現，妳寫歌詞。」

「否則，我們差不多一樣？」

「對，差不多一樣。」

泰芮莎低下頭。她在想什麼？難道她真的認為自己很獨特，是全世界唯一可以跟泰瑞絲聯繫、唯一愛泰瑞絲的人？對。她就是這麼以為，直到她走入泰瑞絲的住處，發現一群人聚集在那兒。現在，她更加確定她是個白痴。

差不多一樣。

第一批女孩出現，七個人從公車站走過來。在泰瑞絲那讓人痛苦的實話中，有一點足堪慰藉：或許，這群人不像她以為的和她那麼不同。她看著這七個女孩，即使有段距離她也能看出一些什麼：她們走路的姿態彷彿能把地層踩碎。

泰芮莎鬆開靴子的鞋帶，重新綁得更緊，說：「可是她們不曾讓別人死，對吧？她們都沒殺過人？」

「沒有。」

「妳認為她們有辦法殺人嗎？」

「可以，每一個都行。」

泰芮莎看著接近圍欄的這一小群女孩，瞇起雙眼，腦袋裡冒出一個未成形的新計畫。她對她們揮揮手，露出微笑。

每一個都行。

女孩走過來，向她打招呼，泰芮莎經歷了前所未有的振奮感。她們尊敬她，彷彿是一群觀眾那樣景仰她。她情不自禁地享受起這種感覺。她從來不曾成為這種正面注目的焦點。她們稱讚她，或者對她抒發個人感受，說她的歌詞精準地傳達出她們的心情，說希望也能寫出這樣的歌詞。被褒獎一番後，泰芮莎假裝謙虛，說其實這沒什麼，任何人都辦得到……之類的。

儘管那些女孩把泰芮莎當成權威人物，她和她們說的仍是同一種語言，但泰瑞絲就不一樣。她們待她如最細緻的瓷器，和她說話時輕聲細語，連碰都不敢碰到她。泰瑞絲說話時，她們專心聆聽，身體因專注而繃緊。

泰瑞絲說的並不是什麼了不得的話，但泰芮莎知道她是如何把話說進她們的心坎裡。泰瑞絲總有辦法針對聆聽者說出最適合的話，這些不證自明的真話正好是對方當下所需要的，而且她表達時的語氣具有幽微的征服力量，讓人覺得她的話不只是真理，甚至是唯一的真理。

大家打招呼，相互寒暄了一會兒，圍著那張狼皮坐下來，沉浸在各自的思緒中，或者怯生生地說點什麼。

她們聚在一起時，泰芮莎看著這群女孩——從她們的坐姿、移動手的方式，以及她們的外表

——她意外發現自己是這裡最強勢的人，她根本不必害怕。

另一方面，她也認識泰瑞絲最久、能夠很自然地坐在泰瑞絲身邊。如果沒有泰瑞絲，她會是什麼？一隻小灰鼠，沿著牆邊小步奔跑，設法不被看見。或許吧。但也或許不會。不管怎樣，她以溫柔的眼神看著其他女孩。小琳恩一副快掉淚的模樣，泰芮莎看著泰瑞絲悄悄去她身邊，在她耳邊輕聲細語，直到她再次平靜，但泰芮莎完全沒有嫉妒的感覺。

學校十二月要慶祝聖露西亞節，挑選金髮藍眼的女孩來飾演聖露西亞，頭戴皇冠，手持蠟燭，帶領大家遊行。這裡的每個女孩完全沒機會被選上，除了容痂。女孩當中有幾個和泰芮莎一樣過胖，半數人的嘴巴、鼻子或眉毛穿環。貝塔的外表看起來像亞洲人，這裡只有她的頭髮是自然黑。兩個安娜、琳恩、卡洛琳的髮根顏色和頭髮不一樣，這代表她們染過髮。

真正稱得上胖子的只有西西莉雅，她用一件粗糙的軍裝把身體遮起來，不過多數女孩也都穿著寬鬆的衣物，試圖掩飾身形。至於化妝，從濃妝豔抹到脂粉不施都有。梅琳達以濃黑眼線畫出誇張的鳥翼狀眼尾，而艾莉卡則素著一張臉，整個人無血色，幾乎隱形。泰芮莎心想，她們大概都沒資格加入什麼社團或俱樂部。

但容痂不一樣。她是團體中年紀最大的，看起來就像會踢足球的女生。她穿著愛迪達的運動褲，防風夾克，身材纖細，一頭金色直髮，外型有點像泰瑞絲，但當然比泰瑞絲更有運動細胞，更能融入社會。她不算漂亮，但絕對有機會被選中戴上露西亞皇冠。而她，就是吃玻璃自殺的那個女孩。

這些女孩有個共通特色，大概只有泰芮莎看得出來：她們身上都散發著類似氣味。其實幾乎沒人擦香水，就算有，香味也很淡。她們真正的共通氣味不是香水，而是更底層的東西：恐懼。

這種氣味陪伴泰芮莎好多年，所以她能立刻辨認。她可以從公車上每個女孩的身上聞出她們是否有這種氣味。苦甜參半，融合易燃液體的氣味。可樂加汽油。

女孩簇擁在一起，越聊越起勁，氣氛也變得截然不同。群聚的安全感讓恐懼的氣味變淡，隨著閒聊交織成一首共鳴的樂曲，她們的身體不再散發出恐懼。

「……我可以感覺到整件事快毀了……我媽認識一個新男人，我很不喜歡他看著我的那種眼神……他們說就算我自己付錢也不能來……他在半夜回家，手裡還拿著刀……雖然我每天都很努力……搖晃我的小弟，結果他的腦子被搖壞……必須隨時戴著耳機，這樣一來才沒人可以聽見……我走路時感覺也有人跟著我……我很沒用，我毫無機會……想躲在床底下，這種做法蠢得要死……我聽的音樂，我的穿著，我的長相，一切的一切……那聲音，當我聽到的時候為什麼會知道……我彷彿不存在……成天都有討厭的小事……一走了之，撒手不管……除了我沒有人……」

泰芮莎轉身面向狼區，剛好見到那匹狼再次爬上岩石，腳掌在胸前交疊，往下看著這群女孩，耳朵豎起，彷彿在聽她們說話。泰芮莎轉身看著女孩，指著狼。

「那匹狼，」她說：「正在看著我們，牠在想我們是誰。所以我們是誰？」

交談聲漸歇，大家抬頭看著那灰色身影。牠沉靜地躺在岩石上看著她們。從體型來看，泰芮莎猜想這是一匹母狼。

「因為我們很特別，對不對？」她繼續說：「我們聚集在一起就變得很特別，雖然我們不知道特別的地方在哪裡。妳們感覺到了嗎？」

女孩交談時，泰瑞絲靜靜坐著哼歌，但現在，哼唱加入了歌詞，從她嘴裡流瀉而出，化成一首曲子。她沉浸在自己的思緒中，雙手在胸前盤旋，彷彿在進行什麼複雜的祈願儀式，而歌聲是儀式的一部分。霎時，所有人都被旋律吸引，幾個女孩開始跟著搖擺起身體。

「害怕的人別再怕了，沒人做錯事，沒人會孤單。大人要抓我們，可是他們無法得逞。我不明白，但我可以確定我們很強壯，我不明白。我們——我們——我很渺小，但我們不渺小，我們是流出來的紅色東西，我們是他們要的東西。不准有人碰我們。」

歌曲停歇，鴉雀無聲，每個女孩呆坐原地，茫然地凝視遠方。接著，微弱掌聲打破沉默。是容痂。她鼓掌了三次。

泰芮莎把狼皮往自己方向抽，從背包中拿出剪刀，剪下一小塊狼皮，遞給琳恩，她低喃道謝，拿起柔軟的毛皮磨蹭臉頰。泰芮莎繼續剪，將一塊塊狼皮發送給大家。所有人都拿到一小塊，有人把它放進口袋，多數人把濃密的灰毛皮拿來磨蹭臉頰，彷彿手中握著的是一隻動物的身體。

「從現在開始，」泰芮莎說：「我們是一群狼族，任何人傷害我們其中之一就等於傷害我們所有人。」

女孩點點頭，撫摸著大家共享的狼皮。容痂忽然大笑，東倒西歪，又叫又笑，揮動中的狼皮。泰芮莎看著她，聽著她的笑聲，想起她在精神病院時見過病友這麼笑。容痂有如一些組合的辭彙，她一定符合某種診斷。她有精神病，只不過泰芮莎不知道病名是什麼。

容痂笑完後，親吻狼皮數次，然後借助牙齒將那條狼皮綁在手臂上，接著轉身對泰芮莎說話。「妳剛剛說我們很特別，雖然我們不知道特別的地方在哪裡。我可以告訴妳我們哪裡特別：我們是一群喜歡妳歌曲的窩囊廢，我們很危險，他媽的危險斃了。」

10

接下來幾週，這群女孩試圖找出她們的團體方向。除了泰瑞絲和泰芮莎共同創作的歌曲，她們之間並沒有什麼共通關係，沒有相同的興趣或嗜好能凝聚向心力。她們唯一共有的就是一種需求感，她們覺得必須碰面，必須在一起，除此之外，她們是一盤沒有目標的散沙。

大家都想靠近泰瑞絲。她們對她有種矛盾，一方面想保護、照顧這個弱女子，另一方面對她又敬又畏，彷彿她是老天派來的某種神祇。她們渴望她的話語，她偶爾唱歌的聲音。只要有她在，她們就很滿足。

她們也渴望彼此。漸漸地，大家談起泰芮莎在跟她們第一次碰面時就察覺到的那種氣味。只有跟這群人在一起，她們才覺得安全。只要大家坐在一起，原本掌控她們每日生活的恐懼就會消散。

泰芮莎開始把每週日的聚會當成真正的生活，這團體就是她的家人。至於其他日子都只是渾噩度日。她渴望週末到來，和家人見面。

然而，她們還是欠缺些什麼。容痂說她們比較像治療團體而非一群狼族，大家都有狼皮，有些甚至把它縫在外套上，然而，這群狼要往哪裡去？要做些什麼？

第三次聚會時，琳恩終於鼓起勇氣開口說話，她告訴大家，有時候她會假裝自己死了。她不經意提起這件事，但出乎意料地引起大家共鳴。就這樣，她們發現彼此具體的共同特徵，她們所有人，每一個女孩，都玩過這種死亡遊戲。

於是，大家決定一起玩。她們躺在狼區外的草地上，手牽著手，閉上眼睛，喃喃地說：「小草長高，穿過我們的心臟」、「我們的身體腐敗，蟲子從內臟開始吃掉我們」、「我們陷入泥土裡，一切變得好安靜」。她們可以這樣躺很久，從墓穴起身時，整個世界變得比以前更加鮮活。

泰瑞絲說這樣很好，但不是正確的做法。泰芮莎問她什麼意思，她對泰芮莎說，她應該早知道答案。

對，她知道。但這種事不能和其他人分享。不論她多麼看重彼此的交情，她就是不敢信任她們，像泰瑞絲那樣毫無疑惑地信賴她。

她想告訴她們，聊她的親身經驗，給她們看她肚子上的疤。讓她們知道她是怎麼活過來的，怎麼讓感官變得敏感，怎麼因著那件事而活在當下，不再像以前那樣渾噩度日。她想告訴她們那件事如何讓她坐在她們當中，融入這些人。離開她們時，仍能從沙沙搖動的樹葉、廢氣的味道，以及各種色彩中感受到生命的悸動。

但她不敢說出口。其他人所處的人生階段和她不一樣。每次碰面後，得經過一段時間才會熟稔，找到共同的聲音，讓恐懼的氣味消散。一週裡沒見面的那六天，渾噩的感覺會緊緊附著在她們身上。不管怎樣，她們終究是有父母、有同學的其他人。

所以，她們很難有生命地活著！她經常想到這件事，想到以前的她，不曾真正活過。她只在遇上的麻煩和思緒之間驚鴻一瞥到自己的存在，在那瞬間，她才是一個呼吸的活人，體驗到當下。但這種感覺稍縱即逝。

可是現在的她截然不同。她很想和她們分享，但太危險。時機未到。

死掉的女孩

別讓那雙藍眼愚弄你
它們其實是炸藥，填充上膛
瞄準你的雙眼正中央

——英國歌手莫里西的歌曲〈你知道我不能繼續下去〉（You Know I Couldn't Last）

1

五月中發行的那張專輯有點像倉促製作出來的大雜燴，因為他們迫不及待要搭上〈飛翔〉的熱潮，所以製作人、音樂人和錄音室的技師只有兩個禮拜的時間，可以把MP3播放器裡寥寥無幾的幾首歌曲編製成可發行的專輯。

不管利誘或威脅，麥克思．韓森就是無法讓泰瑞絲進錄音室，以專業的方式錄歌。他保證會給她六位數的報酬、揚言把她交給警察、送到精神病院，或者丟到獵狗般的媒體面前，但各種招數都不管用。看來她要不是對他的威脅視而不見，就是搞不清楚他有辦法讓她多悲慘。

他想應該是前者。泰瑞絲或那個怪物知道他若揭發這些事，也會把自己拖下水。哼，他才不怕，他已經準備好了，只等適當時機。一等到他離開斯德哥爾摩、遠走高飛，到時候只須煩惱該把錢放在哪裡，好讓錢能夠滾錢。

儘管專輯草率推出，反應卻很熱烈。樂評都提到專輯音質很差，但泰絲拉的音色足以彌補這項缺點。製作品質粗糙，有很多地方尚待改進，但精采的歌曲也彌補了機器音效。毋庸置疑的是，不管這個泰絲拉來歷如何，是何方神聖，她絕對是一個不容小覷的新秀。

自從麥克思．韓森知道泰瑞絲的背景，再也不敢單獨和她碰面，可是他就是無法透過電話或email聯絡上她。因此沒辦法安排訪問或拍照。

然而，就在專輯發行後的幾天，他開始發現他以為的缺點其實是優點。外界對瑞典音樂圈的這位新秀充滿好奇心，渴望獲得和她有關的訊息或者她說過的隻字片語，然而，他們總是不得其門而入。就在麥克思·韓森開始研擬策略，準備虛構一些話語當成她接受過的訪問或說過的話時，他發現媒體對泰絲拉的報導有了不一樣的語調。

她的沉默被解讀為嚴肅，不曝光的行徑被視為謎團。《獨立社會民主報》上頭的一篇文章把泰絲拉譽為當今瑞典音樂界的最大希望，並編織出對她的各種揣想，之後其他報紙也跟進。朵拉·拉爾森在《偶像新秀》裡的表演被拿來分析，他們說她的表現簡直具有魔力，還開始詮釋解讀她精簡的答話方式。記者把關於她的少數資訊拿來渲染扭曲，也勾勒不出她的具體輪廓，看來泰絲拉本身真的是個謎。這實在太令人振奮了。

就算是精心策劃，麥克思·韓森也沒辦法把時間拿捏得這麼好。彷彿是三階段的火箭。首先是對她的諸多揣測，接著上場的是「歡唱史坎森」，然後引爆發射。歡唱史坎森之後一個禮拜左右，他就要引爆炸彈，如果這還不能刺激已經飆高的銷售成績，大概也沒有其他法子了。

然而，火箭的構造有瑕疵在。

泰絲拉將在六月二十六日出現在史坎森，海報上除了她，還有方舟樂團。一切都已準備就緒，眼看就要成功。麥克思·韓森把所有資訊 email 給她，除了一點尚待確認：她到底會不會出席。

瑞典的電視媒體追著他探詢細節，希望能直接和她聯絡，但麥克思·韓森說這女孩很害羞——這點眾所周知——所以，所有聯繫溝通都得透過他。不過，他可以保證彩排和表演當天她一定會到場，絕對沒問題。

事實上問題可大了。

各種不確定性折磨著他，他開始思索逼不得已時要使出的手段。

2

打從出生，我們就不可能變成另一個人，然而傑瑞從美國回來後確實變得像另一個人。他對未來的態度變了，對過往的看法也不一樣。這次，他的人生之所以轉向，不是因為被命運捉弄，而是因為他自己跨出了那一步。

事情就發生在他去拜訪芭黎父母的第三天。她的雙親住在邁阿密郊區的一幢小屋。那天，傑瑞、芭黎和她兒子麥爾坎去沃瑪賣場逛街。和這間沃瑪相比，瑞典泰利耶市的飛行燈塔賣場簡直像香腸攤。如果把沃瑪的停車場清空，大概可以連飛機都擺得下。

這個四月異常悶溼，芭黎告訴他，和夏天相比這根本不算什麼，但傑瑞已經覺得他根本是來到熱帶地區。他們擠過有空調的賣場裡的人潮，手上提著大包小包，走到外頭的停車場。被熱浪一撲，傑瑞立感頭暈目眩。

汽車停放的位置離出口有幾百公尺。他們走在毒辣太陽底下的廣闊停車場，他的雙腿發軟，袋子掉落在柏油路上，接著他雙膝跪地，彎下腰，雙手抱頭，汗流浹背。他好丟臉，但就是站不起來。這種挫敗感讓他更覺得自己是個可悲的小人物。

芭黎的雙親很歡迎他的到來，他也幾乎忘記為了讓這趟旅程能順利成行，他怎麼狠心地把泰瑞絲丟在瑞典，讓她失望。他很不好受，但別無選擇。他非得和芭黎回美國不可。然而，現在他跪在發燙的柏油路上，彷彿在接受上帝的懲罰。祂以太陽為棍棒毆打他的腦袋，讓他跪地不起，讓他反省自己有多可惡。

他感到麥爾坎的雙手從後面抱著他，感覺到這小男孩趴在他背上的重量。「傑瑞？傑瑞？怎麼了？起來，傑瑞，拜託你起來！」

焦急的稚嫩聲音讓他冷靜了一些，他抬頭時正好看見芭黎彎腰撫摸他的臉頰，太陽就在她的腦後，映得她的黑髮閃閃發亮，還出現一圈光暈。她說：「心愛的，怎麼了？你還好嗎？」

傑瑞挺直身子，但仍跪著，瞇眼躲避陽光，注視著芭黎的雙眼。接著，他想都沒想，嘴裡就冒出這些話。

「芭黎，妳願意嫁給我嗎？」

「願意。」

「妳……什麼？」

「對，你站起來後，我們就去找牧師，如果你想結婚的話。」

傑瑞慢慢站起來，但芭黎並沒真的急著去找牧師。對，她想嫁給他，但她希望有個像樣的婚禮。就算她說要穿上深海潛水裝，在聖母峰山頂舉行婚禮才願意嫁給他，傑瑞也會開始研究可行性。像樣的婚禮，小事一樁。

回到瑞典後，他們開始籌備，最後決定七月中在邁阿密結婚，因為兩人當中只有芭黎有家人。從這角度來思考很有趣，不過基本上這不過是技術性問題。真正重要的關鍵已經發生在沃瑪賣場外的停車場裡。

這一生中，傑瑞曾經數次倒地，他知道在身體和心理層面來說雙膝癱軟跪地所代表的意義。然而，從來不曾有人雙手環抱著他，以焦急的口吻說，起來，傑瑞，拜託你起來！沒人撫摸過他的臉頰，稱呼他心愛的，問他有沒有事。沒人真的關心他是否站得起來。

然而，就在那陽光熾烈的停車場，奇蹟發生。他怎麼可能不因此改變？畢竟眼前有個光明似錦的未來。當他回首那渾濁的過往，發現每件事終究有其意義，因為就是那些事引導他走到現在。

倘若高山滑雪國手史坦馬克的比賽沒打斷他在班上的吉他演奏，或許他在少年時期就不會那麼迷失，就不會對泰瑞絲產生興趣。倘若泰瑞絲沒殺他的父母，他就不會和她住在一起。倘若他沒彈吉他，他就不會發現那個皮夾。倘若泰瑞絲沒這麼凶殘……說到底，每件事加總起來，讓他走到今天這一步：遇見芭黎，在停車場昏倒。所以，現在看來，過往的一切終歸是美好的。

或許，就是這份剛找到的幸福，讓他沒那麼認真看待泰瑞絲的問題。不過，她似乎也發展出自己的生活方式了。她會和朋友往來，生活也過得比較正常。

傑瑞生活裡唯一的陰霾是麥克思·韓森。從美國回來後一個禮拜左右，麥克思像隻血蛭攀著他不放，試圖逼迫泰瑞絲進錄音間。傑瑞發現，麥克思·韓森知道了泰瑞絲的背景，因為他利用它當威脅。傑瑞問泰瑞絲願不願意再進錄音室，她說不願意。麥克思·韓森不接受這樣的答案，於是傑瑞把家裡電話號碼改掉，而且不登在電話簿上。

專輯照樣發行。每次家裡電話響起，傑瑞就開始揣想和麥克思·韓森有關的各種壞念頭，雖然這支電話的號碼根本沒登記。記者打來問泰絲拉或朵拉·拉爾森，傑瑞都說不知道他們在說什麼。接到五通類似的電話後，他拔掉插頭，將電話機丟到垃圾桶，給自己辦了一支預付卡的手機。

五月底，傑瑞收到一封信。裡頭有十張一千克朗的紙鈔，一封信。寄信人以積極強烈的口吻寫道，如果他能保證六月二十六日早上泰瑞絲出現在史坎森博物館園區，他就能再得到兩萬克朗。而且，他最好立刻跟麥克思．韓森聯絡，保證會處理好這件事，否則事情會鬧得很難看。

傑瑞把那一萬克朗留起來挪為婚禮之用，並詢問泰瑞絲想怎麼做。她說不知道，於是他也只能接受這個答案，否則要怎麼辦？難不成把泰瑞絲裝入布袋，扛到史坎森嗎？他只能交叉手指，祈禱會有好結果。

這些日子，他和泰瑞絲的接觸僅止於日常所需。她過她的生活，他過他的。他會確定冰箱裡有嬰兒食品，記得付帳單，而她負責照料自己的起居。至於他，越來越常和芭黎和麥爾坎待在她家。

傑瑞對這個世界抱持著一種正面的新態度，所以五月底，當他無意中耳聞當地商店被搶、老闆被殺的事件，他並沒多想。應該是一樁與他無關的慘劇吧。

3

專輯發行後一個星期左右，泰芮莎收到麥克思．韓森寄來的 email，裡頭提到：「讀讀這些東西，仔細考慮一下。六月二十六日。找我確認。」

附檔裡有幾篇關於藍納特和萊拉的報導，一份房地產資料，上面記載傑瑞是繼承人。此外還有安潔莉卡．朵拉．拉爾森的身分資料，以及泰瑞絲參加《偶像新秀》的報名表。

麥克思·韓森想讓她知道他把所有資料拼湊起來了。雖然他知道他掌握的這些證據不會嚇到泰芮莎，還是能達到他所要的預期效果。泰芮莎一想到麥克思·韓森只要點一下滑鼠就能毀掉她們的生活，就氣得牙癢癢。但這一次，她真的害怕了。她寫了一封長長的信給泰瑞絲，討論各種情況，考慮各種做法，最後得到一個結論：泰瑞絲最好答應在史坎森表演。起碼，這可以幫她們爭取一點時間，好讓她們想想該怎麼辦。

其實她們已經知道該怎麼辦了，問題是如何和麥克思·韓森離得夠近，以便下手，然後不被發現、順利逃脫。泰芮莎滿腦子都是這種渴望。商店那男人等於被丟到她的面前，她才做出該做的事，又是在事後才體會到那種美妙的感覺。而麥克思·韓森的情況完全不一樣。她期待它，這次，她會從一開始就好好享受——如果她找得到機會。

她的手指癢得很不舒服，內心偶爾升起飢渴感。她的生活開始被那些不請自來的畫面玷汙。就連在公車上，她都會直盯著別人的後腦杓，想像手中握著工具，好想用力打下去。某天下午，圖書館只有她和一位館員，她開始盤算該怎樣殺死她。跟她說要找一本罕見的書，然後隨著她走到儲藏室。一塊磚，一根鋼管，砸在頭部，繼續砸，不停地砸。裂開。出現紅色煙霧，品嘗，再次靠近。

她持續丟棄每天該服用的三顆藥錠，繼續拿處方箋，繼續領藥，也繼續丟。她會回醫院和醫生會談，以追蹤病情，她把她的角色扮演得非常精湛，讓他們覺得她復原狀況良好，夏天就可以停藥。

但她知道她的正常行為和這世界所定義的「良好」毫不相關。對，她有安全感，身心和諧，對自己和生活很滿意。到目前為止一切都好，樣樣符合精神科醫生的檢驗項目。然而，只有她和泰瑞絲才曉得為什麼她成績優異。原因在於她是殺人兇手，是一匹狼，完全不把正常人類的考量當一回事。

如果她在醫生那間舒適的辦公室裡提起這些，大概會被關上起碼好一段時間，不會被認為復原情況良好。泰芮莎知道，從世俗的角度來看，她的狀況很糟，但從她自己的角度她好得不得了，這才是最重要的。

問題是……如何適可而止？

就連坐在餐桌，看著哥哥歐洛夫邊吃三明治邊讀電玩雜誌，她都會發現自己盯著他的頸背，視線在後頸髮際線和大理石製的擀麵棍之間游移。有一天，媽媽瑪麗亞不舒服，在家休息。她躺在沙發上，聽著六〇年代美國歌星狄恩．馬汀的舊唱片，泰芮莎站在旁邊看媽媽閉上眼睛、躺在那裡，忍不住撫過壁爐旁那支撥火鉗的把手。

凡此種種。

儘管最近泰芮莎過得很好，儘管狄恩．馬汀唱著：「兄弟，你腦袋想的東西不會讓你進監獄。」她還是很希望別再有這些幻想，但它們就是不請自來，她想甩都甩不掉。

麥克思．韓森來信後四天，泰芮莎去斯韋德米拉區接泰瑞絲，準備去史坎森。離六月二十六日只剩下兩星期，她們還沒做出任何決定。泰芮莎每天早上在網路上瀏覽新聞，就怕麥克思．韓森已經把他知道的事公諸於世。雖然還沒，但泰芮莎總覺得離那天不遠了。

她們搭地鐵時聊天，搭公車去皇家公園時也聊。小小聲地聊，因為現在去那裡的遊客比她們第一次去時還要多，兩人討論後的結論是：先答應麥克思．韓森，至於當天泰瑞絲是否要現身則是另一回事。泰芮莎當然不是在當麥克思．韓森的傳聲筒，說服泰瑞絲出席。

她們照例在其他女孩出現前抵達。接近狼區時，她們看見老地方已經坐了三個男人。之前偶爾有人比她們先坐在那裡，她們一群女孩就會使用最簡單但很有效的手段：直接盯著闖入者，直到他們離開。

這三個男人約二十來歲，沒帶毯子，也沒啤酒或收音機之類的，所以泰芮莎認為他們很快就會離開。於是，她和泰瑞絲先暫時把毯子鋪在稍遠處，坐下來聊天。

三個影子落在她們的毯子上，但她們太專心說話，沒注意到那些男人走了過來。泰芮莎一抬起頭，立刻發現苗頭不對——儘管陽光在他們的身後，讓她無法清楚看見他們的表情，可是緊接著出現的氣味清晰無疑：威脅。

三個男人都把手插在寬鬆運動上衣的口袋裡，散開站立，讓泰瑞絲和泰芮莎被困在他們和鐵絲圍籬之間。

中間那男人蹲下，泰芮莎看見他的薄長褲底下隆起的大腿肌肉線條，還有他的上臂——粗得就和他的大腿一樣。

「嗨，」他說，對泰瑞絲點點頭，「妳是泰絲拉，對吧？」

泰瑞絲顯然不受他們的態度影響，點點頭，以慣常的方式回答他：「我們是泰絲拉。我唱歌，泰芮莎寫歌詞。」

「喔，對，」男人說：「因為妳很美，」他推推泰芮莎的肩膀，彷彿她擋到他的路，「否則怎麼理會像她這樣的醜八怪？」

「我不懂你的意思。」泰瑞絲說。

「妳不懂？」一副好像妳真的不懂似的。」

「你想幹麼？」泰芮莎說：「滾開，我們可沒惹你們。」

男人指著泰芮莎說：「妳閉嘴，我是在跟她說話。」他對另一個男人示意，那人過來蹲在泰芮莎旁邊，而他則靠近泰瑞絲。

監視泰芮莎的男人非常靠近她，她甚至能聞到他的口臭，那人舉起一雙大手，給她看他有武器。他一臉駑鈍，接近智障的程度，泰芮莎心想，不管叫他做什麼他一定都會做。

她從眼角餘光瞥見其他女孩正走過來，但還有一大段距離。

「妳唱得很好，」第一個男人說，矗立在泰瑞絲上方。他指著史坎森舞台的方向，說：「兩個禮拜後，妳就要在那裡唱歌對不對？」泰瑞絲沒回答，他又說了一次，這次特別強調最後幾個字。

「對不對？」

這些男人剛剛走過來時，泰芮莎立刻就想到他們會不會和麥克思·韓森有關，但這種做法未免卑鄙，所以她認為不可能，沒想到卻被她猜對了。他真的祭出打手，以達成他的書信恐嚇所未能達成的事。

泰瑞絲仍舊沒回答，男人毫不費力地從她的手臂底下一撈，將她舉高，把她固定在鐵絲圍籬上，讓她的臉跟他的臉平視，雙腳懸盪在離地幾公分的地方。泰芮莎想站起來，但監視她的那隻大猩猩把厚重的雙手放在她肩膀上，將她往下壓，同時鼻子哼出聲，彷彿在安撫馬匹。那群女孩見狀，跑了起來，但她們起碼還在一百公尺外。

第一個男人把泰瑞絲拉往前，接著又把她推向鐵絲圍籬，撞得鐵絲網發出格格聲響。「對不對？」泰瑞絲的嘴角往後一掀，露出牙齦，男人哈哈大笑。「盡量嗥啊——妳要不要乖乖聽話？說，我要知道答案！」

他搖晃泰瑞絲，讓她的頭去撞鐵絲圍籬。憤怒的淚水灼痛了泰芮莎的眼睛，她用力往那頭大猩猩的手臂抓下去，但留下的抓痕比不上一群蚊蟲。她應該踢踹、尖叫、奮力抵抗，卻連站都站不起來。她受不了了。

「要！」她大喊。「要！要！她要出席！放開她！放開她！」

抓著泰瑞絲的男人點點頭。「我要聽到妳親口說，小女孩，我現在好好問妳——妳要不要乖乖照要求去做？」

兩個安娜、米蘭達、西西莉雅和容痂抵達。第三個男人走向她們，舉高雙手。「好，好了，小姐們，就停在這裡，冷靜，冷靜。」

容痂對準他的膝蓋骨踢下去，但他穩住身子，一把抓住她，將她扔到草地上，剩下四個女孩躊躇不前，望著泰瑞絲。泰瑞絲點點頭，說：「好，我唱。」兩秒鐘後，她用力往攻擊者的眉毛咬下去。

他的哀叫聲讓一切在瞬間停止。他的朋友循聲查看圍籬邊發生什麼事，看了後個個傻眼，嘴巴大開。那男人迅速轉身，彷彿是在跟泰瑞絲跳探戈，一把將她推開。但這一推也讓他損失了一塊皮肉。泰瑞絲吐出了些什麼，男人額上鮮血淋漓，灌入眼睛，他把她隔在一臂的距離外，像隻受傷的動物般咆哮，使勁把泰瑞絲往鐵絲網籬扔。她撞到鐵絲網，跌落地面，頭先著地。男人使勁對著她的肚子踹，這時抓住泰芮莎的那個男人大聲喊：「我們不能傷到她！」

男人恢復理智，一手壓住受傷的眉毛，用腳趾把趴著的泰瑞絲翻過來，讓她仰躺，另一手抓住她的頭髮，露出得意神情，再凶狠地說：「從現在開始，妳他媽的給我小心一點，我隨時會回來找妳玩！」

他們離開，身後傳出咒罵和空洞的威脅，主要來自容痂和泰芮莎，可是他們早就走遠了。女孩圍在泰瑞絲身邊，她的嘴唇裂開，滿嘴是鮮血混著唾液。她費力掙脫，但大家紛紛把手放在她的身上，撫摸、擦抹，以示支持。最後她雙手抱頭，大聲地說：「不要碰我！」這時，一雙雙想提供支援的手開始退縮，眾女孩的手舉在半空，站在那兒，不知所措。

「幹！」容痂說：「去死，幹，幹，幹！我們的人比他們多欸！」

她折斷低懸的小樹枝，開始掃打樹幹，還不停咒罵，身體抽搐，彷彿痙攣。泰芮莎心想，她大概歇斯底里了。過了一分鐘左右，她丟掉手中的樹枝，握拳敲打自己的頭幾次，然後低下頭，嘆了口氣。

其他女孩抵達現場，她們站在那裡垂著頭看容痂發飆，有些人輕撫她們的狼皮，彷彿想從中尋求安慰，表示歉意。當容痂過來坐在毯子上，雙手仍在顫抖。泰芮莎說：「妳還好嗎？」

◆

週末的聚會進行過幾次，今天這次才真正重要。之前大家暢所欲言，把自己界定為狼群，關鍵時刻卻沒表現出狼群該有的樣子，反而像一盤散沙，各自縮在一旁害怕。這種事絕不容許再發生。

貝塔的父母在雅克斯柏格市郊區的森林擁有一幢小屋，他們通常要七月才會去那兒度假，不過貝塔知道鑰匙放在哪兒。問題是那兒離最近的公車站有整整五公里。幸好林安娜和容痂有駕照，而林安娜剛好有車。

大家沒想到她們當中竟然有人有駕照，所以，自由帶來的興奮感很快瀰漫開。大家有地方可去了，還有辦法抵達那裡。當她們聚在一起，就擁有了分開時個別所沒有的資源和機會。

泰芮莎盡可能靠近泰瑞絲，但不碰觸到她。其他人忙著擬定下個禮拜的計畫。時間、食物、睡袋，等等。泰瑞絲似乎完全不受剛剛那男人的事情所影響，除了腫脹的下唇足以證明發生了什麼。她沒加入討論，直到大家開始談起食物。有人提到義大利麵和優格，泰瑞絲說：「我不吃那種食物。」

如同往常，泰瑞絲隨口說句話就能讓大家的討論戛然而止。所有人看著她，有些還帶著困窘的表情，彷彿很羞愧剛剛忘記了她幾分鐘。

西西莉雅問：「那……妳吃什麼？」

「罐子裡的食物，善寶牌，雀巢出的。」

「妳是說……嬰兒食品？妳為什麼吃嬰兒食品？」

「因為我還小。」

「沒問題，」泰芮莎說：「我們會搞定。」

大家沉默了一會兒，各自消化這個新資訊。琳恩看看大家，然後以罕見的堅定語氣說：「這樣的話，大家一起吃嬰兒食品。」

這麼善體人意的解決方式讓有些女孩輕鬆地笑了起來，接著，大家開始轉換討論方向。什麼口味，大罐或小罐，數量多少，誰負責採買？

散會之前一切都決定完成。下週五下午，大家就搭羅斯拉郡線的地鐵，再換六二一號公車到雅克斯柏格市的格蘭道斯路。然後由林安娜開車，把大家分批載到鵜鳥湖畔的小屋。她們會攜帶睡袋和捲墊，兩天都吃嬰兒食品，凝聚團結，變成真正的狼族。

女孩相互揮手道別，前往公車站，留下泰瑞絲和泰芮莎坐在毯子上。泰芮莎起來走動，找到泰瑞絲從男人眉毛咬下的一塊肉。她用靴底把它埋入土裡，再次坐下來。

「可以嗎？」她問：「下個禮拜？」

「可以，」泰瑞絲說：「很好，她們不會再害怕，和妳一樣。」

泰芮莎等了很久，才見泰瑞絲轉頭看著狼區。她不知道自己在做什麼，只知道她迅速傾身，親吻泰瑞絲的臉頰。

「對不起，」她說：「還有，謝謝妳。」

4

其實每個人都有別的稱呼。

週二傍晚放學前，泰芮莎站在廁所鏡子前試圖找出她的另一個名字。從小到大，泰芮莎這個名字伴著她長大，好幾千次，她聽見別人以這名字稱呼她，然而，這真的是她的名字嗎？

她以前想過這事，但有陣子沒去想，直到兩小時前喬漢斯打電話來，她才又想起。他再次堅持她的舉止非常奇怪，他看得出她不對勁，兩人可否見面談一談？他一遍又一遍地使用「泰芮莎」來稱呼她，泰芮莎聽到最後，覺得和他說話的彷彿是個完全的陌生人。泰芮莎不再是她。然而，當她放下電話，她驚恐地感覺到他說得好像對。她已經迷失自己、失去方向。或者該說：他正在交談的那個「泰芮莎」迷失了自己。然而，她真的能再當那個泰芮莎嗎？這真的是她的名字嗎？

她站在鏡子前端詳自己的臉，腦袋裡淨是這些思緒。她試圖找出線索。她覺得自己的眼神變得堅毅，硬邦邦，彷彿眼珠子不再是一團充滿液體的果凍狀物體，而是由玻璃製成，強硬無法穿透。

「妳很怪。」她告訴自己，「妳很堅硬，妳很怪異，妳非常強硬。」

她喜歡這些字句，想成為這些字句，想把它們套在自己身上，就像靴子穿上了腳，包覆著她，化為了她。

「我的字句。怪異。強硬。字句。強硬。怪異。」

鄔璐德。鄔璐德。

她的身體說，對，就是這個名字，雖然她不記得這個辭彙。之前是在哪兒聽到？這是一個名字嗎？她上網去查維基百科。

鄔璐德。北歐神話中最原始的──或許也是唯一的──命運女神。命運三女神諾恩（Norns）的大姊。透過兩位妹妹的協助，她得以扭轉、切斷生命線，而這個名字來自冰島語，意思是厄運。

其實每個人都有別的稱呼，而我是鄔璐德。

她沒打算把這件事告訴其他人，也沒要他們使用這名字來稱呼她。但在她的內心深處，她知道自己叫鄔璐德。這名字將安定她的心，消弭她的忐忑，就像腳上的那雙靴子，讓她走起路來更堅定沉穩。

「鄔璐德！」

週三，她閉著眼熬過慶祝學期結束的活動，雖然從外表來看，她的眼睛是睜開的。輕薄夏裝、嘰嘰喳喳、走音歌曲、淚眼婆娑、互道珍重，等著夏天來臨。

這些都和她無關，和鄔璐德一點關係都沒有，她視而不見，心思全放在她的狼族上。

5

週五下午，泰芮莎去斯韋德米拉區接泰瑞絲。有些女孩和她們在地鐵站會合，其他人則在公車站等她們。大家一起搭六二一公車時，只剩下瑪琳和西西莉雅不見蹤影。

簡訊往返數次後，一切都按照計畫進行。林安娜用小車一次載幾個人前往小屋。這輛車生鏽破舊，消音器和車內地板甚至有破洞，所以大家在車上幾乎無法交談。安娜提高嗓門說，這是她花三千克朗在網路上買到的二手車。

當貝塔說她爸媽有間森林小屋，泰芮莎以為真的就是一間小木屋，沒想到隱藏在冷杉林之間的這幢屋子已經改裝擴建多次，所以比例很怪，還有過多細部裝飾，看起來根本就是一間完整的獨棟屋宅，即便之前很可能真的是一間小木屋。最近的鄰居在半公里外。屋子通往湖邊埠頭的斜坡上樹木都被砍光，殘幹也移除，以便讓三十公尺寬的湖景盡收眼底。

容痂隨林安娜一起去接搭下一班公車的瑪琳和西西莉雅，其他人就跟著貝塔參觀屋子。舊車庫被改建成工作間，裡頭有兩張做木工用的工作檯。貝塔說，夏天時她爸爸幾乎整天耗在這裡，所以屋外才會有那麼繁複的木作雕工。她爸爸會用整個禮拜雕刻一個醜不拉幾的柱子橫飾帶，只為了避免和她媽相處。

從工作間出來後，泰芮莎瞥見有扇半腐朽的門棄置在斜坡上，部分沒入土中。她走過去，看見生鏽的門把的周圍長了青苔，同時也發現這確實是一道門，因為門框很完整。

「那是以前儲存根菜類蔬果的地窖。」貝塔說：「陰森森的，很恐怖。」

泰瑞絲走過去，幫忙泰芮莎拉門把，兩人費力地扯開深植於腐爛木頭裡的小草，最後終於打開門，底下湧出一股混雜著寒涼泥土、鐵鏽和腐敗的氣味，撲鼻而來。泰瑞絲毫不猶豫地走入門裡，步下三個階梯，消失在黑暗之中。

「泰瑞絲？」泰芮莎大喊，「妳在幹麼？」

沒回應，所以泰芮莎只好跟著進去，步下階梯，遇到一處低矮到得蹲著才能通過的入口。氣溫驟降數度。她走過入口，雙眼開始適應裡頭的黑暗，這時發現自己身處一間偌大穴室。她在裡面可以站立，四方牆壁離她約兩公尺距離。

最黑暗的角落傳來泰瑞絲的聲音。「這很棒。」

泰芮莎往聲音的方向挪一步，終於看到泰瑞絲，她正坐在一個矮木箱上，背靠著牆。這木箱是長方形的，泰芮莎坐在她的身邊，望向入口，忽覺外頭的世界好遙遠。

「什麼意思？為什麼這很棒？」泰芮莎問。

「妳知道的。」

她們聽見外頭其他女孩的聲音，她們一個一個進入這瀰漫霉味的陰冷穴室。大家進來後開始放低音量。蘇菲的鑰匙圈上有一個小小的LED燈，她慢慢用藍色光線掃過整個空間。

石牆溼濡，幾樣有鏽鐵零件的工具成堆擱在最靠近門的角落。泥土地面平坦，四處可見一株株冒出地面的白色芽苗物，泰芮莎覺得那東西很噁。除此之外，她認為這房間……很好，非常棒。

蘇菲將LED燈照向泰瑞絲坐的箱子，泰芮莎注意到箱子的正面被褪色的紅色大字占滿，上面寫著：「警告！爆裂物！」她的胃震了一下，開口問貝塔：「裡頭有炸藥嗎？」

「很可惜沒有。」貝塔說：「以前用來放馬鈴薯，很久以前。更早之前放些什麼我就不曉得了。」

泰芮莎皺皺鼻子，有點失望。她沒有具體計畫，不過光想到有爆裂物可以用就讓人心動。米蘭達似乎也有同樣感覺，因為她說：「哎呀，真可惜，如果有炸藥該多好。」

眾人沉默了片刻。她們站在瀰漫著霉味的黑暗中，各自盤算著要怎麼使用這種能把一切炸得粉碎的東西。接著，她們聽見上頭傳來容痂的聲音。

「嗨，大夥兒都跑去哪兒啦？」

一分鐘後，容痂、瑪琳和西西莉雅也下來地窖，全員到齊。泰芮莎閉上眼睛，感覺周圍那些軀體的存在，感覺她們的吐息和細微的聲音，以及脈搏跳動和蓋過霉味的共同氣味。她用鼻子深呼吸，挺直背脊。泰瑞絲說：「關上門。」

泰芮莎以為大家會有異議，說好冷、很可怕、怕黑，之類的。然而沒人有意見。她不曉得這是因為她們和她一樣，被一種親密和團結感所掌控，或者因為這是泰瑞絲的命令，所以沒人有異議。史安娜和瑪琳合力把厚重的門關上，地窖瞬間陷入漆黑。泰芮莎睜開眼，又閉上眼，毫無差別。有，有一點差別。大家在漆黑中坐了一分鐘左右，身體逐漸相靠，開始交融成液體，緩緩流過她身軀。她聽得見她們，感覺到她們，嘗到她們的味道。在封閉的漆黑空間裡，她們融合成一具軀體，幾百公斤的肉正在等待、正在呼吸。

「我們死了，」泰瑞絲說，眾人的心臟停止跳動，專注聆聽，發出難以耳聞的喘息聲。她說出口了，現在成真了。

「我們在黑暗中，我們在地底下，沒人看得見我們，我們不存在。小東西在這裡，小東西來自泥土，小東西有眼睛，還有嘴巴。小東西可以唱歌，小東西死了，又活了。小東西在這裡，死亡不在這裡。」

泰瑞絲說完最後一句，大家同時吐出長長一口氣。泰芮莎起身，穿越眾人，走到門邊，綳緊背脊，用力推開門。陽光傾瀉而入。

女孩逐一離開地窖，對著溫和的餘暉瞇起眼。大家相視、不發一語，往不同方向散去，或者聚集成一小群。就這樣過了五分鐘左右。

接著，幸福感如一股起伏的波浪，緩緩流過空氣，觸及每個人的心。琳恩找到早熟的野莓，穿在草莖上。很快地，好幾個人也開始這麼做。容痂找到一顆沒氣的足球，林安娜和蘇菲開始傳球。

泰芮莎坐在砧板檯上看著她們，幾乎忘了泰瑞絲，直到看見她從地窖爬出來，瞄向其他人。泰芮莎走過去。

「嗨。」

泰瑞絲沒回應，眼神黯淡。她瞇起雙眸不是因為光線，而是因為看見了不喜歡的東西。

「怎麼了？」泰芮莎問。

「她們不明白。」

「她們不明白什麼？」

「妳知道的。」

泰芮莎緩緩點點頭。她站在泰瑞絲身邊，照理說她該了解一切。應該這樣，但並非如此。

「不，」她說：「我不知道。我覺得我們一起在地窖時的感覺很棒。妳做了一些事，那些事影響了大家。」

「對。」泰瑞絲說，看著四處奔跑嬉鬧的女孩。「一起。不是現在，不是西西莉雅，不是容痂，不是琳恩，不是瑪琳……」她逐一點名，最後說：「不是妳。」

「那妳認為我們現在應該做什麼？」

「跟我來。」

泰瑞絲轉身，走向地窖。泰芮莎跟著她。

一會兒後兩人進屋，發現其他人已經把嬰兒食品拿出來，依照口味分類好。蔬菜泥最受歡迎，蒔蘿肉汁的口味沒人愛。大家嬉鬧，假裝搶嬰兒食品，湯匙交錯，什麼口味都嘗一口。

大家圍坐在地上，泰芮莎加入，這時泰瑞絲獨自坐在餐桌前，打開燉牛肉口味的嬰兒食品，插入湯匙，不發一語。歡樂氣氛消散，大家直盯著泰瑞絲，她把灰褐色的泥狀食物一匙一匙鏟入嘴裡，直到吃完兩罐，依舊面無表情。

泰芮莎剛剛才和泰瑞絲坐在地窖內談出了共識，但就連她都不懂泰瑞絲的行為。她不曾見過泰瑞絲在團體中出現這種舉止。正當泰芮莎準備把泰瑞絲說的話傳遞下去，泰瑞絲的情緒爆發開來。

她站起來，一手拿起一罐嬰兒食品，扔向牆壁。貝塔才說：「欸——」就聽見泰瑞絲尖叫發出一個刺耳清晰的音調，像是牙醫師的電鑽穿入耳朵。所有人縮成一團，雙手抱頭。泰瑞絲的聲音往上高八度，高頻的音調劃破肌膚，震動骨頭。女孩們坐在原地，縮起身子，緊繃僵硬，等著聲音停止。

尖叫聲戛然打住，接下來的靜默同樣讓人難受。女孩們放下手，看著泰瑞絲再次坐回餐桌前。

她看著她們，沉默的淚水撲簌落下。沒人敢過去安慰她。

泰瑞絲緩緩站起，拉開裝有工具的抽屜，選了一把錐子。她站在眾人面前，往自己的右手臂狠狠一刺，力道大到錐子緊緊卡在肉裡。她用力拔出來，鮮血立刻湧出。她把錐子放在右手掌，用力捏住，掌心頓時鮮紅黏膩。她把錐子插入左手臂，要大家看看她，然後把錐子抽出來。她的表情從頭到尾沒有任何變化，只有淚水不停流下。

或許高亢的尖叫聲損壞了她的聲帶，當她開口，音調異常低沉，完全不像纖瘦的人能發出的聲音。

「妳們不明白。」她說：「我感覺不到。」

她放下錐子，走到屋外。

女孩呆立原地。有人拾起掉落的嬰兒食品，有人放下湯匙，而那些跟著泰瑞絲哭泣的人默默擦乾淚水。泰芮莎察覺到她們的氣味，那氣味是羞愧。不知原因，不知自己做錯什麼，但大家就是有羞愧的感覺。

泰芮莎把杏仁泥口味的嬰兒食品放在地上，站起來，說：「我去幫她。」

有人壓低音量說：「怎麼幫？」

「我們總得做些什麼。」

她走到外面，看見泰瑞絲拿著鏟子從花園小棚往回走。兩人擦肩而過，不發一語。泰芮莎在小棚裡發現另一把鏟子，她拿著鏟子走到屋子前方，跟著泰瑞絲到通往湖邊的斜坡草地上。

太陽剛西沉，正落到地平線以下，天空一片粉紫。兩人開始把鏟子插入地面，用力挖掘。泰瑞絲的雙手因半乾的鮮血而紅通通。當她放開鏟子，再次抓住，手和鏟子摩擦，發出黏答答的聲音。微小但深入的傷口因為肌肉用力，又開始湧出鮮血。她應該很痛，但完全不形於色。

貝塔的爸爸把草皮鋪得很好，她們很輕易地挖開上層草皮和土壤，最後鑿出一個三十公分深，長寬各兩公尺和一公尺的長方形洞穴。接著她們挖到了石頭。這時，其他女孩也走出屋外。艾莉卡在車庫找到另一把鏟子，卡洛琳和瑪琳找到兩把泥刀。大家沒多問，直接動手幫忙。挖到更大的石塊時，貝塔拿來鐵橇，和瑪琳合力把大石塊撬鬆，然後移出石塊。很快地，洞穴越來越大。

泰瑞絲的雙眼直盯地面，嘴唇動呀動，彷彿默默在自言自語。挖到一公尺半的深度時，泰芮莎把雙手放在鏟子的把手上，說：「然後呢？」

泰瑞絲點點頭，將鏟子丟出洞外，用力一撐，把自己弄上來。泰芮莎則以大鏟用力插入土裡，以手把當階梯，爬出洞外。

大家圍在洞口，沒人能對她們合力挖鑿出來的成果視而不見。大家靠在一起，低頭看著洞穴，彷彿正在參加一場葬禮，只不過關鍵元素還沒出現。

容痂微笑說：「我們要埋葬誰？」

暮色漸深，蘇菲是唯一有手電筒的人，所以泰芮莎對她說：「去地窖拿那個木箱。」蘇菲和西西莉雅離開後，其他人則被派去拿鐵鎚、釘子和繩子。

之前用來裝爆裂物的箱子體積大約等同一個小棺材，兩端的鐵製托架上繫著繩圈，方便提舉。泰芮莎打開蓋子，倒出乾皺的馬鈴薯和土，接著握拳敲敲兩側，發現粗糙的木板仍保存得很好，應該承受得住。鐵鎚、釘子和繩子都已備齊。

泰芮莎環視所有人。幾個女孩在原地不停地踩著雙腳，表情凝重，在昏暗的暮色中，她們看起來臉色發白。

「誰要當第一個？」

有些人大概以為這只是遊戲，有些人以為是別的，不過應該也有人很清楚這是怎麼回事。然而，當這句話說出來，一張張蒼白的鵝蛋臉望向泰芮莎，雙眼因恐懼而睜大。有幾個女孩搖搖頭。

「不要……」

「要，」泰芮莎說：「我們就是要。」

「為什麼？」

「因為非得如此不可。」

幾個女孩往前站，摸摸棺材，想像自己躺在局促的空間中，被無情的木板包圍。有些人拿出狼皮，不自覺緊緊抓在手上，或者吸著它們，試圖從中汲取勇氣。好半晌過去，沒人自願。最後，琳恩往前一步，說：「我來。」

眾人鬆了口氣，發出微弱的吁嘆。泰芮莎指著棺材，琳恩爬進去，坐在裡頭，雙手抱膝。「接下來妳們會怎麼做？」

「我們會把蓋子釘起來，」泰芮莎說：「把妳放到墓穴裡，鏟起泥土，倒在棺材上。妳就躺在裡面。」

「躺多久？」

泰瑞絲沒馬上回答。她走向琳恩，以怪異陰沉的聲音說：「躺到妳死為止。」

琳恩把膝蓋抱得更緊。「可是我不知道我是不是想死。」

「那就躺到妳死，可是還能尖叫。」泰瑞絲說：「到時候妳就尖叫。」

「萬一妳們聽不見我呢？」

「我聽得見。」

琳恩很嬌小，所以躺進棺材後身體兩側還有幾公分的空間，頭上方距離木板也有六公分左右。她的雙手放在胸口，閉上眼睛。其他女孩茫然地站在那兒，看著泰芮莎蓋上棺蓋，將鐵釘釘在四個角落。然後，切下兩段長約五公尺的繩子，分別丟給卡洛琳和米蘭達。

「將繩子穿過那兩個繩圈，把她放下去。」

她們照做，將繩子穿過繩圈，做出另一個繩圈，然後拉住，將棺材慢慢舉高，移向洞穴。這時林安娜開始擰著手，焦急地左右望，說：「這樣好嗎？可以這麼做嗎？這樣不好吧？」

「這樣很好，」泰瑞絲說：「非常好。」

林安娜點點頭，沒再說話。然而，當卡洛琳和米蘭達把棺材放入洞穴，她繼續擰著雙手，彷彿兩隻痛苦扭動的動物。棺材放到穴底，卡洛琳和米蘭達站在那兒，手繼續握著繩圈。泰芮莎示意，要她們把繩圈放在洞口邊緣。

泰瑞絲拿起鏟子，開始把泥土鏟到棺蓋上。一鏟鏟的土撞擊棺材，發出沉重的聲響。大約八鏟之後，棺蓋再不復見，林安娜說：「這樣可以了吧？應該夠了吧？」

「妳上車，」泰瑞絲說：「離開這裡。」說完繼續把土鏟進洞穴裡。林安娜沒移動，泰芮莎也抓起鏟子幫忙，接著蘇菲加入。兩分鐘後，泥土填滿半個墓穴。

泰瑞絲把鏟子遞給瑪琳，說：「每個人都要幫忙，所有人都要加入。」米蘭達雙膝著地，以泥刀鏟起土壤，西西莉雅也跟著做。至於沒工具的人就徒手捧土，有幾個人還邊做邊哭。

棺材不夠大，填不滿移開石塊和草皮後所騰出來的空間。把所有的泥土鏟進洞穴後，距離洞口仍有幾公分的空隙。泰瑞絲走到墓穴一端，蹲下來，看著黑色的長方形棺材。

「琳恩死了。」她說：「琳恩是小女孩，一個很善良的小女孩。現在她死了。」

啜泣聲漸強，有幾個女孩甚至哭得雙手掩面。天空一片深紫，一朵血紅的雲從湖畔的一側飄到另一側。悠悠緩緩，彷彿想讓原本就慢吞吞的時間更加怠懶。一隻潛鳥高聲鳴啼，嚇得大家渾身顫抖。如果死亡會出聲召喚，那聲音肯定就是這樣。如果死亡有形體，那一定就是這個長方形的黑色洞穴。琳恩的墓穴。

驚恐的氛圍讓大家甚至忘了要拿手機看看過了多久時間。可能是五分鐘，或許是十五分鐘。泰瑞絲低垂著頭，彷彿在傾聽來自墓穴的聲音，然後她說：「現在。」

泰芮莎不是很確定，可是她覺得她也聽見了。不像尖叫，倒像短促的吱吱聲，不像人類會發出的聲音，而且難以分辨來自何方。然而，聲音的確出現。泰瑞絲一聲令下，大夥兒立刻抓起鏟子和泥刀，圍擠在墓穴邊，以最快的速度移出泥土。

還有幾公分深的泥土沒被移除，容痂和林安娜就迫不及待抓住棺材兩端的繩圈用力往上提。棺材被抬離洞穴，放置地面時差點傾倒。這時，蓋子上的一層泥土散落開來。

「琳恩？」林安娜喊道，用手敲打棺材一端。沒回應。泰芮莎將她推開，以鐵鎚的尾端將釘子撬起，這時安娜不停嘟囔：「琳恩，琳恩，小琳恩，琳恩？」

蓋子打開，琳恩就躺在原來的地方，但放在胸口的手現在握成拳頭，臉上的表情高雅而祥和。這些女孩一動也不動地站著，就像琳恩一動也不動地躺著。眾人沉默如琳恩，除了林安娜。她又喃喃說話。「我們殺了她，是我們幹的，我們殺了小琳恩。」

泰瑞絲走向棺材，撫摸琳恩的頭髮和臉頰，在她的耳邊輕聲說：「妳不再是死的，妳必須活過來。」

琳恩張開眼睛時有人嚇得尖叫。時間靜止，她和泰瑞絲互看，接著，泰瑞絲抓住她的手，將她拉坐起來。琳恩張大眼睛，看著其他人，然後站起身，雙手慢慢撫摸過身體。

潛鳥又開始叫。琳恩聞聲轉頭，然抬頭看著第一顆出現的星星，深吸一口氣。那口氣吸得如此之深，彷彿永不停止。

有人問：「妳……覺得如何？」

琳恩看著大家。手掌開闔兩次，然後看著掌心，臉上的神情就跟躺在那兒死掉一樣平靜。

「空的。」她說：「完全空無一物。」

「很可怕吧？」泰芮莎問。

琳恩皺眉，彷彿不懂這問題。然後她說：「空的，什麼都沒有。」她走向泰瑞絲，雙手抱著她，泰瑞絲任由她抱，但沒出手回抱，所有人都聽見琳恩輕聲說：「謝謝妳，非常謝謝妳。」

◆

輪到泰芮莎時，太陽已升上湖對岸的樹梢。她等到最後一個，因為她想在自己蛻變前先看看其他人的情況。

大約有半數女孩死了又復活後的反應跟琳恩一樣。此刻，有幾個正坐在那兒望著湖面，或者幽魂般慢慢走動，宛如飄過水面的晨霧。大家都很累，但沒人想睡。

若有旁觀者，比如朋友、親人或父母——尤其是父母，看到這情景一定會很害怕，會追問到底發生了什麼事。畢竟，剛剛發生的事確實可怕。每個人都經歷過這恐怖的體驗。

然而，這樣很邪惡嗎？

同樣，這要視詢問的對象而定。泰芮莎心想，沒有一個人、機構或執法單位會贊許她們在這五個小時內所做的事。

除了泰瑞絲。

泰瑞絲說這樣很好，而大家都追隨泰瑞絲這顆星星，所以這麼做應該是好的。

但不是所有女孩都成功體會到這種經驗。瑪琳和西西莉雅的棺材一放下人就開始尖叫，大家把泥土鏟進洞穴時她們仍在叫。泥土還沒填滿一半的洞穴就得再鏟出來。兩人從棺材出來時歇斯底里，癱坐在地，不停哭泣，碰都碰不得。

人高馬大的西西莉雅耗氧過快，四人抬起棺材時她幾乎處於昏迷狀態。清醒後她很難過，說她原本想待久一點。她認為這又是她的失敗。

林安娜待的時間跟其他人一樣久，但棺材抬上來，泰瑞絲傾身靠向她時，她卻把她推開，說她想去走一走。她離開了整整一小時，回來時手裡拿著一束花。她走到埠頭，將花朵一枝一枝丟入水中。

容痂沒叫喊。大約二十分鐘後，那些已經下去過的人開始竊聲討論棺材裡的空氣可以撐多久，接著，大家不疾不徐挖出棺材，這時仍沒有容痂的任何聲響。蓋子打開時，她的反應和琳恩差不多，除了比較難喚醒。到了這階段，所有人都下去過了，除了米蘭達和泰芮莎，所以，容痂貌似死掉的樣子並沒引起任何驚慌。

容痂說她壓根忘了要喊叫。棺材放到穴底時，她接受自己的死，所以不覺得還要做什麼。其他人點點頭表示認同，不過和容痂不一樣的是，她們還是遵從了自我保護的小本能，出聲喊叫。

泰芮莎躺進棺材，手腳攤平。卡洛琳之前吐在裡面，她們把棺材沖洗過，但泰芮莎的鼻子附近仍傳來酸噁的氣味。她把手交叉放在胸口，琳恩和梅琳達蓋上棺蓋時，她努力關閉五官六感。然而，鐵鎚的敲擊聲仍像雷鳴般在她的腦袋迴響，被密閉空間放大了好幾倍。

她睜開眼，看見腳邊縫隙透出一絲光線。接著，她的胃部感覺到棺材被提起，又被放低。經過一段異常漫長的時間後，背部的撞擊讓她知道現在已到墓穴底。她聽見第一鏟泥土落在蓋子上的碰碰聲，閉上眼睛，呼吸緩慢但淺薄。

她聽見鏟子插入土堆的聲音，接著是第二聲碰。鏟子插入，碰，碰。鏟子插入，碰，碰。規律的節奏。她開始計數。數到三十時，她發現她聽不到鏟子的聲音，而泥土落下的碰碰聲也越來越微弱。她又數到三十，接著一片死寂。她不曉得還剩多少泥土沒鏟，但她的胸膛已經感覺到沉甸甸的重量。

她的胸口和棺蓋的距離不超過六公分，她絕不可能自己掙脫出去，雖然她很想這麼做。就算她用力扳鬆鐵釘，泥土的重量也讓她出不去。她被遺棄，被放棄。她繼續緩慢淺薄地呼吸。

縫隙不再有光線，沒有聲音，沒有鏟子，沒有泥土落下。什麼都沒有。她已經失去所有關於時間的概念。她只知道自己躺不到半小時，但不曉得是三分鐘或十分鐘，因為沒有任何可參照的基礎。

她開始在腦袋裡計數。數到一百時，她決定放棄。她一向很會數秒的，但現在，就連「秒」的概念也失去了意義。她很可能數得太慢，或者太快。她毫無概念。

所以她放棄。她沒察覺整個身體繃得緊緊的，直到放鬆她才發現。她放手，臣服於黑暗、靜默和什麼都沒有的狀態。

又一段無法量測的時間流逝。她繼續緩慢淺薄地呼吸。有東西在動。微弱的聲響。起初她以為是跟著她一起被關進來的昆蟲或蠕蟲，於是試圖找出聲音來源。雙手在棺材的兩側摸索。粗糙、寂靜、空無。

可是真的有聲音，有動靜。

空間剛好足以讓她側身躺著。她的肩膀頂著棺蓋，把背轉向她認為的聲音來源。她用雙手摀住耳朵，仍聽得到。有東西在土裡移動、挖掘。越來越靠近她。

她的心跳開始加速，不再能控制呼吸。在土裡移動的東西現在沿著棺材側邊移動，她開始不規律地喘氣。她聽見了，她的身體可以清楚感覺到它。

越來越熱。汗水沿著她的髮際線迸出來，空氣裡不再含有她需要的氧氣。她抽搐扭動，有如受到電擊，接著又來，她快要嚇壞了。她被泥土包覆，躺在漆黑中，沒有空氣，而某種東西又正在接近她，一步一步逼近。她要放聲尖叫，雖然還沒到開口的地步，但她已經準備好了。

她把稀薄的空氣吸入肺裡，這時有東西闖入，偷偷爬上她的背，緊緊貼著側躺的她。

鄔璐德。

她吐出一口氣，但沒放聲喊叫。她感覺自己被黑暗擁抱，但那黑暗不再恐怖，而是柔軟慈悲。鄔璐德就躺在她身旁，鄔璐德是她，鄔璐德不喊叫。

泰芮莎？

不再是泰芮莎，向來都不是。

在黑暗中，畫面浮現，她的一生。

她看見自己被埋在地下，但棺材裡是空的。她看見她的電腦，看見自己坐在電腦前，鍵盤自動按下，猶如會自動彈奏的鋼琴。沒人在。鐵鎚敲擊，鮮血噴濺水泥地，嘔吐物散落另一處水泥地面。液體無中生有，影片加速播放。

泰瑞絲獨自坐在地鐵上，跟不存在的人說話；葛藍揮手要一列沒乘客的火車別過來；一輛沒有騎士的單車在碎礫小徑上移動；喬漢斯自己打電玩；被隱形的鬼魂親吻；乾枯落葉在兩塊岩石構成的洞穴中飛旋，而這洞穴不曾有人駐足。花園、房間、街道，衣服落成一堆堆，就在穿衣服的人一一消失時，衣服一件件掉落。

最後畫面停駐在黃色珠子上。有個孩子的手指捏著一顆黃色的小珠珠。如果我不存在，就沒人握住這顆珠子。黃色珠珠在那裡，就在桌面上方半尺。接著，握住它的手指消失，珠子掉落地面，彈了兩下，靜止不動。

唯一剩下的是那個黃點。不，唯一剩下的是那個黃點和一雙看見它的眼睛。接著，那雙眼睛消失，珠子消失，畫面一片白。粉筆白。灼熱的磷光白。白到令人目眩，痛苦到發出刺耳的尖叫。

她們站在晨曦籠罩的埠頭，總共十四個女孩。清晨五點，太陽已高掛天空，陽光傾瀉在她們身上。晨霧消散，湖面一片平靜。

埠頭很小，女孩像一群鳥兒擠在一塊兒，分享彼此的體溫，讓新的能量在一具具軀體間流動。她們放空眼神，放開感官。

泰芮莎的喉嚨仍因先前不自覺發出的尖叫而發疼，但她就和其他女孩一樣佇立不動，吸吮著柔和晨光，以及泥漿、蘆葦和湖水的氣味。樹上鳥兒引吭啼囀，她享受和其他女孩在一起的親密感，以及四周的空間。

泰芮莎離開大家，走去站在埠頭的最邊緣。她拾起一根生鏽的鐵釘，看著，然後扔向水裡，注視它往下沉。接著轉身對大家說，「我們死了，我們需要生命。」

6

搞定泰絲拉後，情況變得對麥克思．韓森越來越有利。他甚至開始重新盤算解決這裡的一切，飛到熱帶國家，頭也不回。

他安排了三個混混到史坎森園區，成效果然如他所預期。年輕人回報，朵拉答應了。隔天，他果真收到確認的 email。或許抖出一切，讓她惡名遠播的做法已不再具有商業價值。至於讓她大紅大紫是否就足夠？得靠時間才能證明，不過，起碼讓他能繼續留在這個國家。

因為這個國家，或者該說這個城市，開始對他展現最親切的一面，讓他再次經歷美好的八〇年代。大家都想跟他交談，討論未來的合作計畫，或者替他服務。有趣的是，麥克思．韓森很快又恢復了玩家本色，成了一個有資格參與遊戲的人。

他不是笨，他知道這種人氣短暫如曇花，有可能一夕凋零，但只要還有，他就會盡情重拾受到熱烈歡迎的感覺，貪婪地享受別人的緊張笑容和祝福，珍惜對方友好的拍背捏肩。

他又開始尋歡作樂。歌劇咖啡館、瑞奇酒吧、間諜酒吧。許多流連在這些地方的音樂人都已消失，取而代之的是做決策的西裝人士，或者穿著低領T恤、只因會玩修音軟體 Autotune 就自稱製作人的年輕小夥子。美好的往日時光已不復見，然而，還是有很多人想攀權附勢，而麥克思．韓森又成了一個有權有勢的重量級人士。

這個週末，他從歌劇咖啡館開始。兩個玩復古電子樂、自稱為「女神」的女孩在包廂開派對，慶祝新專輯發行，麥克思．韓森受邀參加。但他覺得那種音樂難聽到爆，所以灌了兩杯免費的

Mojito後就悄悄溜回大廳。

今晚的人數頂多半滿。二十年前的週末夜絕不可能是這種景況。麥克思跟EMI唱片公司的製作人打招呼，還有新力唱片的藝術總監。有個自由接案的吉他手汲汲營營找他攀談，反而讓他反感，他藉機溜到吧檯邊點了一杯白酒。站在那兒，背對吧檯，手中握著冰涼的酒杯，享受身為國王、統治音樂王國的滋味。就算不是國王，起碼也是個王子吧。真讓人懷念哪。

「你在喝什麼？」

旁邊冒出一個妙齡女子。麥克思舉高酒杯，隨意聳聳肩，「沒什麼，不過是白酒。今晚真是年輕人的天下。」

「我比較喜歡氣泡酒。」女孩說。

麥克思．韓森更仔細打量她。二十來歲吧，搞不好更小，還不能進入酒吧的年齡。姿色不足以迷倒眾生，但還算不賴。從她上半身那件運動服的款式看來，勉強稱得上嘻哈。一頭直髮長度中等，窄臉。她讓他想起朵拉．拉爾森——還沒帶給他精神威脅時的那個朵拉。所以，麥克思．韓森對她微笑，說：「嗯，我想我們可以嘗一點氣泡酒。妳叫什麼名字？」

「愛麗絲。」

「愛麗絲夢遊仙境的愛麗絲？」

「對，我就是從仙境來的。」

愛麗絲的雙眼給人一種危險的感覺，而麥克思．韓森就愛這款。她看起來像是那種辦事時會和死魚一樣躺得直直的，雙眼盯著天花板，彷彿在跟上帝或媽媽祈禱的女孩。但說實話她更像是那種什麼都可以接受的女孩。

麥克思．韓森點了一瓶氣泡酒，女孩拿起酒杯啜飲，半瞇的眼睛望著他，這時他忽然起了疑心。未免太順利了吧。他對自己的外貌很有自知之明，所以不免納悶這女孩怎麼會主動找他調情？

「妳知道我是誰嗎？」他問。

「當然知道。」愛麗絲說：「你是麥克思．韓森，泰絲拉的經紀人，對不對？」

「對。我們認識嗎？」

「不認識，不過我也是歌手，當然還有其他身分。」

好。現在知道彼此的底細了。他剛剛之所以誤判，是因為她的眼神。其實愛麗絲不過是那種女孩之一。她們最近又開始回頭找他了。

愛麗絲問：「關於唱歌，你有什麼好的建議嗎？」疑雲頓消。她們都是這麼起頭的，幾無例外。於是，麥克思．韓森又給自己倒了一杯氣泡酒，接著使出老招。

愛麗絲花了十五分鐘才喝完手中那杯，麥克思．韓森上前，準備把剩下的酒倒給她，但她蓋住酒杯，說：「不，謝了，我還要開車。」

「妳要開車去哪？」

「回家啊。」她上下打量他的那種眼神讓他的睪丸酥麻。「你要跟我回家嗎？」

停在國家劇院後方的那輛福特 Fiesta 是他見過最破爛的車，當然也是他坐過的車當中最不稱頭的。愛麗絲轉動發動裝置裡的鑰匙，引擎轟隆，彷彿一級方程式賽車準備起跑，車身還冒出一陣陣的煙，搞不好哪裡有破洞。

愛麗絲沿著柏格加斯街駛向羅斯列格區，經過高檔商業區的斯都瑞廣場時，麥克思彎下腰，假裝調整鞋帶。他專挑年輕美眉的名聲人盡皆知，不過跟這種開著破銅爛鐵的小妞廝混未免顯得他太不挑，所以他可不想被人看到。直到車子轉入羅斯列格路，他才放輕鬆，往後靠在硬邦邦的座椅上。

他瞥了愛麗絲一眼，她直視路面。輪廓挺美，下巴線條分明，鼻子形狀讓消瘦的臉蛋顯得柔潤許多。總之，挺吸引他的。

不過有個問題。兩天前，他帶了一個認識一段時間的女人回家喝幾杯，兩人不曾酒後踰矩，而那晚，當兩人並肩坐在沙發上，麥克思立刻知道這次也啥事都發生不了，因為他的身體對她的緊身上衣和開高衩的裙子毫無反應。他只好假裝他本來就沒邪念，只是想和老朋友喝幾杯。

不過，那個女人的年齡大約是愛麗絲的兩倍。他只希望這次能充分展現出實力，畢竟這是他的強項。

他把一隻手放在愛麗絲的大腿上，怯生生地捏了一下，試探她和他自己的意願。她沒拒絕，任由他捏。看來還不錯。那麥克思呢？引擎轟隆作響，車身震動搖晃，他實在感覺不出來自己有無反應。之前她以眼神對他放電，他的鼠蹊部一陣陣酥麻，現在，他要找到那酥麻感。他更用力捏緊她的大腿，再次確認。

沒有。什麼都沒感覺到。

車子顛簸經過燈火輝煌的摩比購物中心，麥克思．韓森的心直往下沉。看來這趟既吵又臭、令人渾身彆扭的車程根本是多此一舉，最後注定會尷尬收場，而他則會孤獨地搭計程車回家。

他忽然覺得前臂好痛，原來是愛麗絲捏了他。他趕緊離開她的大腿，但她又伸手捏，這次更用力。麥克思哈哈大笑，扯開嗓門，彷彿想壓過引擎聲，「原來妳喜歡這種玩法？」

「當然喜歡，」愛麗絲說：「這種玩法最棒。」

麥克思．韓森往後靠著椅背。不管怎樣，或許今晚不會結束得那麼糟。

他以為愛麗絲住在小公寓，類似塔比那一區，可是當他們彎入岔道，他問他們要去哪裡。

「去仙境。」她說，這答案滿足了他。年輕女孩都這樣，喜歡故作神祕。他不討厭這種態度，相反還挺喜歡的，尤其是對方若扮演的是愛麗絲。一種駛向未知的冒險刺激感。

他們開進阿克斯博加，經過一大片住宅區，麥克思開始擔心起這會是「那種」狀況。或許她和父母住在一起，這樣的話，他就得坐下來和他們聊天。如果她的父母在家，那他絕不踏進她家門一步。

然而他們駛離這片住宅區，拐入一條較小的路，這條路看似通往森林。每次他以為抵達了，就又冒出一個拐彎，要不是天色還算亮，就只能靠微弱的車燈費力照亮茂林形成的隧道。這確實是未知的領域，錯不了。有幾分鐘沒見到半間屋子，就在他開始不安時，愛麗絲終於把車駛入一條狹窄的車道，熄掉引擎。

「到了！」她說，拍拍雙手。

麥克思．韓森步下車時耳內仍嗡嗡作響，彷彿剛聽完一場搖滾音樂會。還有，汽油味也讓他有點想吐。他才剛有時間想最好值得我打一炮就察覺到動靜，身後傳來窸窣聲響。下一秒，一只黑色大塑膠袋套上他的頭，他開始踢著雙腿，人倒在地上，後腦杓撞到大石頭，這一撞讓他眼冒金星，但同時也感覺到有好多隻手把他抬了起來。

7

容痂還在斯德哥爾摩時，其他人正在車庫裡準備。她們在地上鋪了塑膠布，把兩張木工檯併在一起，置於車庫中央。多虧貝塔的父親對木工很著迷，牆邊才會整齊排列著那麼多的工具可以任由挑選。

泰芮莎選了尖錐、鑿子和刀子，鉗子和鋸子則備而不用。畢竟，重點不是凌虐。不算是。她用兩張A４的紙割出十三張紙片，每一張寫上一個名字。

大約十點鐘，負責捉拿麥克思．韓森的人走到小棚子後方躲起來。十點四十五分，她們聽見引擎聲從小路開過來，從那聲音聽來錯不了。在車庫內等待的人在黑暗中豎耳傾聽，聽見引擎熄火，車門打開，接著沒什麼動靜。她們以為會有吼叫、掙扎，或者試圖逃跑，所以做好了各種準備。然而，她們只聽見窸窣聲，接著一片闃靜。

◆

眾人白天就把整個流程討論過一遍，她們躺進睡袋，彼此挨擠著，在廚房地上睡了幾小時，也吃了一些嬰兒食品。接著泰芮莎告訴她們發生在商店內的那件事。告訴她們她做了什麼，還有事後有何感覺。

她根本沒去考慮告訴她們之後的風險，反正此刻她很想讓她們知道，所以就說了完整的來龍去脈。從她和泰瑞絲站在商店後方的卸貨區，一直說到隔天去買了紅靴子，以及這雙靴子如何在學校要盡威風。

然後，她提出建議。與其說建議，倒不如說解釋：跟她們解釋該怎麼做。泰瑞絲支持她的想法，所以大家壓根兒沒討論是否該這麼做，只討論該怎麼進行。

大家靜靜地提出各種點子，拒絕或接受的方式就跟之前討論這週末的行程時一樣簡單乾脆。才剛開始討論，容痂就自告奮勇當釣餌。這件事解決後，剩下的就是技術問題。小棚子、塑膠布、各種工具。連細節都討論到了，整件事彷彿在眼前上演了一遍，而且沒人表現出反感或拒絕參與。這是她們該做的，沒第二句話。

泰芮莎站在車庫裡聆聽，思忖她們會不會打從一開始就方向錯誤。萬一容痂沒能成功釣上麥克思·韓森怎麼辦？泰芮莎拿了幾份報紙，讓容痂看看他長什麼樣，還告訴她，他曾提過他經常會在歌劇咖啡館出沒，但這不表示他今晚會去那裡。

正當泰芮莎開始考慮其他做法時就聽見了奔跑聲，蘇菲推開門，身後跟著容痂、卡洛琳、史安娜和梅琳達。她們把一具頭被黑色塑膠袋套住的癱軟軀體扛進來，丟在工作檯上。泰芮莎打開日光燈，準備開始動手。

她以為麥克思．韓森會奮力掙扎，沒想到這傢伙只是有氣無力地踢著腳，容痂只按住他的肩膀就順利制伏他。泰芮莎把他的雙手從塑膠袋中抓出來，綁在工作檯的鐵箍上。只有當她調整鐵箍，把他的右手縛得更緊時，才聽見塑膠黑袋裡傳出微弱的喊叫。西西莉雅抓住他的雙腳，和琳恩合力把他的腳往下彎到工作檯的邊緣，用細繩綁在基座上。

她們往後退一步，分散在工作檯四周，凝視著她們的獵物。麥克思．韓森逐漸恢復意識，他的四肢都被綁住，但身體仍不停扭動。他的頭動來動去，把塑膠大袋子弄得沙沙響，隨著他尖叫、吸氣、尖叫，袋子也跟著收縮、鼓脹。

「放我出來。這是怎麼回事，你們是誰？要做什麼？」

泰芮莎拿起美工刀，劃開他臉部上方的袋子，讓他露出臉來。他的臉因為使力和恐懼而脹得紅通通。當他看見泰芮莎，雙眼睜得斗大。

「嗨。」她說，同時接下泰瑞絲遞過來的大片電器膠帶，貼住他的嘴。她心想，不能聽見他哀號其實挺可惜的，不過這不值得冒險。其他三個人拿刀劃開他的衣服，然後往後退開。

一切按照計畫進行，甚至比預期的更加順利。他的頭剛剛撞到地上，或許可以省下讓他嘴脣破裂或者眼睛瘀青的激烈行為。現在，他躺在正確的位置，準備任人宰割。

泰芮莎覺得親眼目睹他的裸體就跟在影片上看到時一樣噁心。一塊鬆軟無情的蒼白身軀。現在，看著他無助地躺在那兒，真難想像他曾對她們構成威脅。她忍不住微笑，接著笑出了聲音。

她一邊笑，一邊拿起寫有名字的紙張和釘槍。她把寫有「梅琳達」的那張紙釘在麥克思．韓森的肩膀上，他身體抽搐，哀號得像……對，像一隻被困住的豬。泰芮莎要他躺好別動。

人類真奇怪，不管情況有多無望，總是要掙扎一番，即便結果可能更慘。麥克思．韓森用被捆綁的雙手和雙腳一點一點地扭動，試圖掙脫，這時泰芮莎手腳俐落地把「琳恩」和「西西莉雅」的紙張釘在他的兩隻大腿上。鋪在地上的塑膠布傳來液體滴濺聲，原來他嚇得尿失禁了。泰芮莎繞過那攤尿液，把「史安娜」的紙張釘在他的另一側肩膀上。

她繼續釘，直到他全身彷彿蓋著一張由紙張做成的毯子。容痂抓住他的頭不動，好讓泰芮莎能把寫有她名字的紙張釘在他的太陽穴。接著，泰瑞絲把放在工作檯邊緣的工具一一遞給大家。

她們手持武器，圍在麥克思．韓森的四周，這次更加靠近。他的雙眼在她們的面容和手中工具之間來回移動，直到發生一件事：他原本緊繃成弓形的身體忽然放鬆，眼神改變，頭癱軟後仰。

泰芮莎不敢相信雙眼所見。然而，很明顯，其他女孩也看到了，大家和她一樣愣住不動，呆望著他。麥克思．韓森的陽具緩緩硬挺。他的雙眼直視天花板，臉上表情難以解讀，因為嘴巴上的膠帶讓他五官扭曲。但泰芮莎覺得自己認得他的表情……對，是平靜。

她把視線從他硬挺的陽具移到臉，搖搖頭：「你知道接下來會發生什麼事嗎？」

麥克思．韓森微微點頭，雙眼繼續看著天花板，被凌虐的愉悅感絲毫不減。

泰芮莎心想，最好採取保險做法，按照原定計畫，別冒不必要的風險，所以，她對著手持銳利小螺絲起子的容痂點點頭。寫有她名字的紙條就釘在麥克思．韓森右側髖骨上方。容痂往前跨步，對著那傲然無禮的陽具皺起臉，果決俐落地把螺絲起子刺入寫有她名字的那張紙。螺絲起子整個沒入，只剩把手露在外頭。

麥克思．韓森放聲哀叫，鼻涕噴出，汗水滾下額頭，身體顫抖了幾秒又靜止不動。勃起沒退，仍直挺挺地矗立在螺絲起子把手下三公分的地方，兩者的粗厚程度差不了多少。

接下來是琳恩。她得踮起腳尖才能把手中那根細長的鑿子刺入右鎖骨底下的標籤上。麥克思．韓森忽然彈起，接著後倒，汗涔涔的背部壓在工作檯，發出啪咂聲。傷口汩汩流出鮮血，緩緩滴落在塑膠布上。

泰芮莎發現，若把工具留在傷口裡，可以拖延他流血至死的時間，此外，她也確定自己挑選的都是細短的尖鐵和刀刃。得等到所有人都參與了該執行的部分，才能讓他斷氣。

卡洛琳第六個動手。當她把刀子刺入他右大腿內側的標籤，他發出完全不同的呻吟。他射精了，而且噴出的力道甚至讓精液濺上他自己的臉，甚至濺過頭頂。站在工作檯後方的米蘭達噁心地尖叫，用布擦拭上衣。

到了這階段，地上已聚積了一大灘血，泰芮莎揮手，要女孩快點上前，以便趕在他斷氣前全部執行完畢。麥克思．韓森的陽具終於癱軟，被工具刺入時身體也幾乎不再抽搐。

最後只剩下林安娜、西西莉雅和泰芮莎。泰瑞絲說，她負責看，不動手，所以整個過程她就坐在旁邊的另一張工作檯上，一邊看一邊哼唱著阿巴樂團的歌曲〈謝謝你給我音樂〉。

林安娜往前站。她拿到的是一把銳利的尖錐，因為她負責靠近心臟的危險部位。她蹙著眉頭，舉起尖錐，瞥了一下麥克思．韓森的雙眼——已經翻白。她搖搖頭，低垂著頭，哽咽地說：「我做不來。這太荒謬了，不該這麼做。妳們不能這麼做。」

泰瑞絲跳下工作檯，走到林安娜身邊，問她。「那妳要到車裡坐著等嗎？」林安娜搖搖頭，淚水盈眶，說：「我做不來。」

「妳可以的，」泰瑞絲說：「妳非動手不可。」

「可是這太瘋狂了。」

「不瘋狂。」泰瑞絲說，同時抓住安娜的手腕，把她握著尖錐的手移動到正確的位置。「一點都不瘋狂。」她把安娜的手用力往下推，尖錐刺入一半。泰瑞絲以手掌把尖錐用力往下壓，讓它整個沒入肌肉裡，然後爬回工作檯上坐著。林安娜蹲在牆邊，雙手抱頭，這時西西莉雅拿著長鐵釘執行她的任務。

麥克思．韓森全身癱軟，身上有十三處被利器刺穿的傷口，膚色因失血過多而顯慘白。利器的把手插在紙張上，隨著他淺急的呼吸上下起伏。他的雙眼好似蒙了一層薄霧，但不再翻白。他凝視著泰芮莎，移動頭部，好似想說什麼。泰芮莎心想，他大概沒力氣喊叫了，於是撕下他嘴巴上的膠帶。他看著她，低喃說：「泰芮莎……」她靠近他那張慘灰如大理石的臉。「怎樣？」

麥克思．韓森的嘴脣沒移動，說話時氣若遊絲，「太棒了，太棒了……太棒了……太棒了……」

「我有件事要問你。」泰芮莎說：「泰瑞絲的來歷會被洩漏出去嗎？」

麥克思．韓森的頭部動了一下，類似搖頭。不會。接著他繼續低喃。「太棒了……太棒了……」

泰芮莎聳聳肩，「真高興你這麼想，不過有點可惜，你的看法恐怕即將改變。」

她拿起已充電一整天的電鑽，按下開關，小指厚的鑽頭以每秒二十轉的速度轉動。她把電鑽拿給麥克思・韓森看，加速兩次，然後鑽入貼在他太陽穴的紙張。

等了好久，她渴望的哀號聲終於出現。

他的身體如魚在乾燥的地上抽搐，女孩圍在他身邊，看著從太陽穴湧出的鮮血越流越沒力。泰瑞絲站在他的頭頂位置，撫摸著他額頭上的黏細頭髮，說：「大家靠近一點。」

她們往前走，共計十四個女孩。麥克思・韓森的喉嚨發出咯咯聲，身體一動也不動，太陽穴也不再流血。然而，那個小小黑洞彷彿一個具有更大引力的點，把所有女孩吸引過去，盡可能靠近。

這時，一縷縷薄煙從黑洞往外延伸，宛如蜘蛛網。

大家不約而同吸氣，吸入麥克思・韓森的精髓，讓它和她們流動的血液融合為一。然而分量太少，實在太少了，所以，有幾個女孩甚至把嘴唇靠近那個黑洞，試圖吸出那個已經不再冒出的東西，貼近到幾乎要親吻麥克思・韓森殘破的頭顱，只為了能舔噬最後一縷。

她們挺直身子。車庫裡燈火通明，瀰漫著濃烈的血鏽味。她們的雙腳踩在塑膠布上，拔起來時發出啪咂聲，聽來刺耳。她們回神，重返自己五官六感全敞開的軀體，呼吸時緩時急。

「我們辦到了，」泰瑞絲說：「我們辦到了。」

8

很多女孩整晚哭個不停。她們的感官有如開放性的傷口，感覺太過強烈。她們彼此擁抱，相互安慰，共用睡袋，或靜靜地撫摸對方的臉。

儘管淚眼婆娑，儘管需要慰藉，底層的情緒確實泛著一種幸福感。不尋常的幸福。這種幸福如此強烈，如此具穿透力，幾近悲傷。這幸福的感覺不可能無止境延續，所以一時之間顯得太過強烈。透過彼此碰觸的軀體和共有的這段經歷，她們可以一起品嘗這種幸福，然而，時候一到，它還是會削弱、退散。因此也讓人傷感。

又是不眠的一夜。破曉前，她們趁著黑夜清理現場。有人把麥克思·韓森的屍體用塑膠布包住，放進墓穴，再把他的衣物丟進去，然後用泥土和石塊填滿洞穴，最後鋪上草皮，把地踩平。兩個禮拜後，草皮就會跟四周的小草交織在一起。其他人則整理車庫，清洗工具，刷淨工作檯。

黎明時分，她們已經把現場恢復原狀，聚集在埠頭看日出。琳恩仍噙著淚，但原因不是大家所想的那樣。她們讓第一道曙光溫暖臉龐，浸淫在晨曦中片刻。琳恩雙手交叉抱胸，對泰芮莎說：

「下次，我要用電鑽。」

泰芮莎幾乎沒料到琳恩會這麼說。琳恩那張小臉看起來好嚴肅，惹得泰芮莎噗嗤一笑，沒多久，有幾個女孩也跟著笑出來。琳恩看看大家，面露慍色。

「笑什麼？我幾乎什麼都沒碰到！」

笑聲戛然而止，大家面面相覷，不發一語。她們之間的溝通交流不再需要透過言語，很明顯，有幾個女孩也和琳恩有相同想法。

下次。會有下一次。

大約十二點鐘，前往公車站的接駁服務就要開始。泰瑞絲跟林安娜談了很久，安娜說下次她會參與，不過需要其他人的協助。沒問題，大家會幫她的，畢竟她們是相互依存的一個族群，而非各自獨立的十四個女孩。大家圍在她的身邊，抱著她，把力量分享給她。容痂主動說要幫她把車開到摩比購物中心，好讓她跟著大家一起搭公車。

結果，跟大家共乘的這趟公車非常值得，因為直到在公車上，那段罕見的經歷才真正沉澱進她的心中。公車後方的座位全被她們占據，這情景讓安娜覺得好熟悉，但這次，她不再無助恐懼，因為她是和她的家人坐在一起，這些家人和她一樣，都曾被埋葬而後復活，都有利齒，都對生命充滿飢渴。她們是她的姊妹，會誓死保護她。終於，她體會到幸福的滋味。

「妳們大家都屬於我，對不對？而我也屬於妳們。我們是一家人，我們會真心廝守在一塊兒，我們可以攜手做任何事，絕不會讓彼此失望。」

這不是問句，而是陳述。安娜張開雙臂深呼吸，彷彿才剛走出墓穴。

沿路分道揚鑣前，大家約好下週日老地方見。泰芮莎陪著泰瑞絲回斯韋德米拉區。儘管這是二十四小時以來兩人第一次獨處，但她們沒聊太多，沒討論其他女孩的反應。不可能聊這些，因為其他人不再是其他人，不可能當她們不在場似地談論。

兩人在泰瑞絲住的那幢公寓的大門前道別。泰芮莎轉身，準備走向地鐵站時，泰瑞絲說：「很棒。」

「對，」泰芮莎回應，「非常棒。」

搭地鐵換火車回家的路上，泰芮莎的腦袋裡盤旋著一個名字。這名字就像一隻魚，正在一只過小的碗裡抽搐彈跳。

鄔璐德。鄔璐德。鄔璐德。

聲音來自地下。一方面，她知道這是她被埋起來時腦部缺氧出現的幻覺，但另一方面，這也是真真確確的經驗。鄔璐德來找她。躺在她的身後，披上她的纖薄皮膚，就像穿上一件完全緊身的衣物。鄔璐德不再只是她的名字。鄔璐德就是她。

9

週一早上六點鐘，泰芮莎在她的床上醒來，感覺自己像一頭即將被放牧到草原的小牛。經過漫長的冬季，穀倉的門已然開啟，她的眼前是一片青翠原野、繽紛花朵和燦爛仲夏。只有一個辭彙可以形容：歡欣。她站在窗邊，整個人十分清醒，望著花園，滿心雀躍，她的整個身體，不只是雙腿，都能量滿滿。

一小時後家人逐一起床，但她躺回床上，假裝處於半死狀態。她用力揉眼睛，揉了很久，讓雙眼看起來很慘。媽媽進房，泰芮莎說，她很不舒服，起不了床，什麼都做不了。媽媽嘆了口氣，聳聳肩，接受這項說法，離開房間，讓泰芮莎安靜獨處。

就像大約一年前讀到的瑞典詩人鮑伯．漢森的那首詩。有個男人打電話去辦公室說他無法上班。為什麼？病了嗎？不，他健康得很。明天若不舒服，他就會進辦公室。

她躺在床上，不耐煩地等著家人一一出門上班或找朋友，以便能真正獨處。屋內終於空無一人，她起床。第一件事就是下樓到廚房，給自己倒一杯開水。

她坐了很久，望著玻璃杯中的透明液體，把玻璃杯傾斜，讓光線折射，開心地看著桌布的色譜浮現在水面上。玩了一陣子後，她才舉杯就脣。

當水滑入嘴巴，她全身發顫。滑順和沁涼的感覺悄悄拂過她的舌頭和上顎，宛如獲得愛撫。大家竟說水沒味道！有，有泥土、鐵和玻璃的味道。淡淡一抹鹹、淡淡一抹甜，深邃和永恆的滋味。

她把水嚥下時，覺得能嘗到如此甘美之霖宛如收受賜禮，而且杯子裡還剩很多呢。

她花了五分鐘才把水喝完，然後到花園。她全身每個細胞都吸收了五官六感的洗禮，幸福喜悅的感覺滿溢，她幾乎無法自已，只得坐在階梯上稍微平息。她閉上眼睛，手摀住耳朵，全心去感受氣味，初夏的氣息。

一想到人類在這個地球上行走，對於周遭的一切卻沒察覺，她就覺得好可惜，真是浪費了感官。根本就是機器人，毫無靈魂的機械裝置，在工作、銀行、商店和電視之間移動，直到電池耗盡。

泰芮莎也曾這樣，但那樣的泰芮莎已經被埋入墓穴。現在，她是女神，以女神的靈敏感官感受一切。她是鄔璐德，最原初的神祇。

就這樣，她度過一天。在樹林間漫步，手指輕輕撫過樹葉和石頭，像夏娃在伊甸園裡遊走，知道一切都屬於她，一切都那麼美好。

週二醒來時一樣充滿幸福感，又是喜悅的狀態，而且感官清明豐富到足以讓她的胸膛爆開，她得將它們切割成小部分，一次處理一、兩種感受。隨著夜幕降臨，幸福感慢慢褪去。她又可以聽見爸媽和兩個哥哥的聲音。當然，他們不再是她的父母或兄弟。她的家人是不在她眼前的那十三個女孩。但她知道該怎麼稱呼跟她坐在晚餐桌前的那四個人。

他們叨叨絮絮的煩瑣蠢話在她聽來簡直等同惱人的噪音，而食物嘗起來也不像昨天那麼美味。昨天她只吃一點點，而且還不能被家人看出她有多享受每一口馬鈴薯，因為她想維持生病的模樣，而胃口差正是該有的症狀。

週二晚上情況變了。她裝得很疲憊，很虛弱，閉上眼睛，試圖重新抓住那種感覺。感覺還在，但似乎更微渺。她藉機告退，上樓回房間。

週三起床時，那種幸福喜悅的感覺又消失了一些。到了週四早上，當她說自己不舒服，確實是發自肺腑。她可以說服自己，感官知覺依舊強烈，但從很多方面來看，她越來越像個普通人，而且身體似乎比這週剛開始的前幾天更顯病態。

週五和週六的狀況和週一及週二截然相反。她真的病了，感覺體內好像不停顫抖，但為了讓家人同意她週日去斯德哥爾摩，她只得假裝自己好多了。硬裝作沒事實在不容易，她壓力好大，晚上進房後就癱倒在床，輾轉難眠，惡夢不斷。

誰都不能阻止她出去，除非把她的手腳綁起來，就算這樣，她也會設法逃走、搭便車，有必要的話逃票搭火車。不過，讓別人相信她沒事應該比較容易。

所以，到了夜晚，生病的她躺在床上翻來覆去，但一到白天，她就若無其事地四處走動，雙手交叉抱胸，或者握拳放在口袋裡，免得別人看出她的手在顫抖。她時時保持微笑。微笑，說好聽話。

直到週日上了火車，她才終於能卸下面具。她癱坐在椅子上，在粗糙的布料座椅上像個果凍那樣搖來晃去。有個較年長的婦女傾身問她還好嗎。她起身走去廁所，把自己鎖在裡頭。

她看著鏡中的自己，發現自己氣色就和週一裝病時一模一樣。她冒出冷汗，臉色蒼白，頭髮油膩平塌。她用冷水潑了幾次臉，拿紙巾擦乾，然後坐在馬桶上深呼吸，直到胸口的沉重壓力消失。

她看著自己的手，強迫它們別抖。很快，一切就會變得更好。很快，她就會和她的族群在一起。

10

和泰瑞絲一起搭地鐵和公車的過程中，泰芮莎慢慢覺得好多了。躺在狼區外的毯子時，她的身體已經能夠徜徉在溫煦的陽光中。過去幾天的顫抖消失了，她又可以正常說話，毋需控制聲音，免得發抖。她辦到了。有泰瑞絲在身旁，她就能辦到。

她趴在毯子上望著狼區，但沒見到半隻狼。她從口袋拿出一小塊狼皮揮舞，把它當成護身符般悉心輕撫。

「妳在做什麼？」泰瑞絲問。

「我要牠們來。我希望狼出現。」

「為什麼？」

「我想看牠們。」

沉默片刻後，泰瑞絲說：「來了。」

泰芮莎看著樹幹和岩石之間的縫隙，就是沒看到灰色身影。她轉身欲問泰瑞絲狼在哪裡，卻見泰瑞絲正望著遠處的圍籬，看見其他女孩正成群走過來。

「我以為妳說的是狼。」泰芮莎說。

「我們就是狼，這是妳說的。」

對，是她說的。不過那群正沿窄徑悄悄走來的狼群絕不可能比當下的她更像狼。她們走過來坐下，以泰瑞絲為中心，挨擠在一起。空氣中懸浮著無聲的呻吟，還有一股氣味，泰芮莎覺得那氣味和她自己的氣味很像，虛脫疲憊加上惱人病痛的氣味。

原來，這個禮拜大家都有相同的體驗。一開始是喜悅，雀躍歡欣，覺得生命會永恆不滅，然後隨著這種感覺褪去，慢慢開始生病發燒、沮喪絕望。

就像泰芮莎，其他人也在團體中得著安慰。只要和大家在一起，整個人就能舒鬆穩定。然而，大家的聲音都很微弱，如鬼似魂般空幽。

「……我以為現在終於……但後來消失了，我看見我自己……我的意思是，妳就像空無一物……我什麼都沒做，永遠都做不了任何事……我彷彿隱形了……沒人會記得我……一切都會消失……彷彿渺小到讓人聽不見……當它消失，我唯一剩下的感覺就是空虛的雙手……」

嘀咕呻吟的叨絮持續了整整五分鐘，直到泰瑞絲喊道：「安靜！」

忽然之間鴉雀無聲。泰瑞絲舉起雙手、擱在胸前，掌心朝外，彷彿要攔下一輛狂奔的火車。她再次大喊：「安靜！安靜！安靜！」

如果大家的耳朵能像動物一樣豎起來，此時一定會豎得高高的。她們圍著泰瑞絲，挨擠在她四周，她坐得挺挺的，逐一看著每個人。大家看著她的唇，等著她說些什麼。建議、命令、訓斥。任何話都行。

泰瑞絲開口時，大家集中精神，等著聽見什麼簡潔卻真確的箴言，所以大家愣了幾秒，才發現她正在唱歌。

我一點都不特別，或許還有點無聊
如果我說笑話，你們大概早聽過，不感興趣
但我有天賦，了不起的異稟
我一開口唱歌，大家就聆聽
我好感恩，好驕傲
我只是要唱到讓大家都聽到……

唱到這裡，多數人都聽出這首歌了，就算記不得歌詞，也知道旋律。泰瑞絲那純粹澄澈的嗓音像一只大音叉，無懈可擊，讓她們的身體隨之共鳴，幫助她們加入時能抓到正確的音階。

所以，我說感謝你給我音樂，我唱的歌曲
感謝你帶給我的歡娛……

泰瑞絲一直唱，其他人幫忙合音。音樂就像嗎啡，隨著音符流瀉，減緩了她們身體的病痛，只要歌曲繼續唱，就沒什麼好恐懼。唱完最後幾句歌詞，現場靜默了幾秒鐘，隨後她們聽見遠處傳來掌聲。各處的遛狗人紛紛停下腳步，其中一人喊道：「耶！歡唱史坎森！」然後離去。

泰瑞絲指著史坎森的方向，說：「那就是我要唱歌的地方，在那裡，後天，妳們全都要來，然後就會結束。會很棒。」她起身，走到圍籬邊，靠在鐵絲網上，發出一聲低嗥，試圖引誘狼出現。沒成功。

「什麼意思？什麼結束？」卡洛琳說：「妳剛剛說然後就會結束，這是什麼意思？我不懂。」

泰芮莎望向史坎森，想像樹林後方某處，索列登公園裡的舞臺，就是她曾在電視上看過的那個舞臺。群眾、歌手、長吊臂攝影機，以及〈斯德哥爾摩在我心〉。年齡相仿，但和她們很不一樣的年輕女孩會擠在前方的圍欄邊，高聲唱著〈斯德哥爾摩在我心〉。泰瑞絲會站在舞臺上，她們其他人在觀眾群中，和其他人擠在一塊兒。

「容痂？」泰芮莎說：「妳記得嗎？妳曾問過我說我們到底要去哪裡？到底要做什麼？」

容痂點點頭，聳聳肩，說：「我們已經做了。」

「不，」泰芮莎說：「我們還沒做。我們做的那件事只是暖身，是為將來的事做準備。」她瞥向狼區的牌子：不要餵食動物。然後對著牌子和史坎森的方向揮手，說：「我們即將做一件事，到時候我們會一直一直覺得很棒，永遠不會再有渾球敢忘記我們的存在。」

11

日立DS14DFL。

重量一點六公斤，總長度兩百一十釐米。符合人體工學，把手以橡膠包覆。夾頭容量十三釐米。每分鐘一千兩百轉。

為了尋找合適的工具，泰芮莎在網路上搜尋了一個多小時。工具必須靠電池操作，把手要夠細，讓手小的人也能使用。不能太大或太重，但又必須有辦法轉動相當厚度的鑽頭。而且必須各地都買得到。外型還得好看。

她從日立DS14DFL這個無趣的名稱型號上找到她要的東西。體型纖細，使用鋰離子電池，耐力持久。把手很吸引人，讓人一看就想握住，拿著尖銳旋轉的鑽頭，手伸得長長。

她點入包含其他女孩email地址的群組，把這個產品資訊轉寄給她們看，上面附有可以買到該產品的商家。其他工具或武器可以各自發揮，但大家必須有相同的爪掌。

她坐在電腦前搜尋工具，好讓她們可以脫離既有的生活——她們不想要這種生活，但就是被困在其中——此刻時間流逝，週日變為週一。在她的窗外，月亮高掛天空，不要多久，她就能脫離這種生活。

身體的搔癢感讓她靜不下來。一抹長條狀的銀色月光灑落在她臥房內，她走來走去，想著在床上睡覺的爸媽，想著電鑽，想著地窖裡的斧頭。唯一阻止她動手的原因是，她怕做了之後的一連串後果會讓她無法順利於週二出現在那裡。

她的手指刺痛，腳底灼燒，喘得像一頭挨餓的動物。她強迫自己不要走來走去，免得把家人吵醒。若房門傳來敲門聲，某人進入她的房間，就將毀掉這一夜。

她坐在床上，做出這幾個月來沒做的事：服藥。她把三顆藥錠放入嘴裡，乾吞下去。然後，坐著不動，雙手擱在膝蓋上，呼吸，等著事情發生。

半小時後沒任何異狀，她的身體仍像之前一樣感覺支離破碎。她坐在電腦前寫信。她使用泰瑞絲會用的那種措詞，因為這種寫法可以讓她集中並簡化思緒。寫完信，她列印出四份，放進信封裡，在上面寫上她從網路上查到的地址。

然後，她站在窗邊，望著月亮，做好心理準備，努力撐過這一晚。

週一，她搭公車到利恩斯塔，用手邊最後一筆錢買了她要的電鑽。搭公車回家時，她把那盒電鑽緊抱在胸前，彷彿救生圈，回家後她打開盒子，拿出電鑽，放進充電器中。

她研究籌劃，想像那種場面，試著把自己放入畫面。她在網路上觀看「歡唱史坎森」的影片，以了解觀眾的位置、中央會有棵大樹，以及攝影機的位置。她怕。

她怕關鍵時刻她會失去勇氣，怕她會因為怯懦以及內心某處那一絲仍折磨她的人性錯失機會。

當晚，喬漢斯來電。

爸媽和哥哥的聲音早已變成無意義的背景雜音，她甚至懶得管他們是否在跟她說話。她和他們沒關係。既然這樣，她怎麼還能聽到喬漢斯的聲音？

「嗨，泰芮莎。」

泰芮莎。這個名字，她仍記得，而且知道從某方面來說這名字對她有意義。對。當喬漢斯說出這名字，她就想起另一個女孩。在遇見泰瑞絲、在出現歌曲〈飛翔〉、在認識麥克思．韓森、在成為郟璐德之前的那個女孩。可憐的小泰芮莎，守著她可憐的小詩，過著她可憐又瑣碎的日子。

她以泰芮莎的聲音說話。那女孩仍在那裡，從某方面來說，能用這種聲音說話感覺還不錯。那個泰芮莎並未承受那種強烈渴望，那個泰芮莎沒有血腥的任務要執行，那個泰芮莎是喬漢斯的朋友，永遠都是他的老友。

「嗨，喬漢斯。」

她躺在床上，閉上眼睛，以極為正常的方式和喬漢斯聊天。兩人談到愛格妮絲，談到學校裡的人，還提到圖書館的裝修更動。有那麼片刻，泰芮莎假裝這些事情很重要。這種感覺挺美好的。

一會兒後，他們開始聊起過往回憶。泰芮莎沒抗拒，任憑自己被喬漢斯引導到他們的洞穴、單車兜風，以及兩人下水游泳的地方，還有羊群。他們聊了兩個小時，道別後，泰芮莎拿起電鑽，放在手中掂掂重量，感覺整件事好不真實。

她把電鑽往前刺，加快轉速，模擬遭受抗拒的情景。她的雙手揮動、吶喊。「郟璐德！」

郟璐德！

那晚，她設法睡了幾小時，躺在床上時還拿著電鑽，握緊那柔軟舒適的把手，彷彿這工具是專為她量身訂做。

12

人可以想著屠殺畫面，把這思緒隱藏在微笑後方。當她吃著綜合穀物粥，靜靜哼唱，腦中正想著血流滿地、腦漿噴溢的情景。然而，就算從外表看來沒有什麼具體可見的跡象，四周的人遲早也會察覺她不對勁。她的思緒會像輻射一樣散發出來，洩漏真心。

泰芮莎的父母已經開始怕她了。他們雖然說不出她的言行有哪裡不對勁，但她就是散發出一股黑色氛圍。只要她走進屋內，所有人就變得不太自在。

火車出發前一個多小時，泰芮莎要爸爸載她去烏斯瑞德。沒人問任何問題。他們知道她要去斯德哥爾摩見她那群朋友，但他們只知道這麼多。如果她想先去烏斯瑞德，那就去吧。

泰芮莎的背包看起來好重，爸爸伸手要幫她拿時，她看著爸爸，那眼神讓他怯生生地放下手。前往烏斯瑞德的途中，父女沉默不語。泰芮莎告訴他她想在哪裡下車，葛藍說：「喬漢斯不就住在這兒？」

「對。」

「妳要跟他碰面？」

「對。」

「喔，太棒了！或許……或許他可以讓妳開心一點。」

「希望如此。」

泰芮莎下車，拿了背包後站在原地，低垂著頭，沒關上車門。她瞥了一眼葛藍，眼裡閃過一抹痛苦。爸爸靠向副駕駛座，伸出手，說：「寶貝……」

泰芮莎退後，不讓他摸到。「我不確定我會不會去斯德哥爾摩，要看情況。如果不去，我會打電話給你。」語畢，她用力關上車門，轉身，走向喬漢斯家那幢公寓的門。

葛藍坐在駕駛座，雙手擱在方向盤上。泰芮莎消失後，他哭出了聲，低下頭，前額撞上喇叭，喇叭聲嚇了他一跳，趕緊左右張望。有個跟他年齡相仿的男人提著兩只超市購物袋站在那兒看著他。他揮揮手，發動車子，駛離。

按下門鈴前，泰芮莎躊躇著。這讓她非常、非常痛苦。她離開父親時，甚至沒轉身看他一眼，然而，她一定得和喬漢斯道別，才有辦法去做其他事。接下來，該發生的就要發生。

她的拇指接近白色的塑膠門鈴時猶豫不決，就如掙扎著要不要啟動引發世界大戰的巡弋飛彈。糟的是，她不曉得哪種舉動才會引起一連串事件：是按，或不按。

她終究按了。沒有每秒要消耗十二公升火箭燃料的轟然爆裂，也沒有全世界人口的恐怖尖叫。只是靜靜的一聲叮咚，接著，玄關有腳步聲。

喬漢斯來開門，他看起來就是泰芮莎印象中他轉大人之後的模樣。粉紅色的T恤和卡其短褲，夏天還沒真正來臨他就已經一身古銅。他的眼神發亮，泰芮莎還來不及阻止，他就張開了雙手抱住她。

「泰芮莎！能見到妳真好！」

「我也是。」她貼著他的肩膀含糊說道。

他往後退一步，依舊抓著她的手臂，把她上下打量一遍。

「妳好嗎？妳的氣色不太好欸。」

「謝謝你關心。」

「妳知道我的意思啦。進來吧。」

泰芮莎拿著背包走入客廳，坐在扶手椅上。屋內的裝飾看起來就像幾個不同地方的屋子拼貼而成的大雜燴，而那些屋子的品味都讓人不敢恭維。屋內所有陳設擺飾都不搭調：一盞看起來像有價骨董的檯燈擺在壓克力花瓶中的一大把塑膠花旁邊。喬漢斯對她說過，最近他媽很忙，根本沒時間去管屋子該長什麼樣。

泰芮莎環顧四周，說：「愛格妮絲的母親來過嗎？」

喬漢斯哈哈大笑，花了不少時間告訴她愛格妮絲的母親克菈瑞第一次到這裡吃晚餐時的反應。她駐足在一張有孩子哭泣的畫作前，大半晌才開口說：「嗯……這還挺……經典。」

喬漢斯見泰芮莎聽到這段趣聞連笑都沒笑，嘆了口氣，坐在沙發上，雙手塞入兩膝之間，等著她開口。泰芮莎把屁股往前挪到扶手椅邊緣，盡可能靠近，然後說：「我殺了人。」

喬漢斯咧嘴笑了出來。「妳在說什麼呀？」

「我殺了兩個人。一個是我自己殺的，另一個有別人幫忙。」

他的笑容僵住，接著消失。他看著她的眼睛，「妳在開玩笑。」

「我是認真的。而今天，我要去殺更多人。」

喬漢斯皺起眉頭，彷彿聽不懂她說的笑話，然後哼了一聲，說：「妳幹麼這麼說？妳當然不可能去殺人，也不可能已經殺了人。妳怎麼回事，泰芮莎？」

她打開背包，把電鑽、鐵鎚、雕刻刀和一小把螺栓剪鉗一一放在深褐色的茶几上。「這些是我們要使用的殺人工具。其他人也有類似的東西。可能更多，或更少。」

「其他人是誰？」

「就是那些要跟我一起動手殺人的人。我的族群。」

喬漢斯站起來，走來走去，搓著頭皮，站在泰芮莎身邊，看著那些工具，接著看看她。「妳到底在說什麼？泰芮莎，別再說了。妳到底是怎麼了？」

「我無法控制，可是我好害怕。」

「媽的，我還真不驚訝妳會怕。妳怕什麼？」

「怕我辦不到，我必須第一個動手。」

喬漢斯搖搖頭，同時摸摸她的頭，跪在她面前，說：「來，來，聽我說。」他再次抱著她，將她抱得緊緊，輕聲說：「泰芮莎，妳沒殺任何人，妳也沒要去殺人，別再這麼說了。妳幹麼殺人呢？」

泰芮莎將他推開，說：「因為我可以，因為我想，因為這能讓我覺得自己活著。」

「妳想殺人？」

「對，我真的、真的想殺人。我渴望殺人，但我不知道自己敢不敢，我不知道我是否……準備好了。」

喬漢斯嘆了口氣，揚起眉，語氣彷彿打算繼續跟她玩下去。「那，妳要怎麼知道妳準備好？」

「殺掉你。」

「妳要殺我？」

「對。」

「呃……什麼時候？」

「現在。」

他受夠了這遊戲，臉上出現憂慮神情。他迅速拿起鐵鎚遞給泰芮莎，仍跪在她的面前，說：「那就來啊，殺我啊，現在動手。」

「你不相信？」

「不信。」

泰芮莎拿起鐵鎚，說：「那你敢不敢閉上眼睛？」

他看著她的眼睛，看了很久，然後閉上眼。他纖薄脆弱的眼皮完全放鬆，沒有一點緊張地皺起眼睛，他的呼吸緩和平順，嘴角甚至還有一絲微笑。他的臉頰覆滿細嫩鬚毛。他是她最好的朋友，或許還是她唯一真正愛過的男孩。她說：「那就掰掰囉。」然後把鐵鎚狠狠砸在他的太陽穴。

她繼續砸，直到他氣若遊絲。接著，她拿起電鑽，將他剖開。電池充飽了電，所以只花了兩秒就鑽開頭顱。喬漢斯的雙腿連續痙攣後用力抽搐了一下，踢倒了那盆塑膠花。她傾身靠向他，汲取頭顱湧出的精髓。

◆

她起身時，知道木已成舟，而且全身又充滿元氣。待會兒可以動手了。心無罣礙，毋需考慮，反正已沒有回頭路。她關上門，走下階梯時非常開心。煎魚、清潔用品，以及被陽光烘暖的塵埃氣味慢慢滲入她的鼻孔。

在火車站外，她把寄給全國四大報的信塞入郵筒。《每日新聞報》、《瑞典日報》、《瑞典捷報》以及《獨立社會民主報》。每一封信的內容都一樣，而她之所以寫這些信，是因為她有辦法。

嗨，

今天在「歡唱史坎森」中，我們要殺很多人。我們可能也會死。誰知道呢。

你們會問為什麼。為什麼？為什麼？為什麼？在海報上、報紙上。斗大的黑色字體。為什麼？一大片燭光。寫著字句的紙條。哭泣。最重要的：為什麼？

這是我們的答案（暫停一下）：因為!!——

因為死亡的浪潮已升高。你們懂死亡浪潮升高這件事嗎？在我們的學校裡。在《偶像新秀》裡。在H&M連鎖服飾店裡——升高了。每個人都知道。每個人都感覺得到。但沒人懂。

今天，它就要溢出來了。

我們會是站在最前面的好女孩。我們會依照規矩尖叫、哭泣。當你們把我們塑造成明星，我們就開始崇拜自己。我們要向你們買回自己。「擊掌！」你們說：「恭喜！」

死亡浪潮正在升高。感謝你們。全要歸功於你們。全是你們應得的。

再會。

史坎森之狼

其實她並沒有什麼想說的。她捏造了一個理由，這樣一來才算師出有名。既然要做轟轟烈烈的事，乾脆就編個轟轟烈烈的理由，這樣會讓事情比較合理。她坐在電腦前，想像她的處境。如果有一群女孩打算做她們即將要做的事，那麼訣別信該怎麼寫？

接著她就寫出來了。倘若一切按照她的計畫進行，那麼這些信會被逐字逐句分析研究。然而，這根本是她胡謅出來的，什麼意義都沒有。但當她細讀她所寫的內容，卻發現真是如此沒錯。只不過這與她無關，從來就沒有什麼事情和她有關。或許，這才是理由。

尾聲

我們等到第一次副歌開始。我們展開行動。散開。

——泰芮莎，二〇〇七年六月二十六日晚上七點四十七分

試音時，我在你的身後約一步之距
你就跟我一樣
讓多數人開心的事
卻讓我們迎面受到傷害

——史密斯樂團，〈畫一幅下流的圖〉（Paint a Vulgar Picture）

1

「媽媽說我還不會走路就會跳舞」

羅伯特．賽格沃在瑞典電視臺的影視娛樂部服務了三十年，終於爭取到了貴賓席的位置。他是演唱會開始之前攝影機會不停拍攝的人物。他穿著寬鬆的棕色亞麻料外套，同時散發出輕鬆且高雅的感覺。拉斯走了之後，他確實是接替那個職位的人選之一。他不記仇，他熱愛無拘無束的夏日。手臂遭受第一擊的剎那，他真心火大：是誰弄髒了他的外套？接著是疼痛，然後是血。當他結縭二十五年的妻子在他身邊尖叫，他才發現自己面臨危機。

他轉身面向攻擊者，但沒時間做出反擊，立刻感覺到喉嚨被劃開，接下來的攻擊就不在他的意識範圍了。

「她說，我早在會說話之前就能唱歌」

所有人都知道，琳達．拉爾森一旦決定做什麼就會做得有聲有色，所以今早十點鐘，她就已經在索列登公園裡的舞臺占好位置。既然要參加「歡唱史坎森」，她就要有完整的體驗。她吃了帶在身上的野餐盒，看著工作人員彩排。她打算把這次表演記錄在她的部落格上，所以寫了不少筆記。

當她聽到身後傳來激烈喧鬧，她心想大概是出現什麼罕見的大黃蜂，這種時候最好靜靜坐著不動，不要亂揮手。她低頭看著筆記本，思忖著要不要把大黃蜂事件寫進部落格裡。

接著，她的頸後一陣刺痛。那種痛難以形容。她張開的手指頓時變得冰冷。她張嘴想尖叫，但有東西堵住她的氣管。鮮血噴濺在她的筆記本上，她迅速向喉嚨伸手，發現那兒被一支快速旋轉的電鑽鑽頭插進一半。電鑽一抽出來，她才剛明白發生什麼事，就失去了意識。

「我經常納悶，這一切是怎麼開始的？」

儘管還不到參與的時候，伊塞羅．喬凡諾維仍忍不住跟著唱和。這是他第三次參加「歡唱史坎森」。雖然在瑞典生活了十七年，他自忖已經融入這裡的生活，但他就是不知道那些歌。每一年都是瑞典民歌之父艾福特．陶柏，然而，他的歌曲在伊塞羅所成長的南斯拉夫首都貝爾格勒根本沒人聽過。

不過阿巴樂團可不一樣。少年時，伊塞羅會和朋友交換錄音帶來聽，就是阿巴的那首〈費南多〉讓伊塞羅得到初吻。

他知道自己有副男高音的好歌喉，所以，雖然四周的人都沒跟著臺上的女孩唱和，他還是逕自唱了起來。他從沒聽過這樣的歌曲，而聽到自己的歌聲和女孩的天籟嗓音融合，更讓人開心。

他聽見遠處有人尖叫，心想這女孩大概是某些人的偶像。對他來說，這點不重要，他只是單純享受隨她唱和、歌聲交融的感覺。

就在愉快唱歌的時候，他的下巴受到一擊，很重的攻擊。某種東西戳入了他的下巴，他被撂倒在地。兩秒鐘內，他的嘴裡全是血，還有斷裂脫落的牙齒。他一頭霧水，這不是他所認識的瑞典。

接著，他看見鐵鎚高高舉起。他舉高雙手防衛，整顆頭顱嗡嗡響，害他無法專注。一個模糊的身影往旁邊跨一步，接著致命的一擊正中他的頭頂。

「是誰發現沒有東西能像旋律一樣抓住一顆心？」

約翰．雷瓊佳塔簡直樂上天。他來「歡唱史坎森」只為了一件事、只有一個目的，而這個目的已經達成。瑞典搖滾歌手歐勒．沙羅碰了他。打從一開始，約翰就非常愛慕歐勒．沙羅，而他八年前之所以勇敢出櫃，離開基莎，搬到斯德哥爾摩，也是因為這位歌手。

歐勒唱著〈擔憂者〉，跑跳經過人山人海的觀眾時，約翰伸長了手。歐勒不只碰觸約翰的手，還握著他的手片刻，看著他的眼睛，唱著「看在老天爺的分上，要乖」。這些字句和碰觸深深烙印在約翰的心中。

他知道這很扯。一個三十二歲的大男人竟覺得自己有如被神撫觸。他用手機給自己的手照了相，腦海一遍又一遍地播放「看在老天爺的分上，要乖」，彷彿這些字句來自心靈導師，足以作為生活準則。他知道這很扯，但他不管，他拋開一切就為了獲得這種喜悅。

身邊傳出尖叫聲時，他把自身經驗套在這些聲音上，將喧鬧解讀為幸福和興奮的尖叫。他也喜歡阿巴，而且臺上那女孩唱得好極了，不過這些都不重要。

他是木匠，所以第一時間聽出身後傳來的是什麼聲音：電鑽。這時，他還沒把這聲音跟他背部的疼痛連結在一起，因為壓根兒不可能發生這種事。直到第二擊，他才明白電鑽的轉速慢下，而這時，他感到骨骼傳來震顫的痛。

他轉身時，電鑽直接鑽入他的胸口。一肺被刺穿，他咳出血來。電鑽拔了出來，他張嘴，結巴地哀求或乞饒。霎時，他見到轉動的螺旋物體，接著視線模糊，那物體隱沒在他的眼睛裡。

「嗯，不管怎樣，我就是歌迷」

艾兒喜·卡爾森看著他們來來去去。在這裡，他又回到瑞典老藝人易犖·葛爵門的時代，不過若要選的話，她還是最喜歡波塞·拉爾森主持的風格。這個拉斯沒什麼不好，雖然他是新人，不過波塞．拉爾森就是有辦法把幸福感傳遞給大家，他的這項功力無人能及。現在這年頭的主持人沒這麼優秀了。

如果兩點左右到，通常會有位子，不過今天大概有什麼特別受歡迎的藝人吧，所以艾兒喜只能坐在助行器附帶的椅子上。老實說，她真希望表演快點結束，因為她累了。你大概以為會有年輕人讓位給她，無奈時代早已改變。

這首歌真好聽，演唱的那個女孩唱得好極了。若艾兒喜沒記錯，這女孩好像沒參加彩排，這點還真特別。搞不好她參加了，只是艾兒喜記不得。最近她的記性越來越差。

觀眾席那兒傳來的騷動聲吸引了她的注意。有幾個人起身跑開。真怪。通常電視開始轉播，現場就會秩序井然，甚至沒人敢蹺二郎腿。可是現在，觀眾東奔西跑，高聲尖叫。這可是前所未見。她不明白發生了什麼事，直到她躺在地上，聽見髖骨破裂的聲音。原本支撐她身體的助行器被人拉開。這一跤跌得好用力，害她的下巴被磨傷，假牙撞得歪扭。她的眼鏡一定掉了，因為她的眼前一片霧茫茫。

有個纖細的身影靠向她，對方手裡拿著什麼。艾兒喜相信人性本善，所以一定是好心人要來扶她一把。至於對方手上的東西，不管那是什麼，一定是為了幫助她。然而，接著她的額頭受到攻擊，她的世界一片黑暗。

在她的腦袋裡，仍舊清醒的某個角落，她聽見類似昆蟲發出的憤怒聲音，越來越近。

「所以，我說謝謝你給我音樂，給我我唱的歌」

一開始，雷娜．佛斯曼覺得這主意不好。第一次約會竟然是在「歡唱史坎森」。感覺上這種場合比較適合全家出遊，而不適合和網友約會。然而，進行得很順利，非常順利。

他們聊了好多，摸索著了解對方。到目前為止，彼得表現得像是一顆真正的鑽石。自信卻不傲慢，風趣卻不愚蠢，長相不賴，衣著得體，至於那頭略顯單薄的頭髮，嗯，她覺得滿適合他，讓他看起來挺性感。

現場直播開始之前，他向在現場兜售覆盆子的女孩買了一盒給她吃。〈終有一天我會航返家門〉的歌曲響起，他將一手搭在她的肩上，半開玩笑地隨歌曲搖擺。換一個女孩站上舞臺，以天籟的嗓音唱出阿巴的歌曲，他的手仍留在她的肩頭。

從他們所立之處望向舞臺，正中央剛好被混音檯擋住，既然看不到，加上這女孩唱得這麼好聽，雷娜索性閉起眼睛，陶醉在那隻環住她肩膀的友善之手帶給她的快樂，享受溫煦的夏夜和這美好的一刻。

她聽見歇斯底里的尖叫，想起自己十四歲時去綠林遊樂場看阿巴樂團的演出，也曾興奮到尖叫，忍不住泛起微笑。那天，當阿巴的成員之一亞妮法莉黛與她眼神交會的那幾秒，她尖叫到喉嚨都啞了。

忽然，彼得把她的肩膀抓得好緊，緊到她倒抽一口氣，張開眼睛，這時他的手剛好離開她。她看見他倒在她的腳邊，雙手抱頭，開始抽搐、搖晃，她的第一個念頭是：他癲癇發作。接著她看見他的右手下方冒出血。她不知道發生了什麼事，於是傾身靠向他，說：「彼得？彼得？怎麼了？」

他立刻望向她後方，雙眼睜得斗大，張開嘴，似乎想說什麼。下一秒，她的頸後受到攻擊，她倒在他的身上，就在第二擊摧毀她的所有感官之前，她聞到男性香水沐浴乳老帆船的氣味。

「感謝這些音樂帶給我的快樂」

羅尼．阿爾柏格不知道到底該怎麼辦。他負責掌控舞臺左方十公尺外的攝影機，坐在一公尺高的木製高臺上，什麼都看得一清二楚。他此刻見到的事情彩排時並未發生。耳機傳來聲音，說要他拍攝座席區的觀眾，然而，接下來的畫面實在很不適合轉播出去。觀眾離開座位，開始奔跑，彷彿正在集體離席。

他的職責不是去尋找原因，而是找到最好的拍攝角度。既然座席區的觀眾基於某種理由決定不按照腳本走，那他就把攝影機轉向圍欄後方的站席區。那裡的青少年沒什麼異狀，他們舉高手機，拍錄畫面，或者揮舞著寫有「泰絲拉最棒」以及「泰絲拉女孩，賈克斯伯革區愛妳們」的布條。

他聽見耳機傳來聲音。在外頭轉播車裡的畫面編輯阿布拉漢森，他以快哭出來的聲音說：「你們那裡怎麼樣，羅尼？我們有一半的攝影機都他媽的沒畫面了。」

其實羅尼的攝影機也快要沒畫面了。那些青少年開始出現怪異舉動，「泰絲拉最棒」的布條被扔在地上，這時他腳下的觀眾開始退離圍欄。他正要把攝影機的鏡頭轉向在舞臺上唱歌的女孩，因為起碼她還依照腳本站在上頭唱歌。突然間，他的膝蓋受到用力一擊，雙腿癱軟。

他抓住攝影機上的一根槓桿，不讓自己跌落，但另一膝上的一擊讓他失去重心，被迫以高空跳水後翻的方式跌入奔跑的人潮中。

他的臉、手臂和手掌被一雙雙的腳踐踏，聽見高頻率的嘎嘎聲越來越靠近耳朵，那聲音就像正在充電的閃光燈電池。

「沒有音樂誰可以活？我真誠地問，這樣的生活會是什麼模樣？」

不，「歡唱史坎森」不是凱勒．貝克斯壯會出現的地方。忍受過方舟樂團那首像老人才會唱的歌曲後，他很清楚這一點。不過現在上臺的那個女孩曾出現在 MySpace 上。他來這裡的唯一理由是愛咪會來，但現在他連她在哪裡都不知道！

最後那十分鐘，他站在最後一排座位後方五十公尺外的流動廁所傳簡訊，問愛咪在哪裡，她說她在最前面。到底是在前面的哪裡？他問她。這會兒，他正等她回答。

好，好，若有必要，他會擠過人群到前面，只為能站在她身邊，親近地磨蹭她。她是班花，所以當她說：「週二你要去史坎森嗎？」他差點誤會她的意思，以為她想跟他約會。這會兒，她正和三個女孩在一起，而他甚至找不到她。

他站在那兒望著手機，試圖以念力讓她的回覆出現，這時，他發現情況不對勁。前方的人群尖叫，手在半空揮舞，有一、兩個人從他身邊跑過去。他放下手機，踮起腳尖以便看個分明。

他前方的人群數量急速增加。所有觀眾開始湧向他，彷彿現場等同一只壓力鍋。一開始他們移動得很慢，接著越來越快。他站在索列登公園通往出口的斜坡上，不啻身處活栓的正中央，所以沸騰的人潮才會一波波朝他奔來。

他不明白發生了什麼事，只能瞠目結舌地呆望著人潮湧來。就在他們離他幾公尺時，終於恢復神智的他立刻衝進廁所，把門鎖上。門外幾千雙腳以雷霆萬鈞之勢狂奔，不幸跌倒的人撞上薄薄的塑膠廁所門，讓馬桶東搖西晃。

他坐在馬桶上，繼續打簡訊，尋找愛咪，但就是沒回音。

「沒有歌曲或舞蹈，我們是什麼？」

喬爾．卡爾森的紅T恤背後寫著「活動維安」四個字。這不只是他所服務的公司名字，也是過去十年來他的工作內容。活動維安。在健身房認識的朋友介紹他給這家公司，他喜歡這份工作，所以待了下來。尤其是「歡唱史坎森」這種活動。

搖滾音樂會的維安很不簡單：氣氛過於熱烈、音樂過於大聲，還有混亂推擠、激動昏倒的小鬼。至於體育活動，則要應付醉漢和賽事流氓。相較之下，「歡唱史坎森」簡直像度假。在公司裡，這個任務算獎勵，只賞賜給年資夠久、夠忠誠的員工。

在這種場合中，他們的主要工作是走來走去，灑水在多半已經有點流汗的少女身上——她們通常只會咯咯笑，覺得這樣很酷——或者告訴已經夠冷靜的觀眾再冷靜一點，不要往前推擠。在這種闔家觀賞的活動中，喬爾很少有機會去架開任何人，或者採取強硬措施。

可是今晚反常。當泰絲拉走上舞臺開始唱歌，起初全場安靜到幾乎可以聽見針落地的聲音。天籟美音啊！站著的觀眾聽得嘴巴開開，彷彿被施了魔咒。喬爾抓住機會喘口氣，喝點水，伸伸筋骨，同時享受這首歌。

接著，他聽到尖叫聲，來自座席區的某處，真怪。他掃視觀眾時被燈光設備照得目眩，不過還是看見有幾個人站起來。天哪，這是現場轉播的活動欸！他憤怒地對著他們揮手，要他們坐下，但他們毫不理會。接著，甚至更多人起身，他聽到了更多尖叫。

不恰當的噪音加上不恰當的舉動。他的職責就是要阻止這類事情發生。他環顧四周，想找出麻煩的源頭。

在貴賓席那兒，一臺負責拍特寫鏡頭的攝影機後方有狀況發生。若他期望哪一區的觀眾會特別冷靜，非那一區莫屬。A咖或B咖名人會乖乖地坐在那兒，像被點燃的蠟燭，等著攝影鏡頭對準他們。然而，現在那區卻尖叫聲不斷，大家起身奔跑，一片混亂。

喬爾奔過舞臺下方。舞臺上，那個女孩仍站著唱歌，儘管音樂早已停止。他抵達貴賓席時，靠近舞臺的全部座位都空掉，除了兩個人。喬爾瞥見地上有東西，驚愕不已。

完蛋了。

羅伯特．賽格沃，以前在電視螢幕上看起來人高馬大的那個老傢伙，躺在一片應該是鮮血的紅色液體中，他的傷口——或者該說太陽穴上的洞仍不停湧出血液。喬爾準備上前，但隨即想到他在其他地方可以更有用處。

優先順序，喬爾，排定優先順序。

他第一個面臨的掙扎是處理活的還是死的。他決定以羅伯特．賽格沃的妻子為優先，而不是那個正在跟她搏鬥的少女——或者隨你怎麼稱呼。年長婦人的手在半空中揮動，想去抓女孩的臉，但喬爾發現婦人快要輸了。那少女一手拿著長刀，另一手拿著電鑽。

喬爾沒及時趕到。就在他朝她們跨出第一步時，拿刀那手已經揮出。他在海防巡守隊接受菁英訓練時刀法都沒能這麼準確。刀刃劃過婦女的頸部，她踉蹌往後退，雙手按住喉嚨。

終於，婦女明白逃是唯一出路。她發現自己夾在少女和跑上前的喬爾之間，於是蹣跚地爬上通往舞臺的階梯。這時，鮮血汩汩流下她的胸口。

優先順序。

他必須先制伏那個少女，免得她又做出什麼事。他往前兩大步，扭住她的手，奪下刀子。她以電鑽往他的頭砸了一下，但他隨即狠撞她的手，讓電鑽掉落。他把她的雙手往後扣在背後，怒道：

「妳在幹麼？妳瘋了啊？」

被他緊緊抓住的少女放鬆身體，冷靜說道：「我沒瘋，我很清醒，非常清醒。」

「所以我說謝謝你給我音樂，把音樂帶給我。」

當依娃・賽格沃爬上通往舞臺的最後一截階梯，她的內心已不再有任何東西可以提醒她夢想終於成真。

這二十三年來，她把自己在唱歌的夢想拋到一邊，就為了全心支持丈夫的電視事業。對，她也是有夢想的！她夢想有一天能夠聽見知名主持人波塞・拉爾森報出她的名字，能在索列登公園裡的白樺樹下上場演出，站上這個舞臺！

現在，她終於站上舞臺，卻無法心存感激。她的生命正從喉嚨散盡，鮮血滴濺在腳邊，她踉蹌走向那個仍站在麥克風後面唱歌的天使身影。

兩人四目交會的剎那，依娃更加驚恐。沒希望了。那雙藍色大眼以毫無憐憫的眼神望著她，似乎沒注意到鮮血不停淌流在她的輕薄夏裝上。她咳出更多血，以幾乎要癱軟的雙腳把自己踉蹌帶往左邊，走過舞臺入口，經過現已空盪的樂團座位，走過一盆盆的插花擺飾，走到湖邊的埠頭。

在那兒，她終於看見逃生路線，模糊的雙目見到下方馬拉維肯湖的湖水粼光閃閃，她把自己拋入水中，卻撞到隱形的牆，往後一彈後躺在那兒，放棄所有希望。

2

我是如此幸運
能有一頭金髮
我要唱給大家聽
好開心！生命好美妙！機會大好！

老早之前樂團就沒演奏了。泰瑞絲獨自站在舞臺上把歌曲清唱完，即使沒人在聽。她的腳下一片狼藉。

大約有三十個人死了，或者躺在地上，坐在椅子上，奄奄一息。有個女人爬上了舞臺，喉嚨不停冒出血。她撞上一道透明的壓克力大板，這板子是為了保護舞臺，免得受到馬拉維肯湖吹來的強風所襲。她就躺在那兒，站位區旁的埠頭上。泰瑞絲把麥克風放回架座，走到女人身邊，開始吸她的血。

有幾位成員被保安人員或其他成人抓住，有些被驚慌奔竄的人群撞倒，受到踐踏。有些仍或站或蹲在最後一位受害者身邊，吸吮他們的生命精髓。

泰芮莎走到埠頭尾端，仰頭長嗥。這發自內心的嗥聲把夏夜凍成冰塊，霎時一切停止。其他女孩開始呼應。那些被捕的女孩大口吸氣，然後抬起血淋淋的臉，齜出牙齒，琳恩雖然斷了一條腿，躺在圍欄旁，但仍撐起來坐著，跟著大家一起嗥叫。

十四個喉嚨發出同樣的嗥叫，抑揚頓挫，傳遞出一個訊息。

我們存在。要懼怕我們。

更多保安人員抵達，更多雙手幫忙拖走或制伏那些滲入人類居住地的野獸。

就在其他女孩奔逃或被逮捕時，泰芮莎設法來到舞臺邊，喊著要泰瑞絲過來，兩人一起跑向狼區，經過一群群站立、癱坐或躺在安全區域的人群——所謂的安全是根據他們自己的研判。隨處可聞孩童或大人的呻吟和哭泣。

泰芮莎見到有個男人一手各搭著一個女人和男孩，應該是老婆和兒子，忽然想到一件事，之前計畫時沒討論到的。

「傑瑞呢？」她問：「他在這裡嗎？」

泰瑞絲沒放慢腳步，回答她：「我跟他說不准他來。」

不過，他大概從電視上看到了，也大概知道發生了什麼事。他沒來，所以不會是死者之一。從某方面來看，這讓她們鬆一口氣。

她們奔跑，大家讓路。有個年輕人喊道：「她就是唱歌的那個女孩！」他們知道的僅止於此。泰瑞絲和泰芮莎並肩跑到狼區。

節目開始之前，就在所有人聚集在索列登的舞臺時，泰芮莎已利用斷線鉗在鐵絲網上剪出一個約門大小的洞，好讓她們灰色的兄弟姊妹有機會加入。

但沒有一隻狼把握住這個機會。如果這些狼嗅到瀰漫在這區域的獵捕氛圍，應該會從狼穴或躲藏的地方跑出來，謹慎地在洞口的附近徘徊，咧出牙齒，仰天嗥叫。泰芮莎看著牠們，搖搖頭。

「牠們不來找我們。」

泰瑞絲伸長脖子，看著那些正在看她的粗毛身影。就在這時——發生了。起初泰芮莎沒弄懂讓她手背發癢的東西是什麼。她低頭，看見那是泰瑞絲的手指，蹭著她的手。她握起泰瑞絲的手，握得緊緊。兩人肩併肩站在洞口好久，緊握對方的手。

接著，泰瑞絲說：「牠們不來找我們，那我們去找牠們。」

國家圖書館出版品預行編目 (CIP) 資料

小星星／約翰・傑維德・倫德維斯特（John Ajvide Lindqvist）著；郭寶蓮譯 . -- 二版 . -- 臺北市：小異出版：大塊文化出版股份有限公司發行 , 2023.01
面；　公分 . --（SM；20）
譯自：Lilla stjärna.
ISBN 978-626-96171-7-3（平裝）

881.357　　111018035

Trans+

Trans+